James Joyce

# Um retrato do artista quando jovem

_James Joyce_

# Um retrato do artista quando jovem

TRADUÇÃO E NOTAS
**Tomaz Tadeu**

**autêntica**

*Et ignotas animum dimittit in artes.*
Ovídio, *Metamorfoses*, 8.188

# I

Era uma vez e era uma vez muito feliz uma vacamuu que vinha descendo pela estrada e essa vacamuu que vinha descendo pela estrada encontrou um minininho bunitinho chamado baby tuckoo . . . . .

O pai contava essa história para ele: o pai olhava para ele por um vidro: ele tinha um rosto peludo.

Ele era baby tuckoo. A vacamuu descia pela estrada onde Betty Byrne morava: ela vendia pirulito de limão.

> *Oh, a rosa do mato floresce*
> *No canteirinho verde.*

Ele cantava essa musiquinha. Era a musiquinha dele.

> *Oh, a uosa vedi fouesci.*

Quando a gente molha a cama no começo é morno depois fica frio. A mãe botava o oleado. Aquilo tinha um cheiro esquisito.

A mãe tinha um cheiro melhor que o pai. Ela tocava no piano a musiquinha do marinheiro para ele dançar. Ele dançava:

> *Tralalá,*
> *Tralalá tralari,*
> *Tralalá lalá,*
> *Tralalá lalá.*

O tio Charles e a Dante batiam palmas. Eles eram mais velhos que o pai e a mãe dele mas o tio Charles era mais velho que a Dante.

A Dante tinha duas escovas no armário dela. A escova com as costas de veludo grená era em prol de Michael Davitt e a escova com as costas de veludo verde era em prol de Parnell. A Dante dava uma pastilha de alcaçuz para ele toda vez que ele trazia uma folha de papel de seda para ela.

Os Vances moravam no número sete. Eles tinham pai e mãe diferentes. Eles eram o pai e a mãe da Eileen. Quando ficassem grandes ele ia casar com a Eileen. Ele se escondeu embaixo da mesa. A mãe disse:

—O Stephen vai se desculpar.

A Dante disse:

—Ah, se ele não se desculpar agora as águias vêm tirar os olhos dele fora.

> *Os olhos dele fora*
> *Agora*
> *Agora*
> *Os olhos dele fora.*
>
> *Agora*
> *Os olhos dele fora*
> *Os olhos dele fora*
> *Agora.*

◆ ◆ ◆

Os largos pátios fervilhavam de meninos. Todo mundo gritava e os prefeitos incitavam os jogadores aos berros. O ar da tardezinha era pálido e gelado e depois de cada ataque dos jogadores de futebol e de cada soco o sebento orbe de couro voava como um pássaro pesado através da luz cinzenta. Ele ficava na beira de sua turma, fora da vista do seu prefeito, fora do alcance dos pés violentos dos colegas, fingindo correr uma vez ou outra. Tinha a sensação em meio ao tropel dos jogadores de que seu corpo era pequeno e fraco e de que seus olhos eram fracos e lacrimejavam. Rody Kickham não era assim: ele ia ser o capitão da turma dos menores, diziam todos os rapazes.

Rody Kickham era um cara decente mas Nasty Roche era um nojento. Rody Kickham tinha uma caneleira com seu número no armário da rouparia e um cesto de mantimentos no refeitório. Nasty Roche tinha mãos grandes. Ele chamava a morcilha da sexta-feira de cachorro-enrolado-no-cobertor. E um dia ele perguntou:

—Qual é o seu nome?

Stephen respondeu:

—Stephen Dedalus.

Então Nasty Roche disse:

—Que raio de nome é esse?

E quando Stephen não foi capaz de responder Nasty Roche perguntou:

—Seu pai é o quê?

Stephen respondeu:

—Um gentleman.

Então Nasty Roche perguntou:

—Ele é magistrado?

Ele se arrastava de um lado para o outro, quase fora do limite do pátio de sua turma, dando umas corridinhas de vez em quando. Mas as mãos estavam roxas de frio. Ele ficava com as mãos nos bolsos laterais da farda cinza já meio surrada. Os bolsos estavam ainda mais surrados. E surrar era também dar uma surra num colega. Um dia um colega disse a Cantwell:

—Vou te dar uma surra não demora muito.

Cantwell respondeu:

—Vai bater em alguém do teu tamanho. Tenta dar uma surra no Cecil Thunder. Só queria ver. Ele é que ia te dar um pontapé na bunda.

Não era uma expressão muito bonita. A mãe tinha dito para ele não falar com os garotos brutos da escola. Uma mãe bonita! No primeiro dia quando disse adeus no saguão do castelo ela ergueu o véu dobrado até o nariz para dar um beijo nele: e o nariz e os olhos dela estavam vermelhos. Mas ele fez de conta que não viu que ela ia chorar. Era uma mãe bonita mas não era tão bonita quando chorava. E o pai tinha dado a ele duas moedas de cinco xelins para os gastos. E o pai tinha dito que se precisasse de alguma coisa era só escrever para ele e fosse lá o que acontecesse nunca devia dedurar um colega. Então, na porta do castelo, o reitor, a batina esvoaçando ao vento, apertou a mão do pai e da mãe, e o carro foi embora, levando o pai e a mãe. Eles gritaram do carro para ele, abanando as mãos:

—Adeus, Stephen, adeus!

—Adeus, Stephen, adeus!

Ele ficou preso no redemoinho de uma roda de jogadores brigando pela bola e, com medo dos olhares faiscantes e das botinas enlameadas, abaixou-se para espiar por entre as pernas deles. Os rapazes se digladiavam e rosnavam e suas pernas se roçavam e davam pontapés e batiam no chão. Então as botinas amarelas de Jack Lawton desviaram a bola e todas as outras botinas e pernas correram atrás. Ele correu um pouco atrás deles e depois parou. Não adiantava continuar correndo. Logo eles iriam embora para as festas de fim de ano. Após o jantar ele ia mudar no salão de estudos o número colado atrás do tampo de sua carteira de setenta e sete para setenta e seis.

Seria melhor estar no salão de estudos que lá fora no frio. O céu estava pálido e frio mas havia luzes no castelo. Ele tentou adivinhar de qual janela Hamilton Rowan tinha jogado o chapéu no valado e se havia canteiros de flores embaixo da janela naquela época. Um dia, quando foi chamado ao castelo, o mordomo mostrou as marcas das balas dos soldados na madeira da porta e deu para ele um pedaço da bolacha que os jesuítas comiam. Era bom e dava um calorzinho ver as luzes do castelo. Era como uma coisa num livro. Era como a Abadia de Leicester talvez. E havia frases bonitas no livro de ortografia do doutor Cornwell. Eram como poesia, mas eram apenas frases para aprender a escrever as palavras direito.

> *Wolsey faleceu na Abadia de Leicester*
> *Onde os abades o sepultaram.*
> *O cancro é uma doença das plantas,*
> *O câncer, dos animais.*

Ia ser bom ficar deitado no tapete da lareira na frente do fogo, com a cabeça apoiada nas mãos, pensando nessas frases. Ele se arrepiou como se tivesse água fria e viscosa grudada na pele. Foi maldade da parte de Wells tê-lo empurrado para dentro da vala da latrina por ele não querer trocar sua caixinha de rapé pela veterana castanha voadora de Wells, a vencedora de quarenta batalhas. Como a água estava fria e viscosa! Uma vez um colega tinha visto uma ratazana cair de chapa na escuma. Ele tiritava e queria chorar. Como seria bom se estivesse em casa. Mamãe estava sentada junto à lareira com a Dante, esperando a Brigid trazer o chá. Ela estava com os pés encostados no guarda-fogo e suas pantufas enfeitadas eram tão quentes e tinham um cheiro tão bom e quentinho! A Dante sabia uma porção de coisas. Ela tinha ensinado para ele onde ficava o Canal de Moçambique e qual era o rio mais comprido da América e qual era o nome da montanha mais alta da lua. O padre Arnall sabia mais que a Dante porque era padre, mas tanto o pai quanto o tio Charles diziam que a Dante era uma mulher inteligente e muito lida. E quando a Dante fazia aquele ruído após o almoço e depois punha a mão na boca: que aquilo era azia.

Uma voz distante ecoou no pátio:

—Todos para dentro!

Então outras vozes ecoaram das turmas dos médios e dos menores:

—Todos para dentro! Todos para dentro!

Os jogadores se juntaram, afogueados e cheios de lama, e ele seguiu no meio deles, contente em ir para dentro. Rody Kickham segurava a bola pela tira sebosa do arremate. Um colega pediu para dar uma última batida: mas ele foi adiante sem se dar ao trabalho de responder ao colega. Simon Moonan lhe disse para não fazer isso porque o prefeito estava olhando. O colega se virou para Simon Moonan e disse:

—Todos nós sabemos por que você diz isso. Você é puxa do McGlade.

Puxa era uma palavra esquisita. O colega disse que Simon Moonan era isso porque Simon Moonan costumava amarrar as mangas postiças do prefeito pelas costas e o prefeito costumava fingir que estava zangado. Mas o som era feio. Uma vez lavou as mãos no lavatório do Hotel Wicklow e depois o pai tirou a tampa pela corrente e a água suja desceu pelo buraco da pia. E quando tudo tinha escorrido aos poucos o buraco da pia fez um som como aquele: puxa. Só que mais alto.

Lembrando-se disso e da brancura do lavatório ele sentiu frio e depois calor. Havia duas torneiras que a gente girava e a água saía: fria e quente. Ele sentiu o corpo frio e depois um pouco quente: e ele podia ver os nomes escritos nas torneiras. Era uma coisa muito esquisita.

E o ar do corredor também o deixava gelado. Era esquisito e meio úmido. Mas logo iam acender o gás e quando queimava ele fazia um barulhinho igual a uma musiquinha. Sempre a mesma coisa: e quando os colegas paravam de falar na sala de jogos dava para a gente ouvir.

Era a hora das contas. O padre Arnall escreveu uma conta difícil no quadro e depois disse:

—E então, quem vai ganhar? Avante, York! Avante, Lancaster!

Stephen se esforçava o mais que podia, mas a conta era muito difícil e ele se sentia confuso. O pequeno distintivo de seda com a rosa branca pregado na lapela começou a tremular. Não era grande coisa nas contas mas se esforçava o mais que podia para York não perder. O rosto do padre Arnall parecia muito vermelho mas ele não estava brabo: ele estava rindo. Então o Jack Lawton estalou os dedos e o padre Arnall conferiu o caderno dele e disse:

—Certo. Bravo, Lancaster! A rosa vermelha está ganhando. Vamos agora, York! Passem à frente!

Jack Lawton deu uma olhada lá do lado dele. O pequeno distintivo de seda com a rosa vermelha parecia muito vivo porque ele vestia uma blusa azul tipo marinheiro. Stephen, pensando em todas as apostas sobre quem ficaria em primeiro lugar em Elementos, Jack Lawton ou ele, sentia o próprio rosto também ficar vermelho. Tinha semana que o Jack Lawton ganhava o cartão de primeiro lugar e tinha semana que ele ganhava o cartão de primeiro lugar. O distintivo de seda branca dele tremulava e tremulava enquanto ele trabalhava na conta seguinte e ouvia a voz do padre Arnall. Então toda a ansiedade foi embora e ele sentiu o rosto bastante frio. Pensou que o rosto devia estar branco porque parecia tão frio. Ele não conseguia chegar ao resultado da conta mas não importava. Rosas brancas e rosas vermelhas: eram cores bonitas para a gente ficar pensando nelas. E os cartões do primeiro lugar e do segundo lugar e do terceiro lugar também tinham cores bonitas: cor-de-rosa e creme e lavanda. Rosas lavanda e creme e cor-de-rosa eram bonitas para a gente ficar pensando nelas. Talvez uma rosa silvestre tivesse essas cores e ele se lembrou da canção sobre a rosa do mato florescendo no canteirinho verde. Mas não era possível existir uma rosa verde. Mas talvez em algum lugar do mundo fosse possível.

A sineta bateu e então as turmas começaram a sair das salas em fila seguindo pelos corredores em direção ao refeitório. Ele se sentou olhando para as duas porções de manteiga no prato mas não conseguiu comer o pão úmido. A toalha da mesa estava úmida e frouxa. Mas bebeu de um gole o fraco chá quente que o desajeitado servente, num avental branco preso por um cinturão, derramou na sua xícara. Ficou imaginando se o avental do servente também era úmido ou se todas as coisas brancas eram frias e úmidas. Nasty Roche e Saurin bebiam chocolate que a família mandava para eles em latinhas. Eles diziam que não conseguiam tomar o chá; que era lavagem. Os pais eram magistrados, diziam os colegas.

Para ele todos os meninos pareciam muito estranhos. Todos eles tinham pais e mães e roupas e vozes diferentes. Queria muito estar em casa e repousar a cabeça no colo da mãe. Mas não podia: e assim queria muito que o recreio e o estudo e as rezas acabassem e pudesse ir para a cama.

Tomou outra xícara de chá quente e Fleming disse:

—Algo errado? Sente alguma dor ou tem algo errado?

—Não sei, disse Stephen.

—Você está enjoado do estômago, disse Fleming, porque seu rosto parece pálido. Logo passa.

– Ah, sim, disse Stephen.

Mas não era ali que estava enjoado. Pensou que estava enjoado era do coração, se é possível estar enjoado disso. Foi muito simpático da parte de Fleming ter perguntado. Ele queria chorar. Apoiou os cotovelos na mesa, dobrando e desdobrando as abas das orelhas. Então ouvia o barulho do refeitório cada vez que desdobrava as abas das orelhas. Roncava feito um trem dentro da noite. E quando dobrava as abas o ronco parava feito um trem entrando num túnel. Aquela noite em Dalkey o trem tinha roncado desse jeito e depois quando entrou no túnel o ronco parou. Fechou os olhos e o trem foi adiante roncando e depois parando; roncando de novo, parando. Era bom ouvir o trem roncar e parar e depois roncar de novo saindo do túnel e depois parar.

Depois os colegas da turma dos maiores começaram a sair pela esteira do meio do refeitório, Paddy Rath e Jimmy Magee e o espanhol que deixavam fumar cigarro e o portuguesinho que usava boné de lã. E depois as mesas da turma dos menores e as mesas da turma dos médios. E cada um dos colegas tinha um jeito diferente de andar.

Ele se sentou num canto da sala de jogos fingindo assistir a uma partida de dominó e uma ou duas vezes conseguiu ouvir por um instante a musiquinha do gás. O prefeito estava na porta com alguns meninos e Simon Moonan estava amarrando as mangas postiças dele. Ele estava contando alguma coisa sobre Tullabeg.

Então ele se afastou da porta e Wells chegou perto de Stephen e disse:

—Conta pra gente, Dedalus, você beija sua mãe antes de deitar?

Stephen respondeu:

—Sim, beijo.

Wells se voltou para os outros colegas e disse:

—Ora, vejam só, temos aqui um colega que diz que beija a mãe toda noite antes de deitar.

Os outros colegas pararam os jogos e se viraram, dando risadas. Stephen ficou ruborizado à vista de todos e disse:

—Não, não beijo.

—Ora, vejam só, temos aqui um colega que não beija a mãe antes de deitar.

Todos deram risadas novamente. Stephen tentou rir junto com eles. Sentiu o corpo todo quente e por um instante ficou confuso. Qual era a resposta certa à pergunta? Tinha dado duas e Wells deu risada do mesmo jeito. Mas Wells devia saber a resposta certa pois ele estava no terceiro nível de gramática. Tentou pensar na mãe de Wells mas não teve coragem de erguer os olhos para olhar Wells no rosto. Não gostava do rosto de Wells. Foi Wells que deu um empurrão nele fazendo ele cair na vala da latrina no dia anterior porque ele não queria trocar sua caixinha de rapé pela castanha voadora de Wells, a vencedora de quarenta batalhas. Foi uma maldade ter feito isso; todos os colegas disseram que foi. E como a água era fria e viscosa! E uma vez um colega viu uma ratazana cair de chapa na escuma.

O limo frio da vala cobria seu corpo todo; e, quando a sineta bateu chamando para o estudo e as turmas saíram em fila da sala de jogos ele sentiu o ar frio do corredor e da escadaria dentro das roupas. Ainda tentava pensar qual era a resposta certa. Era certo beijar a mãe ou era errado beijar a mãe? O que isso queria dizer, beijar? A gente levantava o rosto assim para dar boa noite e então a mãe baixava o rosto. Isso era beijar. A mãe encostava os lábios no rosto dele; os lábios dela eram macios e molhavam o rosto dele; e faziam um barulhinho de nada: kiss. Por que as pessoas faziam isso uma com o rosto da outra?

Sentado no salão de estudos, ele levantou o tampo da carteira e mudou o número colado ali atrás de setenta e sete para setenta e seis. Mas as férias de Natal estavam longe demais: mas um dia iam chegar porque a terra girava o tempo todo.

Havia um desenho da terra na primeira página do livro de geografia: uma bola grande no meio das nuvens. Fleming tinha uma caixa de lápis de cor e uma noite durante o estudo livre ele tinha colorido a terra de verde e as nuvens de grená. Era como as duas escovas no armário da Dante, a escova com as costas de veludo verde em prol de Parnell e a escova com as costas de veludo grená em prol de Michael Davitt. Mas ele não disse para o Fleming usar essas cores. Fleming fez por conta dele.

Ele abriu o livro de geografia para estudar a lição; mas não conseguia aprender os lugares da América. Ainda assim eram todos lugares diferentes que tinham aqueles nomes diferentes. Ficavam todos eles em países diferentes e os países ficavam em continentes e os continentes ficavam no mundo e o mundo ficava no universo.

Ele foi para a folha em branco do início do livro de geografia e leu o que ele tinha escrito ali: sua pessoa, seu nome e onde ele ficava.

> *Stephen Dedalus*
> *Classe de Elementos*
> *Clongowes Wood College*
> *Sallins*
> *Condado de Kildare*
> *Irlanda*
> *Europa*
> *O mundo*
> *O universo*

Isso estava escrito com a letra dele: e Fleming uma noite escreveu de brincadeira na página ao lado:

> *Stephen Dedalus é o meu nome,*
> *Irlanda é a minha nação.*
> *Clongowes é onde moro*
> *E o céu é a minha aspiração.*

Ele leu os versos de trás para a frente mas assim não eram poesia. Então leu a página do início de baixo para cima até chegar ao nome dele. Esse era ele: e ele leu de novo a página até o fim. O que havia depois do universo? Nada. Mas havia alguma coisa em volta do universo para mostrar onde ele terminava antes de começar o lugar do nada? Não podia ser um muro mas podia haver lá uma linha fininha fininha ao redor de tudo. Só Deus conseguia fazer isso. Tentou pensar como isso devia ser um pensamento importante mas só conseguia pensar em Deus. Deus era o nome de Deus do mesmo jeito que seu nome era Stephen. *Dieu* era Deus em francês e esse também era o nome de Deus; e quando alguém rezava a Deus e dizia *Dieu* então Deus logo sabia que era uma pessoa francesa que estava rezando. Mas mesmo que tivesse nomes diferentes para Deus em todas as línguas diferentes do mundo e Deus compreendesse o que todas as pessoas que estavam rezando diziam em suas línguas diferentes ainda assim Deus continuava o mesmo Deus e o nome verdadeiro de Deus era Deus.

Cansava muito pensar desse jeito. Sentia a cabeça muito grande. Passou a página do início e olhou cansado para a terra redonda e verde no meio das nuvens grenás. Gostaria de saber o que era certo, ser a favor do verde ou do grená, porque um dia a Dante arrancou o veludo verde das costas da escova que era em prol de Parnell com sua tesoura e disse para ele que Parnell era um homem mau. Gostaria de saber se estavam discutindo lá em casa sobre isso. Isso se chamava política. Havia dois lados ali: a Dante estava de um lado e o pai e o sr. Casey estavam do outro lado mas a mãe e o tio Charles não estavam de lado nenhum. Todo dia havia alguma coisa no jornal sobre isso.

Era penoso não saber direito o que política queria dizer e não saber onde o universo terminava. Ele se sentia pequeno e fraco. Quando ele seria como os colegas da Poesia e Retórica? Eles tinham vozes fortes e botinas fortes e estudavam trigonometria. Isso estava longe demais. Primeiro vinham as férias e depois o próximo ano de estudos e depois as férias de novo e depois de novo outro ano e depois de novo as férias. Era como um trem entrando e saindo dos túneis e isso era como o barulho dos meninos comendo no refeitório quando ele dobrava e desdobrava as abas das orelhas. Ano de estudos, férias; dentro, fora do túnel; barulho, parada. Como estava longe! Era melhor ir para a cama e dormir. Só mais as rezas na capela e depois cama. Ele tiritava e bocejava. Ia ser bom estar na cama depois de as cobertas esquentarem um pouquinho. No começo elas eram muito frias para se meter embaixo delas. Ele tiritou ao pensar como eram frias no começo. Mas depois esquentavam e depois ele conseguia dormir. Era bom estar cansado. Bocejou outra vez. As orações da noite e depois cama: ele tiritava e sentia vontade de bocejar. Ia ficar bom nuns minutinhos. Sentiu um calorzinho morno subindo das cobertas frias e tiritantes, mais e mais morno até ele se sentir morninho por tudo, morninho demais; morninho demais e mesmo assim ele tiritou um pouco e mesmo assim tinha vontade de bocejar.

A sineta tocou para as orações da noite e ele saiu em fila atrás dos outros do salão de estudos e desceu as escadas seguindo pelos corredores até a capela. Os corredores eram escuros e a capela era escura. Logo tudo estaria escuro e dormindo. Havia o ar frio da noite na capela e os mármores estavam da cor do mar à noite. O mar era frio noite e dia: mas era mais frio à noite. Era gelado e escuro debaixo do quebra-mar ao lado da casa do pai. Mas a chaleira já estava em cima da grade da lareira para o ponche.

O prefeito da capela rezava acima de sua cabeça e sua memória sabia os responsos:

> *Abri nossos lábios, oh Senhor*
> *E nossas bocas anunciarão Vosso louvor.*
> *Vinde, oh Deus, em nosso auxílio,*
> *Socorrei-nos, oh Senhor, sem demora.*

Havia um cheiro de noite fria na capela. Mas era um cheiro santo. Não era como o cheiro dos camponeses velhos que se ajoelhavam nos fundos da capela na missa de domingo. Era um cheiro de ar e chuva e turfa seca e veludo. Mas eram camponeses muito santos. Eles respiravam às suas costas na sua nuca e suspiravam ao rezar. Eles moravam em Clane, contou um colega: havia lá umas cabanas pequenas e ele tinha visto uma mulher encostada na meia-porta com uma criança nos braços quando o coche de aluguel passou por lá vindo de Sallins. Seria bom dormir uma noite naquela cabana na frente do fogo da turfa fumegante, no escuro quentinho, respirando o cheiro dos camponeses, do ar e da chuva e da turfa e do veludo. Mas, oh, a estrada lá no meio das árvores era escura! A gente ia se perder no escuro. Ele ficou com medo de pensar como ia ser.

Ele escutou a voz do prefeito da capela recitando a última reza. Ele também rezou contra a escuridão lá fora embaixo das árvores.

> *Visitai, nós Vos rogamos, oh, Senhor, esta casa, e dela afastai*
> *todas as ciladas do inimigo; nela habitem vossos santos Anjos,*
> *para nos guardar na paz, a bênção fique sempre conosco. Por*
> *Cristo, nosso Senhor. Amém.*

Os dedos tremiam enquanto tirava a roupa no dormitório. Mandou os dedos se apressarem. Tinha que tirar a roupa e depois se ajoelhar e fazer suas orações e estar na cama antes de o gás apagar para não ir para o inferno quando morresse. Tirou as meias e botou rápido a camisola e se ajoelhou tremendo ao lado da cama e repetiu suas orações bem ligeiro de medo que o gás apagasse. Sentia os ombros se sacudirem enquanto murmurava:

> *Que Deus abençoe meu pai e minha mãe e os conserve com vida!*
> *Que Deus abençoe meus irmãozinhos e minhas irmãzinhas e os conserve com vida!*
> *Que Deus abençoe a Dante e o tio Charles e os conserve com vida!*

Ele se benzeu e se meteu ligeiro na cama e, prendendo a ponta da camisola debaixo dos pés, encolheu-se debaixo das cobertas brancas e frias se sacudindo todo e tremendo. Mas ele não ia para o inferno quando morresse; e as sacudidelas iam passar. Uma voz desejou boa noite aos meninos do dormitório. Ele deu uma espiadela por cima da colcha e viu as cortinas amarelas dos lados e da frente da cama que o deixavam todo isolado. A luz foi silenciosamente apagada.

Os sapatos do prefeito foram embora. Para onde? Escada abaixo e pelos corredores ou para o quarto dele no fim do dormitório? Ele via a escuridão. Era verdade o que diziam do cão negro que andava por ali de noite com olhos grandes como lanternas de carruagem? Diziam que era o fantasma de um assassino. Um longo arrepio de medo percorreu o seu corpo. Ele viu o saguão escuro da entrada do castelo. Criados velhos em roupas de antigamente estavam no quarto de passar roupa acima da escadaria. Isso foi há muito tempo. Os criados velhos estavam calados. Havia uma lareira ali mas o saguão ainda estava escuro. Um vulto subiu a escada vindo do saguão. Vestia a capa branca de marechal; o rosto era pálido e estranho; ele mantinha uma das mãos pressionada contra o lado do corpo. Olhou com olhos estranhos para os criados velhos. Eles olharam para ele e viram o rosto e a capa do amo e entenderam que ele tinha sido ferido de morte. Mas havia apenas escuridão no lugar para onde olhavam: apenas ar escuro e calmo. O amo deles tinha sido ferido de morte no campo de batalha de Praga bem longe do outro lado do mar. Ele estava de pé no campo de batalha; uma das mãos estava pressionada contra o lado do corpo; o rosto era pálido e estranho e ele vestia a capa branca de marechal.

Oh, como era frio e estranho pensar nisso! A escuridão toda era fria e estranha. Havia rostos pálidos e estranhos ali, olhos grandes como lanternas de carruagem. Eles eram os fantasmas de assassinos, os vultos de marechais que tinham sido feridos de morte bem longe do outro lado do mar. O que queriam eles dizer que fazia seus rostos tão estranhos?

> *Visitai, nós Vos rogamos, oh, Senhor, esta casa, e dela afastai todas as . . . .*

Ir de férias para casa! Seria maravilhoso: os colegas disseram para ele. Subir nas carruagens bem cedo na manhã de inverno na frente da porta do castelo. As carruagens rodavam em cima do cascalho. Vivas para o reitor!

Hurra! Hurra! Hurra!

As carruagens passavam pela capela e todos os bonés eram levantados. Eles seguiam alegremente pelas estradas do interior. Os cocheiros apontavam com seus chicotes para Bodenstown. Os colegas davam vivas. Passavam pela fazenda do Jolly Farmer. Vivas e mais vivas e ainda mais vivas. Atravessavam Clane dando e recebendo vivas. As mulheres do campo estavam na frente das meias-portas, os homens estavam por todo lado. O delicioso cheiro que pairava no ar de inverno: o cheiro de Clane: chuva e ar de inverno e turfa fumegante e veludo.

O trem estava cheio de colegas: um trem chocolate comprido comprido com painéis creme. Os guardas iam de um lado para o outro abrindo, fechando, trancando, destrancando as portas. Eram homens vestidos de azul-escuro e prata; tinham apitos prateados e suas chaves produziam uma música curta: clic, clic: clic, clic.

E o trem ia em frente correndo pelas planícies e deixando a colina de Allen para trás. Os postes do telégrafo passavam, passavam. O trem ia em frente sempre em frente. Ele parecia saber. Havia lanternas no saguão da casa do pai e trançados de ramos verdes. Havia azevinho e hera em volta do espelho da parede e azevinho e hera, vermelho e verde, enroscados em volta dos candelabros. Havia azevinho vermelho e hera verde em volta dos retratos antigos das paredes. Azevinho e hera por ele e pelo Natal.

Lindo . . . . . .

Todas as pessoas. Bem-vindo à casa, Stephen! Ruídos de boas-vindas. A mãe lhe dava um beijo. Isso era certo? O pai agora era marechal: mais que um magistrado. Bem-vindo à casa, Stephen!

Ruídos . . . . .

Havia um ruído de argolas de cortina correndo em direção à ponta dos varões, de água sendo chapinhada nas bacias. Havia um ruído de levantar-se e vestir-se e lavar-se no dormitório: um ruído de bater de palmas à medida que o prefeito ia e vinha dizendo aos colegas para se despacharem. Uma pálida luz do sol revelava as cortinas amarelas puxadas, as camas remexidas. Sua cama estava muito quente e o rosto e o corpo estavam muito quentes.

Ele se levantou e se sentou na beirada da cama. Estava fraco. Tentou calçar as meias. O toque na pele era de uma aspereza horrível. A luz do sol estava estranha e fria.

Fleming disse:

—Não está se sentindo bem?

Ele não sabia; e Fleming disse:

—Volta para a cama. Vou avisar o McGlade que você não está se sentindo bem.

—Ele está doente.

—Quem?

—Avisa o McGlade.

—Volta para a cama.

—Ele está doente?

Um colega segurou os braços dele enquanto ele se desfazia das meias grudadas nos pés e subia de volta para a cama quente.

Ele se encolheu entre as cobertas, feliz com o calorzinho que irradiava delas. Ouviu os colegas falarem a seu respeito enquanto se vestiam para a missa. Foi uma maldade aquilo de terem empurrado o garoto para dentro da vala, diziam.

Depois as vozes se calaram; eles tinham saído. Uma voz junto à cama disse:

—Dedalus, você garante que não vai entregar a gente, certo?

O rosto de Wells estava ali. Ele olhou e viu que Wells estava com medo.

—Não foi por mal. Não vai entregar a gente, certo?

O pai tinha dito que fosse lá o que acontecesse nunca devia dedurar um colega. Ele balançou a cabeça e respondeu que não e se sentiu feliz.

Wells disse:

—Não foi por mal, palavra de honra. Era só uma brincadeira. Desculpa.

O rosto e a voz foram embora. Ele se desculpou porque estava com medo. Com medo que fosse alguma doença. O cancro era uma doença das plantas e o câncer dos animais: ou alguma outra. Aquilo tinha sido há muito tempo então, lá fora no pátio à luz do fim de tarde, ele se arrastando de um ponto para o outro quase no limite de sua turma, um pássaro pesado voando baixo em meio à luz cinzenta. A abadia de Leicester toda iluminada. Wolsey morreu lá. Os próprios abades se encarregaram do enterro.

Não era o rosto de Wells, era o rosto do prefeito. Ele não estava fazendo manha. Não, não: estava doente de verdade. Ele não estava fazendo manha. E sentiu a mão do prefeito na testa; e sentiu a testa quente e úmida contra a mão úmida e fria do prefeito. Era desse jeito que um rato se sentia, viscoso e úmido e frio. Todo rato tinha dois olhos por onde espiar. Pelos viscosos e reluzentes, pequenas pequenas patas encolhidas para saltar, olhos negros reluzentes por onde espiar. Eles conseguiam compreender como saltar. Mas as mentes dos ratos não conseguiam compreender trigonometria. Quando morriam ficavam deitados de lado. Aí seus pelos ficavam secos. Eles eram apenas coisas mortas.

O prefeito estava ali de novo e era sua voz que dizia que ele devia se levantar, que o vice-reitor tinha dito que ele devia se levantar e se vestir e ir para a enfermaria. E enquanto ele se vestia o mais rápido possível o prefeito disse:

—Temos que ir correndo para o irmão Michael porque temos um embrulho no estômago! É uma coisa terrível ter embrulho no estômago! Como ficamos embrulhados quando temos um embrulho no estômago!

Foi muito simpático da parte dele dizer aquilo. Era tudo só para fazê-lo rir. Mas ele não conseguia rir porque as bochechas e os lábios estavam um tremor só: e então o prefeito teve que rir sozinho.

O prefeito gritou:

—Acelerado, marche! Esquerdo! Direito!

Desceram juntos a escadaria e seguiram pelo corredor passando pela sala de banhos. Enquanto passavam pela porta lembrou com um vago temor a morna água lodosa cor de turfa, o morno ar úmido, o ruído dos mergulhos, as toalhas com cheiro de remédio.

O irmão Michael estava em pé junto à porta da enfermaria e da porta do armário escuro à sua direita vinha um cheiro de remédio. Era dos vidros que estavam nas prateleiras. O prefeito falou com o irmão Michael e o irmão Michael respondeu chamando o prefeito de senhor. Ele tinha cabelos ruivos mesclados com grisalhos e uma aparência esquisita. Era esquisito ele continuar irmão para sempre. Também era esquisito ele não poder ser chamado de senhor por ser irmão e ter uma aparência diferente. Era por não ser santo o suficiente ou por não conseguir acompanhar os outros?

Havia duas camas no quarto e numa cama havia um colega: e quando eles entraram ele gritou:

—Puxa! É o jovem Dedalus! Tudo azul?

—Só o céu, disse o irmão Michael.

Era um colega do terceiro nível de gramática e, enquanto Stephen tirava a roupa, ele pediu ao irmão Michael para trazer umas fatias de pão de ló para ele.

—Ah, faz isso! ele disse.

—Tratar você a pão de ló! disse o irmão Michael. Você vai é receber alta pela manhã quando o médico chegar.

—Vou? o colega disse. Ainda não estou bem.

O irmão Michael repetiu:

—Você vai receber alta. Isso sim.

Ele se abaixou para atiçar o fogo. Ele tinha costas compridas como as costas compridas de um cavalo de bonde. Ele sacudiu o atiçador ameaçadoramente e balançou a cabeça em direção ao colega do terceiro nível de gramática.

Então o irmão Michael saiu e logo depois o colega do terceiro nível de gramática se virou para a parede e caiu no sono.

Isso era a enfermaria. Então ele estava doente. Será que tinham escrito para a casa dele para avisar a mãe e o pai? Mas seria mais rápido um dos padres ir pessoalmente avisar. Ou ele escrevia uma carta para o padre levar.

Querida mãe,
Eu estou doente. Quero ir para casa. Por favor venha me buscar. Eu estou na enfermaria.
Seu amado filho,
Stephen

Como eles estavam longe! A luz do sol lá fora parecia fria. Ele ficou imaginando se ia morrer. A gente podia morrer do mesmo jeito num dia de sol. Ele podia morrer antes de a mãe chegar. Então ele teria uma missa de corpo presente na capela como a que os colegas contaram que teve quando o Little morreu. Todos os colegas estariam na missa, vestidos de preto, todos com rostos tristes. Wells também estaria lá mas nenhum colega olharia para ele. O reitor estaria lá num pluvial preto e dourado e haveria velas amarelas altas no altar e em volta do catafalco. E eles carregariam lentamente o caixão para fora da capela e ele seria enterrado no pequeno cemitério da comunidade junto à alameda principal ladeada de limeiras. E Wells estaria então arrependido do que tinha feito. E o sino bateria lentamente.

Ele podia ouvir o sino bater. Ele recitou para si mesmo a canção que Brigid tinha ensinado.

> *Blém-blém! O sino do castelo!*
> *Adeus, mãezinha querida!*
> *Enterrem-me no cemitério da capelinha*
> *Junto ao irmão que cedo perdeu a vida.*
> *Num caixão negro é o meu desejo*
> *Com seis anjos no meu cortejo,*
> *Dois para as preces, dois para os cantos,*
> *E dois para me levar até os santos.*

Como isso era bonito e triste! Como eram bonitas as palavras onde eles diziam *Enterrem-me no cemitério da capelinha!* Um tremor percorreu o seu corpo. Como era triste e como era bonito! Ele queria chorar baixinho mas não por ele: pelas palavras, tão bonitas e tristes, como música. O sino! O sino! Adeus! Oh adeus!

A luz fria do sol estava mais fraca e o irmão Michael estava junto à sua cama com uma tigela de caldo de carne. Ele estava feliz pois sua boca estava quente e seca. Ele podia ouvir os colegas brincando nos pátios. E o dia continuava no colégio tal como se ele estivesse lá.

Depois o irmão Michael estava indo embora e o colega do terceiro nível de gramática disse a ele para não se esquecer de voltar e contar para ele todas as notícias do jornal. Ele disse a Stephen que seu nome era Athy e que seu pai tinha uma porção de cavalos de corrida que eram saltadores de primeira e que seu pai daria um palpite garantido ao irmão Michael sempre que ele quisesse porque o irmão Michael era muito simpático e sempre contava para ele as notícias do jornal que eles recebiam no castelo todos os dias. Havia todo tipo de notícias no jornal: acidentes, naufrágios, esporte e política.

—Agora só tem política nos jornais, ele disse. O seu pessoal também fala sobre isso?

—Sim, disse Stephen.

—O meu também, ele disse.

Então ele pensou um pouco e disse:

—Você tem um nome estranho, Dedalus, e eu também tenho um nome estranho. Meu nome é o nome de uma cidade. O seu nome parece latim.

Então ele perguntou:

—Você é bom em charadas?

Stephen respondeu:

—Não muito.

Então ele disse:

—Pode me responder esta? Por que o condado de Kildare é como a perna de uma calça?

Stephen pensou qual seria a resposta e então disse:

—Desisto.

—Por que as duas coisas têm *a thigh*, ele disse. Entendeu a jogada? Athy é a cidade do condado de Kildare e *a thigh* é a outra coisa.

—Ah, percebo, Stephen disse.

—É uma charada antiga, ele disse.

Após um instante ele disse:

—Sabe o que mais?

—O quê? perguntou Stephen

—Você sabe, ele disse, dá para apresentar a charada de outro jeito.

—Dá? disse Stephen.

—A mesma charada, ele disse. Você conhece o outro jeito?

—Não, disse Stephen.

—Você não consegue imaginar o outro jeito? disse ele.

Ele olhava para Stephen por sobre as cobertas enquanto falava. Então se recostou no travesseiro e disse:

—Tem outro jeito mas não vou contar qual é.

Por que ele não contava? O pai dele, que tinha os cavalos de corrida, também devia ser magistrado como o pai de Saurin e o pai de Nasty Roche. Ele pensou no próprio pai, em como ele entoava canções enquanto a mãe tocava e em como ele sempre dava para ele um xelim quando ele pedia apenas meio e ele sentia pena dele por não ser magistrado como o pai dos outros meninos. Então por que ele foi mandado para aquele lugar com eles? Mas o pai tinha dito que ele não era nenhum intruso porque cinquenta anos atrás seu tio-avô tinha feito um discurso ali saudando o libertador. A gente reconhecia as pessoas daquela época pelas roupas antigas. Para ele parecia uma época solene: e ele tinha curiosidade de saber se aquela era a época em que os rapazes de Clongowes usavam casacos azuis com botões de latão e coletes amarelos e bonés de pele de coelho e tomavam cerveja como gente grande e tinham seus próprios galgos para ir atrás das lebres.

Ele olhou pela janela e viu que a luz do dia tinha ficado mais fraca. A luz que chegava aos pátios de recreio devia ser de um cinza nublado. Não havia nenhum barulho nos pátios de recreio. A turma devia estar fazendo os temas ou talvez o padre Arnall estivesse lendo alguma história do livro.

Era estranho que não tivessem dado nenhum remédio para ele. Talvez o irmão Michael trouxesse na volta. Diziam que davam coisas fedorentas para tomar quando a gente estava na enfermaria. Mas agora ele se sentia melhor do que antes. Era bom ir ficando melhor aos poucos. Então a gente podia conseguir um livro. Tinha um livro sobre a Holanda na biblioteca. Havia nomes estrangeiros bonitos nele e figuras de cidades e navios de jeitos estranhos. Isso fazia a gente se sentir muito feliz.

Como era pálida a luz da janela! Mas isso era bom. O fogo subia e descia na parede. Era como ondas. Alguém tinha posto mais carvão e ele ouvia vozes. Elas estavam conversando. Era o barulho das ondas. Ou as ondas conversavam entre si enquanto subiam e desciam.

Ele via o mar de ondas, ondas longas e escuras subindo e descendo, escuras na noite sem luar. Uma luz minúscula tremulava na ponta do molhe onde o navio estava entrando: e ele via a multidão de pessoas reunida à beira d'água para ver o navio entrando no porto. Um homem alto estava no convés, olhando para a terra plana no escuro: e à luz da ponta do molhe ele viu o rosto dele, o rosto tristonho do irmão Michael.

Ele o viu levantar as mãos em direção ao povo e o ouviu dizer por sobre as águas numa voz alta e cheia de tristeza:

—Ele está morto. Nós o vimos estendido no catafalco.

Um lamento de tristeza se elevou do povo.

—Parnell! Parnell! Ele está morto!

Eles caíram de joelhos, chorando de dor.

E ele viu a Dante num vestido grená de veludo e com uma mantilha verde de veludo nos ombros passando com orgulho e em silêncio pelas pessoas ajoelhadas à beira d'água.

◆ ◆ ◆

Um fogo farto, com bastante carvão para ficar sempre alto e vermelho, ardia na lareira e, debaixo dos ramos de hera enroscados em volta do candelabro, a mesa de Natal estava posta. Eles tinham chegado em casa um pouco atrasados e ainda assim a ceia não estava pronta: mas já, já estaria pronta, a mãe tinha dito. Eles estavam esperando a porta se abrir e os criados entrarem, carregando as travessas grandes cobertas com pesadas tampas de metal.

Todos estavam esperando: o tio Charles, sentado bem longe na sombra da janela, a Dante e o sr. Casey, sentados nas poltronas de cada um dos lados da lareira, Stephen, sentado numa cadeira entre eles, com os pés descansando no tamborete aquecido. O sr. Dedalus se olhou no espelho alto acima do console da lareira, alisou as pontas do bigode e então, repartindo as abas do casaco, ficou de costas para o fogo crepitante: mas de tempos em tempos ele tirava a mão da aba do casaco para alisar uma das pontas do bigode. O sr. Casey inclinou a cabeça para o lado e, sorrindo, deu umas batidinhas no pomo de adão com os dedos. E Stephen também sorriu pois agora ele sabia que não era verdade que o sr. Casey tinha uma bolsa de moedas de prata na garganta. Ele sorriu ao pensar como ele tinha sido enganado pelo ruído de prata que o sr. Casey costumava fazer. E quando ele tentou abrir a mão do sr. Casey para ver se a bolsa de prata estava escondida ali ele viu que os dedos não podiam ser endireitados: e o sr. Casey disse para ele que tinha ficado com esses três dedos entrevados ao fazer um presente de aniversário para a rainha Vitória.

O sr. Casey deu umas batidinhas no pomo de adão e sorriu para Stephen com olhos sonolentos: e o sr. Dedalus disse para ele:

—Sim. Bom, tudo certo. Ah, demos uma boa caminhada, não foi, John? Sim . . . . . . Queria saber se há alguma chance de termos ceia esta noite. Sim . . . . . Ah, sorvemos hoje uma boa golfada de ozônio em volta de Bray Head. Sim, senhor.

Ele se voltou para a Dante e disse:

—A senhora não se mexeu de casa para nada, sra. Riordan?

A Dante franziu a testa e disse secamente:

—Não.

O sr. Dedalus largou as abas do casaco e foi até o aparador. Tirou do armário chaveado uma botija grande de cerâmica contendo uísque e encheu o decantador lentamente, inclinando-se de vez em quando para ver quanto ele já tinha posto. Então colocando de novo a botija no armário chaveado ele serviu dois copos com um pouco de uísque, acrescentou um pouco de água e voltou com eles para junto da lareira.

—Um dedinho, John, disse ele, só para abrir o apetite.

O sr. Casey pegou o copo, bebeu e colocou-o perto dele em cima do console da lareira. Então ele disse:

—Bom, não consigo parar de pensar no nosso amigo Christopher fabricando . . . .

Ele teve um ataque de riso e tosse e acrescentou:

— . . . fabricando aquela champanhe para aqueles sujeitos.

O sr. Dedalus deu uma boa risada.

—Estamos falando do Christy? disse ele. Há mais malícia nas verrugas de sua cabeça careca do que numa matilha de raposões.

Ele baixou a cabeça, fechou os olhos e, lambendo os lábios profusamente, começou a falar imitando a voz do hoteleiro.

—E ele faz uma boca tão mole quando está falando com a gente, não é mesmo? Ele fica todo molhado e úmido em volta da papada, Deus o abençoe.

O sr. Casey ainda estava às voltas com seu ataque de tosse e riso. Stephen, vendo e ouvindo o hoteleiro no rosto e na voz do pai, dava risadas.

O sr. Dedalus pôs os óculos e, olhando-o do alto, disse com calma e doçura:

—De que está rindo, meu rapazinho?

As criadas entraram e colocaram as travessas na mesa. A sra. Dedalus entrou em seguida e os lugares foram distribuídos.

—Acomodem-se, disse ela.

O sr. Dedalus foi para a cabeceira da mesa e disse:

—Agora, sra. Riordan, acomode-se. John, sente-se, meu caro.

Ele passou os olhos por onde o tio Charles estava sentado e disse:

—Olha só, cavalheiro, tem uma ave ali esperando pelo senhor.

Quando todos tinham tomado seus assentos ele pôs a mão em cima da tampa e disse rapidamente, recolhendo-a:

—Agora, Stephen.

Stephen ficou de pé em seu lugar para dizer a oração de graças de antes das refeições:

*Abençoe-nos, oh Senhor, e a essas Tuas dádivas que por Tua generosidade estamos para receber por meio de Cristo nosso Senhor. Amém.*

Todos se benzeram e o sr. Dedalus com um suspiro de prazer ergueu a tampa pesada da travessa, que estava com a borda toda perolada de gotas brilhantes.

Stephen olhou para o peru gordo que jazia, amarrado e espetado, na mesa da cozinha. Ele sabia que o pai tinha pagado um guinéu por ele na mercearia do Dunn, na D'Olier Street, e que o homem o tinha espetado várias vezes no peito para mostrar como ele era bom: e ele se lembrava da voz do homem quando disse:

—Leve este aqui, senhor. Este é papa-fina.

Por que o sr. Barrett lá em Clongowes chama sua palmatória de peru? Mas Clongowes estava muito longe: e o cheiro forte e reconfortante do peru e do presunto e do aipo subia das travessas e o alentado fogo sempre alto e vermelho na lareira e a hera verde e o azevinho vermelho faziam a gente se sentir tão feliz e quando a ceia terminasse o grande pudim de ameixa seria trazido, cravejado de amêndoas peladas e ramos de azevinho, com chamas azuladas alastrando-se ao redor e uma bandeirinha verde tremulando no topo.

Era sua primeira ceia de Natal e ele pensava nos irmãos e irmãs menores que esperavam no quarto das crianças, como ele tinha muitas vezes esperado, pela chegada do pudim. O colarinho baixo e o paletó estilo Eton faziam-no sentir-se estranho e antiquado: e naquela manhã quando a mãe tinha descido com ele ao saguão, vestido para a missa, o pai tinha chorado. Era porque ele estava pensando no seu próprio pai. E o tio Charles tinha dito a mesma coisa.

O sr. Dedalus cobriu a travessa e começou a comer vorazmente. Então ele disse:

—Coitado do velho Christy, ele agora está quase adernado de tanta trapaça.

—Simon, disse a sra. Dedalus, você não serviu molho para a sra. Riordan.

O sr. Dedalus pegou a molheira.

—Não servi? exclamou. Sra. Riordan, apiede-se deste pobre cego.

A Dante cobriu o prato com as mãos e disse:

—Não, obrigada.

O sr. Dedalus se virou para o tio Charles.

—Está bem servido, senhor?

—Como um príncipe, Simon.

—Você, John?

—Tudo bem. Continue sua refeição.

—Mary? Ande, Stephen, aqui está uma coisa que vai deixar você de cabelo em pé.

Ele derramou molho à vontade no prato de Stephen e pôs a molheira de volta na mesa. Então ele perguntou ao tio Charles se estava macio. O tio Charles não conseguia falar porque estava com a boca cheia mas fez que sim com a cabeça.

—Foi uma boa resposta aquela que o nosso amigo deu ao cônego, hem? disse o sr. Dedalus.

—Nunca pensei que ele fosse capaz de tanto, disse o sr. Casey.

—*Eu lhe prestarei o devido respeito, padre, quando o senhor deixar de fazer da casa de Deus um palanque eleitoral.*

—Bela resposta, disse a Dante, para qualquer um que se diga católico dar a um padre.

—A culpa é deles mesmos, disse o sr. Dedalus tranquilamente. Se fossem espertos se restringiriam à religião.

—Mas se trata de religião, disse a Dante. Eles estão cumprindo seu dever ao alertar as pessoas.

—Vamos à casa de Deus, disse o sr. Casey, com toda a humilda-de, para rezar ao nosso Criador e não para ouvir discursos políticos.

—Mas se trata de religião, disse a Dante de novo. Eles estão certos. Eles devem orientar seus rebanhos.

—E pregar política do altar, é disso que se trata? perguntou o sr. Dedalus.

—Certamente, disse a Dante. É uma questão de moralidade pública. Um padre não seria padre se não dissesse ao seu rebanho o que é certo e o que é errado.

A sra. Dedalus largou a faca e o garfo, dizendo:

—Tenham dó, tenham dó, não vamos entrar numa discussão política logo neste entre todos os dias do ano.

—Tem razão, senhora, disse o tio Charles. Ora, Simon, chega disso agora. Nem mais uma palavra agora.

—Sim, sim, disse o sr. Dedalus rapidamente.

Ele destampou vigorosamente a travessa e disse:

—E então, quem gostaria de mais peru?

Ninguém respondeu. A Dante disse:

—Bela linguagem essa saindo da boca de um católico!

—Sra. Riordan, eu lhe suplico, disse a sra. Dedalus, para deixar o assunto de lado agora.

A Dante se voltou para ela e disse:

—E devo ficar aqui sentada ouvindo os pastores de minha igreja serem escarnecidos?

—Ninguém vai dizer uma palavra contra eles, disse o sr. Dedalus, desde que não se metam em política.

—Os bispos e os padres da Irlanda se manifestaram, disse a Dante, e eles devem ser obedecidos.

—Que eles se afastem da política, disse o sr. Casey; ou as pessoas se afastarão da sua igreja.

—Você ouviu isso? disse a Dante voltando-se para a sra. Dedalus.

—Sr. Casey! Simon! disse a sra. Dedalus, vamos terminar com isso agora.

—Lamentável! Lamentável! disse o tio Charles.

—E daí? exclamou o sr. Dedalus. Devíamos abandoná-lo por ordem dos ingleses?

—Ele não merecia mais estar no comando, disse a Dante. Ele era um pecador notório.

—Somos todos pecadores e da pior espécie, disse o sr. Casey friamente.

—*Ai daquele pelo qual o escândalo vem!* disse a sra. Riordan. *Melhor lhe fora que lhe pusessem ao pescoço uma pedra de moinho, e fosse lançado ao mar, do que escandalizar um destes pequeninos.* É a palavra do Espírito Santo.

—E muito errada, se quiser saber, disse friamente o sr. Dedalus.

—Simon! Simon! disse o tio Charles. O menino.

—Sim, sim, disse o sr. Dedalus. Eu quis dizer a palavra . . . . Eu estava pensando na palavra errada daquele carregador do trem. Bom, agora está tudo certo. Aqui, Stephen, me dê o seu prato, velho camarada. Agora coma. Vai.

Ele empilhou a comida no prato de Stephen e serviu pedaços grandes de peru e colheradas de molho para o tio Charles e para o sr. Casey. A sra. Dedalus comia pouco e a Dante se sentou com as mãos no colo. Ela estava com o rosto todo vermelho. O sr. Dedalus fincou os trinchadores na parte traseira do peru e disse:

—Temos aqui uma parte gostosa que chamamos de bispo. Se alguma das damas ou dos cavalheiros......

Ele segurava um pedaço da ave no dente do trinchante. Ninguém disse nada. Ele o pôs no seu próprio prato, dizendo:

—Bom, não podem dizer que não foram consultados. Acho melhor eu mesmo comer porque a minha saúde não anda muito boa ultimamente.

Ele piscou para Stephen e, tapando a travessa, voltou a comer.

Fez-se silêncio enquanto ele comia. Então ele disse:

—Ora, ora, o dia continuou bonito, afinal. Também havia muita gente de fora nas ruas.

Ninguém falou. Ele voltou a dizer:

—Acho que havia mais gente de fora nas ruas do que no último Natal.

Ele correu os olhos pelos outros cujos rostos se inclinavam sobre seus pratos e, não recebendo qualquer resposta, esperou um pouco e disse amargamente:

—Bom, de qualquer maneira minha ceia de Natal está arruinada.

—Não pode haver nem ventura nem graça, disse a Dante, numa casa na qual não há qualquer respeito pelos pastores da igreja.

O sr. Dedalus jogou ruidosamente o garfo e a faca no prato.

—Respeito! disse ele. Seria pelo Billy, o do beicinho, ou pelo saco de tripas lá de Armagh? Respeito!

—Príncipes da igreja, disse o sr. Casey, com pausado escárnio.

—Cocheiro do lorde Leitrim, isso sim, disse o sr. Dedalus.

—Eles são os ungidos do Senhor, disse a Dante. Eles são uma honra para o seu país.

—Saco de tripas, disse o sr. Dedalus grosseiramente. Ele tem um rosto bonito, vejam só, quando está em repouso. Deviam ver esse sujeito devorando seu prato de toucinho com couves num dia frio de inverno. Oh, Johnny!

Ele contorceu o rosto num esgar carregado de brutalidade e estalou os beiços.

—Francamente, Simon, você não deveria falar desse jeito na frente de Stephen. Não é certo.

—Ah, ele se lembrará de tudo isso quando crescer, disse a Dante, exaltada, desse linguajar contra Deus e a religião e os padres que ele escutou em sua própria casa.

—Que ele se lembre também, gritou para ela o sr. Casey do outro lado da mesa, do linguajar com o qual os padres e os títeres dos padres partiram o coração de Parnell e o perseguiram até a sepultura. Que ele se lembre também disso quando crescer.

—Filhos da puta! exclamou o sr. Dedalus. Quando estava caído se voltaram contra ele para traí-lo e despedaçá-lo como ratazanas num esgoto. Vira-latas! E é o que parecem! Jesus, é o que parecem!

—Eles fizeram o certo, exclamou a Dante. Obedeceram a seus bispos e padres. Honras a eles!

—Bom, é de fato terrível dizer que nem mesmo por um único dia no ano, disse a sra. Dedalus, possamos ficar livres dessas terríveis disputas!

O tio Charles ergueu calmamente as mãos e disse:

— Basta, basta, basta! Será que não podemos ter nossas opiniões quaisquer que sejam elas sem essa raiva toda e esse linguajar chulo? Isso certamente é muito chulo.

A sra. Dedalus falou algo baixinho para a Dante mas a Dante disse bem alto:

—Eu não vou dizer nada. Vou defender minha igreja e minha religião sempre que forem insultadas e cuspidas por católicos renegados.

O sr. Casey empurrou rudemente o prato para o meio da mesa e, apoiando os cotovelos, disse para o anfitrião numa voz rouquenha:

—Diga-me uma coisa, eu lhe contei aquela história de uma cusparada muito famosa?

—Não, John, você não me contou, disse o sr. Dedalus.

—Pois bem, disse o sr. Casey, é uma história das mais instrutivas. Aconteceu não faz muito tempo onde estamos agora, no condado de Wicklow.

Ele se interrompeu e, voltando-se para a Dante, disse, com serena indignação:

—E posso lhe dizer, minha senhora, que eu, se a senhora se refere a mim, não sou nenhum católico renegado. Sou católico como meu pai era e antes dele o seu pai e ainda antes o pai do pai do meu pai quando escolhemos dar nossas vidas para não vender nossa fé.

—Então é ainda mais vergonhoso para o senhor, disse a Dante, falar do jeito que fala.

—A história, John, disse o sr. Dedalus sorrindo. Vamos à história de uma vez.

— Muito católico mesmo! repetiu ironicamente a Dante. O protestante mais fanático do país não usaria o linguajar que escutei esta noite.

O sr. Dedalus começou a balançar a cabeça, cantarolando como um cantor de rua.

—Não sou nenhum protestante, lhe afirmo mais uma vez, disse o sr. Casey, enrubescendo.

O sr. Dedalus, ainda cantarolando e balançando a cabeça, começou a cantar entre os dentes num tom anasalado:

> *Oh, vinde todos vós católicos romanos*
> *Que nunca fostes à missa.*

Ele pegou a faca e o garfo, novamente de bom humor, e se pôs a comer, dizendo para o sr. Casey:

—Vamos à história, John. Vai ajudar na digestão.

Stephen olhou com afeição para o rosto do sr. Casey que, do outro lado da mesa, apoiado sobre as mãos postas, fitava o vazio. Gostava de ficar sentado perto dele junto da lareira, erguendo a cabeça para observar seu rosto quase negro e bravo. Mas seus olhos negros nunca eram bravos e sua voz pausada era boa de se ouvir. Mas então por que ele era contra os padres? Porque então a Dante devia estar certa. Mas ele tinha ouvido o pai dizer que ela ia ser freira e que saiu do convento nos Montes Allegheny quando seus irmãos ganharam uma boa soma de dinheiro dos selvagens em troca de miçangas e cacos de louça. Talvez isso a tivesse tornado severa com Parnell. E ela não gostava que ele brincasse com a Eileen porque a Eileen era protestante e quando ela era jovem conheceu crianças que costumavam brincar com protestantes e os protestantes costumavam zombar da ladainha da Santíssima Virgem. *Torre de marfim*, costumavam dizer, *Casa de ouro!* Como podia uma mulher ser uma torre de marfim ou uma casa de ouro? Quem estava certo então? E ele se lembrou da noite na enfermaria de Clongowes, as águas escuras, a luz na ponta do molhe e o lamento de dor das pessoas quando ouviram a notícia.

Eileen tinha mãos longas e brancas. Num fim de tarde quando brincavam de pega-pega ela pôs as mãos nos olhos dele: longas e brancas e finas e frias e macias. Isto era marfim: uma coisa branca e fria. Esse era o significado de Torre de marfim.

—A história é muito curta e divertida, disse o sr. Casey. Foi num dia lá em Arklow, um dia de um frio de rachar, não muito antes de o chefe morrer. Que Deus tenha piedade dele!

Ele fechou os olhos, cansado, e fez uma pausa. O sr. Dedalus pegou um osso do prato e tirou um pedaço de carne com os dentes, dizendo:

—Você quer dizer antes de ser assassinado.

O sr. Casey abriu os olhos, suspirou e foi adiante:

—Um dia ele estava lá em Arklow. Estávamos lá num comício e depois que o comício acabou tivemos que abrir caminho na multidão para chegar até a estação de trem. Era um bruaá tal, meu amigo, como nunca se ouviu. Eles nos chamavam de todos os nomes do mundo. Bom, havia essa velha, e seguramente era uma bruxa velha embriagada, que tinha toda a sua atenção voltada para mim. Ela ia ao meu lado dançando no barro, berrando e gritando na minha cara: *Perseguidor de padres! Os fundos de Paris! Sr. Fox! Kitty O'Shea!*

—E o que você fez, John? perguntou o sr. Dedalus.

—Deixei que ela continuasse berrando, disse o sr. Casey. Era um dia frio e para esquentar a alma eu tinha (com a devida vênia, minha senhora) uma boa dose de tabaco na boca e de qualquer modo certamente não conseguiria dizer uma palavra porque estava com a boca cheia de saliva de tabaco.

—E daí, John?

—Daí que deixei que ela gritasse *Kitty O'Shea* e o resto da coisa o quanto quisesse até ela chamar aquela dama de um nome que não permitirei que conspurque esta mesa natalina nem seus ouvidos, minha senhora, nem meus próprios lábios ao repeti-lo.

Ele fez uma pausa. O sr. Dedalus, erguendo a cabeça de junto do osso, perguntou:

—E o que você fez, John?

—O que eu fiz! disse o sr. Casey. Ela tinha sua horrível cara de velha apontada para mim quando disse isso e eu estava com a boca cheia de saliva de tabaco. Eu me abaixei na direção dela e *Cuspe!* disse eu para ela desse jeito.

Ele se virou para o lado e fez o gesto de cuspir.

—*Cuspe!* disse eu para ela desse jeito, direto no olho dela.

Ele deu uma palmada no olho e soltou um grito rouco de dor.

—*Oh, Jesus, Maria, José!* diz ela. *Fiquei cega! Fiquei cega e encharcada!*

Ele se interrompeu, tomado de um ataque de riso e tosse, repetindo:

—*Fiquei inteiramente cega.*

O sr. Dedalus deu uma boa risada e se jogou para trás na cadeira enquanto o tio Charles só balançava a cabeça.

A Dante parecia terrivelmente zangada e repetia enquanto eles riam:

—Muito bonito! Ah! Muito bonito!

Não foi nada bonita a parte do cuspe no olho da mulher. Mas qual foi o nome que a mulher tinha usado para xingar a Kitty O'Shea e que o sr. Casey não queria repetir? Ele pensou no sr. Casey andando pelo meio do montão de gente e fazendo discursos de cima de uma carroça. Foi por isso que passou um tempo na prisão e ele se lembrou que uma noite o sargento O'Neill veio à sua casa e ficou no vestíbulo, conversando em voz baixa com o pai e mordendo nervosamente a correia do quepe. E naquela noite o sr. Casey não foi para Dublin de trem, mas um coche veio buscá-lo à porta e ele ouviu o pai dizer algo sobre a estrada de Cabinteely.

Ele era a favor da Irlanda e de Parnell e o pai também: e a Dante também era, pois uma noite no coreto do calçadão ela tinha golpeado um homem na cabeça com o guarda-chuva porque ele tinha tirado o chapéu quando a banda tocou *Deus salve a Rainha* no final.

O sr. Dedalus deu uma bufada de desprezo.

—Ah, John, ele disse. É verdade para eles. Somos uma raça infeliz de papa-hóstias e sempre fomos e sempre seremos até o final dos tempos.

O tio Charles sacudiu a cabeça, dizendo:

—Que coisa feia! Que coisa feia!

O sr. Dedalus repetiu:

—Uma raça danada de papa-hóstias!

Ele apontou para o retrato do avô na parede à sua direita.

—Vê aquele velho sujeito lá em cima, John? disse ele. Era irlan-dês honesto no tempo em que isso não era nenhuma vantagem. Ele foi condenado à morte por ser um camisa-branca. Mas ele tinha um dito sobre nossos amigos do clero: ele jamais deixaria que um deles descansasse os pés sob sua mesa de jantar.

A Dante interrompeu, irritada:

—Se somos uma raça de papa-hóstias devemos ter orgulho disso! Eles são as meninas dos olhos de Deus. *Não os toqueis*, diz Cristo, *pois eles são as meninas de Meus olhos.*

—E não podemos amar nosso país, então? perguntou o sr. Casey. Não devemos seguir o homem que nasceu para nos guiar?

—Um traidor de seu país! retrucou a Dante. Um traidor, um adúltero! Os padres fizeram bem em abandoná-lo. Os padres sempre foram os verdadeiros amigos da Irlanda.

—Foram mesmo? disse o sr. Casey.

Ele bateu com o punho na mesa e, franzindo o cenho com raiva, ergueu um dedo por vez.

—Não é verdade que os bispos da Irlanda nos traíram na época da união quando o bispo Laningan fez um discurso diante do marquês Cornwallis jurando lealdade? Não é verdade que os bispos e padres venderam as aspirações de seu país em 1829 em troca da emancipação católica? Não é verdade que eles condenaram o movimento feniano do púlpito e também no confessionário? Não é verdade que desonraram as cinzas de Terence Bellew MacManus?

Seu rosto ardia de raiva e Stephen sentia o ardor crescer no próprio rosto à medida que se empolgava com as palavras pronunciadas. O sr. Dedalus deu uma gargalhada de escancarado escárnio.

—Oh, por Deus, exclamou, me esqueci daquele velhinho do Paul Cullen! Outra das meninas dos olhos de Deus!

A Dante se curvou por cima da mesa e gritou para o sr. Casey:

—Certos! Certos! Eles sempre estiveram certos! Deus e a moralidade e a religião sempre vêm antes.

A sra. Dedalus, percebendo o nervosismo dela, disse:

—Sra. Riordan, não fique nervosa por causa deles.

—Deus e a religião antes de tudo! gritou a Dante. Deus e a religião antes do mundo!

O sr. Casey ergueu o punho cerrado e golpeou a mesa com um estrondo.

—Muito bem, então, gritou roufenho, se é assim, nada de Deus para a Irlanda!

—John! John! gritou o sr. Dedalus, pegando a visita pela manga do casaco.

A Dante ficou olhando com ar de desdém para o outro lado da mesa, as bochechas tremendo. O sr. Casey se esforçava para se levantar da cadeira e se inclinar por sobre a mesa na direção dela, cortando o ar à frente de seus olhos com a mão como se estivesse se livrando de uma teia de aranha.

—Nada de Deus para a Irlanda! gritou. Tivemos Deus demais na Irlanda. Fora com Deus!

—Blasfemo! Demônio! berrou a Dante, pondo-se de pé e quase cuspindo no rosto dele.

O tio Charles e o sr. Dedalus puxaram de novo o sr. Casey de volta para a sua cadeira, falando sensatamente com ele de um e outro lado. Ele olhava firme à sua frente, com seus olhos escuros em chama, repetindo:

—Fora com Deus, é o que eu digo!

A Dante empurrou com violência a cadeira para o lado e saiu da mesa, batendo na argola do guardanapo, que rolou lentamente pelo tapete e foi parar no pé de um sofá. A sra. Dedalus levantou-se ligeiro e a seguiu até a porta. À porta, a Dante se virou com violência e berrou para toda a sala, com as bochechas vermelhas e tremendo de raiva:

—Demônio dos infernos! Nós vencemos! Nós o esmagamos, levando-o à morte! Diabo!

A porta bateu à sua passagem.

O sr. Casey, livrando-se dos braços de seus captores, baixou de repente a cabeça apoiando-a nas mãos, com um suspiro de dor.

—Pobre Parnell! gritou forte. Meu rei morto!

Ele soluçava ruidosa e amargamente.

Stephen, erguendo o rosto estampado de terror, viu que os olhos do pai estavam cheios de lágrimas.

◆ ◆ ◆

Os colegas conversavam em pequenos grupos.

Um colega disse:

—Eles foram pegos perto da colina de Lyons.

—Por quem?

—O sr. Gleeson e o vice-reitor. Eles estavam num coche.

O mesmo colega acrescentou:

—Um colega da turma dos maiores me contou.

Fleming perguntou:

—Mas pode nos dizer por que eles fugiram?

—Eu sei por quê, Cecil Thunder disse. Porque eles afanaram dinheiro do quarto do reitor.

—Quem afanou?

—O irmão do Kickham. E repartiram o dinheiro entre eles.

Mas isso era roubar. Como podiam ter feito isso?

—Você não sabe é porcaria nenhuma, Thunder! disse Wells. Eu sei por que eles deram no pé.

—Então conta pra gente.

—Me disseram para não contar, disse Wells.

—Oh, não, vai em frente, Wells, disseram todos. Pode nos contar sem problema. Não vamos contar pra ninguém.

Stephen esticou a cabeça para ouvir. Wells olhou em volta para ver se vinha alguém. Então ele disse como um segredinho:

—Sabem o vinho de missa que eles guardam no armário da sacristia?

—Sim.

—Bom, eles beberam aquilo e descobriram quem foi pelo cheiro. E se querem saber, foi por isso que fugiram.

E o colega que tinha falado primeiro disse:

—Sim, foi isso também que eu soube pelo colega da turma dos maiores.

Os colegas ficaram todos em silêncio. Stephen ficou no meio deles, só ouvindo, com medo de falar. Um leve enjoo causado pelo pavor fez com que se sentisse fraco. Como podiam ter feito aquilo? Pensou no silêncio e no escuro da sacristia. Havia ali armários escuros de madeira nos quais as sobrepelizes de plissê ficavam serenamente dobradas. Não era a capela mas mesmo assim a gente tinha que falar aos sussurros. Era um lugar sagrado. Ele se lembrou da tarde de verão em que tinha ficado lá para pôr as vestes de naviculário, a tarde da procissão ao altarzinho do bosque. Um lugar estranho e sagrado. O menino que segurava o turíbulo o balançava devagar para a frente e para trás, perto da porta, com a tampa de prata levantada pela corrente do meio para manter os carvões acesos. Aquilo se chamava carvão vegetal: e tinha queimado silenciosamente enquanto o colega balançava o turíbulo devagar e tinha soltado um cheiro fraquinho e acre. E então quando todos estavam paramentados ele ficou segurando a naveta para o reitor e o reitor pôs uma colherada de incenso dentro e ele chiou em cima das brasas vermelhas.

Os colegas conversavam em pequenos grupos aqui e ali no pátio de recreio. Os colegas pareciam ter ficado menores: isso porque um ciclista a toda o tinha atropelado no dia anterior, um colega do segundo nível de gramática. Ele tinha sido levemente atingido pela bicicleta do colega na pista coberta de hulha e seus óculos tinham se partido em três pedaços e alguma poeira da hulha tinha entrado na sua boca.

Foi por isso que os colegas pareciam ter ficado menores e muito mais distantes e as traves tão finas e tão longe e o suave céu cinza tão lá no alto. Mas não havia nenhum jogo nos campos de futebol pois o críquete estava chegando: e alguns diziam que Barnes seria o treinador e alguns que seria Flowers. E pelo pátio inteiro jogavam *rounders* e praticavam arremesso de bola com efeito e de bola para o alto. E daqui e dali vinham, pelo suave ar cinzento, sons dos tacos de críquete. Eles diziam: plic, plac, ploc, pluc: como gotas d'água dum chafariz caindo lentamente no tanque cheio até a borda.

Athy, que tinha estado calado, disse calmamente:

—Vocês estão todos errados.

Todos se voltaram ansiosamente para ele.

—Por quê?

—Você sabe?

—Quem te contou?

—Conta pra gente, Athy.

Athy apontou para o outro lado do pátio, onde Simon Moonan caminhava sozinho, chutando uma pedra à sua frente.

—Perguntem pra ele, disse.

Os colegas olharam para lá e então disseram:

—Por que ele?

—Ele está metido nisso?

Athy baixou a voz e disse:

—Vocês sabem por que aqueles colegas deram no pé? Vou contar para vocês mas vocês não devem deixar ninguém saber.

—Conta pra gente, Athy. Vai em frente. Se sabe, pode contar.

Ele fez uma pequena pausa e então disse, misteriosamente:

—Uma noite eles foram pegos com o Simon Moonan e o Boyle Trompa na latrina.

Os colegas olharam pra ele e perguntaram:

—Pegos?

—Fazendo o quê?

—Bolinando.

Os colegas ficaram todos em silêncio: e Athy disse:

—E foi por isso.

Stephen olhou para o rosto dos colegas, mas estavam todos olhando para o outro lado do pátio. Ele queria perguntar a alguém sobre aquilo. O que queria dizer bolinando na latrina? Por que os cinco colegas da turma dos maiores fugiram por causa daquilo? Era uma piada, pensou. Simon Moonan tinha roupas bonitas e uma noite ele lhe mostrou uma bola cheia de balas cremosas que os colegas do futebol tinham rolado pelo tapete para ele do meio do refeitório quando ele estava na porta. Era a noite da partida contra os Bective Rangers e a bola era igualzinha a uma maçã vermelha e verde só que abria e estava cheia de balas cremosas. E um dia Boyle tinha dito que um elefante tinha trompa em vez de tromba e era por isso que era chamado de Boyle Trompa, mas alguns colegas chamavam-no de Lady Boyle porque estava sempre envolvido com suas unhas, aparando-as o tempo todo.

Eileen também tinha mãos longas, finas, brancas e frescas porque era garota. Eram como marfim; só que macias. Esse era o significado de *Torre de marfim*, mas os protestantes não conseguiam entender e brincavam com isso. Um dia ele tinha ficado ao lado dela examinando o terreno em volta do hotel. Um garçom hasteava uma fileira de bandeirolas no mastro e um fox terrier corria de um lado para o outro na grama ensolarada. Ela tinha posto a mão no bolso dele onde estava sua própria mão e ele sentiu como a mão dela era fresca e fina e macia. Ela disse que bolsos eram coisas engraçadas de se ter: e então, de repente, ela se afastou e começou a correr, rindo, pela curva em declive da trilha. Seu cabelo loiro ondulava todo por detrás dela como ouro ao sol. *Torre de marfim. Casa de Deus*. Era pensando nas coisas que a gente podia compreendê-las.

Mas por que na latrina? A gente ia lá quando queria fazer alguma coisa. Não passava de grossas lajes de ardósia e água escorrendo de buraquinhos o dia todo e havia um cheiro estranho de água podre lá. E atrás da porta de uma das privadas havia um desenho em lápis vermelho de um homem barbudo em vestes romanas com um tijolo em cada mão e embaixo estava o título do desenho:

*Balbus estava erguendo uma parede.*

Algum colega tinha escrito isso lá por brincadeira. Ele tinha um rosto engraçado, mas se parecia mesmo com um homem barbudo. E na parede de outra privada estava escrito numa bela caligrafia inclinada para a esquerda:

*Júlio César escreveu Debelo o galo.*

Talvez fosse por isso que eles estavam lá, porque era um lugar onde alguns colegas escreviam coisas por brincadeira. Mas mesmo assim era estranho o que Athy tinha dito e o jeito que disse. Não era uma brincadeira porque eles tinham fugido. Ele olhou, junto com os outros, para o outro lado do pátio, e começou a ficar com medo.

Por fim, Fleming disse:

—E vamos todos ser castigados por uma coisa que outros colegas fizeram?

—Eu não vou voltar, podem ter certeza, disse Cecil Thunder. Silêncio durante três dias no refeitório e mandando a gente a cada minuto para levar seis ou oito pancadas de palmatória.

—Sim, disse Wells. E o velho Barrett tem um jeito novo de enrolar o bilhete para a gente não poder abrir e fechar de novo para ver quantas férulas vai levar. Eu também não vou voltar.

—Sim, disse Cecil Thunder, e o prefeito de estudos esteve no segundo nível de gramática hoje de manhã.

—Vamos começar uma rebelião, disse Fleming. Vamos ou não?

Os colegas ficaram todos em silêncio. O ar estava muito silencioso e a gente podia ouvir os tacos de críquete, porém mais lentamente que antes: plic, ploc.

Wells perguntou:

—O que vão fazer com eles?

—O Simon Moonan e o Trompa vão levar uma surra de vara, disse Athy, e os colegas da turma dos maiores podem escolher entre a surra de vara ou a expulsão.

—E o que eles vão escolher? perguntou o colega que tinha falado primeiro.

—Todos vão ser expulsos menos o Corrigan, respondeu Athy. Ele vai levar uma surra de vara do sr. Gleeson.

—Corrigan é aquele colega alto? perguntou Fleming. Nossa, ele dá conta de dois do Gleeson.

—Eu sei por quê, disse Cecil Thunder. Ele está certo e os outros colegas estão errados porque uma surra de vara passa em pouco tempo, mas um colega que foi expulso do colégio fica conhecido por isso por toda a vida. Além disso, Gleeson não vai bater nele com força.

—É do interesse dele não bater com força, disse Fleming.

—Eu não gostaria de ser o Simon Moonan ou o Trompa, disse Cecil Thunder. Mas não acho que irão apanhar de vara. Talvez tenham que subir só para levar nove pancadas de palmatória em cada mão.

—Não, não, disse Athy. Os dois vão apanhar no ponto vital.

Wells se esfregou, dizendo com voz chorosa:

—Por piedade, senhor, me solte!

Athy riu maliciosamente e enrolou as mangas da jaqueta, dizendo:

*Não tem escapatória;*
*Lei é lei. Perdão nenhum.*
*Agora baixe as calças*
*E mostre este bumbum.*

Os colegas deram risadas; mas ele sentiu que estavam com um pouco de medo. No silêncio do ar cinzento e ameno, ele ouvia os tacos de críquete de um lado e de outro: ploc. Era um som bom de se ouvir, mas se a gente fosse atingido então sentiria dor. A palmatória também fazia um som mas não desse jeito. O colega disse que ela era feita de osso de baleia e couro com chumbo dentro: e ele se perguntou como seria a dor. Havia tipos diferentes de som. Uma vara comprida e fina tinha um som alto e sibilante e ele se perguntou como seria aquela dor. Pensar nisso deixou-o trêmulo e com frio: e também no que Athy disse. Mas o que havia nisso para achar graça? Aquilo o deixou trêmulo: mas era porque a gente sempre sentia um calafrio quando baixava as calças. Era como no banho quando a gente tirava a roupa. Ele se perguntou quem tinha que baixar as calças, o professor ou o próprio menino. Oh, como eles podiam achar graça naquilo daquele jeito?

Ele olhou paras as mangas arregaçadas e as mãos nodosas e sujas de tinta do Athy. Ele tinha arregaçado as mangas para mostrar como o sr. Gleeson arregaçava as suas. Mas o sr. Gleeson tinha os punhos da manga arredondados e lustrosos e os pulsos brancos e limpos e as mãos brancas e roliças e as unhas eram longas e pontudas. Talvez ele também as aparasse, como o Lady Boyle. Mas eram unhas terrivelmente longas e pontudas. Muito longas e cruéis eram elas, embora as mãos brancas e roliças não fossem cruéis mas suaves. E embora ele tremesse de frio e medo de pensar nas unhas longas e cruéis e no som alto e sibilante da vara e do calafrio que a gente sentia na barra da camisa quando tirava a roupa, ainda assim ele teve uma sensação estranha e serena de prazer dentro dele ao pensar nas mãos brancas e roliças, limpas e fortes e suaves. E ele pensou no que Cecil Thunder tinha dito; que o sr. Gleeson não ia surrar o Corrigan com muita força. E o Fleming tinha dito que ele não ia fazer isso porque era do interesse dele não fazer. Mas não era por isso.

Uma voz gritou de muito longe no pátio:

—Todo mundo para dentro!

E outras vozes gritaram:

—Todo mundo para dentro! Todo mundo para dentro!

Na aula de caligrafia, ele sentou com os braços cruzados, escutando o lento arranhar das penas. O sr. Harford ia e vinha fazendo marquinhas com o lápis vermelho e às vezes sentava ao lado de um garoto para mostrar como segurar a caneta. Ele tinha tentado soletrar o título para si mesmo, embora já soubesse qual era, pois era o último do livro. *Zelo sem prudência é como um navio à deriva.* Mas os traços das letras eram como fios finos e invisíveis e apenas se fechasse o olho direito bem apertadinho e mirasse pelo esquerdo é que conseguia distinguir todas as curvas fundas da inicial maiúscula.

Mas o sr. Harford era muito simpático e nunca tinha um ataque de fúria. Todos os outros professores tinham ataques de fúria terríveis. Mas por que tinham que pagar por aquilo que os colegas da turma dos maiores fizeram? Wells disse que eles tinham bebido um pouco do vinho de missa do armário da sacristia e que descobriram quem tinha feito isso pelo cheiro. Talvez eles tivessem roubado um ostensório para fugir com ele e vender em algum lugar. Terá sido um pecado terrível entrar lá de noite sem fazer barulho, abrir o armário escuro e roubar aquela coisa dourada e flamejante em que Deus era colocado no altar no meio das flores e das velas durante a benção do Santíssimo Sacramento, enquanto o incenso erguia-se em nuvens dos dois lados à medida que o colega balançava o turíbulo e Dominic Kelly cantava a primeira parte sozinho no coro. Mas Deus não estava dentro dele, naturalmente, quando roubaram o ostensório. Mas mesmo assim era um pecado grande e estranho apenas tocar nele. Ele pensou naquilo com um temor profundo; um pecado terrível e estranho: ele se arrepiava de pensar naquilo no meio do silêncio, enquanto as canetas arranhavam ligeiras. Mas beber o vinho da missa tirado do armário e ser descoberto pelo cheiro também era pecado: mas não era terrível e estranho. Apenas fazia a gente se sentir um pouco enjoado por causa do cheiro do vinho. Porque no dia de sua primeira comunhão na capela ele tinha fechado os olhos e aberto a boca e botado um pouco a língua para fora: e quando o reitor se inclinou para lhe dar a sagrada comunhão ele sentiu um leve hálito avinhado vindo da boca do reitor por causa do vinho da missa. A palavra era linda: vinho. Fazia a gente pensar no roxo escuro porque as uvas que davam na Grécia junto a casas brancas como templos eram roxo escuro. Mas o leve cheiro que tinha saído da boca do reitor causou nele uma sensação de enjoo na manhã da primeira comunhão. O dia da primeira comunhão da gente era o dia mais feliz da vida. E uma vez um monte de generais perguntou a Napoleão qual era o dia mais feliz de sua vida. Eles imaginaram que ele ia dizer o dia em que venceu alguma grande batalha ou o dia em que foi sagrado imperador. Mas ele disse:

—Cavalheiros, o dia mais feliz da minha vida foi o dia da minha primeira comunhão.

O padre Arnall entrou e a aula de latim teve início e ele continuou quieto, debruçado na carteira com os braços cruzados. O padre Arnall devolveu os cadernos com os temas e disse que estavam horríveis e que todos deviam ser imediatamente refeitos com as correções. Mas o pior de todos era o tema do Fleming porque as páginas estavam grudadas por causa de um borrão: e o padre Arnall segurou o caderno por uma ponta e disse que era um insulto para qualquer professor entregar um tema daquele jeito. Então ele pediu a Jack Lawton para declinar o substantivo *mare* e Jack Lawton parou no ablativo singular e não conseguia ir adiante com o plural.

—Você deveria se envergonhar, disse o padre Arnall com dureza. Você, o líder da classe!

Então ele perguntou ao garoto seguinte e ao seguinte e ao seguinte. Ninguém sabia. O padre Arnall foi ficando calmo, mais e mais calmo, à medida que cada garoto tentava dar a resposta e não conseguia. Mas seu rosto parecia sombrio e tinha um olhar furioso, embora sua voz estivesse muito calma. Então ele perguntou a Fleming e Fleming disse que a palavra não tinha nenhum plural. De repente o padre Arnall fechou o livro e gritou para ele:

—Fique de joelhos lá no meio da sala. Você é um dos garotos mais desleixados que já conheci. E o resto que vá passar o tema a limpo de novo.

Fleming saiu pesadamente de seu lugar e foi se ajoelhar entre os dois últimos bancos. Os outros garotos se debruçaram sobre seus cadernos e começaram a escrever. Um silêncio tomou conta da sala e Stephen, olhando timidamente para o rosto sombrio do padre Arnall, viu que ele estava um pouco vermelho por ter ficado furioso.

Era pecado o padre Arnall ficar furioso ou ele tinha o direito de ficar furioso quando os garotos eram desleixados porque isso os levava a estudarem mais ou ele estava apenas fazendo de conta que estava furioso? Era porque ele tinha o direito porque um padre sabia que era um pecado e não ia fazer isso. Mas se ele fizesse uma vez por engano como ele faria para se confessar? Talvez ele fosse se confessar ao vice-reitor. E se o vice-reitor fizesse isso ele ia se confessar ao reitor: e o reitor ao provincial: e o provincial ao superior geral dos jesuítas. Isso se chamava ordem: e ele tinha ouvido o pai dizer que eles eram todos homens inteligentes. Eles podiam todos terem se tornado pessoas importantes na sociedade se não tivessem se tornado jesuítas. E ele gostaria de saber o que o padre Arnall e Paddy Barrett teriam se tornado e o que o sr. McGlade e o sr. Gleeson teriam se tornado se não tivessem se tornado jesuítas. Era difícil pensar em quê, porque a gente teria que pensar neles de um jeito diferente, com casacos e calças de cores diferentes e com barbas e bigodes e tipos diferentes de chapéus.

A porta se abriu silenciosamente e se fechou. Um ligeiro murmúrio correu pela sala: o prefeito de estudos. Houve um instante de silêncio mortal e então o estalo forte de uma palmatória na última carteira. O coração de Stephen saltou de medo.

—Tem algum garoto aqui precisando de umas bordoadas, padre Arnall? gritou o prefeito de estudos. Algum malandrinho desleixado e espertalhão precisando de umas bordoadas nesta turma?

Ele veio até o meio da sala e viu Fleming de joelhos.

—Ai, ai! exclamou ele. Quem é este menino? Por que está de joelhos? Como se chama, meu rapaz?

—Fleming, senhor.

—Ai, ai, Fleming! Um desleixado, claro. Dá para ver pelo olhar. Por que ele está de joelhos, padre Arnall?

—Ele fez uma redação de latim bem ruinzinha, disse o padre Arnall, e errou todas as questões de gramática.

—Não há dúvida sobre isso! exclamou o prefeito de estudos, não há dúvida sobre isso! Um desleixado nato! Dá para ver pelo olhar.

Ele bateu com a palmatória na carteira e gritou:

—De pé, Fleming! De pé, meu rapaz!

Fleming se levantou devagar.

—Mostre! gritou o prefeito de estudos.

Fleming mostrou a mão. A palmatória desceu com um som forte e estalante: um, dois, três, quatro, cinco, seis.

—A outra mão!

A palmatória desceu mais uma vez com seis estalidos fortes, ligeiros.

—Fique de joelhos! gritou o prefeito de estudos.

Fleming se ajoelhou, apertando as mãos sob as axilas, o rosto contorcido de dor, mas Stephen sabia que suas mãos eram duras porque Fleming estava sempre esfregando resina nelas. Mas talvez ele estivesse com muita dor pois o barulho da palmatória era terrível. O coração de Stephen batia e tremia.

—Ao trabalho, todos! gritou o prefeito de estudos. Não queremos nenhum malandrinho desleixado e espertalhão aqui, nenhum malandrinho desleixado cheio de truques. Ao trabalho, repito. O padre Dolan virá ver vocês todos os dias. O padre Dolan virá amanhã.

Ele cutucou um dos meninos no lado com a palmatória, dizendo:

—Você aí, meu rapaz! Quando é mesmo que o padre Dolan virá aqui de novo?

—Amanhã, senhor, disse a voz de Tom Furlong.

—Amanhã e amanhã e amanhã, disse o prefeito de estudos. Tenham isso em mente. Padre Dolan todo dia. Vão escrevendo. Você aí, meu rapaz, quem é você?

O coração de Stephen pulou subitamente.

—Dedalus, senhor.

—Por que não está escrevendo como os outros?

—Eu . . . . . meus . . .

Ele não conseguia falar de tanto medo.

—Por que ele não está escrevendo, padre Arnall?

—Ele quebrou os óculos, disse o padre Arnall, e eu o dispensei da tarefa.

—Quebrou? O que é isso que estou ouvindo? O que é isso? Como é mesmo o seu nome? disse o prefeito de estudos.

—Dedalus, senhor.

—Venha aqui, Dedalus. Malandrinho cheio de truques. Percebo o truque no seu rosto. Onde você quebrou os óculos?

Stephen tropeçou no meio da sala, ofuscado pelo medo e pelo afobamento.

—Onde você quebrou os óculos? repetiu o prefeito de estudos.

—Na pista de corrida, senhor.

—Ai, ai! Na pista de corrida! exclamou o prefeito de estudos. Conheço esse truque.

Stephen ergueu os olhos espantado e viu por um instante o rosto pálido e nada jovem do padre Dolan, sua cabeça careca e grisalha com uma penugem de cabelo dos lados, os aros de aço de seus óculos e seus olhos deslavados olhando através das lentes. Por que ele disse que conhecia aquele truque?

—Malandrinho desleixado cheio de truques! exclamou o prefeito. Quebrei meus óculos! Um surrado truque de estudante! Mostre logo a mão!

Stephen fechou os olhos e estendeu a mão trêmula no ar com a palma para cima. E sentiu o prefeito tocá-la por um instante para endireitar os dedos e depois o silvo da manga da batina subindo enquanto a palmatória era erguida para o golpe. Uma bordoada quente, ardida, crepitante, formigante como o estrepitoso estalo de um graveto partido fez a mão trêmula franzir como folha ao fogo: e com o som e a dor, lágrimas escaldantes lhe vieram aos olhos. O corpo inteiro tremia de medo, os braços tremiam e a mão lívida, ardente, franzida, sacudia como uma folha solta no ar. Um grito brotava de seus lábios, uma prece para ser livrado. Mas embora as lágrimas lhe escaldassem os olhos e os membros fremissem de dor e medo, ele segurou as lágrimas quentes e o choro que escaldava a sua garganta.

—A outra mão! gritou o prefeito de estudos.

Stephen recolheu o braço direito, ferido e trêmulo, e estendeu a mão esquerda. A manga da batina silvou de novo enquanto a palmatória era erguida e um som alto e estrondoso e uma dor ardida, insana, ferina, formigante fez sua mão, com a palma e os dedos, reduzir-se a uma massa lívida e trêmula. A água escaldante explodiu de seus olhos e, ardendo de vergonha e agonia e medo, ele recolheu, aterrorizado, o braço trêmulo e explodiu num lamento de dor. Seu corpo sacudia-se numa paralisia de medo e com vergonha e raiva ele sentiu o grito escaldante vindo da garganta e as lágrimas escaldantes escorrendo dos olhos e descendo pelas faces em chamas.

—De joelhos! gritou o prefeito de estudos.

Stephen se ajoelhou rapidamente, pressionando as mãos moídas contra as coxas. Pensar nelas como moídas e inchadas de dor logo fez com que ficasse com pena delas como se elas não fossem suas mas de alguma outra pessoa da qual sentisse pena. E, ao se ajoelhar, abafando os últimos soluços na garganta e sentindo a dor ardida e formigante pressionando as coxas, pensou nas mãos que tinha mantido no ar com as palmas para cima e na batida firme do prefeito de estudos quando ele tinha acalmado os dedos tremulantes e na massa vermelha de palma e dedos, moída e inchada, que tremia impotente no ar.

—Voltem para o trabalho, vocês todos, gritou da porta o prefeito de estudos. O padre Dolan virá todos os dias para ver se algum menino, algum malandrinho desleixado e espertalhão precisa ser castigado. Todos os dias. Todos os dias.

A porta se fechou atrás dele.

A turma, em silêncio, continuava a passar a limpo os temas. O padre Arnall se levantou do assento e caminhou entre eles, ajudando os meninos com palavras brandas e apontando os erros que tinham cometido. Sua voz era muito branda e mansa. Então ele voltou para o seu assento e disse para Fleming e Stephen:

—Vocês dois podem voltar para os seus lugares.

Fleming e Stephen se levantaram e, indo até seus lugares, se sentaram. Stephen, rubro de vergonha, abriu rapidamente um livro com uma mão só, fraca, e se debruçou sobre ele, o rosto colado à página.

Era injusto e cruel porque o médico tinha dito para ele não ler sem os óculos e ele tinha escrito para o pai naquela manhã pedindo para mandar um par novo. E o padre Arnall tinha dito que ele não precisava estudar até os óculos novos chegarem. E ainda ser chamado de malandrinho na frente da turma e ser castigado com a palmatória quando ele sempre ganhava o cartão de primeiro ou segundo lugar e era o líder do grupo de York! Como o prefeito de estudos podia concluir que aquilo era um truque? Ele sentiu o toque dos dedos do prefeito quando eles imobilizaram a sua mão e no começo pensou que ia trocar um aperto de mãos com ele porque os dedos eram macios e firmes: mas então em seguida ouviu o silvo da manga da batina e o golpe. Foi cruel e injusto fazê-lo ajoelhar-se no meio da sala naquele momento: e o padre Arnall tinha dito a ambos que podiam voltar para os seus lugares sem fazer nenhuma distinção entre eles. Ele ouvia a voz branda e suave do padre Arnall enquanto corrigia os temas. Talvez ele estivesse arrependido agora e quisesse ser simpático. Mas era injusto e cruel. O prefeito de estudos era padre mas aquilo era cruel e injusto. E seu rosto pálido e os olhos deslavados por detrás dos óculos com aros de aço tinham um aspecto cruel porque ele tinha antes imobilizado a mão com seus dedos macios e firmes e isso para bater com mais força e mais barulho.

—É uma coisa feia e nojenta, é isso que é, disse Fleming, no corredor, enquanto as turmas saíam em fila em direção ao refeitório, bater num aluno com a palmatória por algo que não é culpa dele.

—Você quebrou mesmo os óculos por acidente, não foi? perguntou Nasty Roche.

Stephen sentia o coração repleto com as palavras de Fleming e não respondeu.

—É claro que sim! disse Fleming. Eu não aturava isso. Eu ia dar queixa dele para o reitor.

—Sim, disse Cecil Thunder ansiosamente, e vi que ele ergueu a palmatória até a altura dos ombros, mas ele não pode fazer isso.

—Doeu muito? perguntou Nasty Roche.

—Demais, disse Stephen.

—Eu não aturava isso, repetiu Fleming, de parte do Carequinha ou de qualquer outro carequinha. É um truque baixo, feio e nojento, é isso que é. Eu ia direto ao reitor e me queixava para ele depois da janta.

—Sim, faz isso. Sim, faz isso, disse Cecil Thunder.

—Sim, faz isso. Sim, dá queixa dele para o reitor, Dedalus, disse Nasty Roche, porque ele disse que voltaria amanhã pra te castigar de novo.

—Sim, sim. Dá queixa ao reitor, disseram todos.

E alguns alunos da segunda classe de gramática estavam ouvindo e um deles disse:

—O senado e o povo romano declararam que Dedalus foi injustamente punido.

Era errado; era injusto e cruel; e, sentado no refeitório, sofria uma e outra vez na lembrança a mesma humilhação até que começou a se perguntar se não podia realmente haver algo em seu rosto que dava a impressão de que ele era um malandrinho e desejou ter um pequeno espelho para olhar. Mas não podia ser; era injusto e cruel e sem fundamento.

Ele não conseguia comer os bolinhos de peixe tostados que davam para eles na Quaresma e uma de suas batatas tinha a marca da pá. Sim, ele ia fazer o que os colegas disseram. Ia subir para dizer ao reitor que tinha sido injustamente punido. Algo parecido com isso tinha sido feito antes na história por alguém, por alguma grande pessoa cujo rosto estava nos livros de história. E o reitor ia declarar que ele tinha sido injustamente punido porque o senado e o povo romano sempre declaravam que os homens que tinham feito aquilo tinham sido injustamente punidos. Esses eram os grandes homens que tinham seus nomes escritos no livro de questões de Richmal Mangnall. A história era toda sobre esses homens e o que eles fizeram e era disso que todos os relatos de Peter Parley sobre a Grécia e Roma tratavam. O próprio Peter Parley estava numa figura da primeira página. Havia uma estrada que passava por um matinho com grama do lado e alguns arbustos: e Peter Parley tinha um chapéu largo como um ministro protestante e um bastão grande e caminhava ligeiro pela estrada em direção à Grécia e a Roma.

Era fácil o que ele devia fazer. Tudo o que devia fazer quando a janta terminasse e fosse a vez dele de sair era continuar andando não pelo corredor mas subindo pela escada à direita que levava ao castelo. Não devia fazer mais nada a não ser isso; virar à direita e subir rápido a escada e em meio minuto ele estaria no escuro corredor baixo e estreito que levava à sala do reitor depois de atravessar o castelo. E todos os colegas tinham dito que era injusto, até mesmo o colega da segunda classe de gramática que tinha dito aquilo sobre o senado e o povo romano.

O que ia acontecer? Ele ouviu os alunos da turma dos maiores se levantarem no final do refeitório e ouviu os seus passos à medida que vinham pelo assoalho atapetado: Paddy Rath e Jimmy Magee e o espanhol e o português e o quinto era o grandalhão do Corrigan que ia ser castigado com a palmatória pelo sr. Gleeson. Era por isso que ele tinha sido chamado de malandrinho pelo prefeito de estudos e castigado por nada: e, estreitando os olhos fracos, cansados pelo choro, ele viu os ombros largos e a grande cabeça negra caída do grandalhão do Corrigan passando na fila. Mas ele tinha feito alguma coisa e ainda por cima o sr. Gleeson não ia bater forte nele: e ele se lembrava da aparência do grandalhão do Corrigan na piscina. Ele tinha a pele da mesma cor da água lamacenta cor de turfa que ficava na ponta rasa da piscina e quando caminhava pela beirada os pés chapinhavam forte nos ladrilhos molhados e a cada passo suas coxas tremulavam um pouco porque ele era gordo.

O refeitório estava quase vazio e os alunos ainda passavam em fila. Ele podia subir pelas escadas porque não havia nenhum padre ou prefeito do lado de fora da porta do refeitório. Mas ele não conseguia ir adiante. O reitor ia tomar o partido do prefeito de estudos e ia achar que era um truque de estudante e então o prefeito de estudos viria todos os dias só que seria pior porque ele estaria terrivelmente irritado com qualquer aluno que tivesse subido até a sala do reitor para se queixar dele. Os colegas tinham dito para ele ir mas eles mesmos não iriam. Eles já tinham esquecido tudo. Não, era melhor esquecer tudo e talvez o prefeito de estudos tivesse dito que voltava só por falar. Não, era melhor não dar na vista porque quando a gente é muito pequeno e novo é assim que quase sempre se consegue escapar.

Os colegas de sua mesa se levantaram. Ele se levantou e entrou na fila saindo com eles. Tinha que decidir. Estava chegando perto da porta. Se continuasse junto com os colegas nunca ia conseguir subir até o reitor porque não poderia sair do pátio de recreio para isso. E se continuasse e mesmo assim fosse castigado com a palmatória todos os colegas iam zombar dele, dizendo que o pequeno Dedalus tinha subido até o reitor para dar queixa do prefeito de estudos.

Ele veio pelo assoalho atapetado e viu a porta diante dele. Era impossível: ele não conseguia. Ele pensava na cabeça calva do prefeito de estudos com os olhos cruéis e deslavados olhando para ele e ouvia a voz do prefeito de estudos perguntando duas vezes qual era o nome dele. Por que ele não tinha guardado o nome quando ele disse pela primeira vez? Ele não estava escutando na primeira vez ou tinha sido para zombar do nome? Os grandes homens da história tinham nomes assim e ninguém zombava deles. Era do nome dele mesmo que ele devia zombar se quisesse fazer zombaria. Dolan: era como o nome de uma mulher que lava roupa.

Ele tinha chegado à porta e, virando rapidamente para a direita, subiu as escadas; e, antes que pudesse mudar de ideia e voltar, ele tinha entrado no escuro corredor baixo e estreito que levava ao castelo. E, ao ultrapassar o limiar da porta do corredor, ele viu, sem virar a cabeça para olhar, que todos os colegas estavam buscando por ele enquanto passavam em fila.

Ele atravessou o corredor estreito e escuro, passando pelas pequenas portas que eram as portas dos quartos da comunidade. Ele espiou à frente e à direita e à esquerda em meio à escuridão e pensou que aqueles deviam ser retratos. Estava escuro e silencioso e seus olhos estavam fracos e cansados de chorar e por isso não conseguia enxergar direito. Mas pensou que eram os retratos dos santos e dos grandes homens da ordem que silenciosamente o olhavam de cima enquanto ele passava: santo Inácio de Loyola, segurando um livro aberto e apontando para as palavras *Ad Majorem Dei Gloriam* que estavam escritas ali, são Francisco Xavier, apontando para o próprio peito, Lorenzo Ricci, com o barrete na cabeça, como um dos prefeitos de turma, os três padroeiros da sagrada juventude, são Estanislau Kostka, são Luís de Gonzaga e o abençoado John Berchmans, todos com rostos jovens porque morreram quando eram jovens, e o padre Peter Kenney, sentado numa cadeira, envolto num manto enorme.

Ele chegou ao alto das escadas, acima do saguão de entrada, e olhou à sua volta. Foi por aqui que Hamilton Rowan passou e as marcas das balas dos soldados estavam ali. E foi ali que os criados velhos viram o fantasma numa capa branca de marechal.

Um criado velho estava varrendo no fim do patamar das escadas. Ele perguntou onde ficava a sala do reitor e o criado velho apontou para a porta bem no fim e ficou observando enquanto ele se dirigia para lá e batia na porta.

Não houve resposta alguma. Ele bateu de novo, mais forte, e o coração saltou quando ouviu uma voz abafada dizer:

—Entre!

Ele girou a maçaneta, abrindo a porta e tateando em busca da maçaneta da porta interna forrada de verde. Ele a encontrou, girou e entrou.

Viu o reitor sentado à escrivaninha, escrevendo. Havia uma caveira em cima da escrivaninha e um cheiro solene estranho na sala como de couro velho de sofá.

O coração batia forte por causa do lugar solene em que se encontrava e do silêncio da sala: e ele olhou para a caveira e para o rosto bondoso do reitor.

—Bem, meu homenzinho, de que se trata?

Stephen engoliu a coisa na sua garganta e disse:

—Quebrei os óculos, senhor.

O reitor abriu a boca, dizendo:

—Oh!

Então ele sorriu e disse:

—Bom, se você quebrou os óculos, devemos escrever à sua família para enviarem um novo par.

—Eu escrevi, senhor, disse Stephen, e o padre Arnall disse que eu não precisava estudar até eles chegarem.

—Muito bem! disse o reitor.

Stephen engoliu a coisa de novo e tentou impedir que as pernas e a voz tremessem.

—Mas, senhor . . . .

—Sim?

—O padre Dolan entrou hoje na sala e me espancou com a palmatória porque eu não estava fazendo o tema.

O reitor olhou para ele em silêncio e ele podia sentir o sangue subindo pelo rosto e as lágrimas prestes a encherem os olhos.

O reitor disse:

—Seu nome é Dedalus, não é mesmo?

—Sim, senhor.

—E onde você quebrou os óculos?

—Na pista de corrida, senhor. Um colega estava saindo do galpão de bicicletas e eu caí e eles se quebraram. Não sei o nome do colega.

O reitor olhou de novo para ele em silêncio. Então sorriu e disse:

—Ah, bem, foi um engano, tenho certeza que o padre Dolan não sabia.

—Mas eu disse para ele que tinha quebrado os óculos, senhor, e ele me castigou com a palmatória.

—Você disse para ele que tinha escrito à sua família para enviarem um novo par? perguntou o reitor.

—Não, senhor.

—Ah, bem, então, disse o reitor, o padre Dolan não entendeu. Você pode dizer que eu o dispenso das lições por alguns dias.

Stephen disse ligeiro com medo de ser tolhido pela tremedeira:

—Sim, senhor, mas o padre Dolan disse que vinha amanhã para me dar a palmatória de novo por isso.

—Muito bem, disse o reitor, é um engano e eu mesmo vou falar com o padre Dolan. Fica bem assim?

Stephen sentia as lágrimas encharcarem os olhos e murmurou:

—Ah, sim, senhor, obrigado.

O reitor estendeu a mão por cima da escrivaninha onde estava a caveira e Stephen, pondo sua mão na dele por um instante, sentiu uma palma fria e úmida.

—Bom dia, então, disse o reitor, retirando a mão e fazendo uma reverência.

– Bom dia, senhor, disse Stephen.

Ele fez uma reverência e saiu em silêncio da sala, fechando as portas cuidadosa e lentamente.

Mas quando já tinha passado pelo criado velho no patamar das escadas e estava de novo no escuro corredor baixo e estreito começou a andar cada vez mais ligeiro. Cada vez mais ligeiro ele se precipitou agitado pela escuridão. Empurrou o cotovelo contra a porta do final do corredor e, precipitando-se escada abaixo, caminhou rapidamente pelos dois corredores, saindo ao ar livre.

Ele podia ouvir os gritos dos alunos nos pátios de recreio. Embalou uma corrida e, correndo ligeiro, cada vez mais ligeiro, atravessou a pista revestida de cinzas até chegar, ofegante, ao pátio de recreio da turma dos menores.

Os colegas o tinham visto correndo. Eles se fecharam em círculo em torno dele, se empurrando para ouvi-lo.

—Conta pra gente! Conta pra gente!

—O que foi que ele disse?

—Você entrou na sala dele?

—O que foi que ele disse?

—Conta pra gente! Conta pra gente!

Contou para eles o que ele tinha dito e o que o reitor tinha dito e, quando terminou de contar, todos os colegas jogaram os bonés rodopiando para o ar e gritaram:

—Hurra!

Pegaram os bonés de volta, jogando-os de novo rodopiando para o alto e gritaram de novo:

—Hurra! Hurra!

Fizeram uma caminha com as mãos entrelaçadas e o ergueram no ar no meio deles, carregando-o até ele começar a se debater para se ver livre. E quando escapou deles, eles se dispersaram em todas as direções, jogando de novo seus bonés para o ar e assobiando enquanto eles rodopiavam e gritando:

—Hurra!

E deram três apupos para o Dolan Carequinha e três vivas para o Conmee, dizendo que ele era o reitor mais decente que já tinha passado por Clongowes.

Os vivas se extinguiram no ar suave e cinzento. Ele estava sozinho. Estava triste e livre: mas não se mostraria de jeito nenhum soberbo para com o padre Dolan. Ele se mostraria muito quieto e obediente: e gostaria de poder fazer algo bom por ele para demonstrar que não se sentia soberbo.

O ar era suave e cinzento e ameno e o fim de tarde estava chegando. Havia um cheiro de fim de tarde no ar, o cheiro dos campos do interior onde eles desenterravam nabos para descascar e comer quando saíam para uma caminhada até a casa do major Barton, o cheiro que havia no pequeno bosque que ficava depois do pavilhão onde estavam as nozes de galha.

Os colegas estavam brincando de atirar pedras e arremessar bolas baixas e bolas com efeito. No silêncio cinzento e suave ele podia ouvir o choque das bolas: e daqui e dali, pelo ar calmo, o som dos tacos de críquete: plic, plac, ploc, pluc: como gotas d'água dum chafariz caindo suavemente no tanque cheio até a borda.

## II

O tio Charles fumava um fumo de rolo tão forte que por fim o sobrinho sugeriu que ele desfrutasse de sua tragada matinal num galpão que havia nos fundos do quintal.

—Muito bem, Simon. Tudo na santa paz, Simon, disse o velho tranquilamente. Onde você achar melhor. O galpão me cairá muito bem: será mais salutar.

—Que o diabo me carregue, disse o sr. Dedalus francamente, se eu souber como você consegue fumar um fumo tão terrível como esse. Por Deus, é como pólvora.

—É muito bom, Simon, respondeu o velho. Refresca e acalma bastante.

Toda manhã, portanto, o tio Charles comparecia ao seu galpão mas não sem antes ter frisado e penteado escrupulosamente o cabelo detrás da cabeça e escovado e posto a sua cartola. Enquanto fumava, a aba da cartola e o fornilho do cachimbo eram bem visíveis para além dos batentes da porta do galpão. Sua pérgola, como ele chamava o fétido galpão que partilhava com o gato e as ferramentas de jardinagem, funcionava também como caixa de ressonância: e toda manhã ele cantarolava feliz uma de suas canções preferidas: *Oh, trance para mim uma pérgola* ou *Olhos azuis e cabelos dourados* ou *Os pomares de Blarney*, enquanto as espirais cinzentas e azuis de fumaça subiam devagar de seu cachimbo e se desmanchavam no ar puro.

Durante a primeira parte do verão em Blackrock, o tio Charles era a companhia constante de Stephen. O tio Charles era um velho saudável de pele bem bronzeada, faces cheias de sulcos e suíças brancas. Nos dias de semana, ficava encarregado das pequenas voltas entre a casa da avenida Carysfort e as lojas da rua principal do vilarejo nas quais a família fazia compras. Stephen ficava feliz de ir com ele nessas voltas pois o tio Charles o abastecia muito liberalmente com punhados de qualquer coisa que estivesse exposta em caixões e tonéis abertos do lado de fora do balcão. Ele pegava um punhado de uvas com serragem ou três ou quatro maçãs americanas e as enfiava generosamente nas mãos do sobrinho-neto enquanto o balconista sorria meio sem jeito; e, ao gesto de Stephen fingindo relutância em aceitá-las, ele franzia a testa e dizia:

—Pode pegar, meu senhor. Está ouvindo, meu senhor? É bom para os intestinos.

Quando a lista de encomendas tinha sido anotada, os dois iam para o parque, onde um velho amigo do pai de Stephen, Mike Flynn, estaria sentado num banco, esperando por eles. Então começava a corrida de Stephen em volta do parque. Mike Flynn ficava na entrada próxima à estação de trem, segurando o relógio, enquanto Stephen corria em volta da pista, no estilo preferido de Mike Flynn, a cabeça para o alto, os joelhos bem erguidos e as mãos estendidas ao longo do corpo. Quando o exercício matinal chegava ao fim o treinador fazia os seus comentários e às vezes resolvia ilustrá-los, caminhando comicamente com os pés arrastados por mais ou menos um metro, num par de sapatos velhos feito de lona azul. Um pequeno bando de crianças e babás maravilhadas se juntava para vê-lo e ficava por ali, mesmo depois de ele e o tio Charles terem voltado a se sentar, envolvidos numa conversa sobre atletismo e política. Embora tivesse ouvido o pai dizer que os melhores corredores dos tempos modernos tinham passado pelas mãos de Mike Flynn, Stephen muitas vezes dava uma espiadela no rosto flácido e com a barba por fazer de seu treinador quando o rosto se curvava sobre os dedos compridos e manchados entre os quais ele enrolava seu cigarro, e lhe davam pena os olhos azuis fracos e sem brilho que se despegavam de repente da tarefa, fixando-se vagamente no azul longínquo, enquanto os dedos compridos e inchados paravam de enrolar o cigarro e os grumos e fios de fumo caíam de volta na bolsinha.

No caminho de volta para casa, muitas vezes o tio Charles fazia uma visita à capela e, como a pia de água benta era muito alta para Stephen, o velho mergulhava a mão e depois espargia a água com vontade pela roupa de Stephen e pelo piso da entrada. Ele se ajoelhava em cima de seu lenço vermelho para rezar e lia em voz alta um livro de orações cheio de marcas de dedos e no qual as primeiras palavras da página seguinte estavam impressas ao pé da página atual. Stephen se ajoelhava ao seu lado, respeitando, embora dela não compartilhasse, sua piedade. Muitas vezes se perguntava por qual coisa seu tio-avô rezava tão seriamente. Talvez ele rezasse pelas almas do purgatório ou pela graça de uma morte tranquila ou talvez rezasse para que Deus lhe desse de volta uma parte da grande fortuna que tinha dissipado em Cork.

Aos domingos, Stephen junto com o pai e o tio-avô saíam para sua caminhada. Apesar dos calos, o velho era um caminhante ágil e com frequência cobriam quinze ou vinte quilômetros de estrada. A pequena vila de Stillorgan era o divisor dos percursos. Ou eles iam para a esquerda, em direção às montanhas de Dublin, ou seguiam pela estrada de Goatstown e daí para Dundrum, voltando para casa por Sandyford. Esfalfando-se pelo caminho ou parando em algum boteco sujo de beira de estrada, os adultos falavam constantemente sobre os assuntos que lhes eram mais caros, da política irlandesa, de Munster e das histórias da família, a todos os quais Stephen emprestava um ávido ouvido. As palavras que não entendia ele as repetia e voltava a repetir para si mesmo até tê-las aprendido de cor: e graças a elas tinha vislumbres do mundo real ao seu redor. A hora em que ele também faria parte da vida daquele mundo parecia estar próxima e em segredo ele começava a se preparar para o grande papel que sentia estar à sua espera mas cuja natureza ele apreendia apenas vagamente.

As noites eram apenas dele; e ele ficava grudado numa tradução toda rota de *O conde de Monte Cristo*. Quando criança, a figura daquele tenebroso vingador saltava-lhe à mente pela mínima coisa de estranho e terrível que tivesse ouvido ou adivinhado. À noite, montava na mesa da sala de estar um modelo da fantástica caverna da ilha com decalcomanias e flores de papel e papel de seda colorido e tiras de papel ouro e prata do tipo usado para embrulhar chocolate. Quando desmanchava o cenário, cansado de seu ouropel, vinha-lhe à mente a brilhante imagem de Marselha, das treliças ensolaradas e de Mercedes. Perto de Blackrock, na estrada que levava às montanhas, havia uma casinha caiada em cujo jardim cresciam muitas roseiras: e nessa casa, dizia ele para si mesmo, morava uma outra Mercedes. Tanto na ida quanto na volta ele media a distância por esse marco: e em sua imaginação vivia uma longa série de aventuras, maravilhosas como as do próprio livro, um pouco antes do fim das quais aparecia uma imagem dele mesmo, mais velho e mais triste, num jardim en-luarado junto a Mercedes, que muitos anos antes tinha menosprezado seu amor, dizendo, com um gesto tristemente orgulhoso de recusa:

—Minha senhora, jamais como uva moscatel.

Aliou-se a um garoto chamado Aubrey Mills e fundou junto com ele um bando de aventureiros da avenida. Aubrey carregava um apito pendurado na botoeira e um farol de bicicleta preso ao cinto, enquanto os outros traziam, atravessada na cintura, feito punhal, uma lasca de madeira. Stephen, que tinha lido sobre o estilo simples de vestir-se de Napoleão, decidiu não usar nenhum adereço, reforçando assim o prazer de se aconselhar com seu lugar-tenente antes de dar qualquer ordem. O bando fazia incursões nos quintais de solteironas ou ia até o castelo e travava batalhas nos rochedos ásperos e cobertos de algas, voltando depois para casa, soldados estropiados e exaustos, com o odor rançoso de maresia nas narinas e o óleo fétido das algas nas mãos e nos cabelos.

Aubrey e Stephen tinham o mesmo leiteiro e com frequência iam na carroça de leite até Carrickmines, onde as vacas pastavam. Enquanto os homens tiravam o leite, os garotos se revezavam para montar a égua mansa e andar em volta do campo. Mas quando o outono chegou as vacas foram levadas do pasto para casa: e a pri-meira visão do curral imundo em Stradbrook, com suas poças sujas e esverdeadas e coágulos de bosta fresca e cochos com água de farelo fumegando, deixou-o com o estômago embrulhado. O gado que no campo, em dias de sol, parecia tão bonito o repugnava e ele não conseguia nem mesmo olhar para o leite que produziam.

A chegada de setembro não foi nenhum problema para ele este ano porque não ia ser mandado de volta a Clongowes. O treino no parque acabou quando Mike Flynn foi para o hospital. Aubrey estava na escola e tinha apenas uma ou duas horas livres no fim da tarde. O bando se desmanchou e não houve mais incursões noturnas ou batalhas nos rochedos. Às vezes Stephen dava umas voltas com a carroça que entregava o leite da noite: e esses passeios gelados varriam de sua memória a sujeira do curral e ele não sentia nenhuma aversão ao ver pelos de vaca e fiapos de feno no casaco do leiteiro. Sempre que a carroça parava na frente de uma casa ele esperava poder dar uma espiada numa cozinha bem limpa ou num saguão suavemente iluminado e ver como a criada segurava a leiteira e como fechava a porta. Imaginava que devia ser uma vida bastante agradável sair de carroça pelas estradas todas as tardezinhas para entregar leite, desde que ele tivesse luvas quentes e um saco bem forrado de biscoitos de gengibre no bolso para ir comendo. Mas a mesma antevisão que lhe tinha embrulhado o estômago e feito as suas pernas vergarem de repente quando corria em volta do parque, a mesma intuição que tinha feito com que ele desse uma espiadela desconfiada no rosto flácido e na barba por fazer do treinador enquanto se curvava sobre os dedos compridos e manchados, dissipavam qualquer visão que pudesse ter do futuro. De uma forma vaga, ele compreendia que o pai estava com problemas e essa era a razão pela qual ele não tinha sido mandado de volta para Clongowes. Vinha sentindo, por algum tempo, as pequenas mudanças que se davam em sua casa; e cada uma dessas mudanças naquilo que julgava imutável acarretava um pequeno abalo na concepção de mundo que ele tinha como rapazote. A ambição que sentia agitar-se às vezes nas trevas de sua alma não encontrava nenhum escape. Um crepúsculo como o do mundo exterior obscureceu sua mente quando ele ouviu os cascos da égua estrondeando ao longo dos trilhos do bonde na Rock Road e o enorme latão bamboleando e chacoalhando atrás dele.

Ele retornou a Mercedes e, enquanto acalentava a imagem dela, uma estranha inquietude se infiltrava em suas veias. Às vezes uma febre crescia dentro dele, levando-o a vagar sozinho no começo da noite pelas quietas avenidas. A paz dos jardins e as confortantes luzes das janelas vertiam um suave influxo em seu inquieto coração. O barulho das crianças brincando o incomodava e suas vozes bobas faziam com que se sentisse, ainda mais intensamente do que se sentira em Clongowes, diferente dos outros. Ele não queria brincar. Queria encontrar no mundo real a imagem insubstancial que sua alma tão constantemente contemplava. Não sabia onde ou como descobri-la, mas uma premonição que o fez ir em frente disse-lhe que essa imagem, sem qualquer ação manifesta de sua parte, iria achá-lo. Eles se encontrariam silenciosamente como se fossem velhos conhecidos e tivessem marcado o encontro, talvez num dos portões ou nalgum lugar mais secreto. Estariam sozinhos, rodeados pela escuridão e pelo silêncio: e naquele momento de suprema ternura ele se transfiguraria. Ele se desvaneceria em algo impalpável sob os olhos dela e então se transfiguraria instantaneamente. Fraqueza e timidez e inexperiência o abandonariam nesse momento mágico.

◆ ◆ ◆

Duas grandes carroças amarelas tinham parado uma manhã defronte à porta e uns homens pisando forte entraram na casa para tirar tudo. A mobília foi arrastada para fora pelo jardim da frente que estava coberto de tufos de palha e tocos de corda e colocada nas enormes carroças que estavam junto ao portão. Quando tudo tinha sido acondicionado com segurança, as carroças partiram ruidosamente avenida afora: e da janela do vagão do trem em que ele estava sentado com a mãe, cujos olhos estavam vermelhos, Stephen as vira se arrastando pesadamente pela Merrion Road.

A lareira da entrada não estava puxando naquela noite e o sr. Dedalus apoiou o atiçador contra as barras da grade protetora para avivar a chama. O tio Charles cochilava num canto da sala com a mobília reduzida à metade e sem nenhum tapete e perto dele os retratos da família se apoiavam contra a parede. A lamparina em cima da mesa lançava uma luz fraca sobre o assoalho de tábuas nuas, enlameado pelos pés dos homens das carroças. Stephen estava sentado num banquinho ao lado do pai ouvindo um longo e incoerente monólogo. Ele compreendia pouco ou quase nada daquilo no começo, mas foi lentamente se tornando consciente de que o pai tinha inimigos e que alguma batalha ia ser travada. Sentia, além disso, que ele estava sendo convocado para a batalha e que alguma responsabilidade estava sendo posta em seus ombros. A súbita retirada do conforto e do devaneio de Blackrock, a passagem pela sombria e brumosa cidade, o pensamento da casa desprovida e triste na qual iam agora morar afligiam-lhe o coração: e de novo adveio-lhe uma intuição, um pressentimento do futuro. Também compreendia agora por que os criados muitas vezes cochichavam entre si na sala de entrada e por que o pai tinha muitas vezes ficado em pé no tapete junto à lareira, de costas para o fogo, conversando em voz alta com o tio Charles que insistia para que ele se sentasse e fosse jantar.

—Ainda me resta uma bala na agulha, Stephen, meu velho, disse o sr. Dedalus, atiçando o fogo mortiço com feroz energia. Ainda não estamos mortos, filhote. Não, pelo Senhor Jesus Cristo (que Deus me perdoe), nem próximo disso.

Dublin era uma nova e complexa sensação. O tio Charles tinha se tornado tão desmiolado que não se podia mais confiar nele para as pequenas voltas e a desordem da instalação na nova casa deixava Stephen mais livre do que tinha sido em Blackrock. No começo, contentou-se em circular timidamente pela praça vizinha ou, no máximo, ir até a metade de uma das ruas laterais, mas após ter feito um mapa esquemático da cidade na cabeça ele tomava corajosamente uma de suas linhas principais até chegar ao prédio da alfândega. Ele passava sem ser perturbado por entre as docas e ao longo dos cais, maravilhando-se com a quantidade de boias de cortiça que flutuavam à superfície da água numa espessa escuma amarela, com a multidão de estivadores e os barulhentos carrinhos de mão e o policial barbado e malvestido. A vastidão e a estranheza da vida que lhe eram sugeridas pelos fardos de mercadoria estocados ao longo dos muros ou que eram retiradas balançando no ar dos porões dos barcos a vapor despertavam de novo nele a inquietação que o levara a vagar à tardinha de jardim em jardim em busca de Mercedes. E em meio a esta nova e agitada vida ele podia se imaginar numa outra Marselha, mas à qual faltavam o céu claro e as treliças das adegas ainda quentes da luz do sol. Uma vaga insatisfação cresceu dentro dele enquanto observava os cais e o rio e os céus opressivos e contudo ele continuava a vagar para cima e para baixo dia após dia como se realmente procurasse alguém que lhe escapava.

Foi uma ou duas vezes com a mãe visitar os parentes: e embora passassem por uma festiva fileira de lojas iluminadas e decoradas para o Natal, seu estado de espírito, feito de um silêncio cheio de amargura, não o abandonou. As causas de sua amargura, remotas e próximas, eram muitas. Tinha raiva de si mesmo por ser jovem e estar à mercê de insaciáveis e tolos impulsos, com raiva também da reviravolta do destino que transfigurava o mundo à sua volta num panorama de miséria e falsidade. Contudo sua raiva não melhorava em nada o panorama. Ele registrava com paciência o que via, alheando-se dele e provando em segredo seu mortificante sabor.

Estava sentado na cadeira sem encosto da cozinha da tia. Uma lamparina com um refletor pendia da parede laqueada da lareira e à sua luz a tia lia o jornal da tarde que apoiava nos joelhos. Ela examinou por um bom tempo um retrato sorridente que estava ali estampado e disse sonhadora:

—A bela Mabel Hunter!

Uma menina de cabelos cacheados se pôs nas pontas dos pés para espiar o retrato e disse de maneira doce:

—O que ela está fazendo, mamãe?

—Uma pantomima, meu amor.

A criança recostou a cabeça cacheada na manga da mãe, contemplando o retrato e murmurou como que fascinada:

—A bela Mabel Hunter!

Como que fascinada, seus olhos repousaram por um bom tempo naqueles olhos de recatada provocação e ela murmurou com devoção:

—Ela não é encantadora?

E o menino que chegava da rua, caminhando com esforço e todo torto sob o saco de sete quilos de carvão, ouviu suas palavras. Ele logo largou sua carga no chão e correu para o lado dela para olhar. Mas ela não ergueu a cabeça repousada para lhe permitir olhar. Ele bateu nas bordas do jornal com as mãos avermelhadas e enegrecidas, empurrando-a para o lado com o ombro e se queixando de que não conseguia enxergar.

Ele estava sentado na estreita sala de refeições no alto da casa velha de janelas escuras. A luz da lareira tremulava na parede e do outro lado da janela um crepúsculo espectral se formava sobre o rio. À frente do fogo uma velha estava ocupada fazendo o chá e, ao mesmo tempo em que se aplicava à tarefa, contava em voz baixa o que o padre e o doutor tinham dito. Também falou de certas mudanças que tinha observado em si mesma nos últimos tempos e do linguajar e modos estranhos dela. Ele ficou sentado ouvindo as palavras e seguindo as vias de aventura que se revelavam em meio aos carvões, nas arcadas e nos subterrâneos e nas galerias tortuosas e nas cavernas de paredes cobertas de arestas.

De repente tornou-se consciente de algo no vão da porta. Um crânio apareceu, suspenso na obscuridade do vão. Um criatura frágil estava ali, como um macaco, trazida até ali pelo som das vozes junto ao fogo. Uma voz chorosa vinha da porta perguntando:

—É a Josephine?

A velha atarefada respondeu alegremente da lareira:

—Não, Ellen, é o Stephen.

—Oh.... Oh, boa noite, Stephen.

Ele retribuiu o cumprimento e viu um sorriso bobo abrindo-se no rosto do vão da porta.

—Quer alguma coisa, Ellen? perguntou a velha junto à lareira.

Mas ela não respondeu à pergunta e disse:

—Achei que fosse a Josephine. Achei que você fosse a Josephine, Stephen.

E, repetindo isso várias vezes, começou a rir debilmente.

Ele estava sentado no meio de uma festa de crianças em Harold's Cross. Seu jeito quieto e atento tinha se agravado e ele participava pouco das brincadeiras. As crianças, enroladas nos restos dos papéis dos tubos cheios de brindes que receberam, dançavam e pulavam ruidosamente e, embora tentasse entrar no clima de alegria delas, ele se sentia uma figura sombria no meio dos engraçados chapéus de três bicos e das touquinhas amarradas por baixo do queixo.

Mas, tendo cantado sua música e se recolhido a um canto reconfortante da sala, ele começou a experimentar o gozo de sua solidão. O júbilo, que no começo da tarde tinha parecido falso e trivial, era como um sopro de alívio para ele, passando alegremente pelos seus sentidos, escondendo de olhos alheios a febril agitação de seu sangue, enquanto, através das rodas de dançarinos e em meio à musica e ao riso, o olhar dela vinha até o seu canto, lisonjeando, provocando, remexendo, agitando seu coração.

No vestíbulo, as crianças que tinham ficado até mais tarde estavam vestindo suas coisas: a festa tinha acabado. Ela tinha jogado uma mantilha sobre si e, enquanto iam juntos em direção ao bonde, jorros de seu hálito límpido e cálido flutuavam esplendorosamente por sobre sua cabeça coberta e seus sapatos davam alegres estalidos ao pisarem no chão liso.

Era o último bonde. Os magros cavalos baios sabiam disso e chacoalhavam suas sinetas dentro da noite clara em sinal de advertência. O condutor falava com o cocheiro, ambos cabeceando com frequência à luz verde do lampião. Nos assentos vazios do bonde espalhavam-se uns poucos bilhetes coloridos. Não vinha nenhum som de passos subindo ou descendo a rua. Nenhum som quebrava a paz da noite a não ser quando os magros cavalos baios esfregavam o focinho um no outro e chacoalhavam suas sinetas.

Eles pareciam ouvir, ele no estribo superior e ela no inferior. Ela subiu até o estribo dele muitas vezes e desceu ao dela de novo entre uma e outra frase deles e uma ou duas vezes ficou parada perto dele no estribo superior por alguns instantes, e depois desceu. O coração dele bailava conforme os movimentos dela como uma boia de cortiça ao sabor da maré. Ele ouvia o que os olhos dela diziam para ele por debaixo do capuz e sabia que nalgum passado nebuloso, fosse em devaneio ou na realidade, ele tinha ouvido antes a história deles. Ele a via exibindo os seus adornos, o lindo vestido e o cinto e as longas meias pretas, e sabia que mil vezes ele tinha se rendido a eles. Mas uma voz dentro dele falava por sobre o ruído de seu bailante coração, pedindo a ele para aceitar a oferta dela e para isso bastava estender a mão. Ele se lembrava do dia em que ele e Eileen tinham ficado parados olhando para os jardins do hotel, observando os garçons hastear uma fileira de bandeirolas no mastro e o fox terrier correndo de um lado para o outro na grama ensolarada, e como, de repente, ela irrompeu numa risada e correu pela curva em declive da trilha. Agora, como então, ele ficou impassível em seu lugar, aparentemente um tranquilo observador da cena à sua frente.

—Ela também quer que eu a agarre, pensou. Foi por isso que veio comigo até o bonde. Eu poderia facilmente agarrá-la quando ela subisse até o meu degrau: ninguém está olhando. Eu poderia segurá-la e beijá-la.

Mas não fez uma coisa nem outra: e quando se viu sentado sozinho no bonde vazio ele rasgou o bilhete em pedaços e olhou tristonho para o estribo corrugado.

No dia seguinte ficou sentado à sua mesa por muitas horas no quarto despojado do andar de cima. À sua frente havia uma caneta nova, um tinteiro novo e um caderno de temas novo com capa cor de esmeralda. Por força do hábito ele tinha escrito no alto da primeira página as letras iniciais do lema jesuítico: A. M. D. G. Na primeira linha da página aparecia o título dos versos que estava tentando escrever: Para E... C... Ele sabia que era certo começar assim pois tinha visto títulos parecidos nos poemas reunidos de lorde Byron. Depois de escrever esse título e desenhar um arabesco embaixo, ele mergulhou num devaneio e começou a desenhar diagramas na capa do caderno. Via-se sentado à mesa em Bray na manhã após a discussão durante a ceia de Natal, tentando escrever um poema sobre Parnell atrás de um dos avisos de vencimento da segunda prestação da dívida do pai. Mas naquela ocasião seu cérebro se recusou a lidar com o tema e, desistindo, cobriu a página com os nomes e endereços de alguns de seus colegas de aula:

Roderick Kickham

John Lawton

Anthony MacSwiney

Simon Moonan

Agora tudo indicava que ele ia fracassar de novo, mas de tanto meditar sobre o incidente ele acabou por se convencer a adquirir confiança. Durante esse processo, todos aqueles elementos que ele considerava comuns e insignificantes saíram de cena. Não restava nenhum sinal nem mesmo do bonde ou dos homens do bonde ou dos cavalos: tampouco ele e ela apareciam vividamente. Os versos falavam apenas da noite e da fragrante brisa e do brilho virginal da lua. Alguma tristeza indefinida ocultava-se nos corações dos protagonistas enquanto eles permaneciam em silêncio sob as árvores desfolhadas e quando o momento do adeus chegou, o beijo, que tinha sido recusado por um deles, foi dado por ambos. Depois disso, as letras L. D. S. foram escritas no pé da página e, tendo escondido o caderno, ele entrou no quarto da mãe e ficou contemplando o próprio rosto por um longo tempo no espelho da penteadeira.

Mas a longa temporada de ócio e liberdade chegava ao fim. Num fim de tarde o pai chegou em casa cheio de novidades, as quais mantiveram sua língua ocupada durante todo o jantar. Stephen tinha ficado à espera da volta do pai pois o prato era guisado de carneiro e ele estava certo de que o pai o faria mergulhar o pão no molho. Mas o guisado não lhe caiu bem pois a menção a Clongowes tinha recoberto seu palato com uma escuma de nojo.

—Dei de cara com ele, disse o sr. Dedalus pela quarta vez, bem na esquina da praça.

—Suponho, então, disse a sra. Dedalus, que ele conseguirá ajeitar tudo. Quero dizer, o assunto de Belvedere.

—É claro que sim, disse o sr. Dedalus. Pois não lhe contei que ele é agora o provincial da ordem?

—Quanto a mim, nunca simpatizei com a ideia de mandá-lo estudar com os Irmãos Cristãos, disse a sra. Dedalus.

—Que se danem os Irmãos Cristãos! disse o sr. Dedalus. Junto com o Paddy Stink e o Mickey Mud? Não, que continue com os jesuítas, por amor de Deus, já que começou com eles. São eles que podem ajudar a pessoa a conseguir um bom cargo.

—E eles são uma ordem rica, não é mesmo, Simon?

—Muito. Eles vivem bem, posso lhe garantir. Você viu a mesa deles em Clongowes. Barriga sempre cheia, por Deus, como galos de briga.

O sr. Dedalus empurrou seu prato na direção de Stephen e mandou que ele terminasse o que ainda restava.

—Então, Stephen, agora é só pôr as mãos à obra, meu camarada. Você teve uma boa e prolongada temporada de férias.

—Oh, tenho certeza de que ele vai dar duro agora, disse a sra. Dedalus, ainda mais que contará com a companhia de Maurice.

—Oh, meu santo Deus, me esqueci do Maurice, disse o sr. Dedalus. Aqui, Maurice! Venha aqui, seu malandrinho lerdo. Fique sabendo que vou te mandar para um colégio onde te ensinarão a soletrar g-a-t-o, gato. E que vou comprar pra você um lindo lencinho de um pêni para ficar com o nariz sempre bem assoado. Não vai ser uma grande diversão?

Maurice deu um sorriso rasgado para o pai e depois para o irmão. O sr. Dedalus firmou o monóculo no olho e olhou sério para os dois filhos. Stephen continuou mastigando o pão devagarinho sem devolver o olhar do pai.

—Por falar nisso, disse por fim o sr. Dedalus, o reitor, ou melhor, o provincial, estava me contando aquela história sobre você e o padre Dolan. Você é um patife desavergonhado, foi o que ele disse.

—Ah, ele não disse isso, Simon!

—Não ele! disse o sr. Dedalus. Mas ele me fez um relato detalhado da coisa toda. Estávamos batendo papo, entende, e uma palavra puxa a outra. E, a propósito, quem você pensa que, segundo ele me disse, vai conseguir aquele cargo na prefeitura? Mas eu lhe conto depois.

Bem, como dizia, estávamos batendo papo muito amistosamente quando ele me perguntou se nosso amiguinho aqui ainda usava óculos e então ele me contou a história toda.

—E ele estava aborrecido, Simon?

—Aborrecido! Ele não! *Garotinho bem homem!* ele disse.

O sr. Dedalus imitou o afetado tom nasal do provincial.

—O padre Dolan e eu, quando contei a todos durante o jantar sobre o ocorrido, o padre Dolan e eu demos uma boa gargalhada por causa da história. *Melhor o senhor se cuidar, padre Dolan*, eu disse, *ou o jovem Dedalus vai mandar o senhor subir para levar nove bordoadas em cada mão.* Demos juntos uma gostosa gargalhada por causa da história. Rá! Rá! Rá! Rá!

O sr. Dedalus se virou para a mulher e emendou no seu próprio tom de voz:

—Isso mostra com qual espírito eles acolhem os meninos lá. Ah, nada como um jesuíta em matéria de vida, em matéria de diplomacia!

Ele retomou a voz do provincial, repetindo:

—*Disse para eles durante o jantar e o padre Dolan e eu e todos nós demos uma gostosa gargalhada por causa disso. Rá! Rá! Rá!*

◆ ◆ ◆

A noite da peça de Pentecostes tinha chegado e Stephen, da janela do camarim, contemplava o pequeno gramado ao longo do qual se estendiam fileiras de lanternas chinesas. Observava os visitantes descendo os degraus do prédio e se dirigindo ao teatro. Mestres de cerimônia em trajes de noite, antigos alunos de Belvedere, se movimentavam em grupos junto à entrada do teatro e conduziam solenemente os visitantes para dentro. Sob o repentino clarão de uma lanterna ele pôde reconhecer o rosto sorridente de um padre.

O Santíssimo Sacramento tinha sido removido do tabernáculo e os bancos das primeiras fileiras tinham sido empurrados para trás de modo a deixar livres o estrado do altar e o espaço à sua frente. Junto às paredes se enfileiravam pilhas de halteres longos e de clavas indianas; os halteres curtos estavam empilhados num canto: e por entre montes de calçados de ginástica e suéteres e camisetas enfiados em pacotes pardos em total desordem se destacava o volumoso cavalo de pau forrado de couro esperando sua vez de ser conduzido ao palco. Um grande escudo de bronze de ponta prateada, encostado no lado do altar, também esperava sua vez de ser conduzido ao palco e ser assentado no meio da equipe vencedora no final da apresentação de ginástica.

Stephen, embora tivesse sido eleito, em deferência à sua fama de bom em redação, secretário do clube de ginástica, não tinha nenhum papel na primeira parte do programa, mas na peça que constituía a segunda parte ele tinha o papel principal, o de um pedagogo burlesco. Foi escolhido por causa de sua estatura e de seu jeito sério pois estava agora em seu segundo ano em Belvedere e no penúltimo nível.

Uma vintena dos meninos mais novos em camisetas e calções brancos desceu tagarelando do palco passando pela sacristia e entrando na capela. A sacristia e a capela estavam apinhados de professores e meninos ansiosos. O roliço e calvo subtenente testava com o pé o trampolim do cavalo de pau. O esbelto jovem vestido num roupão comprido, que estava escalado para fazer uma exibição especial de complicado malabarismo com clavas, ficou por ali, as pontas de suas clavas folheadas em prata saindo para fora dos fundos bolsos laterais, observando com interesse. Enquanto outra equipe se aprontava para subir ao palco, ouvia-se o surdo entrechoque dos halteres de madeira: e no momento seguinte o agitado prefeito empurrava os meninos para sair do vestiário como se fossem um bando de gansos, estalando nervosamente as abas de sua batina e gritando aos atrasados para se apressarem. Uma pequena multidão de camponeses napolitanos praticava seus passos nos fundos da capela, alguns fechando os braços em círculo por sobre a cabeça, outros balançando a cesta cheia de violetas de papel e fazendo reverências. Num canto escuro da capela, no lado do altar reservado para a leitura do evangelho, uma velha robusta estava ajoelhada, envolta em suas copiosas saias negras. Quando ela se levantou, revelou-se uma figura vestida de rosa, usando uma peruca dourada de cabelos enrolados e um chapéu de palha antiquado, com sobrancelhas pintadas de preto e faces delicadamente rubras e empoadas. Um leve murmúrio de curiosidade circulou pela capela diante da revelação desta figura de mocinha. Um dos prefeitos, sorrindo e balançando a cabeça, aproximou-se do canto escuro e, tendo feito uma reverência à robusta velha, disse amavelmente:

—O que temos aqui, sra. Tallon, é uma bela moça ou é uma boneca?

Então, inclinando-se para dar uma olhada no sorridente rosto pintado sob a aba do chapéu, exclamou:

—Não! Sou capaz de jurar que é mesmo o pequeno Bertie Tallon!

Stephen, de seu posto à janela, ouviu a velha e o padre rirem juntos e ouviu os murmúrios de admiração dos meninos atrás de si enquanto seguiam para ver o menininho que estava escalado para dançar, desacompanhado, a dança do chapéu. Ele deixou escapar um gesto de impaciência. Largou a barra da persiana e, descendo do banco onde estivera postado, saiu da capela.

Ele deixou o prédio da escola e parou embaixo do alpendre que ladeava o jardim. Do teatro em frente chegavam o ruído abafado do público e os repentinos tinidos metálicos da banda militar. Do teto de vidro a luz se expandia para o alto fazendo o teatro parecer uma arca festiva, ancorada entre os cascos das casas, os frágeis cabos das lanternas servindo de amarras para prendê-la ao ancoradouro. Uma porta lateral do teatro se abriu subitamente deixando um feixe de luz escapulir pelo gramado. Uma súbita explosão de música rebentou da arca, o prelúdio de uma valsa: e quando a porta lateral voltou a se fechar o ouvinte podia escutar o débil ritmo da música. A sensação dos compassos de abertura, seu langor e seu elástico movimento, evocavam a incomunicável emoção que fora a causa da inquietude de todo o seu dia e de seu impaciente gesto de há pouco. A inquietude rebentava dele como uma onda sonora: e na maré de música que subia a arca viajava, arrastando os cabos das lanternas em sua esteira. Então um ruído como o de uma pequena artilharia interrompeu o movimento. Eram os aplausos que saudavam a entrada da equipe de halterofilismo no palco.

Na extremidade do alpendre, próximo à rua, um pontinho de luz cor-de-rosa revelava-se no escuro e enquanto caminhava em sua direção ele tomou consciência de um cheiro um tantinho pungente. Dois meninos fumavam sob o abrigo do vão de uma porta e antes de tê-los alcançado ele reconheceu Heron pela voz.

—Eis que chega o nobre Dedalus! gritou uma voz aguda e rou-quenha. Boas-vindas ao nosso fiel amigo!

Essa saudação de boas vindas terminou num leve estrépito de riso desconsolado enquanto Heron fazia um salamaleque, começando depois a bater no chão com sua bengala.

—Eis-me aqui, disse Stephen, detendo-se e mudando a direção de seu olhar de Heron para o amigo dele.

Esse último era alguém que ele não conhecia, mas no escuro, com a ajuda das pontas em brasa dos cigarros, ele conseguiu distinguir um rosto pálido e afetado, no qual um sorriso lentamente se esboçava, uma figura alta vestida com um sobretudo e usando um capacete. Heron não se deu ao trabalho de fazer uma apresentação, mas, em vez disso, falou:

—Acabei de dizer ao meu amigo Wallis como seria divertido se hoje à noite, no papel de mestre-escola, você fizesse uma imitação do reitor. Seria uma gozação das grandes.

Heron fez uma tentativa malograda de imitar para seu amigo Wallis a voz grave e pedante do reitor e, então, rindo do próprio fracasso, pediu que Stephen fizesse a imitação.

—Vai em frente, Dedalus, pressionou ele, você consegue imitá-lo de forma magnífica. *E, se também não escutar a igrrexa, considerra-o como um gentchio e publicano.*

A imitação foi frustrada graças a uma leve expressão de raiva por parte de Wallis, em cuja piteira o cigarro tinha ficado muito espremido.

—A droga desta porcaria de piteira, disse, tirando-a da boca e sorrindo e olhando para ela com ar de desgosto, mas conformado. Sempre prende desse jeito. Você usa piteira?

—Eu não fumo, respondeu Stephen.

—Não, disse Heron, Dedalus é um jovem exemplar. Não fuma e não vai a feiras de variedades e não flerta e não se queixa de nada ou dele não se ouve queixa alguma.

Stephen balançou a cabeça e riu da cara rubra e volúvel de seu rival, bicuda como a de uma ave. Muitas vezes tinha pensado como era estranho que Vincent Heron tivesse cara de ave e sobrenome de ave. Um tufo de cabelo descolorido assentava-se na sua testa como uma crista levantada: a testa era estreita e ossuda e um nariz fino e adunco destacava-se entre os olhos proeminentes e muito juntos e que eram claros e inexpressivos. Os rivais eram amigos na escola. Sentavam-se juntos nas aulas, ajoelhavam-se juntos na capela, tagarelavam juntos enquanto almoçavam depois da hora do rosário. Como os colegas do último nível eram uns estúpidos sem nenhuma distinção, Stephen e Heron tinham sido durante o ano os virtuais líderes da escola. Eram eles que subiam juntos até o reitor para pedir um dia livre ou dispensar um colega.

—Ah, por falar nisso, disse Heron de repente, vi o teu velho entrando.

O sorriso se desvaneceu do rosto de Stephen. A menor alusão feita ao seu pai por um colega ou professor tirava-o do sério na mesma hora. Esperou, em temeroso silêncio, para ouvir o que Heron podia dizer em seguida. Heron, entretanto, cutucou-o expressivamente com o cotovelo, dizendo:

—Você é mesmo uma velha raposa.

—Por que você diz isso? perguntou Stephen.

—Você tem cara de santinho, disse Heron. Mas desconfio que o que você é mesmo é uma velha raposa.

—Posso perguntar de que você está falando? disse Stephen civilizadamente.

—Com certeza, respondeu Heron. Nós a vimos, Wallis, não foi? E ainda por cima ela é diabolicamente bonita. E cheia de perguntas! *E qual é o papel do Stephen, sr. Dedalus? E o Stephen não vai cantar, sr. Dedalus?* O teu velho fazia um tremendo esforço para inspecioná-la através daquele monóculo dele de modo que acho que ele também te flagrou. Por Deus, eu não daria a mínima! Ela é demais, não é, Wallis?

—Dá para o gasto, respondeu Wallis calmamente enquanto colocava de novo a piteira no canto da boca.

Um raio de raiva momentânea cruzou a mente de Stephen diante dessas indelicadas alusões na presença de um estranho. Para ele não havia nada de divertido no interesse e na atenção de uma garota. Ele não pensara noutra coisa o dia todo a não ser na despedida deles nos degraus do bonde na Harold's Cross, na torrente de cambiantes emoções que isso fizera correr por todo o corpo e no poema que escrevera a respeito. O dia todo imaginara um novo encontro com ela pois sabia que ela viria para a peça. A velha e incessante angústia tinha invadido de novo seu peito tal como tinha acontecido na noite da festa mas sem encontrar qualquer válvula de escape em forma de verso. O crescimento e o saber decorrentes de dois anos de adolescência se interpunham entre o ontem e o agora, impedindo essa válvula de escape: e o dia todo a torrente de melancólica ternura dentro dele irrompera e voltara sobre si mesma em fluxos e refluxos sombrios, deixando-o por fim esgotado até que a brincadeira do prefeito e do menininho maquiado acabasse por provocar nele um gesto de impaciência.

—Então você pode muito bem admitir, continuou Heron, que desta vez nós te pegamos de jeito. Você não pode mais se fazer de santo, nisso você pode apostar.

Um leve estrépito de riso desconsolado escapou-lhe dos lábios e, inclinando-se como antes, ele bateu de leve na canela de Stephen com a bengala, num arremedo de reprovação.

O instante de raiva de Stephen já era coisa do passado. Ele não estava lisonjeado nem confuso mas desejava simplesmente que a zombaria terminasse. Ele praticamente não se ressentia pelo que lhe parecera a princípio uma indelicadeza tola pois sabia que a aventura em sua mente não corria nenhum perigo em decorrência dessas palavras: e seu rosto espelhava o sorriso falso do rival.

—Admita! repetiu Heron, batendo de novo na canela dele com a bengala.

O golpe era de brincadeira mas não tão leve como o primeiro. Stephen sentiu, quase sem dor, a pele arder e ficar levemente vermelha; e inclinando-se submissamente, como que retribuindo o espírito de brincadeira do companheiro, começou a recitar o *Confiteor*. O episódio terminou bem pois tanto Heron quanto Wallis riram, tolerantemente, da irreverência.

A confissão vinha apenas dos lábios de Stephen e, enquanto eles recitavam as palavras, uma lembrança repentina o transportara para outra cena, evocada como que por mágica no momento em que ele notara a ligeira e cruel covinha nos cantos dos lábios sorridentes de Heron e sentira o familiar golpe da bengala contra a canela e ouvira a familiar palavra de convite à rendição:

—Admita.

Isso foi quase no final de seu primeiro trimestre no colégio, quando estava no primeiro nível. Sua natureza sensível ainda sofria sob o império de um tipo de vida sórdido e irredimível. Sua alma ainda estava perturbada e deprimida pelo estagnante fenômeno que era Dublin. Emergira de um período de devaneio de dois anos para se ver em meio a uma nova cena, na qual cada acontecimento e cada personagem o afetava intimamente, desalentando-o ou cativando-o e, quer o desalentasse quer o cativasse, enchendo-o sempre de desassossego e pensamentos amargos. Todo o tempo de lazer que a vida escolar lhe permitia era passado na companhia de escritores subversivos cujos sarcasmos e cuja violência verbal se alojavam como um fermento em seu cérebro até passarem daí para seus toscos escritos.

A redação era para ele a principal ocupação de sua semana e toda terça-feira, enquanto caminhava de casa para a escola, lia sua sorte nos incidentes do dia, tomando alguma pessoa à sua frente como referência e apressando o passo para ultrapassá-la até que uma certa meta fosse atingida ou plantando escrupulosamente os pés nos espaços da colcha de retalhos da calçada e dizendo para si mesmo que seria o primeiro ali e que não seria o primeiro na redação semanal.

Certa terça-feira, sua trajetória de triunfos foi bruscamente interrompida. O sr. Tate, o professor de inglês, apontou o dedo para ele e disse sem rodeios:

—Este aluno cometeu uma heresia em sua redação.

Um silêncio tomou conta da sala. O sr. Tate não fez nada para quebrá-lo mas enfiou as mãos entre as pernas enquanto a camisa branca toda engomada estalava em volta do pescoço e do pulso. Stephen não ergueu os olhos. Era uma fria manhã de primavera e seus olhos ainda estavam fracos e ardendo. Estava consciente do fracasso e do flagrante, da sordidez de sua própria mente e de sua própria casa, e sentia contra o pescoço a borda fria do colarinho torcido e rugoso.

Uma risada curta e forte da parte do sr. Tate deixou a turma mais à vontade.

—Talvez você não soubesse isso, disse ele.

—Em que parte? perguntou Stephen.

O sr. Tate recolheu a mão enfiada e abriu a redação.

—Aqui. É sobre o Criador e a alma. Rrm... rrm..... rrm... Ah! *sem possibilidade de nunca chegar mais perto.* Isso é heresia.

Stephen murmurou:

—Eu quis dizer *sem possibilidade de nunca atingir.*

Era uma rendição e o sr. Tate, satisfeito, fechou a redação e entregou-a a ele, dizendo:

—Oh... Ah! *nunca atingir.* Isso é outra história.

Mas a turma não se deu por satisfeita. Embora ninguém falasse com ele depois da aula sobre o caso, ele podia sentir à sua volta um gozo maligno, vago e generalizado.

Algumas noites depois dessa censura pública, estava caminhando pela Drumcondra Road com uma carta quando ouviu uma voz gritar:

—Alto lá!

Ele se virou e viu três rapazes de sua turma marchando no lusco-fusco em sua direção. Foi Heron quem chamou e, enquanto marchava entre seus dois assistentes, ele cortava o ar à sua frente com uma bengala fina, marcando a cadência de seus passos. Boland, seu amigo, marchava ao seu lado, um sorriso largo no rosto, enquanto

Nash vinha alguns passos atrás, arfando por causa do ritmo da marcha e sacudindo a enorme cabeça ruiva.

Assim que os rapazes viraram na Clonliffe Road juntos, começaram a falar sobre livros e escritores, dizendo quais livros estavam lendo e quantos livros havia em casa nas estantes dos pais. Stephen escutava-os com algum espanto pois Boland era o bobo e Nash o mais preguiçoso da turma. De fato, depois de conversarem um pouco sobre seus escritores favoritos, Nash pronunciou-se a favor do capitão Marryat que, disse ele, era o maior dos escritores.

—Bobagem! disse Heron. Pergunta ao Dedalus. Quem é o maior dos escritores, Dedalus?

Stephen percebeu o escárnio na pergunta e disse:

—De prosa, você quer dizer?

—Sim.

—Newman, acho.

—Trata-se do cardeal Newman? perguntou Boland.

—Sim, respondeu Stephen.

O sorriso se alargou no rosto sardento de Nash enquanto ele se voltava para Stephen, dizendo:

—E você gosta do cardeal Newman, Dedalus?

—Bem, muitos dizem que Newman tem o melhor estilo de prosa, Heron disse aos outros dois à guisa de explicação; ele não é poeta, claro.

—E quem é o melhor dos poetas, Heron? perguntou Boland.

—Lorde Tennyson, claro, respondeu Heron.

—Bem, sim, lorde Tennyson, disse Nash. Temos todos os poemas dele num livro lá em casa.

Diante disso, Stephen esqueceu os votos de silêncio que vinha guardando e desabafou:

—Tennyson, um poeta! Ora, ora, ele não passa de um poetastro!

—Vamos lá, deixa disso! disse Heron. Todo mundo sabe que Tennyson é o maior dos poetas.

—E quem você acha que é o maior dos poetas? perguntou Boland, dando uma cutucada no companheiro do lado.

—Byron, claro, respondeu Stephen.

Heron deu a deixa e todos os três se juntaram numa risada sarcástica.

—De que vocês estão rindo? perguntou Stephen.

—De você, disse Heron. Byron, o maior dos poetas! Ele é um poeta apenas para as pessoas sem instrução.

—Vai ver ele é um poeta de primeira! disse Boland.

—Você pode calar essa boca, disse Stephen, virando-se com valentia para ele. Tudo o que você sabe sobre poesia é aquilo que você escreveu na parede da latrina e que ia te mandar para o castigo.

De fato, dizia-se que Boland escrevera na parede da latrina um dístico sobre um colega de turma que muitas vezes ia do colégio para casa montado num pônei:

*Quando ia de pônei para Jerusalém*
*Tyson caiu e machucou sua Alec Kafoozelum.*

Essa estocada calou a boca dos dois lugares-tenentes, mas Heron continuou:

—Em todo caso, Byron era um herege e também um imoral.

—Não me importa o que ele era, exclamou Stephen irritado.

—Você não se importa se ele era um herege ou não? disse Nash.

—O que você sabe sobre isso? gritou Stephen. Você nunca leu uma linha de nada na vida a não ser as colinhas que te passam e Boland também não.

—Sei que Byron era um homem mau, disse Boland.

—Vamos, peguem este herege, ordenou Heron.

Num segundo Stephen tornou-se prisioneiro.

—O Tate fez você dançar miudinho no outro dia, continuou Heron, com aquilo da heresia na sua redação.

—Vou contar para ele amanhã, disse Boland.

—Ah, vai? disse Stephen. Você vai é ficar com medo de abrir a boca.

—Medo?

—É. Vai ficar morto de medo.

—Comporte-se! gritou Heron, golpeando as pernas de Stephen com a bengala.

Era o sinal para o ataque. Nash prendeu os braços dele por detrás enquanto Boland pegava uma touceira comprida de repolho que estava na valeta. Debatendo-se e dando pontapés sob os golpes da bengala e sob as pancadas com a touceira cheia de nós, Stephen foi encurralado contra uma cerca de arame farpado.

—Admita que Byron não era uma boa pessoa.

—Não.

—Admita.

—Não.

Por fim, depois de se debater loucamente ele conseguiu se libertar. Seus torturadores se foram na direção da Jones's Road, dando risadas e zombando dele, enquanto ele, meio cegado pelas lágrimas, saiu aos tropeções, cerrando furiosamente os punhos e soluçando.

Enquanto, em meio ao magnânimo riso de seus ouvintes, ainda repetia o *Confiteor* e enquanto as cenas do perverso episódio ainda passavam rápidas e nítidas diante de sua mente, ele se perguntava por que agora não guardava nenhum rancor contra aqueles que o haviam atormentado. Não esquecera nenhum pingo da covardia e da crueldade deles, mas a lembrança disso não lhe suscitava nenhuma raiva. Toda descrição de amor e ódio extremos que encontrara nos livros lhe parecia, portanto, irreal. Mesmo naquela noite, enquanto ia aos tropeções para casa pela Jones's Road, sentia que alguma força estava livrando-o daquela raiva de súbito urdida com a mesma facilidade com que uma fruta se desfaz de sua casca mole e madura.

Ficou ali de pé com seus dois companheiros no final do alpendre escutando distraidamente a sua conversa ou as explosões de aplauso no teatro. Ela estava sentada lá entre os outros, talvez esperando que ele aparecesse. Tentou se lembrar de sua aparência mas não conseguia. Só conseguia lembrar que ela usava uma mantilha feito capuz em volta da cabeça e que seus olhos negros o tinham convidado e o desencorajado. Perguntava-se se ele estivera nos pensamentos dela ou se ela estivera nos dele. Então, no escuro, e sem ser visto pelos outros dois, pôs as pontas dos dedos de uma mão na palma da outra, de leve, quase sem tocá-la. Mas a pressão dos dedos dela tinha sido mais leve e firme: e de repente a lembrança do toque deles atravessou o seu cérebro e o seu corpo como uma invisível onda morna.

Um menino vinha na direção deles, correndo ao longo do alpendre. Ele estava nervoso e esbaforido.

—Ei, Dedalus, gritou, o Doyle está furioso com você. Você tem que entrar logo e se vestir para a peça. Melhor você se apressar.

—Ele irá, disse Heron ao mensageiro com um tom de voz arrastado e sarcástico, assim que lhe for conveniente.

O menino voltou-se para Heron e repetiu:

—Mas o Doyle está mesmo furioso.

—Você poderia me fazer o favor de dizer ao Doyle, com os meus melhores cumprimentos, que eu disse pra ele se danar? replicou Heron.

—Bom, agora tenho que ir, disse Stephen, que pouco se importava com essas questões de honra.

—Eu não iria, disse Heron, não iria nem amarrado. Isso não é jeito de mandar chamar um aluno do último ano. Furioso, ora essa! Acho que já é muita coisa você ter aceitado fazer um papel nessa maldita peça fora de moda que ele inventou.

Esse espírito de camaradagem belicosa que vinha ultimamente observando em seu rival não desviara Stephen de seus hábitos de calada obediência. Ele desconfiava da agitação e duvidava da sinceridade desse tipo de camaradagem, que lhe parecia uma lastimável antecipação da fase adulta de um homem. A questão de honra aí levantada era, como todas as questões desse tipo, trivial para ele. Enquanto sua mente estivera perseguindo seus intangíveis fantasmas, acabando, sem poder resolvê-la, por desistir dessa perseguição, ele ouvira à sua volta as vozes constantes do pai e dos mestres intimando-o a ser sobretudo um cavalheiro e intimando-o a ser sobretudo um bom católico. Essas vozes agora soavam ocas em seus ouvidos. Quando o pavilhão de ginástica fora inaugurado ele ouvira outra voz intimando-o a ser forte e másculo e saudável e quando o movimento em favor da renascença nacional começou a ser sentido no colégio uma voz mais o convocara a ser fiel ao seu país e ajudar a restaurar sua língua e tradição. No mundo profano, tal como ele o entrevia, uma voz mundana o desafiaria a restaurar com seus esforços a condição decadente do pai e, nesse meio tempo, a voz de seus colegas de escola intimavam-no a ser um colega decente, a proteger os outros de acusações ou pedir que fossem dispensados de alguma obrigação e fazer o possível para conseguir dias de folga para a escola inteira. E fora o martelar de todas essas vozes ocas que o fizera desistir, sem resolvê-la, dessa perseguição de fantasmas. Ele lhes dava ouvidos apenas por um tempo mas se sentia feliz apenas quando ficava longe deles, fora do alcance de seu apelo, sozinho ou na companhia de camaradas fantasmáticos.

Na sacristia, um jesuíta roliço com cara de bebê e um senhor de idade vestido em roupas azuis surradas mexiam num estojo de tintas e giz. Os meninos que tinham sido maquiados ficavam andando por ali ou ficavam parados meio sem jeito, tocando cautelosamente o rosto com dedos furtivos. No meio da sacristia um jesuíta jovem, que estava então em visita ao colégio, gingava ritmicamente, se equilibrando nas pontas dos pés e depois nos calcanhares e então repetindo o movimento na direção inversa, as mãos estendidas para a frente dentro dos bolsos laterais. A cabeça pequena realçada por cachos ruivos e lustrosos e o rosto recém-barbeado combinavam com o asseio impecável da batina e os impecáveis sapatos.

Enquanto observava essa forma bamboleante e tentava interpretar a estampa do sorriso brincalhão do padre, veio à memória de Stephen um dito que ouvira do pai antes de ser enviado para Clongowes: que sempre se podia identificar um jesuíta pelo estilo de suas roupas. No mesmo instante, pensou ter enxergado uma semelhança entre a mente do pai e a desse padre sorridente e bem vestido: e tomou consciência de certa profanação do ofício do padre ou da própria sacristia, cujo silêncio era agora rompido pela conversa e pelos gracejos em voz alta, e de sua atmosfera, saturada com o cheiro acre dos bicos de gás e da graxa.

Enquanto a testa era marcada com rugas e o queixo pintado de azul e preto pelo senhor de idade, ele ouvia distraído a voz do jovem jesuíta roliço que dizia para ele falar alto e dar seu recado de maneira clara. Podia ouvir a banda tocando *The Lily of Killarney* e sabia que em alguns instantes o pano subiria. Não estava tomado pelo pânico de palco mas o pensamento do papel que devia representar o humilhava. A lembrança de algumas de suas falas fez com que um súbito rubor subisse às suas maquiadas faces. Via os sérios e tentadores olhos dela observando-o da plateia e a imagem deles imediatamente desfez seus escrúpulos, solidificando sua determinação. Parecia que uma outra natureza lhe tinha sido outorgada: o contágio do entusiasmo e da juventude à sua volta atingia e transformava sua melancólica desconfiança. Por um instante raro ele pareceu estar envolto nas vestes reais da meninice: e, enquanto estava ali nas coxias com os outros atores, partilhava do júbilo geral em meio ao qual o pano de boca era erguido por dois padres robustos com violentos solavancos e todo enviesado.

Instantes depois, viu-se no palco, entre o brilho da luz a gás e a obscuridade do cenário, representando seu papel diante dos inumeráveis rostos do vazio. Ficou surpreso ao perceber que a peça, que ele vira nos ensaios como uma coisa morta e desconjuntada, adquirira vida própria. Ela agora parecia se desempenhar sozinha, ele e seus colegas fazendo o papel de coadjuvantes. Quando a cortina caiu sobre a última cena ele ouviu o vazio ser preenchido pelo aplauso e, por uma fenda lateral, viu que o corpo inteiriço diante do qual magicamente desempenhara o seu papel se deformara, o vazio dos rostos se rompendo em todos os pontos e se desmanchando em animados grupos.

Deixou o palco rapidamente, livrando-se da indumentária teatral e, atravessando a capela, saiu para o jardim do colégio. Agora que a peça terminara seus nervos clamavam por alguma outra aventura. Apressou-se para alcançá-la. As portas do teatro estavam todas abertas e a plateia se esvaziara. Nos fios que imaginara serem as amarras de uma arca, umas poucas lanternas balançavam sob a brisa noturna, bruxuleando melancolicamente. Subiu com pressa os degraus do jardim, desejoso de que nenhuma presa lhe escapasse, e forçou sua passagem pela multidão no salão de entrada, passando pelos dois jesuítas que vigiavam o êxodo e faziam reverências e apertavam as mãos dos visitantes. Forçava a passagem nervosamente, fingindo uma pressa ainda maior e mal e mal consciente dos sorrisos e olhares e cutucões que sua cabeça empoada deixava em seu rastro.

Quando chegou ao topo, viu a família esperando por ele no primeiro poste de luz. Percebeu, num relance, que cada figura do grupo era da própria família e, irritado, desceu correndo os degraus.

—Tenho que entregar um recado na George's Street, disse rápido ao pai. Chego em casa logo depois de vocês.

Sem esperar pelas perguntas do pai atravessou correndo a rua e começou a caminhar a toda velocidade ladeira abaixo. Mal sabia por onde andava. Orgulho e esperança e desejo, como ervas maceradas em seu coração, faziam subir vapores de um estonteante incenso diante dos olhos de sua mente. Desceu apressado a ladeira em meio ao tumulto dos vapores do orgulho ferido e da esperança perdida e do desejo frustrado que de súbito se erguiam. Eles subiam copiosos diante de seus olhos angustiados em densos e estonteantes fumos e se dissipavam acima dele antes de o ar, por fim, se tornar de novo claro e fresco.

Uma névoa ainda lhe velava os olhos mas eles não ardiam mais. Uma força, parecida com aquela que com frequência afastava dele a raiva ou o ressentimento, lhe deteve os passos. Ficou ali parado, o olhar fixo no pórtico sombrio do necrotério e depois, ao lado, na viela escura calçada com paralelepípedos. Viu a palavra *Lotts* no muro da viela e lentamente sorveu o ar fétido e pesado.

—É mijo de cavalo e palha podre, pensou. É um odor bom de se sorver. Vai me acalmar o coração. Meu coração está bem calmo agora. Vou voltar.

◆ ◆ ◆

Stephen estava de novo sentado ao lado do pai no canto de um vagão de trem em Kingsbridge. Viajava para Cork com o pai pelo trem postal noturno. Enquanto o trem, soltando vapor, saía da estação, ele relembrava seu maravilhamento infantil de anos atrás e cada acontecimento de seu primeiro dia em Clongowes. Mas agora não sentia nenhum deslumbramento. Via as terras que escureciam fugindo dele, os silenciosos postes do telégrafo passando velozes por sua janela a cada quatro segundos, as estaçõezinhas bruxuleantes, controladas por uns poucos e apáticos guardas, deixadas para trás pelo trem e piscando por um instante na escuridão como partículas faiscantes deixadas para trás por alguém correndo por uma estrada.

Escutava, sem entrar em sintonia, a evocação que seu pai fazia de Cork e de suas cenas de juventude, uma história interrompida por soluços ou tragos da garrafinha que tirava do bolso sempre que surgia a imagem de algum amigo morto ou sempre que o evocador se lembrava repentinamente do propósito de sua presente visita. Stephen escutava mas não conseguia sentir qualquer compaixão. As imagens dos mortos eram todas estranhas para ele menos a do tio Charles, uma imagem que ultimamente estava se apagando de sua memória. Sabia, entretanto, que os bens do pai iam ser leiloados e à semelhança de sua própria expropriação ele tinha o sentimento de que o mundo contrariava brutalmente sua fantasia.

Em Maryborough, caiu no sono. Quando acordou o trem tinha passado de Mallow e o pai dormia esticado no outro banco. A luz fria da madrugada se estendia sobre o campo, as lavouras desabitadas e as casinhas fechadas. O terror do sono, ao contemplar o campo silencioso ou ao ouvir de vez em quando a respiração profunda ou o repentino movimento do pai enquanto dormia, fascinava sua mente. A proximidade de adormecidos invisíveis dava-lhe um medo estranho, como se eles pudessem causar-lhe algum mal, e rezava para que o dia chegasse logo. Sua prece, que não se dirigia nem a Deus nem a santo algum, começava com um arrepio, à medida que a brisa fresca da manhã se metia pela fresta da porta do vagão e atingia-lhe o pé, e terminava numa enfiada de palavras tolas que ele fazia se ajusta-rem ao ritmo insistente do trem; e silenciosamente, a intervalos de quatro segundos, os postes do telégrafo confinavam entre barras de compasso pontuais as notas galopantes da música. Essa música furiosa atenuava-lhe o medo e, encostando-se ao peitoril da janela, deixou que as pálpebras voltassem a se fechar.

Andaram por Cork num cabriolé enquanto a manhã ainda estava no começo e Stephen terminou o sono num quarto do Hotel Victoria. A luz clara e quente do sol escorria pela janela e ele podia ouvir o barulho do trânsito. O pai estava na frente do lavabo exami-nando o cabelo e o rosto e o bigode com muito esmero, esticando o pescoço por cima do jarro d'água e virando-o de lado para enxergar melhor. Enquanto fazia isso, cantava baixinho para si mesmo, com uma pronúncia e um fraseado estranhos:

> *É por ardor e insanidade*
> *Que casam na flor da idade*
> *Daqui, minha amada,*
> *Vou-me embora e é pra já.*
> *O que não pode ser curado*
> *Curado nunca será,*
> *Pra lá é que me vou,*
> *Pra Américá.*
>
> *Minha amada, ela é linda*
> *Minha amada é fagueira:*
> *Como uísque de primeira*
> *Na sua melhor idade;*
> *Mas quando envelhece*
> *E no barril fenece*
> *Ele se esvai e morre*
> *Como o sol na tarde.*

A consciência da cidade quente e ensolarada lá fora e os suaves frêmitos com que a voz do pai enfeitava a estranha, alegre e triste ária afastaram do cérebro de Stephen todas as névoas do mau humor da noite. Levantou-se rapidamente para se vestir e, quando a cantiga terminou, ele disse:

—Isso é muito mais bonito que qualquer um dos seus *venham todos*.

—Você acha? perguntou o sr. Dedalus.

—Eu gosto dela, disse Stephen.

—É uma cançoneta triste de antigamente, disse o sr. Dedalus, torcendo as pontas do bigode. Ah, mas você tinha que ter ouvido o Mick Lacy cantando isso! O pobre do Mick Lacy! Ele tinha uns volteios, uns floreados que ele botava no meio que eu não consigo fazer. Esse, sim, era um garoto que conseguia cantar um desses *venham todos*, se lhe apraz chamá-los assim.

O sr. Dedalus mandara vir morcilhas para o desjejum e durante a refeição interrogou o mensageiro sobre as notícias locais. Em geral, eles tinham referências desencontradas quando um nome era mencionado, o mensageiro com o atual detentor na cabeça e o sr. Dedalus com o pai ou talvez o avô.

—Bom, de todo modo, espero que não tenham mudado o Queen's College de lugar, disse o sr. Dedalus, pois quero mostrá-lo a este meu jovenzinho.

Ao longo do Mardyke as árvores estavam em flor. Entraram no pátio da universidade e atravessaram o quadrângulo conduzidos pelo loquaz porteiro. Mas seu progresso pelo cascalho sofria uma parada a cada dúzia de passos ou algo assim por causa de alguma resposta do porteiro...

—Ah, foi mesmo como você está me contando? E o coitado do Pottlebelly, morreu?

—Sim, senhor. Morreu, senhor.

Durante essas paradas Stephen ficava atrás dos dois homens meio sem jeito, cansado do assunto e esperando inquieto que a lenta marcha fosse retomada. Quando terminaram de atravessar o quadrângulo a inquietação virara febre. Ele se perguntava como o pai, que ele tinha como homem esperto e desconfiado, podia se deixar enganar pelos modos servis do porteiro; e a colorida fala sulina que o divertira durante toda a manhã agora irritava-lhe os ouvidos.

Seguiram para o anfiteatro de anatomia, onde o sr. Dedalus, com a ajuda do porteiro, examinou as carteiras à procura de suas iniciais. Stephen ficou no fundo, mais do que nunca deprimido pela escuridão e pelo silêncio do anfiteatro e pelo ar de estudo formal e fatigante de que estava saturado. Leu, na carteira, a palavra *Feto*, talhada várias vezes na madeira escura e manchada. A inesperada inscrição fez o sangue saltar-lhe nas veias: ele parecia sentir à sua volta os estudantes ausentes da universidade e renunciar à sua companhia. Uma visão de suas vidas, que as palavras do pai tinham sido incapazes de evocar, surgia diante dele em virtude da palavra talhada na carteira. Um estudante de ombros largos e bigode cortava, sério, as letras com um canivete. Outros estudantes estavam em pé ou sentados perto dele, rindo-se de sua destreza manual. Um deles deu-lhe uma cutucada no cotovelo. O estudante grandalhão voltou-se para ele, carrancudo. Ele trajava roupas folgadas de cor cinza e calçava botinas marrons.

O nome de Stephen foi chamado. Ele desceu correndo pelas escadas do anfiteatro para ficar o mais longe que podia da visão e, examinando de perto as iniciais do pai, escondeu o rosto enrubescido.

Mas a palavra e a visão saltavam-lhe diante dos olhos enquanto atravessava de volta o quadrângulo em direção à entrada da universidade. Chocava-o ter encontrado no mundo exterior um indício daquilo que considerava até então uma doença animalesca e peculiar de sua própria mente. Seus monstruosos devaneios vinham em tropel à sua memória. Também eles tinham saltado à sua frente, inesperada e furiosamente, em virtude de simples palavras. Logo se rendera a eles e deixara que devastassem e degradassem seu intelecto, sempre se perguntando de onde surgiam, de qual antro de imagens monstruosas, e sempre fraco e humilde diante de outros, inquieto e enojado de si mesmo quando eles o assolavam.

—Sim, meu pai do céu. Ali está a mercearia, sem sombra de dúvida! exclamou o sr. Dedalus. Você me ouviu falar muito da mercearia, não é mesmo, Stephen? Foram muitas as vezes em que fomos até lá depois de termos respondido a chamada, um bando dos nossos, o Harry Peard e o pequeno Jack Mountain e o Bob Dyas e o Maurice Moriarty, o francês, e o Tom O'Grady e o Mick Lacy sobre o qual lhe falei de manhã e o Joey Corbert e o pobre do pequeno e bondoso Johnny Keevers, de Tantiles.

As folhas das árvores ao longo do Mardyke farfalhavam e sussurravam sob a luz do sol. Um time de críquete passou por ali, rapazes ágeis em calça de flanela e blazer, um deles carregando a sacola verde e comprida com as traves. Numa tranquila rua lateral uma banda alemã com cinco músicos em uniformes surrados e com instrumentos de metal estropiados tocava para um público composto de moleques de rua e de garotos de recado que matavam tempo. Uma criada de avental e touca brancos regava uma floreira no parapeito de uma janela que brilhava como uma chapa de pedra calcária sob o clarão ardente. De outra janela aberta à entrada do ar vinha o som de um piano, uma escala atrás da outra se elevando até o agudo.

Stephen caminhava ao lado do pai, ouvindo histórias que escutara antes, escutando de novo os nomes dos farristas dispersos ou mortos que tinham sido os companheiros da juventude do pai. E uma leve náusea suspirava em seu coração. Lembrou-se de sua própria e equívoca posição em Belvedere, um bolsista, um líder temeroso da própria autoridade, orgulhoso e sensível e desconfiado, lutando contra a miséria de sua vida e contra o tumulto de sua mente. As letras talhadas na madeira manchada da carteira olhavam para ele, zombando de sua fraqueza física e de seus fúteis entusiasmos e fazendo com que se odiasse por suas loucas e sórdidas orgias. A saliva em sua garganta ficou mais amarga e nojenta e difícil de ser engolida e a leve náusea subia-lhe ao cérebro de modo que por um instante ele fechou os olhos e caminhou na escuridão.

Ainda podia ouvir a voz do pai.

—Quando estiver por sua conta, Stephen (como, sem dúvida, estará qualquer dia desses) acima de tudo, lembre-se, junte-se com cavalheiros. Quando era jovem, vou te contar, eu me divertia muito. Juntava-me com gente refinada e decente. Cada um de nós tinha alguma habilidade. Um amigo tinha uma boa voz, outro era um bom ator, outro podia cantar uma boa cantiga cômica, outro era um bom remador ou um bom tenista, outro podia contar uma boa história e assim por diante. De todo modo, fazíamos o que tinha de ser feito e nos divertíamos e víamos um pouco da vida e não éramos piores por isso. Mas éramos todos cavalheiros, Stephen (ao menos acho que éramos) e também uns irlandeses tremendamente bons e honestos. Esse é o tipo de gente com quem eu quero que você se junte, gente do tipo certo. Falo com você como amigo, Stephen. Não acredito nisso de fazer o papel do pai severo. Não acho que um filho tenha que ter medo do pai. Não, trato você como seu avô me tratou quando eu era jovem. Éramos mais como irmãos do que como pai e filho. Nunca vou esquecer o primeiro dia em que ele me pegou fumando. Estava parado na ponta do South Terrace um dia com alguns pirralhos como eu e, claro, nos julgávamos sujeitos importantes porque tínhamos cachimbos pendurados no canto da boca. De repente o meu velho passou. Ele não disse uma palavra nem mesmo parou. Mas no dia seguinte, um domingo, tínhamos saído para caminhar juntos e quando estávamos chegando em casa ele puxou o estojo de charutos e disse: *Por falar nisso, Simon, não sabia que você fumava*, ou algo assim. É claro que tentei me safar como podia. *Se você quiser dar uma boa tragada*, disse ele, *experimente um desses charutos. Um capitão americano me deu de presente ontem de noite em Queenstown.*

Stephen ouviu a voz do pai romper numa risada que era quase um soluço.

—Ele era o homem mais bonito de Cork naquela época, por Deus que ele era! Na rua as mulheres costumavam parar quando ele passava.

Escutou o soluço descendo ruidosamente pela garganta do pai e abriu os olhos com um impulso nervoso. A luz do sol irrompendo de repente em sua vista transformava o céu e as nuvens num mundo fantástico de massas sombrias, com espaços lacustres de uma luz rosa-escuro. O próprio cérebro estava nauseado e sem energia. Mal conseguia decifrar as letras dos cartazes das lojas. Graças ao seu monstruoso modo de vida, ele parecia ter se posto para além dos limites da realidade. Nenhuma coisa do mundo real o comovia ou lhe falava a menos que ele ouvisse nela um eco dos furiosos gritos dentro dele. Não conseguia reagir a qualquer apelo terreno ou humano, embotado e insensível ao apelo do verão e à alegria e à festividade, exaurido e abatido pela voz do pai. Mal conseguia reconhecer como seus os seus próprios pensamentos, e repetia devagar para si mesmo:

—Sou Stephen Dedalus. Caminho ao lado de meu pai cujo nome é Simon Dedalus. Estamos em Cork, na Irlanda. Cork é uma cidade. Nosso quarto fica no Hotel Victoria. Victoria e Stephen e Simon. Simon e Stephen e Victoria. Nomes.

A lembrança de sua infância se apagou de repente. Tentou evocar alguns de seus vívidos momentos mas não conseguia. Lembrava-se apenas de nomes. Dante, Parnell, Clane, Clongowes. Um menininho tinha tido lições de geografia dadas por uma senhora de idade que tinha duas escovas em seu armário. Então ele fora enviado para um colégio, fizera a sua primeira comunhão e comera maria-mole de dentro do boné de críquete e vira a luz do fogo saltando e dançando na parede de um quartinho na enfermaria e sonhara que estava morto, que uma missa era celebrada em sua homenagem pelo reitor vestido numa capa preta e dourada, que estava sendo enterrado no pequeno cemitério da comunidade, ao lado da aleia margeada por uma fileira de tílias.

Mas ele não tinha morrido naquela ocasião. Parnell tinha morrido. Não houve nenhuma missa fúnebre na capela e nenhuma procissão. Ele não morrera mas se desvanecera como uma névoa à luz do sol. Ele se extraviara ou sumira da existência pois não existia mais. Que estranho pensar nele sumindo da existência dessa maneira, não pela morte mas se desvanecendo à luz do sol e sendo esquecido em algum lugar do universo! Era estranho ver esse pequeno corpo aparecer de novo por um instante: um menininho num terno cinza com a calça cingida por um cinto. As mãos estavam dentro dos bolsos laterais e as calças estavam presas em volta dos joelhos por tiras de elástico.

Na tardezinha do dia em que as propriedades foram vendidas Stephen seguiu docilmente o pai de bar em bar pela cidade. Aos vendedores do mercado, aos garçons e às garçonetes, aos mendigos que o importunavam pedindo uma moeda, o sr. Dedalus contava a mesma história, que era um velho filho de Cork, que lá em Dublin tinha por trinta anos tentado se livrar do sotaque e que aquele Peter Pickackafox ao lado dele era seu filho mais velho mas que ele não passava de um janotinha de Dublin.

Tinham saído de manhã cedo do café do Newcombe, onde a xícara do sr. Dedalus chacoalhara ruidosamente contra o pires e Stephen tentara abafar aquele vergonhoso sinal da bebedeira do pai na noite anterior arrastando a cadeira e tossindo. Era uma humilhação atrás da outra: os sorrisos falsos dos vendedores do mercado, os requebrados e as piscadelas das garçonetes com as quais o pai flertara, os elogios e as palavras de estímulo dos amigos do pai. Disseram-lhe que ele era muito parecido com o avô e o sr. Dedalus concordara, dizendo que ele era horrendamente parecido. Desencavaram marcas do sotaque de Cork em sua fala e fizeram-no admitir que o Lee era um rio muito mais bonito que o Liffey. Um deles, para pôr seu latim à prova, fez com que ele traduzisse breves passagens da *Seleta*, e lhe perguntou qual era o correto: *Tempora mutantur nos et mutamur in illis* ou *Tempora mutantur et nos mutamur in illis*. Um outro, um velho entusiasmado, que o sr. Dedalus chamava de Johnny Cashman, deixou-o todo confuso ao lhe perguntar quais eram mais bonitas, as moças de Dublin ou as moças de Cork.

—Ele não é desse tipo, disse o sr. Dedalus. Deixem-no em paz. Ele é um rapaz sensato e pensativo que não fica enchendo a cabeça com esse tipo de bobagem.

—Então ele não é filho do pai que tem, disse o velhinho.

—Isso é que não sei, disse o sr. Dedalus, sorrindo com complacência.

—Seu pai, disse o velhinho para Stephen, era o namorador mais afoito da cidade de Cork na sua época. Você sabia?

Stephen baixou os olhos e inspecionou o ladrilho do bar no qual tinham acabado por entrar.

—Ei, não fique pondo ideias na cabeça dele, disse o sr. Dedalus. Deixem que ele seja como o Criador o fez.

—Ora, com certeza não poria ideias na cabeça dele. Sou velho o bastante para ser avô dele. Eu sou avô, disse o velhinho para Stephen. Você sabia?

—É mesmo? perguntou Stephen.

—Por Deus que sou, disse o velhinho. Tenho dois netos cheios de saúde lá em Sunday's Well. Pois é! Adivinha a minha idade! E me lembro de ver o seu avô no seu casaco vermelho indo de cavalo para a caça. Isso foi antes de você nascer.

—É mesmo; nem tinha pensado nisso, disse o sr. Dedalus.

—Por Deus que me lembro, repetiu o velhinho. E, mais do que isso, consigo me lembrar até de seu bisavô, o velho John Stephen Dedalus, e que brigão furioso que ele era, dos antigos. Pois é! Isso sim é que é memória!

—São três, quatro gerações, disse um outro do grupo. Puxa, Johnny Cashman, você deve estar beirando os cem.

—Bom, vou te contar a verdade, disse o velhinho. Tenho só vinte e sete.

—A gente tem a idade que sente, Johnny, disse o sr. Dedalus. E assim que você terminar o que tem no copo, vamos tomar outra. Ei, Tim ou Tom ou seja lá qual for o seu nome, nos sirva mais da mesma. Por Deus, eu mesmo não sinto que tenha mais do que dezoito. Vejam aquele meu filho ali, não tem a metade dos meus anos e eu sou toda vida mais homem do que ele.

—Vai devagar agora, Dedalus. Acho que está na hora de você passar o bastão, disse o cavalheiro que falara antes.

—Por Deus que não! asseverou o sr. Dedalus. Sou capaz de cantar uma canção com voz de tenor melhor do que ele ou saltar por cima de uma porteira alta melhor do que ele ou correr com ele pelo campo atrás dos cães de caça como fiz há trinta anos com o Kerry Boy e sempre na frente.

—Mas ele ganha de você aqui, disse o velhinho, batendo na testa com a ponta do dedo e erguendo o copo para enxugá-lo.

—Bem, espero que ele seja um homem tão bom quanto o pai. É tudo o que posso dizer, disse o sr. Dedalus.

—Se for, é o que basta, disse o velhinho.

—E demos graças a Deus, Johnny, disse o sr. Dedalus, que vivemos por tanto tempo e fizemos tão pouco mal.

— Mas fizemos tanto bem, Simon, disse o velhinho gravemente. Demos graças a Deus que vivemos por tanto tempo e fizemos tanto bem.

Stephen observava os três copos sendo erguidos do balcão cada vez que o pai e seus dois parceiros faziam um brinde à recordação de seu passado. Um abismo de destino ou de temperamento o separava deles. Sua mente parecia mais velha que a deles: ela brilhava fria sobre os conflitos e alegrias e pesares deles, tal como uma lua sobre uma terra mais jovem. Não se agitava nele, do jeito que se agitara neles, nenhuma vida ou juventude. Ele não conhecera nem o prazer da camaradagem com outros nem o vigor da rude saúde viril nem a piedade filial. Nada se agitava em sua alma a não ser uma luxúria fria e cruel e desamorosa. Sua infância estava morta ou perdida e com ela sua alma capaz de ter alegrias simples, e ele estava à deriva em meio à vida, tal como a estéril carapaça da lua.

> *Estás pálida de tédio e fria,*
> *Alta aí no céu mirando a terra,*
> *Vagando à toa e sem companhia . . . . ?*

Repetiu para si mesmo os versos do fragmento de Shelley. A alternância entre a ineficácia humana e vastos ciclos inumanos de atividade aí descrita deixou-o enregelado, e ele esqueceu sua própria e ineficaz aflição humana.

◆ ◆ ◆

A mãe e o irmão de Stephen e um de seus primos ficaram esperando na esquina da pacata Foster Place enquanto ele e o pai subiam os degraus e seguiam ao longo da colunata onde desfilava a sentinela das Highlands. Quando entraram no imenso saguão e chegaram ao caixa, Stephen entregou as ordens de pagamento assinadas pelo Presidente do Banco da Irlanda nos valores de trinta libras e de três libras; e essas quantias, correspondentes aos pagamentos por seu desempenho no exame anual e pelo prêmio de melhor redação lhe foram rapidamente pagas pelo caixa, em notas e em moedas, respectivamente. Ele as depositou nos bolsos com fingida calma e permitiu que o simpático caixa, com quem o pai conversava, pegasse sua mão por cima do largo balcão e lhe desejasse uma brilhante carreira na vida que tinha pela frente. Estava impaciente com as vozes deles e não conseguia parar de mexer os pés. Mas o caixa ainda atrasou o atendimento de outros clientes para dizer que ele vivia em novos tempos e que não havia nada melhor do que dar a um rapaz a melhor educação que o dinheiro podia comprar. O sr. Dedalus se demorou no saguão olhando à sua volta e para o teto e dizendo a Stephen, que o apressava para saírem, que eles estavam no prédio que fora da câmara dos comuns do antigo parlamento irlandês.

—Que Deus nos ajude! disse ele piamente, pensar nos homens daqueles tempos, Stephen, Hely Hutchinson e Flood e Henry Grattan e Charles Kendal Bushe, em comparação com os nobres que temos agora, líderes do povo irlandês no país e no exterior. Não, por Deus, eles não iam querer ver essa gente nem de longe. Não, Stephen, meu velho, lamento dizer que eles são como personagens de contos da carochinha.

Um cortante vento de outubro soprava ao redor do banco. As três figuras paradas à beira da ruela enlameada tinham os rostos contraídos e os olhos úmidos. Stephen olhou para a mãe, que estava com pouca roupa, e lembrou que alguns dias antes tinha visto uma capa por vinte guinéus nas vitrines da Barnardo's.

—Bom, acabou, disse o sr. Dedalus.

—É bom a gente ir jantar, disse Stephen. Onde?

—Jantar? disse o sr. Dedalus. Sim, acho bom, alguma dúvida?

—Algum lugar que não seja muito caro, disse a sra. Dedalus.

—No Underdone's?

—Sim. Algum lugar tranquilo.

—Venham, disse Stephen, com pressa. Não importa que seja caro.

Ele caminhava à frente deles, com passinhos nervosos, rindo. Eles tentavam alcançá-lo, também rindo de sua ansiedade.

—Vá com calma, como um rapaz de bem, disse o pai. Não estamos apostando uma corridinha, certo?

Por uma fugaz temporada de diversões o dinheiro dos prêmios escorreu por entre os dedos de Stephen. Grandes pacotes de víveres e iguarias e frutas secas chegavam da cidade. Todo dia ele traçava um cardápio para a família e toda noite levava um grupo de três ou quatro ao teatro para assistirem *Ingomar* ou *The Lady of Lyons*. Nos bolsos do casaco carregava barrinhas de chocolate de Viena para seus convidados enquanto os bolsos das calças se inchavam com montes de moedas de prata e de cobre. Comprou presentes para todo mundo, remodelou o quarto, listou resoluções, fez uma mudança de cima a baixo nos livros das prateleiras, esquadrinhou todo tipo de lista de preços, estabeleceu uma espécie de associação da casa em que cada membro tinha algum cargo, abriu um banco de crédito para a família e ofereceu empréstimos a quem quisesse de modo que podia ter o prazer de emitir recibos e calcular os juros sobre as somas emprestadas. Quando não tinha mais o que fazer andava à toa de bonde pela cidade. Então a temporada de prazer chegou ao fim. O pote de tinta esmalte rosa acabou e os lambris de seu quarto continuaram com o acabamento pela metade e mal feito.

A casa voltou ao seu modo normal de vida. A mãe não tinha mais nenhum motivo para repreendê-lo por estar esbanjando seu dinheiro. Ele também voltou para sua antiga vida escolar e todos os seus novos empreendimentos desmoronaram. A associação ruiu, o banco de crédito fechou seus cofres e seus livros de contabilidade com sensível prejuízo, as normas de vida que traçara para si mesmo caíram em desuso.

Quão tolo tinha sido seu propósito! Tentara construir um paredão de ordem e elegância contra a sórdida maré da vida fora dele e represar, por meio de regras de conduta e interesses produtivos e novas relações filiais, a forte recorrência das marés dentro dele. Inútil. Tanto de fora quanto de dentro a água extravasara suas barreiras: suas ondas começaram, uma vez mais, a pressionar ferozmente por sobre o molhe desmoronado.

Além disso, via com clareza seu próprio e inútil isolamento. Não avançara um único passo em direção às vidas das quais buscara se aproximar nem superara a vergonha e o rancor inabaláveis que o separavam da mãe e do irmão e da irmã. Sentia que era difícil que fosse do mesmo sangue deles, mas que tinha com eles, em vez disso, um parentesco místico de adoção, de filho adotado e de irmão adotado.

Ansiava por aplacar os ferozes desejos de seu coração perante os quais tudo o mais era vão e forasteiro. Pouco lhe importava que vivesse em pecado mortal, que sua vida tivesse se transformado num emaranhado de subterfúgio e falsidade. Além do desejo selvagem que trazia dentro de si por colocar em ação as enormidades que alimentava, nada era sagrado. Alimentava cinicamente os vergonhosos detalhes dos desregramentos secretos nos quais se comprazia em profanar com paciência qualquer imagem que tivesse atraído seus olhos. Andava dia e noite em meio a imagens distorcidas do mundo exterior. Uma figura que de dia lhe parecera recatada e inocente, de noite vinha em sua direção em meio à tortuosa escuridão do sono, o rosto dela transfigurado por uma malícia lasciva, os olhos brilhando de um prazer animal. Era só quando chegava a manhã, com a vaga lembrança do sombrio e orgiástico desregramento e com a nítida e humilhante consciência de transgressão trazidas por ela, que ele se sentia mortificado.

Retomou suas andanças. Os velados fins de tarde outonais levavam-no de rua em rua tal como o tinham levado anos atrás às tranquilas avenidas de Blackrock. Mas agora nenhuma visão de jardins bem cuidados nas casas ou de confortantes luzes nas janelas vertia sobre ele um suave influxo. Apenas raramente, nas pausas de seu desejo, quando a luxúria que o consumia dava lugar a um langor mais suave, a imagem de Mercedes atravessava o pano de fundo de sua memória. Ele via de novo a casinha branca e o jardim de roseiras na estrada que levava às montanhas e lembrava do gesto de recusa, orgulhoso e triste, que faria ali, ficando com ela no jardim enluarado após anos de afastamento e aventura. Nesses momentos as doces falas de Claude Melnotte vinham-lhe aos lábios e acalmavam sua inquietação. Experimentava, apesar da horrível realidade que se interpunha entre a sua esperança de então e a de agora, uma terna premonição do encontro que ele então tanto esperara, do encontro sagrado que ele então imaginara e no qual a fraqueza e a timidez e a inexperiência se despregariam dele.

Tais momentos passaram e as devastadoras chamas da luxúria de novo despontaram. Os versos lhe vinham aos lábios e os gritos inarticulados e as palavras brutas e mudas se precipitavam do seu cérebro forçando a passagem. Seu sangue se insurgia. Ele vagava de um lado para o outro pelas ruas escuras e lamacentas perscrutando a escuridão das vielas e das entradas das casas, buscando ansiosamente ouvir algum som. Gemia para si mesmo como algum bicho confuso em busca de sua presa. Queria pecar com algum outro ser de sua espécie, forçar um outro ser a pecar com ele e exultar com ela no pecado. Sentia alguma presença negra se movendo irresistivelmente acima dele desde a escuridão, uma presença sutil e murmurante como uma enxurrada que o inundava por inteiro. Seu murmúrio assediava seus ouvidos como o murmúrio de alguma multidão adormecida; seus insidiosos borbotões penetravam o seu ser. As mãos se cerravam convulsivamente e os dentes se aglutinavam enquanto ele amargava a agonia de sua penetração. Esticou os braços na rua para agarrar a frágil e desfalecente forma que lhe escapava e o incitava: e o grito que por tanto tempo sufocara na garganta escapou-lhe dos lábios. Soltou-se dele como um gemido de desespero vindo de um inferno de sofredores para morrer numa lamúria de furiosa súplica, um grito por causa de um iníquo abandono, um grito que não era senão o eco de um rabisco obsceno que ele lera na úmida parede de um mictório.

Perdera-se num labirinto de ruas estreitas e sujas. Ele ouvia, vindo das vielas estreitas e sujas, irrupções de um vozerio rouquenho e arruaças e arengas arrastadas de seresteiros bêbados. Ele seguiu em frente, impávido, se perguntando se tinha se extraviado no bairro judeu. Mulheres e crianças em vestidos longos e estampados atravessavam a rua indo de uma casa para a outra. Elas estavam sem pressa e perfumadas. Teve um acesso de tremor e seus olhos ficaram turvos. As chamas amarelas do gás surgiam, contra o céu vaporoso, à frente de sua perturbada visão, ardendo como se diante de um altar. Na frente das portas e nos saguões iluminados grupos estavam reunidos, alinhados como se para algum rito. Estava num outro mundo: despertara de um sono de séculos.

Ele ficou parado no meio da rua, seu coração num tumulto, clamando contra o peito. Uma jovem vestida num vestido longo cor-de-rosa pôs a mão no seu braço para detê-lo e olhou-o no rosto. Ela disse alegremente:

—Boa noite, queridinho!

O quarto dela era cálido e claro. Uma enorme boneca estava sentada com as pernas abertas na ampla poltrona ao lado da cama. Ele tentou fazer sua língua falar de modo a parecer que estava à vontade, observando-a enquanto desfazia os laços do vestido, prestando atenção aos movimentos conscientes e altivos de sua cabeça perfumada.

Enquanto permanecia em silêncio no meio do quarto ela foi até ele e o abraçou alegre e gravemente. Seus braços roliços prenderam-no a ela com firmeza e ele, vendo seu rosto erguido para ele com uma calma séria e sentindo a cálida calma que subia e descia do peito dela, por pouco não irrompeu num choro histérico. Lágrimas de alegria e alívio brilhavam em seus encantados olhos e seus lábios se abriram embora não conseguissem falar.

Ela passou a pulsante mão pelos seus cabelos, chamando-o de malandrinho.

—Beije-me, disse ela.

Seus lábios não se abriam para beijá-la. Ele queria ser segurado com firmeza em seus braços, ser acariciado devagarinho, devagarinho, devagarinho. Em seus braços ele sentiu que de repente tinha ficado forte e destemido e seguro de si mesmo. Mas seus lábios não se abriam para beijá-la.

Com um movimento repentino ela puxou a cabeça dele e juntou seus lábios aos dele e ele leu o significado de seus movimentos nos olhos arqueados e francos. Era demasiado para ele. Fechou os olhos, rendendo-se a ela, corpo e mente, consciente de mais nada no mundo a não ser a negra pressão de seus lábios suavemente separados. Eles pressionavam tanto seu cérebro quanto seus lábios como se fossem o veículo de uma vaga fala; e entre eles sentiu uma desconhecida e tímida pressão, mais negra que o desfalecimento do pecado, mais suave que o som ou o odor.

# III

O repentino crepúsculo de dezembro chegara bamboleando como um palhaço após este dia monótono e enquanto olhava pelo monótono quadrado da janela da sala de aula ele sentia o estômago implorar por comida. Esperava que houvesse cozido para o jantar, nabos e cenouras e batatas esmagadas e pedaços gordos de carneiro para serem servidos à vontade com molho apimentado engrossado com farinha. Empanturre-se com isso, a barriga o aconselhava.

Seria uma noite secreta e lúgubre. Após o prematuro cair da noite as lâmpadas amarelas iluminariam, aqui e ali, o esquálido bairro dos bordéis. Ele seguiria uma trajetória tortuosa, subindo e descendo as ruas, andando em círculos, cada vez mais perto, num tremor feito de medo e prazer, até seus pés o levarem de repente a dobrar uma esquina escura. As prostitutas estariam começando a sair de suas casas, preparando-se para a noite, bocejando preguiçosamente após o sono e ajeitando os grampos nos tufos de cabelo. Ele passaria por elas calmamente, esperando por um movimento repentino de seu próprio desejo ou um convite repentino da macia carne perfumada delas à sua alma amante propensa ao pecado. Contudo, enquanto estivesse à espreita em busca desse convite, seus sentidos, embrutecidos apenas por seu desejo, registrariam acuradamente tudo aquilo que os maculasse ou aviltasse; os olhos, um anel de cerveja preta espumando numa mesa sem toalha ou uma fotografia de dois soldados em posição de sentido ou um berrante cartaz de uma peça de teatro; os ouvidos, o jargão ocioso das saudações:

—Oi, Bertie, alguma coisa em mente?

—É você, pombinho?

—Número dez. Fresh Nelly está esperando por você.

—Boa noite, maridão! Vindo só para uma rapidinha?

A equação na página de sua caderneta começou a estender uma cauda crescente, toda de olhos e estrelas, como a de um pavão; e, quando os olhos e as estrelas de seus índices tinham sido eliminados, ela começou lentamente a se dobrar de novo sobre si mesma. Os índices aparecendo e desaparecendo eram olhos se abrindo e se fechando; os olhos se abrindo e se fechando eram estrelas nascendo e se extinguindo. O vasto círculo da vida estelar transportava sua exausta mente para fora, ao seu limite, e para dentro, ao seu ponto central, uma música distante a acompanhá-lo para fora e para dentro. Que música? A música chegava cada vez mais perto e ele se lembrou das palavras, das palavras do fragmento de Shelley sobre a lua vagando sem companhia, pálida de tédio. As estrelas começaram a se desfazer e uma delicada nuvem de poeira de estrelas rolou pelo espaço afora.

A luz amortecida caía mais debilmente sobre a página na qual outra equação começou lentamente a se desdobrar e a estender por tudo sua crescente cauda. Era sua própria alma partindo em direção à experiência, desdobrando-se num pecado atrás do outro, estendendo por tudo a pira de suas ardentes estrelas e redobrando-se, apagando-se lentamente, extinguindo as próprias luzes e chamas. Elas tinham se extinguido: e a fria escuridão ocupou o caos.

Uma fria e lúcida indiferença reinava em sua alma. Quando de seu primeiro pecado violento, ele sentira uma onda de vitalidade esvair-se dele e temera ver seu corpo ou sua alma deformados pelo excesso. Em vez disso, a onda vital o transportara em seu regaço para fora de si mesmo, e ao recuar o trouxera de volta: e nenhuma parte de seu corpo ou de sua alma fora deformada, mas uma paz sombria se estabelecera entre eles. O caos em que seu ardor se extinguiu era um conhecimento frio e indiferente de si mesmo. Pecara mortalmente não uma mas muitas vezes e sabia que, se corria o risco da danação eterna tão somente pelo primeiro pecado, a cada pecado subsequente sua culpa e sua punição se multiplicavam. Seus dias e seus atos e seus pensamentos não podiam servir de expiação para ele, pois as fontes de sua graça santificante tinham cessado de refrescar sua alma. Quando muito, por uma esmola dada a um pedinte de cujo "Deus te abençoe" ele fugira, podia esperar, consternado, obter para si alguma parcela de graça atual. A devoção tinha sumido. De que lhe valia rezar quando sabia que sua alma ansiava pela própria destruição? Um certo orgulho, um certo temor impediam-no de oferecer a Deus até mesmo uma única prece à noite, embora soubesse que estava no poder de Deus tirar-lhe a vida enquanto ele dormia e atirar sua alma ao inferno antes que ele tivesse tempo de implorar por misericórdia. O orgulho que tinha do próprio pecado, a reverência nada amorosa que tinha para com Deus diziam-lhe que sua ofensa era demasiadamente grave para ser expiada no todo ou em parte por uma falsa homenagem Àquele que tudo vê e tudo sabe.

—Muito bem, Ennis, declaro que você tem uma cabeça, mas um prego também tem! Você está dizendo que não consegue responder o que é um número irracional?

A disparatada resposta atiçou as brasas do desprezo que nutria por seus colegas. Em relação a outras pessoas não sentia vergonha nem medo. Nas manhãs de domingo, ao passar pela igreja, observava friamente os fiéis que, de cabeça descoberta, dispostos em quatro fileiras, ficavam junto à porta, moralmente presentes à missa que não conseguiam ver nem ouvir. A tíbia devoção e o cheiro enjoativo do óleo barato com o qual tinham untado os cabelos afugentavam-no do altar diante do qual rezavam. Rendia-se ao mal da hipocrisia para com os outros, cético quanto à inocência deles, da qual com uma boa conversa podia tão facilmente se aproveitar.

Da parede de seu quarto pendia um pergaminho com iluminuras, o certificado de sua investidura no cargo de presidente da Congregação Mariana do colégio. Nas manhãs de sábado, quando a Congregação se reunia na capela para recitar o pequeno ofício, ele ficava num genuflexório acolchoado à direita do altar, de onde dirigia seu grupo de meninos durante os responsos. A falsidade de sua posição não o incomodava. Se às vezes sentia um impulso para se levantar de seu lugar de honra e, confessando diante de todos seu demérito, retirar-se da capela, uma rápida olhada para os seus rostos fazia com que se contivesse. A imagística que percorria os salmos proféticos suavizava seu estéril orgulho. As glórias de Maria mantinham cativa a sua alma: nardo e mirra e incenso simbolizando sua linhagem real, seus emblemas; a planta que tarde floresce e a árvore que tarde desabrocha simbolizando o crescimento gradual e milenar de seu culto entre os homens. Quando chegava sua vez de ler seu trecho da bíblia perto do fim do ofício, ele o fazia numa voz velada, adormecendo a consciência em compasso com a música de sua voz.

> *Quasi cedrus exaltata sum in Libanon et quasi cupressus in monte Sion. Quasi palma exaltata sum in Gades et quasi plantatio rosae in Jericho. Quasi uliva speciosa in campis et quasi platanus exaltata sum juxta aquam in plateis. Sicut cinnamomum et balsamum aromatizans odorem dedi et quasi myrrha electa dedi suavitatem odoris.*

Seu pecado, que o acobertara da vista de Deus, o levara para mais perto do refúgio dos pecadores. Os olhos dela pareciam enxergá-lo com serena compaixão; a santidade dela, uma luz estranha resplandecendo debilmente sobre sua carne frágil, não humilhava o pecador que dela se aproximava. Se alguma vez foi impelido a se libertar do pecado e se arrepender, o impulso que o movera fora o desejo de estar a seu serviço. Se alguma vez sua alma, regressando humildemente ao abrigo dela depois que a agitação da luxúria de seu corpo se esgotara, se voltou para ela, cujo emblema é a estrela da manhã, *clara e musical, falando do paraíso e infundindo paz*, foi quando os nomes dela tinham sido docemente sussurrados por lábios sobre os quais ainda pairavam palavras imundas e vergonhosas, o sabor, nem mais nem menos, de um beijo lascivo.

Isso era estranho. Tentou pensar como isso era possível, mas o crepúsculo, adensando-se dentro da sala de aula, encobriu seus pensamentos. A sineta tocou. O mestre marcou os problemas de geometria para a aula seguinte e saiu. Heron, ao lado de Stephen, começou a cantarolar desafinado.

*Meu excelente amigo Bombados.*

Ennis, que tinha ido à latrina do pátio, voltou, dizendo:
—O rapaz lá do pavilhão está vindo buscar o reitor.

Um rapaz alto atrás de Stephen esfregou as mãos e disse:
—Beleza. Podemos ficar sem fazer nada por uma hora inteira. Ele não chega antes das duas e meia. Então você vai poder fazer perguntas para ele sobre o catecismo, Dedalus.

Stephen, recostando-se e desenhando uma coisa qualquer na sua caderneta, ouvia a conversa à sua volta, que Heron interrompia de quando em quando dizendo:
—Calem essa boca, façam-me o favor. Vamos parar com essa balbúrdia!

Era igualmente estranho que ele encontrasse um prazer estéril em seguir até o fim as linhas rígidas das doutrinas da igreja e em penetrar nos silêncios obscuros apenas para ouvir e sentir ainda mais profundamente a própria condenação. A frase de são Tiago segundo a qual quem infringe um mandamento se torna culpado de todos a princípio lhe parecera apenas uma frase empolada até ele ter começado a tatear às cegas na escuridão de seu próprio estado. Da semente daninha da luxúria brotavam todos os outros pecados capitais: orgulho de si mesmo e desprezo pelos outros, cobiça no uso do dinheiro para a obtenção de prazeres ilícitos, inveja daqueles cujos vícios ele não conseguia igualar e boatos caluniosos contra os devotos, o prazer que tinha em devorar a comida, a raiva cega e furiosa em meio à qual ele entretinha seu desejo, o pântano de indolência física e espiritual em que todo o seu ser afundara.

Ali sentado em seu banco, calmamente observando o rosto severo e perspicaz do reitor, sua mente se enredava e se desenredava do emaranhado das curiosas questões que lhe eram propostas. Se um homem tivesse roubado uma libra na juventude e usado essa libra para acumular uma enorme fortuna, que quantia seria obrigado a devolver, apenas a libra que roubara ou a tal libra mais os juros compostos que incidissem sobre ela ou toda a sua enorme fortuna? Se um leigo, ao batizar, derrama a água antes de recitar as palavras a criança é batizada? É válido o batismo com água mineral? Como se explica que, enquanto a primeira bem-aventurança promete o reino dos céus aos pobres de espírito, a segunda também promete aos mansos que eles herdarão a terra? Por que o sacramento da eucaristia foi instituído sob as duas espécies, a do pão e a do vinho, se Jesus Cristo está presente, corpo e sangue, alma e divindade, tanto no pão quanto no vinho individualmente? Uma partícula minúscula do pão consagrado contém todo o corpo e o sangue de Jesus Cristo ou apenas uma parte do corpo e do sangue? Se o vinho se transforma em vinagre e a hóstia se esfarela após terem sido consagrados, Jesus Cristo ainda está presente sob suas espécies como Deus e como homem?

—Aí vem ele! Aí vem ele!

Um rapaz de seu posto na janela vira o reitor vindo do pavilhão. Todos os catecismos foram abertos e todas as cabeças se inclinaram silenciosamente sobre eles. O reitor entrou e tomou seu assento no estrado. Um leve chute do rapaz alto no banco de trás intimou Stephen a fazer uma pergunta difícil.

O reitor não solicitou um catecismo para servir-lhe de guia na preleção. Ele juntou as mãos em cima da mesa e disse:

—O retiro em honra de são Francisco Xavier, cuja festa é no sábado, começará na tarde de quarta-feira. O retiro irá de quarta a sexta. Na sexta haverá confissão à tarde depois do rosário. Se algum dos rapazes tiver um confessor particular talvez seja melhor que não troque. A missa será na manhã de sábado às noves horas, com comunhão para todo o colégio. Sábado será dia livre. Mas pelo fato de sábado e domingo serem dias livres alguns dos rapazes podem ser tentados a pensar que segunda-feira também é. Cuidai para não cometerem esse erro. Acho que você, Lawless, é bem capaz de cometer esse erro.

—Eu, senhor? Por quê, senhor?

Uma pequena onda de silencioso regozijo percorreu o grupo de rapazes em consequência do sinistro sorriso do reitor. O coração de Stephen começou devagarinho a vergar e a definhar de aflição como uma flor que fenece.

O reitor continuou, sério:

—Imagino que estejais todos familiarizados com a história da vida de são Francisco Xavier, o patrono de vosso colégio. Ele vinha de uma antiga e ilustre família e vós vos recordais de que ele foi um dos primeiros seguidores de santo Inácio. Eles se conheceram em Paris, onde Francisco Xavier era professor de filosofia na universidade.

Esse jovem e brilhante nobre e homem de letras entrou de coração e alma nas ideias de nosso glorioso fundador, e sabeis que ele, por vontade própria, foi enviado por santo Inácio para pregar aos indianos. É chamado, como sabeis, de apóstolo das Índias. Ele foi de país em país no Oriente, da África à Índia, da Índia ao Japão, batizando o povo. Dizem que batizou algo como dez mil idólatras só num mês. Dizem que seu braço direito ficou sem força por tê-lo erguido tantas vezes sobre a cabeça daqueles que batizava. Ele quis depois ir para a China para conquistar ainda mais almas para Deus mas morreu de febre na ilha de Sanchoão. Um grande santo, são Francisco Xavier! Um grande soldado de Deus!

O reitor fez uma pausa e então, sacudindo diante de si as mãos juntas, continuou:

—Ele tinha a fé que move montanhas. Dez mil almas conquistadas para Deus num só mês! Trata-se de um verdadeiro conquistador, fiel ao lema de nossa ordem: *ad majorem Dei gloriam!* Um santo que tem muito poder no paraíso, lembrem-se disto: poder de interceder por nós em nossa aflição, poder de conseguir qualquer coisa pela qual rezamos desde que seja para o bem de nossas almas, o poder, sobretudo, de conseguir para nós a graça do arrependimento se tivermos caído em pecado. Um grande santo, são Francisco Xavier! Um grande pescador de almas!

Ele parou de sacudir as mãos juntas e, apoiando-as contra a fronte, examinou agudamente seus ouvintes, à direita e à esquerda, do fundo de seus severos olhos negros.

No silêncio, a negra chama deles fez arder o crepúsculo dando-lhe um brilho castanho-amarelado. O coração de Stephen definhara como uma flor do deserto que pressente o simum vindo de longe.

◆ ◆ ◆

—*Lembra-te de teu fim, e jamais pecarás*—são palavras, meus caros irmãozinhos em Cristo, extraídas do livro do Eclesiástico, capítulo sete, versículo quarenta. Em nome do Pai e do Filho e do Espírito Santo. Amém.

Stephen estava sentado no banco da frente da capela. O padre Arnall estava sentado a uma mesa à esquerda do altar. Tinha sobre os ombros uma capa pesada; seu rosto pálido estava abatido e sua voz, debilitada pelo catarro. A figura de seu antigo mestre, tão estranhamente ressurgido, trouxe de volta à mente de Stephen sua vida em Clongowes: os largos pátios de recreio apinhados de meninos, a vala, o pequeno cemitério ao lado da alameda principal margeada de limeiras onde sonhara ser enterrado, a luz do fogo na parede da enfermaria onde ficou quando estava doente, o rosto triste do irmão Michael. Sua alma, à medida que essas lembranças lhe voltavam, tornava-se de novo uma alma de criança.

—Estamos hoje aqui reunidos, meus caros irmãozinhos em Cristo, longe, por um instante, do buliçoso burburinho do mundo exterior, para celebrar e reverenciar um dos maiores dentre todos os santos, o apóstolo das Índias, também santo padroeiro de vosso colégio, são Francisco Xavier. Ano após ano, meus caros rapazinhos, por muito mais tempo do que qualquer um de vós possa lembrar ou eu mesmo possa lembrar, os rapazes deste colégio têm se reunido nesta mesma capela para fazer seu retiro anual antes da festa de seu patrono. O tempo correu, trazendo com ele suas mudanças. De quantas mudanças, incluindo as de anos mais recentes, a maioria nem se lembra mais? Muitos dos rapazes que estiveram sentados nesses bancos da frente alguns anos atrás talvez estejam agora em terras distantes, nos trópicos escaldantes ou imersos em encargos profissionais ou em seminários ou fazendo a travessia da imensa vastidão de mares profundos ou, talvez, já tenham sido chamados pelo grande Deus para uma outra vida e para prestar contas de seu ministério. E não obstante, à medida que os anos passam, trazendo com eles mudanças, para o bem ou para o mal, a memória do grande santo é reverenciada pelos rapazes deste colégio que todo ano fazem seu retiro anual nos dias que antecedem a festa designada pela Santa Madre Igreja para transmitir a todas as épocas o nome e a fama de um dos maiores dentre os filhos da católica Espanha.

— Pois bem, qual é o significado desta palavra *retiro* e por que é reconhecida por todo lado como uma prática das mais salutares para todos os que desejam levar perante Deus e aos olhos dos homens uma vida verdadeiramente cristã? Um retiro, meus caros rapazes, significa um afastamento por algum tempo das preocupações de nossa vida, das preocupações deste mundo de labuta diária, para examinar o estado de nossa consciência, refletir sobre os mistérios da santa religião e compreender melhor por que estamos neste mundo. Durante esses poucos dias pretendo pôr à vossa frente alguns pensamentos a respeito das quatro coisas do fim. Elas são, como sabeis pelo catecismo, a morte, o juízo, o inferno e o paraíso. Tentaremos entendê-las plenamente durante esses poucos dias de modo que possamos extrair de sua compreensão um benefício duradouro para nossas almas. E, lembrai-vos, meus caros rapazes, que fomos enviados a este mundo por uma coisa e apenas por uma coisa: para fazer a sagrada vontade de Deus e salvar nossas almas imortais. Tudo o mais nada vale. Uma única coisa é necessária, a salvação de nossa alma. De que vale a um homem ganhar o mundo inteiro se vier a perder sua alma imortal? Oh, meus caros rapazes, acreditai-me, não há nada neste desditoso mundo que possa compensar tal perda.

— Peço-vos, pois, meus caros rapazes, que afasteis de vossa mente durante esses poucos dias todos os pensamentos mundanos, quer de estudo quer de lazer ou ambição, e concedais toda a vossa atenção ao estado de vossa alma. Nem preciso lembrar-vos que durante os dias do retiro espera-se que todos os rapazes mantenham uma conduta devota e silenciosa e evitem todo e qualquer lazer inconveniente e ruidoso. Os rapazes mais velhos, cuidarão, naturalmente, para que esse costume não seja infringido e espero, especialmente, que os presidentes e os conselheiros da Congregação Mariana e da Irmandade dos Santos Anjos sirvam de bom exemplo para seus colegas.

— Vamos tentar, pois, fazer este retiro em honra de são Francisco com todo o nosso coração e toda a nossa mente. A benção de Deus protegerá, então, o ano inteiro de vossos estudos. Mas, acima e para além de tudo, que este retiro seja um dos que possais rememorar anos à frente, quando talvez estareis longe deste colégio e em ambientes muito diferentes, um dos que possais rememorar com alegria e gratidão e dar graças a Deus por vos ter dado esta oportunidade de assentar a pedra fundamental de um vida cristã zelosa, honrada e devota. E se, como pode muito bem acontecer, houver neste momento, nesses bancos, alguma pobre alma que tenha tido a indizível desdita de ter perdido a sagrada graça de Deus e ter caído em pecado grave, confio e rogo com fervor que este retiro possa ser o fator decisivo de mudança na vida dessa alma. Rogo a Deus que, pelos méritos de seu zeloso servo Francisco Xavier, essa alma possa ser induzida ao arrependimento sincero e que a sagrada comunhão no dia de são Francisco deste ano possa constituir um pacto duradouro entre Deus e essa alma. Que, para o justo e o injusto, para o santo e o pecador, indistintamente, possa este retiro ser um dos mais memoráveis.

– Ajudai-me, meus caros irmãozinhos em Cristo. Ajudai-me com vossa piedosa atenção, com vossa própria devoção, com vossa conduta em público. Afastai da vossa mente todos os pensamentos mundanos, e pensai apenas nas coisas do fim, a morte, o juízo, o inferno e o paraíso. Quem lembra dessas coisas do fim, diz o Eclesiástico, jamais pecará. Quem lembra das coisas do fim agirá e pensará com elas sempre diante dos olhos. Viverá uma vida boa e morrerá uma boa morte, acreditando e sabendo que, caso tenha se sacrificado muito nesta vida terrena, lhe será dado cem vezes, mil vezes mais, na vida vindoura, no reino sem fim – uma benção, meus caros rapazes, que vos desejo do fundo de meu coração, a todos e a cada um, em nome do Pai e do Filho e do Espírito Santo. Amém!

Enquanto caminhava para casa com alguns colegas, todos calados, teve a sensação de que um denso nevoeiro envolvia a sua mente. Esperou, com a mente em estado de estupor, que ele subisse e revelasse o que havia ocultado. Atirou-se à janta com apetite feroz e quando a comida tinha acabado e as travessas cheias de restos de gordura jaziam abandonadas sobre a mesa, ele se levantou e foi para a janela, limpando com a língua a escuma grossa da boca e lambendo os lábios. Descera, assim, ao estado de um bicho que lambe os beiços depois do repasto. Era o fim; e uma débil réstia de medo começou a perfurar o nevoeiro de sua mente. Comprimiu o rosto contra a vidraça da janela e se pôs a observar a rua escurecendo. Formas passavam de um lado para o outro em meio à luz mortiça. E isso era a vida. As letras do nome Dublin se assentavam como um peso sobre sua mente, empurrando, ferozes, umas às outras de um lado para o outro com insistência impolida e prolongada. Sua alma se espessava e coagulava, transformando-se numa graxa grossa, afundando cada vez mais profundamente, em seu medo cego, num crepúsculo sombrio e ameaçador, enquanto o corpo que era seu permanecia ali, inerte e desonrado, olhando fixo do fundo de olhos escurecidos, indefeso, perturbado e humano, para ser contemplado por um deus bovino.

O dia seguinte trouxe morte e juízo, despertando lentamente sua alma de seu inerte desespero. A débil réstia de medo transformava-se em terror do espírito à medida que a voz rouca do pregador insuflava-lhe a morte na alma. Ele experimentava seu estertor. Sentia o arrepio da morte chegar às extremidades do corpo e arrastar-se rumo ao coração, o véu da morte cobrindo os olhos, os centros luminosos do cérebro apagando-se um a um como lâmpadas, o último suor escorrendo pela pele, a impotência dos membros agonizantes, a fala empastando-se e delirando e rateando, o coração pulsando cada vez mais debilmente, quase aniquilado, o alento, o pobre alento, o pobre e indefeso espírito humano, soluçando e suspirando, gorgolejando e tremulando na garganta. Nenhum socorro! Nenhum socorro! Ele, ele próprio, seu corpo ao qual ele se rendera, estava morrendo. Enterrem-no. Metam-no bem pregado num caixão de madeira, o cadáver. Levem-no de casa nos ombros de carregadores a soldo. Tirem-no da vista dos homens, enfiem-no direto num buraco grande no chão, na sepultura, para apodrecer, para alimentar a legião de seus vermes rastejantes e ser devorado por ratos saltitantes e pançudos.

E enquanto os amigos ainda estavam, em lágrimas, ao pé da cama, a alma do pecador era julgada. No último momento de consciência, toda a vida terrena passava diante da vista da alma e, antes que ela tivesse tempo para refletir, o corpo tinha morrido e a alma se via, aterrorizada, diante do trono do juízo. Deus, que por tanto tempo fora misericordioso, agora seria justo. Por tanto tempo fora paciente, tentando persuadir a alma pecadora, dando-lhe tempo para se arrepender, poupando-a ainda por um algum tempo. Mas esse tempo se esgotara. Houve um tempo para pecar e se divertir, houve um tempo para zombar de Deus e das advertências de Sua santa igreja, houve um tempo para desafiar Sua majestade, para desobedecer Seus mandamentos, para ludibriar os semelhantes, para cometer um pecado atrás do outro e para esconder a própria degradação da vista dos homens. Mas esse tempo se esgotara. Agora era a vez de Deus: e Ele não seria ludibriado nem iludido. Cada um dos pecados emergiria então de seu esconderijo, o mais rebelde dentre eles contra a vontade divina e o mais degradante para a nossa pobre e corrupta natureza, a menor das imperfeições e a mais hedionda das atrocidades. De que lhe valia, então, ter sido um grande imperador, um grande general, um maravilhoso inventor, o mais erudito dos eruditos? Eram todos iguais perante o trono do juízo de Deus. Ele recompensaria os bons e puniria os maus. Um só e breve instante era o que bastava para o julgamento da alma de um homem. Um só e breve instante após a morte do corpo, e a alma já tinha sido pesada na balança. O julgamento individual terminara e a alma era transferida para a morada do êxtase ou para a prisão do purgatório ou era atirada, uivando, no inferno.

E isso não era tudo. A justiça de Deus ainda tinha de ser atestada perante os homens: depois do particular faltava ainda o juízo geral. O último dia tinha chegado. O dia do juízo final estava próximo. As estrelas do céu caíram sobre a terra como figos lançados ao chão pela figueira sacudida pelo vento. O sol, a grande luminária do universo, ficara da cor de pano de saco. A lua era vermelho-sangue. O firmamento era como um papiro desenrolado. O arcanjo Miguel, o príncipe das hostes celestiais, surgiu glorioso e terrível contra o céu. Com um pé no mar e outro na terra fez soar na trombeta arcangélica a retumbante morte do tempo. Os três rebates do anjo encheram o universo inteiro. Tempo há, tempo houve, mas tempo não mais haverá. Ao som do último rebate, as almas da humanidade universal afluem ao vale de Josafá, ricos e pobres, nobres e simples, sábios e tolos, bons e maus. A alma de cada ser humano que já existiu, as almas dos que ainda estão por nascer, todos os filhos e filhas de Adão, reúnem-se todos nesse dia supremo. E eis que chega o juiz supremo! Não mais o humilde Cordeiro de Deus, não mais o manso Jesus de Nazaré, não mais o Homem de Dores, não mais o Bom Pastor, Ele é visto agora chegando por sobre as nuvens, com grande poder e majestade, custodiado por nove coros de anjos, anjos e arcanjos, principados, potestades e virtudes, tronos e dominações, querubins e serafins, Deus Onipotente, Deus Sempiterno. Ele fala: e Sua voz é ouvida até nos mais longínquos limites do espaço, até no abismo insondável. Supremo Juiz, de Sua sentença não há nem pode haver apelação. Ele chama os justos para o Seu lado, convidando-os a entrar na eternidade do êxtase, no Reino preparado para eles. Os ímpios, ele os afasta de Si, exclamando em Sua injuriada majestade: *Apartai-vos de mim, malditos, ide para sempre para o fogo eterno, preparado para o diabo e seus anjos.* Oh, que agonia, então, para os miseráveis pecadores! O amigo é separado do amigo, os filhos são separados dos pais, os maridos, das esposas. O pobre pecador estende os braços aos que lhe eram caros neste mundo terreno, àqueles de cuja devoção simples talvez ele tivesse escarnecido, àqueles que o aconselharam e tentaram conduzi-lo para o bom caminho, a um irmão bondoso, a uma irmã querida, à mãe e ao pai que tanto o amaram. Mas é tarde demais: os justos se afastam das desditosas e danadas almas que agora surgem diante dos olhos de todos com sua face hedionda e perversa. Oh, vós hipócritas, oh, vós sepulcros caiados, oh, vós que ofereceis ao mundo uma face doce, sorridente, ao passo que vossa alma é por dentro um charco imundo de pecado, como vos safareis nesse terrível dia?

E esse dia chegará, sem dúvida chegará, sem falta chegará; o dia da morte e o dia do juízo. Está prescrito ao homem morrer, e após a morte, o juízo. A morte é certa. A hora e a maneira são incertas, não se sabe se de prolongada doença ou de acidente inesperado; o Filho de Deus chega quando menos O esperais. Estejais, pois, preparados a cada momento, sabendo que podeis morrer a qualquer momento. A morte é o fim de todos nós. Morte e juízo, trazidos ao mundo pelo pecado de nossos primeiros pais, são os portões negros que encerram nossa existência terrena, os portões que se abrem para o desconhecido e o jamais visto, portões pelos quais toda alma deve passar, sozinha, sem outra ajuda que não a de suas boas obras, sem amigo ou irmão ou pais ou mestre para ajudá-la, sozinha e trêmula. Que esse pensamento esteja sempre diante de nossas mentes e assim não pecaremos. A morte, causa de medo para o pecador, é um momento abençoado para aquele que foi pelo caminho certo, cumprindo os deveres de sua posição social, fazendo suas orações da manhã e da noite, recebendo o santíssimo sacramento com frequência e praticando atos bons e misericordiosos. Para o católico devoto e crente, para o homem justo, a morte não é nenhuma causa de medo. Não foi Addison, o grande escritor inglês, quem, em seu leito de morte, pediu para trazerem o malvado jovem conde de Warwick para que visse como um cristão deve receber seu fim? Pode ser considerado cristão devoto e crente aquele, e apenas aquele, que puder dizer de coração:

*Oh, sepultura, onde está tua vitória?*
*Oh, morte, onde está teu aguilhão?*

Cada palavra ali contida era dirigida a ele. Era contra seu pecado, sórdido e secreto, que toda a ira de Deus estava voltada. O bisturi do pregador penetrara fundo na sua consciência doente e ele agora sentia que sua alma se putrefazia em pecado. Sim, o pregador estava certo. A vez de Deus tinha chegado. Como um bicho em sua toca sua alma deitara-se em meio à própria imundície mas os rebates da trombeta do anjo o tinham levado da escuridão do pecado para a luz. As palavras de condenação apregoadas pelo anjo fizeram, num instante, sua presunçosa paz em pedaços. O vento do dia final varreu sua mente; seus pecados, as meretrizes de olhos perolados de sua imaginação, fugiram à vista do furacão, guinchando como ratos aterrorizados, e se apinharam sob um tufo de pelos.

Enquanto atravessava a praça, indo para casa, o gracioso riso de uma mocinha chegou aos seus afogueados ouvidos. O frágil, alegre som atingiu seu coração com mais força do que um rebate de trombeta, e, não ousando erguer os olhos, virou-se para o lado e ficou olhando, enquanto caminhava, a sombra do emaranhado de arbustos. A vergonha remontou de seu magoado coração, inundando todo o seu ser. A imagem de Emma surgiu à frente dele e, sob o seu olhar, a torrente de vergonha irrompeu outra vez de seu coração. Se ela soubesse a que coisas a mente dele a tinha submetido ou quanto a luxúria animalesca dele tinha dilacerado e esmagado a inocência dela! Era isso amor juvenil? Era isso cavalheirismo? Era isso poesia? Os sórdidos detalhes de suas orgias exalavam um cheiro ruim bem debaixo de suas narinas. O maço de gravuras coberto de fuligem que ele escondera na chaminé da lareira e na contemplação das quais, com sua deslavada ou disfarçada imoralidade, ele ficava horas a fio pecando em ato e pensamento; seus monstruosos sonhos, povoados por criaturas simiescas e por meretrizes com olhos perolados e cintilantes; as longas e sórdidas cartas que escrevera com o prazer da admissão de culpa e que carregara, escondidas, por dias a fio apenas para depois jogá-las, na calada da noite, no meio da grama no canto de um campo ou debaixo de alguma porta derrubada ou em algum buraco nas sebes onde uma mocinha pudesse encontrá-las quando passasse por ali e as lesse em escondido. Louco! Louco! Era possível que tivesse feito essas coisas? Um suor frio brotava-lhe da testa à medida que as sórdidas lembranças se condensavam em seu cérebro.

Quando a agonia da vergonha se fora dele tentou erguer sua alma de sua abjeta impotência. Deus e a Santíssima Virgem estavam longe demais dele: Deus era grande e severo demais e a Santíssima Virgem, pura e santa demais. Mas imaginou que estava próximo de Emma numa vasta planície e que, humildemente e em lágrimas, se curvava e beijava o cotovelo de sua manga.

Na vasta planície, sob um suave e lúcido céu de fim de tarde, com uma nuvem que se deslocava rumo ao oeste em meio a um mar de céu verde-claro, eles ficaram juntos, como crianças que se extraviaram. O erro deles ofendera profundamente a majestade de Deus embora fosse o erro de duas crianças; mas não ofendera aquela cuja beleza *não é como a beleza terrena, perigosa de se olhar, mas como a estrela da manhã, que é seu emblema, clara e musical.* Não se mostravam ofendidos os olhos que se voltavam para eles nem reprovadores. Ela juntou as mãos dos dois, mão contra mão, e disse, falando a seus corações:

—Deem-se as mãos, Stephen e Emma. Faz agora uma tarde linda no céu. Vocês se extraviaram mas serão sempre meus filhos. É um coração que ama outro coração. Deem-se as mãos, meus queridos filhos, e você serão felizes juntos e seus corações se amarão um ao outro.

A capela estava inundada pela mortiça luz escarlate que se infiltrava pelas persianas arriadas; e pela fissura entre a última folha da persiana e o caixilho da janela um raio pálido de luz entrou como uma lança e tocou o bronze em relevo dos castiçais do altar, que reluziam como a cota de malha dos anjos, puída das batalhas.

A chuva caía sobre a capela, o jardim, o colégio. Choveria para sempre, silenciosamente. A água subiria dedo a dedo, cobrindo a grama e os arbustos, cobrindo as árvores e as casas, cobrindo os monumentos e o cimo das montanhas. Toda vida seria estancada, silenciosamente: pássaros, homens, elefantes, porcos, crianças: cadáveres flutuando silenciosamente em meio ao lixo dos destroços do mundo. A chuva cairia por quarenta dias e quarenta noites até as águas cobrirem a face da terra.

Era possível. Por que não?

—*O inferno alargou a sua alma e abriu a sua boca sem quaisquer limites*—palavras extraídas, meus caros irmãozinhos em Jesus Cristo, do livro de Isaías, capítulo quinto, versículo décimo quarto. Em nome do Pai e do Filho e do Espírito Santo. Amém.

O pregador tirou um relógio sem corrente de um bolso de dentro da batina e, tendo estudado em silêncio seu mostrador por um instante, colocou-o silenciosamente à sua frente sobre a mesa.

Começou a falar num tom baixo.

—Adão e Eva, meus caros rapazes, foram, como sabeis, nossos primeiros pais, e vós vos recordareis de que eles foram criados por Deus para que os lugares do céu que ficaram vazios com a queda de Lúcifer e seus anjos rebeldes pudessem ser novamente ocupados. Lúcifer, dizem-nos, era um filho do amanhecer, um anjo radiante e poderoso; contudo ele caiu; ele caiu e com ele caiu um terço das hostes celestiais: ele caiu e foi atirado, junto com seus anjos rebeldes, no inferno. Qual teria sido seu pecado nós somos incapazes de dizer. Os teólogos supõem que tenha sido o pecado da soberba, o pecaminoso pensamento concebido num instante: *non serviam*. Não servirei. Esse instante foi sua ruína. Ele ofendeu a majestade de Deus pelo pensamento pecaminoso de um instante e Deus o expulsou do paraíso, lançando-o ao inferno para sempre.

—Adão e Eva foram então criados por Deus e colocados no Éden, na planície de Damasco, aquele belo jardim, resplandecente de sol e cor e onde pululava uma luxuriante vegetação. A fecunda terra lhes presenteou com sua fartura: bichos e aves eram seus solícitos servos: eles não conheciam os males de que nossa carne é herdeira, doença e pobreza e morte: tudo o que um grande e generoso Deus podia fazer por eles foi feito. Mas havia uma condição que lhes foi imposta por Deus: obediência à Sua palavra. Não deviam comer do fruto da árvore proibida.

—Ai, meus rapazinhos, eles também caíram. O demônio, antes anjo resplandecente, um filho do amanhecer, agora um satã sorrateiro, chegou sob a forma de serpente, o mais ardiloso de todos os bichos do campo. Ele os invejava. Ele, o grande que caíra, não conseguia suportar a ideia de que um homem, um ser feito de barro, pudesse desfrutar da herança de que ele, por seu pecado, abdicara para sempre. Ele se aproximou da mulher, o vaso mais fraco, e verteu em seu ouvido o veneno de sua eloquência, prometendo-lhe (oh, a blasfêmia dessa promessa!) que se ela e Adão comessem do fruto proibido eles se tornariam deuses, não, o próprio Deus. Eva sucumbiu aos embustes do tentador-mor. Ela comeu da maçã e a ofereceu também a Adão que não teve a coragem moral de opor-lhe resistência. A língua venenosa de Satã produzira seu efeito. Eles caíram.

—E então a voz de Deus fez-se ouvir naquele jardim, chamando Sua criatura, o homem, à responsabilidade: e Miguel, príncipe das hostes celestiais, com uma espada de fogo na mão, surgiu diante do culpado casal, expulsando-os do Éden para o mundo, o mundo da doença e da luta, da crueldade e da decepção, do trabalho e do sofrimento, para ganharem o pão com o suor de seu rosto. Mas mesmo nesse momento como Deus foi misericordioso! Ele teve pena de nossos pobres e rebaixados pais e prometeu que no devido tempo

Ele enviaria do céu Alguém que os redimiria, que os faria de novo filhos de Deus e herdeiros do reino dos céus; e esse Alguém, esse Redentor do homem caído, seria o Filho único de Deus, a Segunda Pessoa da Santíssima Trindade, o Verbo Eterno.

—Ele veio. Nasceu de uma virgem pura, Maria, a mãe virgem. Nasceu num mísero estábulo na Judeia e viveu como humilde carpinteiro por trinta anos até que fosse chegada a hora de sua missão. E então, repleto de amor pelos homens, Ele se apresentou e convocou os homens a escutarem o novo evangelho.

—Eles escutaram? Sim, eles escutaram, mas não lhe deram ouvidos. Ele foi preso e amarrado como um criminoso comum, escarnecido como um louco, preterido em favor de um notório salteador, fustigado com cinco mil vergastadas, coroado com uma coroa de espinhos, arrastado pelas ruas pela turba judia e pela soldadesca romana, despojado de suas vestes e pendurado num madeiro e Seu flanco foi perfurado com uma lança e do corpo ferido de nosso Senhor água e sangue jorravam sem parar.

—Mas mesmo nesse momento, naquela hora de suprema agonia, Nosso Misericordioso Redentor se apiedou da humanidade. Mas ali mesmo, no monte do Calvário, Ele fundou a sagrada igreja católica contra a qual, assim foi prometido, as portas do inferno não prevalecerão. Ele fundou-a sobre a pedra eterna e dotou-a com Sua graça, com sacramentos e sacrifício, e prometeu que se os homens obedecessem a palavra de Sua Igreja eles ainda entrariam na vida eterna, mas se, depois de tudo que fora feito por eles, eles ainda persistissem em sua iniquidade, restava-lhes uma eternidade de tormento: o inferno.

A voz do pregador enfraquecia. Ele fez uma pausa, juntou as palmas das mãos por um instante, separou-as. Então recomeçou:

—Vamos agora por um momento tentar compreender, tanto quanto possível, a natureza daquela morada dos condenados que a justiça de um Deus ofendido criou para o castigo eterno dos pecadores. O inferno é uma prisão apertada e escura e suja e fétida, uma morada de demônios e almas perdidas, repleta de fogo e fumaça. O aperto dessa prisão é expressamente calculado por Deus para punir aqueles que se recusaram a se sujeitar às Suas leis. Nas prisões terrenas o pobre cativo tem ao menos alguma liberdade de movimento, seja apenas dentro das quatro paredes de sua cela, seja no desolado pátio de sua prisão. Mas no inferno não é assim. Lá, em razão do grande número de danados, os cativos ficam amontoados em sua horrível prisão, cujas paredes, segundo dizem, têm mais de seis mil quilômetros de espessura: e os condenados estão tão absolutamente sujeitados e indefesos que, como escreve um santo abençoado, santo Anselmo, em seu livro sobre as similitudes, eles não são capazes nem mesmo de retirar do olho um verme que o corrói.

—Eles ficam numa escuridão total à sua volta. Pois, lembrai-vos, o fogo do inferno não emite nenhuma luz. Enquanto o fogo da fornalha babilônica perdeu, por ordem de Deus, o calor mas não a luz, o fogo do inferno, embora retenha a intensidade do calor, queima, por ordem de Deus, eternamente na escuridão. É uma tempestade sem fim de escuridão, chamas negras e fumaça negra de enxofre, em meio à qual os corpos ficam empilhados uns sobre os outros sem um resquício sequer de ar. De todas as pragas com que foi castigada a terra dos faraós, uma única, a da escuridão, foi chamada de horrível. Que nome, então, devemos dar à escuridão do inferno que deve durar não apenas três dias mas toda a eternidade?

—O horror dessa prisão apertada e escura é ampliado por sua terrível fedentina. Toda a imundície do mundo, todo o refugo e dejeto do mundo, segundo contam, irá escorrer para ali, quando a terrível conflagração do último dia tiver purgado o mundo, como se fosse um vasto e fétido esgoto. O enxofre, que arde ali numa quantidade extremamente prodigiosa, também inunda o inferno todo com sua insuportável fedentina; e os corpos dos próprios condenados exalam um odor tão pestilento que, como diz são Boaventura, um único deles seria suficiente para infectar o mundo inteiro. Até o ar deste mundo, este elemento puro, torna-se pestilento e irrespirável quando fica encerrado por muito tempo. Calculai, então, quão viciado deve ser o ar do inferno. Imaginai um cadáver pestilento e pútrido que ficou apodrecendo e se decompondo no túmulo, uma massa gelatinosa de decomposição líquida. Imaginai um cadáver desses entregue às chamas, devorado pelo fogo do enxofre ardente e exalando vapores densos e sufocantes de uma decomposição nauseabunda e repugnante. E imaginai, depois, essa fedentina asquerosa, multiplicada um milhão de vezes e depois por mais um milhão de vezes pelos milhões e milhões de carcaças fétidas amontoadas numa escuridão poluída, um enorme e putrefato fungo humano. Imaginai isso tudo e tereis uma ideia do horror que é a fedentina do inferno.

—Mas por mais horrível que seja, esse mau cheiro não é o maior tormento físico a que são submetidos os condenados. O tormento do fogo é o maior dos tormentos a que um tirano pode submeter as criaturas de sua espécie. Colocai o dedo por um momento na chama de uma vela e sentireis a dor do fogo. Mas nosso fogo terreno foi criado por Deus para o benefício do homem, para manter nele a centelha da vida e para ajudá-lo nas artes práticas, enquanto o fogo do inferno é de outra natureza e foi criado por Deus para torturar e punir o pecador impenitente. Ademais, nosso fogo terreno consome com mais ou menos rapidez de acordo com a maior ou menor combustibilidade do objeto que ele ataca de modo que o engenho humano conseguiu até mesmo inventar preparados químicos para restringir ou frustrar sua ação. Mas o enxofre sulfuroso que arde no inferno é uma substância que está especialmente idealizada para arder com fúria indescritível para sempre e para o todo sempre. Além disso, nosso fogo terreno destrói ao mesmo tempo que arde de modo que quanto mais intenso ele é, mais curta é sua duração: mas o fogo do inferno tem essa propriedade de conservar aquilo que queima e embora sopre com uma intensidade incrível ele sopra para sempre.

—Mais uma vez, nosso fogo terreno, não importa quão furioso ou alastrado ele possa ser, é sempre de extensão limitada: mas o lago do fogo no inferno é sem tamanho, sem margens e sem fundo. Consta que o próprio diabo, quando perguntado a respeito por um certo soldado, foi obrigado a confessar que se uma montanha inteira fosse jogada no oceano ardente do inferno seria total e instantaneamente consumida como um pedaço de cera. E esse fogo terrível não afligirá os corpos dos condenados apenas por fora mas cada alma perdida será um inferno para si mesma, com o fogo sem limites soprando em seus próprios órgãos vitais. Oh, quão terrível é a sorte desses seres infelizes! O sangue escalda e ferve nas veias, os miolos fervem no crânio, o coração fica em brasa e estoura no peito, os intestinos tornam-se uma massa em brasa de pasta incandescente, os débeis olhos inflamam-se como bolas derretidas.

—E contudo o que eu disse sobre a força e a natureza e a infinitude desse fogo não é nada em comparação com sua intensidade, uma intensidade que ele tem por ter sido o instrumento escolhido por desígnio divino para a punição tanto da alma quanto do corpo. É um fogo que provém diretamente da ira de Deus, agindo não por iniciativa própria mas como instrumento da vingança divina. Assim como as águas do batismo purificam a alma junto com o corpo assim também os fogos da punição torturam o espírito junto com a carne. Cada um dos sentidos do corpo é torturado e cada uma das faculdades da alma vai junto: os olhos com escuridão absoluta e impenetrável, o nariz com odores insuportáveis, os ouvidos com gritos e uivos e exe- crações, o paladar com pus repugnante, laceração ulcerosa, indescritível e sufocante imundície, o tato com aguilhões e cravos em brasa, com cruéis línguas de fogo. E pela via dos vários tormentos dos sentidos a alma imortal é torturada eternamente em sua própria essência em meio às léguas e léguas de rubras chamas atiçadas dentro do abismo pela majestade ofendida do Deus Onipotente e avivadas pelo sopro da cólera divina até atingirem uma fúria que só aumenta e nunca acaba.

—Considerai finalmente que o tormento dessa prisão infernal é reforçado pela companhia dos próprios condenados. A má compa- nhia na terra é tão nociva que as plantas, como que por instinto, se afastam da companhia de tudo que lhes seja mortal ou danoso. No inferno todas as leis são abolidas: não há nenhuma ideia de família ou de pátria, de laços, de relações. Os condenados uivam e gritam uns com os outros, sua tortura e cólera são intensificadas pela presença de seres tão torturados e encolerizados quanto eles mesmos. Todo sentimento de humanidade é esquecido. Os urros dos padecentes pecadores enchem os cantos mais remotos do vasto abismo. As bo- cas dos danados estão cheias de blasfêmias contra Deus e de ódio por seus companheiros de sofrimento e de maldições contra aquelas almas que foram suas cúmplices no pecado. Em tempos antigos era costume punir o parricida, o homem que levantara a mão assassina contra o pai, lançando-o nas profundezas do mar num saco em que eram postos um galo, um macaco e uma serpente. A intenção dos legisladores que conceberam tal lei, que parece cruel em nossos dias, era de punir o criminoso por meio da companhia de bichos nocivos e odiosos. Mas o que é a fúria desses bichos mudos comparada com a fúria da execração que explode dos lábios ressequidos e das gar- gantas doloridas dos condenados do inferno quando veem em seus companheiros de desgraça aqueles que os auxiliaram e estimularam no pecado, aqueles cujas palavras plantaram as primeiras sementes dos maus pensamentos e da má vida em suas cabeças, aqueles cuja sugestões imorais os conduziram ao pecado, aqueles cujos olhos os seduziram e os aliciaram para se afastarem do caminho da virtude? Eles se voltam contra esses cúmplices, censurando-os e amaldiçoando-os. Mas eles estão sem arrimo e sem esperança: é tarde demais para se arrepender.

—Por fim considerai o assustador tormento que é a companhia dos diabos para aquelas almas danadas, tanto as tentadoras quanto as tentadas. Esses diabos afligirão os condenados de duas maneiras, por sua presença e por suas repreensões. Não fazemos ideia de quão horríveis são esses diabos. Santa Catarina de Siena certa vez viu um diabo e ela escreveu que preferia caminhar até o fim da vida sobre uma trilha de carvões em brasa a ter de contemplar de novo por um único instante um monstro assustador desses. Esses diabos, que foram outrora belos anjos, tornaram-se tão feios e horríveis quanto outrora foram belos. Zombam e caçoam das almas perdidas que arrastaram para a desgraça. São eles, os pérfidos diabos, que se tornam no inferno a voz da consciência. Por que pecou? Por que deu ouvidos às tentações dos amigos? Por que se desviou de suas práticas piedosas e das boas obras? Por que não evitou as ocasiões de pecado? Por que não deixou aquela má companhia? Por que não renunciou àquele hábito lascivo, àquele hábito impuro? Por que não ouviu os conselhos de seu confessor? Por que, mesmo após ter caído pela primeira ou segunda ou terceira ou quarta ou centésima vez, não se arrependeu de seus maus costumes e se voltou para Deus que apenas esperava seu arrependimento para absolvê-lo de seus pecados? Agora o tempo do arrependimento se esgotou! Tempo há, tempo houve, mas tempo não mais haverá! Tempo houve de pecar escondido, de entregar-se àquela ociosidade e soberba, de cobiçar o ilícito, de render-se aos estímulos de sua mais baixa natureza, de viver como animais do campo, não, pior que os animais do campo porque eles, ao menos, não passam de brutos e não têm a razão para guiá-los: tempo houve mas tempo não mais haverá. Deus lhe falava por meio de tantas vozes mas você não ouvia. Você não esmagava aquela soberba e aquela raiva em seu coração, não devolvia aqueles bens obtidos por meios ilícitos, não obedecia os preceitos de sua santa igreja nem cumpria com seus deveres religiosos, não abandonava aquelas más companhias, não evitava aquelas perigosas tentações. Tal é a linguagem daqueles diabólicos torturadores, palavras de escárnio e reprimenda, de ódio e asco. De asco, sim! Pois mesmo eles, os próprios diabos, quando pecaram, foi pela via de um pecado que era o único compatível com essas angélicas naturezas, uma rebelião do intelecto: e eles, mesmo eles, os perversos diabos, devem evitar, revoltados e enojados, a contemplação daqueles indescritíveis pecados com que o homem degradado ultraja e profana o templo do Espírito Santo, profana e conspurca a si mesmo.

—Oh, meus caros irmãozinhos em Cristo, que nunca seja nosso destino ouvir essa linguagem! Que nunca seja nosso destino, é o que digo! Rogo com fervor a Deus para que no último dia da prestação de contas nem uma única alma daqueles que estão hoje nesta capela possa ser encontrada entre aqueles miseráveis seres aos quais o Grande Juiz ordenará que desapareçam para sempre de Sua vista, que nenhum de nós possa jamais ouvir soar em seus ouvidos a terrível sentença de rejeição: *Afastai-vos de mim, oh, malditos, e ide para o fogo eterno que foi preparado para o diabo e seus anjos!*

Ele desceu a nave lateral da capela, as pernas bambas e o couro cabeludo tremulando como se tivesse sido tocado por dedos espectrais. Subiu as escadas e continuou pelo corredor, ao longo de cujas paredes os sobretudos e os impermeáveis pendiam como malfeitores expostos à execração pública, decapitados e gotejantes e disformes. E a cada passo receava que já tivesse morrido, que sua alma tivesse sido arrancada do invólucro do corpo, que ele estivesse mergulhando de cabeça no espaço.

Não conseguia agarrar-se ao chão com os pés e se sentou pesadamente na sua carteira, abrindo um de seus livros ao acaso e se pondo a lê-lo. Cada uma das palavras era para ele! Era verdade. Deus era todo-poderoso. Deus poderia chamá-lo agora, chamá-lo enquanto se sentava em sua carteira, antes que ele tivesse tempo de se tornar consciente da convocação. Deus o chamara. Sim? O quê? Sim? Sua carne se encolhia ao sentir a aproximação das vorazes línguas de fogo, se ressecava ao sentir o turbilhão de ar abafado. Ele morrera. Sim. Ele era julgado. Uma onda de fogo percorreu o seu corpo: a primeira. Uma nova onda. Seu cérebro começou a ficar incandescente. Outra. Seu cérebro fervilhava e borbulhava dentro do estralejante abrigo do crânio. Chamas irrompiam-lhe do crânio como uma corola, berrando como vozes:

—Inferno! Inferno! Inferno! Inferno! Inferno!

Vozes falavam perto dele:

—Sobre o inferno.

—Imagino que ele o tenha inculcado bem em vocês.

—Pode apostar que sim. Ele nos deixou todos com um tremendo medo.

—É disso que vocês precisam: e muito, para fazer vocês se esforçarem.

Ele se recostou, enfraquecido, na carteira. Ele não tinha morrido. Deus o tinha poupado desta vez. Ele ainda estava no mundo familiar da escola. O sr. Tate e Vincent Heron estavam à janela, conversando, fazendo brincadeiras, contemplando a chuva triste, balançando a cabeça.

—Gostaria que o tempo abrisse. Tinha combinado de dar uma volta de bicicleta com uns colegas até Malahide. Mas as estradas devem estar alagadas até o joelho.

—Pode ser que abra, senhor.

As vozes que ele conhecia tão bem, as palavras de sempre, a quietude na sala de aula quando as vozes se calavam e o silêncio era preenchido pelo som de gado pastando enquanto os outros rapazes mastigavam seu lanche tranquilamente, serenaram sua alma dolorida.

Ainda havia tempo. Oh, Maria, refúgio dos pecadores, intercedei por ele! Oh, Virgem Imaculada, salvai-o do abismo da morte!

A aula de inglês começou com a preleção sobre a história. Membros da realeza, favoritos, intrigantes, bispos, passavam como fantasmas mudos por trás do disfarce dos respectivos nomes. Todos tinham morrido: todos tinham sido julgados. Pois que aproveitaria ao homem ganhar o mundo inteiro e perder a sua alma? Por fim ele compreendera: e a vida humana estava à sua volta, uma planície de paz sobre a qual homens correndo como formigas trabalhavam em irmandade, enquanto seus mortos dormiam sob montículos sossegados. O cotovelo de seu colega tocou nele e seu coração foi tocado: e quando falou para responder uma questão do mestre ouviu a própria voz carregada com a quietude da humildade e da contrição.

Sua alma voltava a afundar ainda mais profundamente nas profundezas de uma paz contrita, não mais sujeita a sofrer a dor do medo e deixando escapar, à medida que afundava, uma débil prece. Ah, sim, ele ainda seria poupado; ele se arrependeria no seu coração e seria perdoado; e então os de cima, os do céu, veriam o que ele faria para compensar o passado: uma vida inteira, cada hora da vida. Apenas esperem.

—Tudo, Deus! Tudo, tudo!

Um mensageiro apareceu na porta para dizer que as confissões estavam sendo ouvidas na capela. Quatro rapazes deixaram a sala; e ele ouviu outros passarem pelo corredor. Um frio de arrepiar perpassou-lhe o coração, não mais forte que uma brisa, e contudo, ouvindo e sofrendo silenciosamente, ele tinha a sensação de estar com o ouvido encostado ao músculo de seu próprio coração, sentindo-o fechar-se e murchar, prestando atenção à palpitação de seus ventrículos.

Não havia escapatória. Ele tinha de se confessar, botar para fora, em palavras, o que ele tinha feito e pensado, pecado por pecado. Como? Como?

—Padre, eu...

O pensamento resvalou por sua tenra carne como um florete frio e reluzente: confissão. Mas não ali na capela do colégio. Ele confessaria tudo, cada pecado de ato ou pensamento, sinceramente: mas não ali entre seus colegas de escola. Bem longe dali, em algum lugar escuro, ele murmuraria a própria vergonha: e rogou humildemente a Deus que não se ofendesse com ele por não ousar confessar-se na capela do colégio: e, em absoluta abjeção de espírito, ele almejava silenciosamente pelo perdão dos corações juvenis à sua volta.

O tempo passou.

Estava de novo sentado no banco da frente da capela. A luz do dia ali já estava se apagando e, ao cair lentamente através das foscas persianas vermelhas, dava a impressão de que o sol do último dia estava se pondo e que todas as almas estavam sendo reunidas para o juízo.

—*Estou proscrito da visão dos Teus olhos*: palavras extraídas, meus caros irmãozinhos em Cristo, do Livro dos Salmos, capítulo trinta, versículo vinte e três. Em nome do Pai e do Filho e do Espírito Santo. Amém.

O pregador começou a falar num tom baixo e amigável. Seu rosto era bondoso e ele juntou delicadamente as pontas dos dedos de uma mão às da outra, formando assim uma frágil armação.

—Essa manhã nos esforçamos, em nossa reflexão sobre o inferno, em fazer o que nosso santo fundador chama, em seu livro de exercícios espirituais, de composição do lugar. Quer dizer, nos esforçamos por imaginar com os sentidos da mente, em nossa imaginação, o caráter material daquele terrível lugar e dos tormentos físicos por que passam todos os que estão no inferno. Nesta tarde consideraremos por alguns momentos a natureza dos tormentos espirituais do inferno.

—O pecado, lembrai-vos, é uma enormidade dupla. É uma vil rendição aos impulsos de nossa corrupta natureza, aos mais baixos instintos, àquilo que é vulgar e animalesco; e é também uma rejeição ao conselho de nossa natureza mais elevada, de tudo que é puro e sagrado, do próprio Santo Deus. Por essa razão, o pecado mortal é punido no inferno por duas formas diferentes de punição, a física e a espiritual.

—Ora, de todas essas dores espirituais, a maior é, de longe, a dor da perda, tão grande, na verdade, que é por si só um tormento maior que todos os outros. Santo Tomás, o maior dos doutores da Igreja, o doutor angélico, como é chamado, diz que a pior danação consiste nisso, em que o entendimento do homem é totalmente privado da luz Divina e sua afetividade inflexivelmente divorciada da bondade de Deus. Deus, lembrai-vos, é um ser infinitamente bom e, portanto, a perda de um tal ser será uma perda infinitamente dolorosa. Nesta vida não temos uma ideia muito clara do que significa essa perda mas, para seu maior tormento, os condenados do inferno têm plena compreensão daquilo que perderam e compreendem que eles o perderam por causa dos próprios pecados e que o perderam para sempre. No instante preciso da morte os vínculos com a carne são desfeitos e a alma voa imediatamente para Deus como que em direção ao centro de sua existência. Lembrai-vos, meus caros rapazinhos, nossas almas almejam estar com Deus. Viemos de Deus, vivemos por Deus, pertencemos a Deus: somos Seus, inalienavelmente Seus. Deus ama com amor divino cada alma humana e cada alma humana vive nesse amor. Como poderia ser diferente? Cada fôlego que tomamos, cada pensamento de nosso cérebro, cada instante da vida provém da bondade inexaurível de Deus. E se é doloroso para uma mãe ser separada da criança que gerou, para um homem, ser exilado do lar e da família, para o amigo, ser apartado do amigo, oh, imaginai que dor, que angústia deve ser para a pobre alma ser expelida da presença do supremamente bom e amoroso Criador, Que do nada trouxe aquela alma à existência e a manteve na vida e a amou com amor imensurável. Esse, então, ser separada para sempre de seu maior bem, de Deus, e sentir a angústia dessa separação, sabendo muito bem que é irreversível, esse é o maior tormento que a alma criada é capaz de suportar, *pœna damni*, a dor da perda.

—A segunda dor que afligirá as almas dos danados no inferno é a dor da consciência. Assim como nos corpos dos mortos criam-se vermes dada a putrefação também nas almas dos perdidos produz-se um remorso perpétuo dada a putrefação do pecado, as agulhadas da consciência, o verme, como o denomina o Papa Inocêncio III, da tripla picada. A primeira picada infligida por esse verme cruel será a lembrança de prazeres do passado. Oh, como será terrível essa lembrança! No lago da chama que tudo devora o rei soberbo recordará as pompas de sua corte, o homem erudito mas perverso, suas bibliotecas e seus instrumentos de pesquisa, o amante de prazeres artísticos, seus mármores e suas pinturas e outros tesouros da arte, aquele que se refestelava nos prazeres da mesa, seus suntuosos festins, seus pratos preparados com tanto requinte, seus vinhos finos, o avarento recordará sua reserva de ouro, o ladrão, sua riqueza ilícita, os assassinos furiosos e vingativos e impiedosos, os atos de sangue e violência em que se compraziam, os impuros e adúlteros, os prazeres indescritíveis e sórdidos nos quais se deleitavam. Recordarão tudo isso e odiarão a si mesmos e aos seus pecados. Pois quão diminutos parecerão todos esses prazeres à alma condenada a sofrer pelos tempos afora no fogo do inferno. Como se mostrarão irritados e enfurecidos ao pensar que perderam a bem-aventurança do paraíso pelas miçangas da terra, por algumas poucas peças de metal, por honrarias vãs, por confortos físicos, por um excitamento dos nervos. Com certeza se arrependerão: e esta é a segunda picada do verme da consciência, uma contrição tardia e infrutífera pelos pecados cometidos. A justiça divina exige que o entendimento desses infelizes miseráveis esteja continuamente fixado nos pecados de que tiveram culpa e, além disso, como enfatiza santo Agostinho, Deus vai lhes infundir Sua própria noção do pecado de modo que o pecado lhes aparecerá em toda a sua terrível perversidade tal como aparece aos Seus próprios olhos. Contemplarão seus pecados em toda a sua sordidez, arrependendo-se, mas será tarde demais, e aí passarão a lamentar as boas oportunidades que perderam. Esta é a última e mais profunda e mais cruel das picadas do verme da consciência. A consciência dirá: você teve tempo e oportunidade para se arrepender e preferiu não fazê-lo. Foi criado na religião por seus pais. Teve os sacramentos e as graças e as indulgências da igreja para ajudá-lo. Teve o ministro de Deus para fazer-lhe pregações, para chamá-lo de volta quando você se extraviava, para perdoá-lo pelos seus pecados, não importando quantos e quão abomináveis, bastava ter se confessado e arrependido. Não. Você preferiu não fazê-lo. Você zombou dos ministros da santa religião, você virou as costas para o confessionário, você chafurdou cada vez mais fundo no atoleiro do pecado. Deus suplicou-lhe, ameaçou-o, implorou para que você voltasse para Ele. Oh, que vergonha, que tristeza! O Soberano do universo implorou a você, uma criatura de barro, para que O amasse, a Ele que o criou, e observasse Sua lei. Não. Você preferiu não fazê-lo. E agora, mesmo que, se ainda conseguisse chorar, você inundasse o inferno todo com suas lágrimas, todo esse mar de arrependimento não lhe valeria aquilo que uma única lágrima de arrependimento verdadeiro derramada durante sua vida mortal lhe teria valido. Você implora agora por um momento de vida terrena para se arrepender: em vão. Esse tempo se esvaiu: se esvaiu para sempre.

—Essa é a tripla picada da consciência, a víbora que corrói o miolo mesmo do coração dos desgraçados no inferno de modo que, imbuídos de uma fúria infernal, eles amaldiçoam a si mesmos por sua insensatez e amaldiçoam as más companhias que os levaram a essa ruína e amaldiçoam os demônios que os tentaram na vida e agora escarnecem deles na eternidade e chegam até mesmo a injuriar e amaldiçoar o Ser Supremo de Cuja bondade e paciência eles desdenharam e fizeram pouco caso mas de Cujo poder e justiça eles não podem escapar.

—A próxima dor espiritual a que estão sujeitos os condenados é a dor da extensão. O homem, em sua vida terrena, embora seja capaz de muitas maldades, não é capaz de todas ao mesmo tempo, pois uma maldade anula e neutraliza outra, tal como um veneno com muita frequência anula outro. No inferno, ao contrário, um tormento, em vez de neutralizar outro, confere-lhe ainda mais força: e, além disso, assim como as faculdades internas são mais perfeitas que os sentidos externos, elas também são mais capazes de sofrer. Assim como cada sentido é afligido por um tormento apropriado, também o é cada faculdade espiritual; a imaginação por imagens horríveis, a faculdade afetiva ora pelo desejo ora pela fúria, a mente e o entendimento por uma escuridão interior mais terrível que até mesmo a escuridão exterior que reina nessa horrível prisão. A malignidade, não importa quão impotente, que toma conta dessas almas demoníacas é um mal de extensão ilimitada, de duração interminável, um estado pavoroso de perversidade que quase não conseguimos apreender a menos que tenhamos em mente a enormidade do pecado e o ódio que Deus lhe guarda.

—No lado oposto dessa dor da extensão mas em coexistência com ela temos a dor da intensidade. O inferno é o centro dos males e, como sabeis, as coisas são mais intensas em seu centro do que em seus pontos mais distantes. Não há antídotos ou aditivos de qualquer espécie para temperar ou amenizar o mínimo que seja as dores do inferno. Não, as coisas que em si são boas, no inferno tornam-se más. A companhia, em outras partes uma fonte de conforto para o aflito, será ali um tormento contínuo: o conhecimento, tão almejado como o bem principal do intelecto, será ali mais odiado que a ignorância: a luz, tão cobiçada por todas as criaturas, desde o Senhor da criação até a mais humilde planta da floresta, será intensamente odiada. Nesta vida nossas aflições não são nem muito prolongadas nem muito grandes porque a natureza ou as releva graças ao hábito ou lhes dá fim afundando-as sob seu peso. Mas no inferno os tormentos não podem ser relevados pelo hábito porque, embora sejam de intensidade terrível, eles são, ao mesmo tempo de variedade contínua, cada dor, por assim dizer, arrebatando o fogo de outra e realimentando a que a atiçou com uma chama ainda mais violenta. E a natureza não propicia que se escape dessas torturas intensas e variadas simplesmente rendendo-se a elas pois a alma é sustentada e mantida na maldade para que seu sofrimento possa ser ainda maior. Extensão ilimitada do tormento, intensidade incrível do sofrer, variedade incessante da tortura—isso é o que a majestade divina, tão ultrajada pelos pecadores, exige, isso é o que a santidade do paraíso, menosprezada e posta de lado em favor dos baixos e lascivos prazeres da carne corrupta, exige, isso é o que o sangue do inocente Cordeiro de Deus, derramado pela redenção dos pecadores, espezinhado pelo mais vil dos vis, reclama.

—A última tortura e a que coroa todas as torturas desse lugar horrível é a eternidade do inferno. Eternidade! Oh, palavra assombrosa e assustadora. Eternidade! Que mente humana pode compreendê-la? E lembrai-vos, é uma eternidade de dor. Ainda que as dores do inferno não fossem tão terríveis como são, por estarem destinadas a durar para sempre, elas não deixariam de ser infinitas. Mas embora sejam perpétuas, elas são ao mesmo tempo, como sabeis, intoleravelmente intensas, insuportavelmente extensas. Suportar apenas a picada de um inseto por toda a eternidade já seria um tormento pavoroso. O que deve ser, então, suportar as múltiplas torturas do inferno para sempre? Para sempre! Para toda a eternidade! Não por um ano ou uma centena de anos mas para sempre. Tentai imaginar o significado terrível disso! Tereis com frequência visto a areia na praia. Como são minúsculos seus grãozinhos! E a imensa quantidade desses grãozinhos que é necessária simplesmente para formar o pequeno punhado que uma criança pega na mão ao brincar. Imaginai agora uma montanha feita dessa areia, com um milhão de quilômetros de altura, indo desde a terra até o mais alto do céu, e com um milhão de quilômetros de comprimento, espraiando-se até o mais distante dos lugares, e com um milhão de quilômetros de largura: e imaginai uma enorme massa dessas feita de incontáveis partículas de areia mas multiplicada tantas vezes quantas são as folhas da floresta, as gotas de água do portentoso oceano, as penas dos pássaros, as escamas dos peixes, os pelos dos animais, os átomos da vasta amplitude do ar: e imaginai que ao fim de cada milhão de anos um pequeno pássaro viesse até aquela montanha e levasse embora no bico um grãozinho daquela areia. Quantos milhões e milhões de séculos teriam se passado até que aquele pássaro tivesse levado embora um único metro quadrado daquela montanha, quantos zilhões e zilhões de anos até que tivesse levado tudo embora. E contudo não é possível dizer que, no fim desse imenso intervalo de tempo, um único instante de eternidade tivesse se escoado. No fim de todos esses bilhões e trilhões de anos a eternidade mal teria começado. E se essa montanha se erguesse de novo após ter sido levada toda embora e se o pássaro viesse de novo e levasse toda ela embora de novo grão por grão: e se assim se erguesse e ruísse tantas vezes quantas são as estrelas do céu, os átomos do ar, as gotas de água do oceano, as folhas das árvores, as penas dos pássaros, as escamas dos peixes, os pelos dos animais, no fim de todas essas inumeráveis elevações e derrocadas dessa imensuravelmente vasta montanha, não seria possível dizer sequer que um único minuto de eternidade tivesse se esgotado; mesmo então, no fim desse período, depois desses zilhões de anos que só de pensar fazem nosso cérebro rodopiar vertiginosamente, a eternidade mal teria começado.

—A um consagrado santo (creio que foi um de nossos próprios padres) foi certa vez propiciada uma visão do inferno. Ele tinha a sensação de estar no meio de um enorme salão, todo escuro e em total silêncio a não ser pelo tique-taque de um grande relógio. O tique-taque não parava nunca; e esse santo teve a sensação de que o som do tique-taque era a incessante repetição das palavras: jamais, nunca mais; jamais, nunca mais. Jamais sair do inferno, nunca mais chegar ao paraíso; jamais estar diante da presença de Deus, nunca mais desfrutar da visão beatífica; jamais cessar de ser tragado pelas chamas, corroído pelo verme, espicaçado por pregos em brasa, nunca mais se ver livre dessas dores; jamais cessar de ser inculpado pela consciência, exasperado pela memória, ter a mente preenchida pela escuridão e pelo desespero, nunca mais se libertar; jamais cessar de maldizer e injuriar os perversos demônios que se regozijam maldosamente com a infelicidade de suas presas, nunca mais contemplar as rutilantes vestes dos espíritos abençoados; jamais cessar de implorar aos gritos a Deus, desde o abismo de fogo, por um instante, um único instante de trégua dessa terrível agonia, nunca mais receber, mesmo que por um instante, o perdão de Deus; jamais cessar de sofrer, nunca mais se alegrar; jamais deixar de ser condenado, nunca mais ser salvo; jamais, nunca mais; jamais, nunca mais. Oh, que castigo terrível! Uma eternidade de agonia interminável, de tormento físico e espiritual interminável, sem um só raio de esperança, sem um único momento de pausa, de agonia ilimitada em intensidade, de tormento infinitamente variado, de tortura que mantém eternamente aquilo que eternamente devora, de agonia que, sem parar, se nutre do espírito enquanto tortura a carne, uma eternidade, cada instante da qual é, em si mesmo, uma eternidade de infortúnio. É esse o terrível castigo decretado, por um Deus justo e onipotente, para os que morrem em pecado mortal.

—Sim, um Deus justo! Os homens, sempre raciocinando como homens, surpreendem-se por Deus estipular uma punição interminável e infinita nas chamas do inferno por um único pecado grave. Raciocinam assim porque, cegos pela ilusão vulgar da carne e pelas trevas do entendimento humano são incapazes de compreender a horrenda malignidade do pecado mortal. Raciocinam assim porque são incapazes de compreender que mesmo o pecado venial é de natureza tão pérfida e horrenda que ainda que o Criador onipotente pudesse acabar com todo o mal e toda a desgraça do mundo, as guerras, as doenças, os roubos, o crime, as mortes, os assassinatos, sob a condição de permitir que um único pecado venial ficasse impune, um único pecado venial, uma mentira, um olhar de ódio, um momento de entrega à indolência, Ele, o grande e onipotente Deus, não poderia fazer isso porque o pecado, seja em ato ou pensamento, é uma transgressão à Sua lei e Deus não seria Deus se Ele não punisse o transgressor.

—Um pecado, um instante de insolente soberba do intelecto, fez com que Lúcifer e uma terça parte das coortes dos anjos caíssem em desgraça. Um pecado, um instante de insanidade e fraqueza, pôs Adão e Eva para fora do Éden e trouxe morte e sofrimento ao mundo. Para reparar as consequências daquele pecado o Filho Unigênito de Deus desceu à terra, viveu e sofreu e morreu uma morte das mais dolorosas, pendurado à cruz durantes três horas.

—Oh, meus caros irmãozinhos em Jesus Cristo, iremos, pois, ofender aquele bom Redentor e provocar Sua ira? Iremos de novo pisotear aquele cadáver desfeito e retalhado? Iremos cuspir naquele rosto tão cheio de amor e sofrimento? Iremos, também nós, tal como os cruéis judeus e os brutais soldados, zombar daquele doce e compassivo Salvador que, por nossa causa, pisoteou sozinho o terrível lagar do sofrimento? Cada palavra ímpia é uma chaga em Seu delicado flanco. Cada ato pecaminoso é um espinho cravado em Sua cabeça. Cada pensamento impuro a que deliberadamente nos entregamos é uma lança aguçada que atravessa aquele terno e sagrado coração. Não, não. A nenhum ser humano é facultado fazer aquilo que ofende tão profundamente a divina Majestade, aquilo que é punido por uma eternidade de agonia, aquilo que crucifica de novo o Filho de Deus e faz d'Ele objeto de zombaria.

—Rogo a Deus que minhas pobres palavras tenham sido úteis hoje para manter na santidade os que estão em estado de graça, para fortalecer os indecisos, para trazer de volta ao estado de graça, se é que há em vosso meio alguma delas, a pobre alma que se extraviou. Rogo a Deus, e rogai comigo, que consigamos nos arrepender de nossos pecados. Peço-vos agora, a todos, que repitam comigo o ato de contrição, ajoelhando-vos aqui, nesta humilde capela, diante da presença de Deus. Ele está ali, no tabernáculo, ardendo de amor pela humanidade, pronto para consolar os aflitos. Não temais. Não importa quantos ou quão sórdidos tenham sido os pecados basta arrepender-vos deles para que sejam perdoados. Não vos deixais deter por nenhuma vergonha mundana. Deus ainda é o Senhor misericordioso que deseja não a morte eterna do pecador e sim que ele se converta e viva.

—Ele vos chama para junto d'Ele. Vós Lhe pertenceis. Ele vos fez do nada. Ele vos amou como só um Deus pode amar. Seus braços estão abertos para vos receber ainda que tenhais pecado contra Ele. Vinde, pobre pecador, para junto d'Ele, vão e desgarrado pobre pecador. Agora é o momento propício. Agora é a hora.

O padre levantou-se e, voltando-se para o altar, ajoelhou-se no degrau à frente do tabernáculo na escuridão que se instalava. Ele esperou até que todos na capela estivessem de joelhos e que cada um dos mínimos ruídos tivesse cessado. Então, erguendo a cabeça, repetiu com fervor o ato de contrição frase por frase. Os rapazes o acompanhavam frase por frase. Stephen, a língua contra o céu da boca, baixou a cabeça, rezando do fundo do coração.

—*Oh, meu Deus!...*
—*Oh, meu Deus!...*
—*Arrependo-me de todo o coração...*
—*Arrependo-me de todo o coração...*
—*de Vos ter ofendido...*
—*de Vos ter ofendido...*
—*e acima de qualquer outro mal...*
—*e acima de qualquer outro mal...*
—*abomino meus pecados...*
—*abomino meus pecados...*
—*porque eles Vos ofendem, meu Deus...*
—*porque eles Vos ofendem, meu Deus...*
—*a Vós Que mereceis...*
—*a Vós Que mereceis...*
—*todo o meu amor...*
—*todo o meu amor...*
—*e prometo firmemente...*
—*e prometo firmemente...*
—*com o auxílio de Vossa divina graça...*
—*com o auxílio de Vossa divina graça...*
—*nunca mais tornar a Vos ofender...*
—*nunca mais tornar a Vos ofender...*
—*e emendar a minha vida...*
—*e emendar a minha vida...*

◆ ◆ ◆

Subiu para o quarto após o jantar para ficar a sós com sua alma: e a cada passo sua alma parecia suspirar: a cada passo sua alma se elevava junto com os seus pés, suspirando enquanto ascendia, atravessando uma área de viscosa escuridão.

Parou no patamar diante da porta e então, agarrando a maçaneta de porcelana, abriu a porta rapidamente. Esperou, com medo, sua alma padecendo dentro dele, rezando silenciosamente para que a morte não lhe tocasse a testa enquanto passasse pela soleira, para que os demônios que habitam a escuridão não pudessem adquirir poder sobre ele. Esperou parado na soleira como que na entrada de alguma caverna escura. Rostos estavam ali; olhos: eles esperavam e observavam.

—Sabíamos perfeitamente bem é claro que embora isso estivesse sujeito a vir à luz ele esbarraria em consideráveis dificuldades ao se esforçar por tentar convencer a si mesmo a tentar se esforçar por assegurar o plenipotenciário espiritual e assim sabíamos é claro perfeitamente bem...

Rostos murmurantes esperavam e observavam; vozes murmurosas enchiam a concha escura da caverna. Ele temia intensamente, no espírito e na carne, mas erguendo corajosamente a cabeça entrou, de uma passada só e com firmeza, no quarto. Um vão de porta, um quarto, o mesmo quarto, a mesma janela. Disse calmamente para si mesmo que aquelas palavras que davam a impressão de se erguerem aos murmúrios do escuro não tinham absolutamente nenhum sentido. Disse para si mesmo que era apenas o seu quarto com a porta aberta.

Fechou a porta e, caminhando ligeiro em direção à cama, ajoelhou-se ao lado e cobriu o rosto com as mãos. As mãos estavam frias e úmidas e as pernas e os braços doíam de frio. Desconforto físico e frio e exaustão tomavam conta dele, desnorteando seus pensamentos. Por que se ajoelhava ali como uma criança recitando suas orações vespertinas? Estar a sós com sua alma, examinar sua consciência, enfrentar seus pecados de frente, rememorar quando e como e sob quais circunstâncias foram cometidos, chorar por causa deles. Não conseguia chorar. Não conseguia trazê-los à memória. Sentia apenas uma dor de corpo e alma, todo o seu ser, memória, vontade, entendimento, carne, entorpecido e exausto.

Isso era obra dos demônios, dispersar seus pensamentos e toldar sua consciência, assediando-o às portas da carne covarde e corrompida pelo pecado: e, timidamente rogando a Deus que perdoasse sua fraqueza, atirou-se na cama meio que se arrastando e, enrolando-se bem nas cobertas, cobriu de novo o rosto com as mãos. Pecara. Pecara tão profundamente contra o céu e diante de Deus que não merecia ser chamado de filho de Deus.

Era possível que ele, Stephen Dedalus, tivesse feito essas coisas? Em resposta, sua consciência suspirou. Sim, ele as fizera, secretamente, sordidamente, uma vez após a outra, e, empedernido na impenitência do pecado, ousara vestir a máscara da santidade diante do próprio tabernáculo, enquanto no interior sua alma era uma massa viva de corrupção. Como se explica que Deus não o tivesse ferido de morte? A leprosa companhia de seus pecados cerrava-se à sua volta, bafejando em cima dele, curvando-se sobre ele de todos os lados. Num ato de prece, esforçou-se por esquecê-los, encolhendo bem os braços e as pernas e cerrando as pálpebras: mas os sentidos de sua alma não se cerravam e, embora seus olhos estivessem bem fechados, ele via os lugares onde pecara e, embora seus ouvidos estivessem bem tapados, ele ouvia. Desejou com toda a sua vontade não ouvir nem ver. Desejou a ponto de seu corpo chacoalhar sob a pressão de seu desejo e os sentidos de sua alma se cerrarem. Eles se cerraram por um instante e então se abriram. Ele viu.

Um campo de hirtas ervas daninhas e cardos e moitas de urtigas enfileiradas. Copiosas por entre as fileiras da espessa e rígida vegetação jaziam latas velhas e bolotas e roscas de excremento sólido. Um débil fogo-fátuo esforçava-se por se erguer de toda aquela imundície por entre as eriçadas ervas daninhas verde-cinza. Um odor malsão, fraco e fétido como o fogo-fátuo, espiralava lentamente de dentro das latas e do estrume cediço e encrostado.

Criaturas estavam ali no campo; uma, três, seis: criaturas se moviam ali no campo de um lado para o outro. Criaturas caprinas com rostos humanos, frontes chifrudas, barbas ralas e cinzentas como látex. A malícia do mal luzia-lhes nos rígidos olhos ao se moverem de um lado para o outro, arrastando atrás de si a longa cauda. Um ricto de cruel malignidade ressaltava-lhes a palidez do rosto envelhecido e esquelético. Uma delas estreitava em volta das costelas uma jaqueta rota de flanela, outra lamentava-se monotonamente quando a barba se emaranha na moita de ervas daninhas. Um palavreado macio saía-lhes dos sequiosos lábios ao passarem zunindo, rodando e rodando pelo campo, correndo de um lado para o outro por entre as ervas daninhas, arrastando a longa cauda em meio às barulhentas latas. Moviam-se em círculos lentos, circulando mais e mais cerradamente para encerrar, para encerrar, um palavreado macio saindo-lhes dos lábios, suas longas sibilantes caudas lambuzadas de uma bosta cediça, arremetendo para o alto suas terríveis caras . . . . .

Socorro!

Ele afastou furiosamente as cobertas para livrar o rosto e o pescoço. Este era o seu inferno. Deus lhe permitira ver o inferno reservado para seus pecados: fétido, bestial, maligno, um inferno de lúbricos demônios caprinos. Para ele! Para ele!

Saltou da cama, o odor repugnante escorrendo-lhe pela garganta, obstruindo e embrulhando-lhe as entranhas. Ar! O ar do paraíso! Cambaleou em direção à janela, gemendo e quase desmaiando de enjoo. Diante do lavabo foi tomado por uma convulsão interior; e, pressionando com força a testa fria, vomitou profusa e dolorosamente.

Quando a convulsão se dissipou, caminhou até a janela e, levantando a folha, sentou num canto do vão e apoiou o cotovelo no peitoril. A chuva se fora; e em meio aos vapores que se moviam de um ponto de luz a outro a cidade fiava ao seu redor um casulo macio de névoa amarelada. O paraíso estava calmo e debilmente luminoso e o ar gostoso de se respirar, como num matagal ensopado por chuviscos: e em meio à paz e às luzes bruxuleantes e à discreta fragrância ele fez um pacto com seu coração.

Rezou:

—*Um dia Ele quis vir à terra em toda Sua glória celestial mas nós pecamos: e então Ele não podia nos visitar em segurança a não ser com uma majestade encoberta e uma radiância ofuscada pois Ele era Deus. Assim, Ele próprio veio em situação de fragilidade e não de poder e enviou em Seu lugar a ti, uma criatura, com a graça e o esplendor de uma criatura apropriada ao nosso estado. E agora até teu rosto e tua forma, querida mãe, nos falam do Eterno; não como a beleza terrena, perigosa de se contemplar, mas como a estrela da manhã que é o teu emblema, brilhante e musical, exalando pureza, falando do paraíso e infundindo paz. Oh, precursora do dia! Oh, luz do peregrino! Continua a nos guiar como nos tens guiado. Na noite escura, pela terra agreste, leva-nos até nosso Senhor Jesus, leva-nos para casa.*

Seus olhos estavam ofuscados pelas lágrimas e, erguendo humildemente o olhar para o céu, chorou pela inocência que perdera.

Quando a noite caiu ele saiu de casa e o primeiro contato com o ar úmido e negro e o ruído da porta ao se fechar atrás dele fizeram sua consciência, acalmada pela prece e pelas lágrimas, doer novamente. Confesse! Confesse! Não bastava acalmar a consciência com uma lágrima e uma prece. Ele tinha que se ajoelhar diante do ministro do Espírito Santo e contar verdadeira e contritamente seus pecados ocultos. Antes de ouvir de novo o rodapé da porta de casa roçar a soleira ao se abrir para ele entrar, antes de ver de novo a mesa da cozinha posta para a ceia, ele teria se ajoelhado e confessado. Era bastante simples.

A dor de consciência passou e ele prosseguiu, rápido, pelas ruas escuras. Havia tantos paralelepípedos no pavimento daquela rua e tantas ruas naquela cidade e tantas cidades no mundo. Mas a eternidade não tinha fim. Ele estava em estado de pecado mortal. Uma única vez já era pecado mortal. Podia acontecer num instante. Mas como poderia ser tão rápido? Ao ver ou ao imaginar ver. Os olhos veem a coisa sem, no princípio, ter desejado ver. Então, num instante, acontece. Mas aquela parte do corpo entende ou o quê? A serpente, o mais ardiloso dos bichos do campo. Ela deve compreender num instante quando deseja e então prolonga seu próprio desejo instante por instante, pecaminosamente. Ela sente e entende e deseja. Que coisa horrível! Quem fez com que fosse assim, uma parte animalesca do corpo capaz de entender animalescamente e desejar animalescamente? Aquilo então era ele ou uma coisa inumana movimentada por uma alma mais baixa que a sua? Sua alma teve náuseas diante do pensamento de uma vida viperina entorpecida alimentando-se da tenra medula de sua vida e engordando com o limo da luxúria. Oh, por que era assim? Oh, por quê?

Encolheu-se diante da sombra de tal pensamento, pondo-se humilde em reverência a Deus, que fizera todas as coisas e todos os homens. Loucura. Quem poderia ter um pensamento desses? E, encolhendo-se na escuridão e sentindo-se abjeto, rezou silenciosamente ao seu anjo da guarda para que afastasse com sua espada o demônio que lhe sussurrava ao cérebro.

O sussurro passou e ele soube então claramente que sua própria alma pecara em pensamento e palavra e ato por sua livre vontade e por intermédio de seu próprio corpo. Confesse! Ele tinha que confessar cada um dos seus pecados. Como poderia exprimir em palavras ao padre o que ele fizera? Deve, deve. Ou como poderia explicar sem morrer de vergonha? Ou como pôde ter feito essas coisas sem sentir vergonha? Um louco, um louco repugnante! Confesse! Oh, de fato, ele ficaria de novo livre e sem pecado. Talvez o padre soubesse. Oh, meu Deus!

Andou e andou por ruas mal iluminadas, temendo ficar parado por um único instante para que não parecesse que evitava aquilo que o esperava, temendo chegar àquilo ao qual ainda se voltava com desejo. Como devia ser bonita uma alma no estado de graça quando Deus a contemplava com amor!

Garotas desgrenhadas sentavam-se ao longo do meio-fio diante de suas cestas. Seus cabelos úmidos caíam-lhes sobre a testa. Agachadas no lodo, não eram algo agradável de se ver. Mas suas almas eram vistas por Deus; e se suas almas estivessem em estado de graça, eram algo radiante de se ver: e ao vê-las, Deus as amava.

Uma devastadora lufada de humilhação soprou friamente sobre sua alma ao pensar em quanto ele caíra, ao sentir que aquelas almas eram mais caras a Deus que a sua. O vento soprava sobre ele e seguia adiante, em direção às miríades e miríades de outras almas sobre as quais o favor de Deus brilhava ora mais e ora menos, estrelas ora mais luminosas e ora mais apagadas, firmes e bruxuleantes. E as bruxuleantes almas iam se extinguindo, mantendo-se acesas e se apagando, fundidas num sopro em movimento. Uma única alma estava perdida; uma minúscula alma: a sua. Tremulou uma vez e se apagou: esquecida, perdida. O fim: negra gélida vazia vastidão.

A consciência de lugar veio aos poucos voltando em ondas ao longo de um vasto intervalo de tempo não iluminado, não sentido, não vivido. A esquálida cena compunha-se à sua volta; os jeitos conhecidos de falar, os lampiões de gás acesos das lojas, odores de peixe e álcool e serragem molhada, homens e mulheres em movimento. Uma velha estava prestes a cruzar a rua, uma almotolia na mão. Ele se curvou, perguntando-lhe se havia uma capela por perto.

—Uma capela, senhor? Sim, senhor. A capela da Church Street.
—Church?

Ela passou a almotolia para a outra mão e lhe mostrou o caminho: e, enquanto ela estendia a enrugada e gordurenta mão direita por sob a franja da mantilha, ele se curvou um pouco mais diante dela, entristecido e acalmado por sua voz.

—Muito obrigado.

—De nada, senhor.

As velas do altar-mor tinham se apagado mas a fragrância do incenso ainda pairava na nave escura. Trabalhadores barbados de rostos piedosos retiravam um pálio por uma porta lateral, o sacristão ajudando-os com gestos e palavras calmas. Uns poucos fiéis ainda se deixavam ficar por ali rezando diante de um dos altares laterais ou ajoelhados nos bancos perto dos confessionários. Ele se aproximou timidamente e se ajoelhou no último banco da nave, grato pela paz e pelo silêncio e pela sombra fragrante da igreja. A tábua na qual se ajoelhou era estreita e gasta e os que se ajoelhavam ao seu lado eram humildes seguidores de Jesus. Jesus também tinha nascido na pobreza e trabalhado na oficina de um carpinteiro, cortando e aplainando tábuas, e tinha falado do reino de Deus pela primeira vez para pescadores pobres, ensinando todos os homens a serem mansos e humildes de coração.

Inclinou a cabeça contra as mãos, pedindo a seu coração para ser manso e humilde para que ele pudesse ser como os que se ajoelhavam ao seu lado e sua prece fosse aceita como as deles. Rezava ao lado deles mas era difícil. Sua alma estava conspurcada pelo pecado e ele não ousava pedir perdão com a confiança simples daqueles que Jesus, segundo os misteriosos desígnios de Deus, tinha primeiro chamado para Seu lado, os carpinteiros, os pescadores, pessoas pobres e simples dedicadas a um ofício modesto, manipulando e moldando a madeira das árvores, remendando suas redes com paciência.

Uma figura alta vinha pelo corredor e os penitentes se agitaram: e, erguendo de repente os olhos no último momento, ele viu uma barba longa e grisalha e o hábito marrom de um capuchinho. O padre entrou no cubículo e desapareceu da vista. Dois penitentes se levantaram e entraram no confessionário, um de cada lado. A portinhola de madeira foi puxada para cima e o débil murmúrio de uma voz interrompeu o silêncio.

O sangue começou a murmurar em suas veias, murmurando como uma cidade licenciosa arrancada do sono para sofrer seu castigo. Minúsculas fagulhas de fogo rolavam do alto e uma poeira de cinzas fluía lenta do céu, alojando-se nas casas dos homens. Eles se agitavam, despertando de seu sono, molestados pelo ar aquecido.

A portinhola foi baixada. O penitente emergiu do lado oposto do cubículo. No lado oposto a portinhola foi erguida. Uma mulher se postou silenciosa e corretamente onde o primeiro penitente estivera ajoelhado. O débil murmúrio recomeçou.

Ele ainda poderia deixar a capela. Poderia se levantar, pôr um pé adiante do outro e sair andando devagarinho e depois correr, correr, correr a toda pelas ruas escuras. Ainda poderia escapar da vergonha. Tivesse sido algum crime terrível, mas só aquele e único pecado! Tivesse sido assassinato! Minúsculas e inflamadas fagulhas rolavam do alto, atingindo-o em todos os pontos, pensamentos vergonhosos, palavras vergonhosas, atos vergonhosos. A vergonha o cobria totalmente como cinza fina e cintilante caindo sem parar. Dizê-lo em palavras! Sua alma, aflita e desvalida, deixaria de existir.

A portinhola baixou. Um penitente emergiu do lado oposto do cubículo. A portinhola do lado de cá foi levantada. Uma penitente entrou no lugar de onde o outro penitente saíra. Um ruído suave e sussurrante flutuava nas vaporosas nuvenzinhas que saíam do compartimento. Era a mulher: suaves nuvenzinhas sussurrantes, suave vapor sussurrante, sussurrando e sumindo.

Bateu humildemente no peito com o punho, escondido pelo apoio de braço do banco. Ele se conciliaria com os outros e com Deus. Amaria ao próximo. Amaria a Deus Que o tinha feito e amado. Ele se ajoelharia e rezaria com os outros e seria feliz. Deus olharia por ele e pelos outros e amaria a todos eles.

Era fácil ser bom. O jugo de Deus era suave e leve. Era melhor nunca ter pecado, ter permanecido sempre uma criança, pois Deus amava os pequeninos e deixava que eles viessem até Ele. Pecar era uma coisa terrível e triste. Mas Deus era misericordioso para com os pobres pecadores que se mostrassem realmente arrependidos. Como isso era verdade! Isso era, de fato, bondade.

A portinhola baixou de repente. A penitente saiu. Ele era o próximo. Pôs-se de pé cheio de medo e caminhou cegamente para o cubículo.

Finalmente chegara a hora. Ajoelhou-se na escuridão silenciosa e ergueu os olhos para o crucifixo branco suspenso acima dele. Deus podia ver que ele estava arrependido. Contaria todos os seus pecados. Sua confissão seria longa, longa. Todos na capela saberiam então quão pecador ele tinha sido. Que soubessem. Era verdade. Mas Deus prometera perdoá-lo se ele se mostrasse arrependido. Ele estava arrependido. Juntou as mãos, erguendo-as em direção à branca figura, rezando com seus olhos enegrecidos, rezando com todo o seu tremulante corpo, balançando a cabeça de um lado para o outro como uma criatura perdida, rezando com lábios lamurientos.

—Sinto muito! Sinto muito! Oh, sinto muito!

A portinhola foi levantada e o coração saltou-lhe no peito. O rosto de um padre idoso estava atrás da treliça, apoiado numa mão, evitando o dele. Ele fez o sinal da cruz e suplicou ao padre que o abençoasse porque ele havia pecado. Então, a cabeça curvada, repetiu amedrontado o *Confiteor*. Quando chegou às palavras *minha máxima culpa*, ele parou, sem fôlego.

—Faz quanto tempo desde a sua última confissão, filho?

—Muito tempo, padre.

—Um mês, meu filho?

—Mais, padre.

—Três meses, meu filho?

—Mais, padre.

—Seis meses?

—Oito meses, padre.

Era um começo. O padre perguntou:

—E o que você lembra desde então?

Ele começou a confessar seus pecados: missas a que faltara, orações puladas, mentiras.

—Alguma outra coisa, meu filho?

Pecados de raiva, inveja dos outros, gula, vaidade, desobediência.

—Alguma outra coisa, meu filho?

—Indolência.

—Alguma outra coisa, meu filho?

Não tinha jeito. Ele murmurou:

—Eu.... cometi pecados de impureza, padre.

O padre não virou a cabeça.

—Com você mesmo, meu filho?

—E... com outros.

—Com mulheres, meu filho?

—Sim, padre.

—Eram casadas, meu filho?

Ele não sabia. Seus pecados escorriam-lhe dos lábios, um por um, escorriam-lhe da alma, em humilhantes gotas, espirrando e esguichando como uma pústula, um fluxo esquálido de vício. Os últimos pecados espirraram, morosos, sujos. Não havia mais nada a contar. Baixou a cabeça, acabrunhado.

O padre ficou em silêncio. E então perguntou:

—Está com quantos anos, meu filho?

—Dezesseis, padre.

O padre passou a mão várias vezes pelo rosto. E então, apoiando a fronte na mão, inclinou-se em direção ao gradeado e, ainda evitando olhá-lo de frente, falou lentamente. Sua voz se mostrava velha e cansada.

—Você é muito jovem, meu filho, disse ele, e vou lhe pedir que deixe esse pecado. É um pecado terrível. Mata o corpo e mata a alma. É a causa de muitos crimes e infortúnios. Deixe-o, meu filho, por amor de Deus. É desonroso e indigno de um homem. Você nem sabe para onde esse hábito ignóbil pode conduzi-lo ou em que situação se voltará contra você. Durante o tempo que você cometer esse pecado, minha pobre criança, você nunca valerá um centavo sequer para Deus. Reze à nossa mãe Maria para ajudá-lo. Ela o ajudará, meu filho. Reze à Nossa Santíssima Senhora quando esse pecado lhe vier à mente. Tenho certeza de que você fará isso, não é mesmo? Você se arrependerá de todos esses pecados. Tenho certeza que sim. E você prometerá a Deus agora que por Sua santa graça você nunca mais O ofenderá com esse horroroso pecado. Você fará esta promessa solene a Deus, não é mesmo?

—Sim, padre.

A voz velha e cansada caía como chuva suave sobre seu trêmulo e ressequido coração. Como isso era suave e triste!

—Faça isso, minha pobre criança. O demônio o levou para o mau caminho. Mande-o de volta para o inferno—o espírito maligno que odeia Nosso Senhor—sempre que ele procurar levá-lo à tentação de desonrar o seu corpo desse jeito. Prometa a Deus agora mesmo que você deixará esse pecado, esse pecado ignóbil, ignóbil.

Cegado pelas lágrimas e pela luz da misericórdia de Deus, inclinou a cabeça e ouviu serem pronunciadas as graves palavras da absolvição e viu a mão do padre erguida sobre ela em sinal de que fora perdoado.

—Que Deus o abençoe, meu filho. Reze por mim.

Ajoelhou-se para cumprir a sua penitência, rezando num canto da nave escura: e suas preces subiram ao céu saindo de seu coração purificado como perfume que emanasse do coração de uma rosa branca.

As ruas lamacentas estavam alegres. Ele caminhava ligeiro rumo à casa, consciente de uma graça invisível que impregnava e tornava leve os seus membros. Apesar de tudo ele conseguira. Tinha confessado e Deus o tinha perdoado. Sua alma se tornara santa e imaculada mais uma vez, santa e feliz.

Seria bonito morrer se Deus assim o quisesse. Era bonito viver em estado de graça uma vida de paz e virtude e paciência para com os outros.

Sentou-se na cozinha junto ao fogão, não ousando falar de tanta felicidade. Até aquele momento não soubera o quanto a vida podia ser bela e tranquila. A tira de papel verde alfinetada ao redor da lâmpada projetava uma sombra suave. No aparador havia uma travessa com linguiças e morcilha e na prateleira havia ovos. Eram para o café da manhã do dia seguinte depois da comunhão na capela do colégio. Morcilha e ovos e linguiças e xícaras de chá. Como, afinal, a vida era simples e bela! E a vida se estendia toda à sua frente.

Num sonho ele adormeceu. Num sonho se levantou e viu que era manhã. Num sonho acordado ele foi, pela manhã tranquila, em direção ao colégio.

Os rapazes estavam todos lá, ajoelhados em seus lugares. Ele se ajoelhou entre eles, feliz e modesto. O altar estava repleto de maços fragrantes de flores brancas: e à luz da manhã as pálidas chamas das velas em meio às flores brancas eram límpidas e silenciosas como sua alma.

Ajoelhou-se diante do altar com os colegas, segurando a toalha do altar com eles numa barra viva de mãos. Suas mãos tremiam e sua alma tremia quando ouvia o padre passar com o cibório de um comungante para o outro.

—*Corpus Domini nostri.*

Era possível? Estava ali de joelhos, sem pecado e tímido: e ele teria a hóstia sobre a língua e Deus entraria em seu corpo purificado.

—*In vitam eternam. Amen.*

Uma outra vida! Uma vida de graça e virtude e felicidade! Era verdade. Não era um sonho do qual despertaria. O passado era passado.

—*Corpus Domini nostri.*

O cibório viera até ele.

# IV

O domingo era dedicado ao mistério da Santíssima Trindade, a segunda ao Espírito Santo, a terça aos Anjos da Guarda, a quarta a são José, a quinta ao Santíssimo Sacramento do Altar, a sexta aos Sofrimentos de Jesus, o sábado à Santíssima Virgem Maria.

Toda manhã ele se purificava de novo perante alguma imagem ou mistério sagrado. Seu dia começava com a oferenda heroica de cada momento de seu pensamento ou ato em intenção do soberano pontífice e com uma missa logo cedo. O ar puro da manhã instigava sua resoluta piedade; e com frequência, ao se ajoelhar entre os poucos fiéis junto ao altar lateral, seguindo com seu livro de orações entrefolhado o murmúrio do padre, ele erguia o olhar por um instante em direção à figura paramentada de pé na sombra entre as duas velas que eram o antigo e o novo testamento e se imaginava ajoelhado numa missa nas catacumbas.

Sua vida cotidiana estava organizada em torno de áreas ligadas à devoção. Era de bom grado que acumulava, por meio de jaculatórias e orações, centenas de dias e quarentenas e anos em favor das almas do purgatório; contudo o triunfo espiritual que sentia em atingir com facilidade esse acúmulo fabuloso de tempo de penitências canônicas não gratificava plenamente seu zelo pela oração pois ele nunca poderia saber quanto tempo de punição ele tinha reduzido graças aos sufrágios em favor das almas agonizantes: e com medo de que, em meio ao fogo do purgatório, que diferia do fogo do inferno apenas porque não durava para sempre, sua penitência pudesse não servir para mais do que o alívio de uma gota de umidade, ele fazia sua alma passar diariamente por um crescente ciclo de obras de supererrogação.

Cada parte de seu dia, dividido pelo que ele via agora como os deveres de sua posição na vida, girava em torno de seu próprio centro de energia espiritual. Sua vida parecia ter se movido para perto da eternidade; cada pensamento, palavra e ato, cada lampejo de consciência podia ser levado a reverberar radiante no céu: e às vezes a sensação que ele tinha dessa repercussão imediata era tão viva que ele parecia sentir sua alma em estado de devoção batendo como dedos as teclas de uma enorme caixa registradora e ver o montante de sua compra surgir imediatamente no céu, não como uma cifra mas como uma débil coluna de incenso ou como uma delicada flor.

Igualmente, os rosários que ele recitava constantemente (pois trazia as contas soltas nos bolsos das calças para poder recitá-las enquanto caminhava pelas ruas) transformavam-se em grinaldas de flores de uma textura etérea de indistinção tal que lhe pareciam tão incolores e inodoras quanto inomináveis. Ele ofertava cada um de seus três terços diários para que sua alma pudesse crescer forte em cada uma das três virtudes teologais, na fé do Pai Que o criara, na esperança do Filho Que o redimira e no amor do Espírito Santo Que o santificara; e essa tríplice oração três vezes recitada ele ofertava às Três Pessoas por intermédio de Maria, em nome de seus mistérios gozosos e dolorosos e gloriosos.

Em cada um dos sete dias da semana ele ainda rezava para que um dos sete dons do Espírito Santo pudesse descer até sua alma e dela afastar, dia a dia, os sete pecados capitais que a tinham aviltado no passado; e rezava por cada dom em seu respectivo dia, confiante de que aquele dom desceria até ele, embora às vezes lhe parecesse estranho que a sabedoria e o entendimento e a ciência fossem tão distintos em sua natureza que cada um devesse ser invocado à parte. Acreditava, entretanto, que essa dificuldade seria removida em alguma etapa futura de seu progresso espiritual, quando sua alma pecadora tivesse sido erguida de sua fraqueza e iluminada pela Terceira Pessoa da Santíssima Trindade. Ele acreditava nisso tanto mais, e com temor, por causa da escuridão e do silêncio divinos em que residia o invisível Paracleto, Cujos símbolos eram uma pomba e um vento poderoso, contra o Qual pecar era um pecado sem perdão, o Ser eterno, misterioso secreto, ao Qual, como Deus, os padres ofertavam a missa uma vez ao ano, paramentados com o escarlate das línguas de fogo.

A imagística pela qual a natureza das Três Pessoas da Trindade e as relações de afinidade entre elas eram vaga e obscuramente representadas nos livros devocionais que ele lia (o Pai contemplando desde toda a eternidade como num espelho Suas Divinas Perfeições e assim gerando eternamente o Filho Eterno, e o Espírito Santo procedendo do Pai e do Filho desde toda a eternidade) eram mais fáceis de serem aceitas por sua mente em razão de sua augusta incompreensibilidade do que o simples fato de que Deus tinha amado sua alma desde toda a eternidade, por séculos e séculos antes de ele ter vindo ao mundo, por séculos e séculos antes que o próprio mundo viesse a existir. Ouvira os nomes das paixões de amor e ódio solenemente pronunciados no palco e no púlpito, se deparara com elas solenemente expostas em livros, e se perguntara por que sua alma era incapaz de abrigá-las por muito tempo ou de forçar seus lábios a pronunciar seus nomes com convicção. Uma raiva passageira tinha, muitas vezes, se apossado dele, mas ele nunca fora capaz de fazer dela uma paixão duradoura e sempre se sentira como que a deixando para trás como se seu próprio corpo estivesse se desapossando com facilidade de alguma pele ou casca exterior. Sentira uma presença sutil, sombria e sussurrante penetrar seu ser e inflamá-lo com uma lascívia iníqua mas passageira: também ela lhe tinha escapado das mãos, deixando sua mente lúcida e indiferente. Este, ao que parecia, era o único amor e aquele o único ódio que sua alma abrigaria.

Mas ele não podia mais descrer da realidade do amor uma vez que o próprio Deus amava sua alma individual com amor divino desde toda a eternidade. Gradualmente, à medida que sua alma se enriquecia de conhecimento espiritual, ele via o mundo inteiro formando uma única e vasta expressão simétrica do poder e do amor de Deus. A vida se tornava uma dádiva divina, da qual cada momento e cada sensação, ainda que fosse a visão de uma única folha pendendo do broto de uma árvore, devia ser motivo para sua alma exaltar e agradecer o Dadivoso. O mundo, apesar de toda a sua sólida substância e complexidade, não existia mais para sua alma a não ser como um teorema do poder e do amor e da universalidade divinos. Tão íntegra e inquestionável era essa sensação do significado divino, em toda a natureza, outorgado à sua alma que ele mal conseguia compreender por que era necessário que, de alguma maneira, ele devesse continuar a viver. Contudo isso era parte do propósito divino e ele não ousava questionar sua função, logo ele que mais do que qualquer outro tinha pecado tão profunda e perfidamente contra o propósito divino. Em paz e apequenada por essa consciência da única e perfeita, onipresente, eterna realidade, sua alma retomou sua cota de devoções, missas e preces e sacramentos e mortificações; e só aí, pela primeira vez desde que se debruçara sobre o grande mistério do amor, ele sentiu dentro de si um movimento cálido como o de alguma vida ou virtude recém-nascida da própria alma. A atitude de êxtase na arte sacra, os braços erguidos e abertos, os lábios entreabertos e os olhos como os de alguém prestes a desmaiar, tornou-se para ele uma imagem da alma em oração, humilhada e frágil diante de seu Criador.

Mas ele fora prevenido contra os perigos da exaltação espiritual e não se permitia desistir nem mesmo da menor ou da mais humilde das devoções, esforçando-se também, pela mortificação constante, por corrigir o passado de pecados em vez de tentar atingir uma santidade cheia de riscos. Cada um de seus sentidos era submetido a uma rigorosa disciplina. Para mortificar o sentido da visão ele se submeteu à regra de caminhar na rua com os olhos baixos, não olhando nem para a direita nem para a esquerda e nunca para trás. Seus olhos evitavam cruzar com olhos femininos. De quando em quando ele também os frustrava por um súbito esforço da vontade, erguendo-os subitamente, por exemplo, no meio de uma frase por terminar e fechando o livro. Para mortificar sua audição ele não se preocupava em exercer qualquer controle sobre a sua voz, que estava, então, mudando, nem cantava ou assobiava ou fazia qualquer esforço para evitar algum dos ruídos que lhe causavam uma dolorida irritação nervosa tal como a afiação de facas na bancada da cozinha, a coleta de cinzas da lareira com a pazinha e as sacudidas nos tapetes para tirar o pó. Mortificar o olfato era mais difícil pois ele não percebia em si mesmo nenhuma repugnância instintiva a odores desagradáveis, fossem eles os odores do mundo exterior como os de esterco ou piche ou os odores de sua própria pessoa, entre os quais ele fizera muitos e curiosos experimentos e comparações. No fim descobriu que o único odor ruim contra o qual o sentido do olfato se revoltava era um certo cheiro a peixe estragado como o de urina seca: e sempre que possível se submetia a esse odor desagradável. Para mortificar o paladar seguia hábitos estritos à mesa, observava ao pé da letra todos os jejuns da igreja e procurava, ao pensar em outras coisas, desviar a mente dos sabores dos diferentes alimentos. Mas era à mortificação do tato que ele aplicava com a maior diligência o engenho da inventividade. Nunca mudava conscientemente sua posição na cama, sentava-se nas mais desconfortáveis das posições, suportava pacientemente cada dor ou comichão, ficava longe da lareira, ficava de joelhos a missa inteira exceto durante a leitura dos evangelhos, deixava de enxugar partes do pescoço e do rosto de modo a ser pungido pelo ar e, sempre que não estivesse percorrendo as contas do rosário, mantinha os braços rigidamente colados aos flancos como um corredor e nunca nos bolsos ou nas costas.

Não tinha nenhuma tentação de pecar mortalmente. Ficou surpreso, entretanto, ao descobrir que no fim de seu intrincado programa de práticas de devoção e autocontrole se achava muito facilmente à mercê de imperfeições infantis e indignas. Suas preces e jejuns pouco serviam para conter a raiva ao ouvir a mãe espirrar ou ao ser perturbado em suas práticas de devoção. Era preciso um imenso esforço de vontade para controlar o impulso que o instigava a dar livre curso a essa irritação. Imagens de acessos de raiva por qualquer ninharia, que muitas vezes observara em seus mestres, sua boca crispada, seus lábios cerrados e seu rosto enrubescido voltavam-lhe à lembrança, desencorajando-o, pela comparação, apesar de todo o seu exercício de humildade. Fundir sua vida ao fluxo cotidiano de outras vidas era, para ele, mais difícil do que qualquer jejum ou prece, e era seu constante fracasso em fazê-lo a seu contento que causava em sua alma uma sensação de secura espiritual juntamente com um aumento das dúvidas e dos escrúpulos. Sua alma atravessava um período de desolação no qual os próprios sacramentos pareciam ter se transformado em fontes inteiramente secas. A confissão tornou-se para ele uma via para a fuga de imperfeições escrupulosas e impenitentes. O ato de realmente receber a eucaristia não lhe trazia os mesmos e evanescentes momentos de autorrendição virginal que lhe proporcionavam aquelas comunhões espirituais feitas por ele ao fim de alguma visita ao Santíssimo Sacramento. O livro que usava para essas visitas era um velho e desprezado livro escrito por santo Afonso de Ligório, com caracteres esmaecidos e folhas amareladas e cobertas de manchas. Parecia que um mundo esmaecido, feito de amor fervoroso e respostas virginais, era evocado por sua alma ao ler essas páginas em que a imagística dos cânticos se entrelaçava às preces do comungante. Uma voz inaudível parecia acariciar sua alma, dizendo-lhe nomes e glórias, convidando-a a se erguer, como que para esponsais, e partir, convidando-a a olhar em frente, um esposo, desde Amana e das montanhas dos leopardos; e a alma parecia responder com a mesma e inaudível voz, rendendo-se:

*Inter ubera mea commorabitur.*

Essa ideia de rendição era perigosamente atrativa para a sua mente agora que ele sentia sua alma sendo de novo acossada pelas insistentes vozes da carne, que começavam de novo a lhe sussurrar no meio de suas preces e meditações. Dava-lhe uma intensa sensação de poder o fato de estar consciente de que poderia por um simples ato de anuência, num átimo de pensamento, desfazer tudo o que tinha feito. Ele parecia sentir um aluvião avançando lentamente em direção aos seus pés descalços e estar à espera de que a primeira frágil e melindrosa e silente vaga lhe tocasse a pele febril. Então, quase no instante mesmo desse toque, quase no limite da pecaminosa anuência, ele se viu num lugar bem longe do aluvião, numa praia seca, salvo por um ato súbito da vontade ou por uma súbita jaculatória: e, vendo a risca prateada do aluvião bem longe e de novo começando seu lento avanço em direção aos seus pés, um novo frenesi de poder e satisfação sacudiu sua alma por saber que ainda não tinha desistido nem desfeito tudo.

Após ter se esquivado assim tantas vezes do aluvião das tentações, ele começou a se preocupar e a se perguntar se a graça que se recusara a perder não lhe estava sendo tirada aos pouquinhos. A clara certeza de sua própria imunidade começava a se ofuscar e a ela se seguiu um vago temor de que sua alma tinha de fato caído sem ele saber. Foi com dificuldade que readquiriu a antiga consciência de seu estado de graça ao dizer para si mesmo que ele rezara a Deus a cada tentação e que a graça pela qual ele rezara lhe devia ter sido concedida se é que Deus tinha obrigação de concedê-la. A própria reiteração e violência das tentações mostraram-lhe por fim a verdade daquilo que tinha ouvido sobre as provações dos santos. Tentações reiteradas e violentas eram a prova de que a cidadela da alma não caíra e de que o demônio espumava de raiva tentando fazê-la cair.

Com frequência, após ter confessado suas dúvidas e escrúpulos, alguma desatenção momentânea durante a prece, um movimento de raiva em sua alma por qualquer ninharia ou um capricho sutil em palavra ou ato, ele era instado por seu confessor a contar algum pecado de sua vida passada para que lhe fosse concedida a absolvição. Ele o nomeava com humildade e vergonha e dele se arrependia mais uma vez. Humilhava-o e envergonhava-o pensar que nunca ficaria inteiramente livre dele, por mais que pudesse viver em santidade ou quaisquer que fossem as virtudes ou perfeições que pudesse atingir. Um incômodo sentimento de culpa estaria sempre com ele: ele confessaria e se arrependeria e seria absolvido, de novo se confessaria e se arrependeria e seria absolvido, tudo em vão. Era possível que aquela primeira e precipitada confissão espremida dele por medo do inferno não tivesse sido boa? Era possível que, preocupado apenas com sua iminente danação, ele não tivesse tido arrependimento sincero por seu pecado? Mas o sinal mais seguro de que sua confissão tinha sido boa e de que tivera arrependimento sincero por seu pecado era, ele o sabia, a mudança de sua vida.

—Mudei a minha vida, não é mesmo? perguntava-se.

◆ ◆ ◆

O diretor estava de pé no vão da janela, de costas para a luz, apoiando um cotovelo na travessa do cortinado marrom de meia altura, e enquanto ele falava e sorria, lentamente balançando e enrolando o cordão da outra cortina, Stephen se pôs ao seu lado, seguindo com os olhos por um instante a longa luz de verão que morria por sobre os telhados ou os lentos e destros movimentos dos dedos sacerdotais. O rosto do padre estava inteiramente na sombra, mas a luz que morria por detrás dele batia nas têmporas fortemente vincadas e nas curvas de seu crânio. Stephen também seguia com os ouvidos as ênfases e os intervalos da voz do padre enquanto ele falava grave e cordialmente sobre temas quaisquer, as férias recém-acabadas, os colégios da ordem no exterior, a transferência de mestres. A voz grave e cordial prosseguia à vontade com sua conversa, e nas pausas Stephen sentia-se na obrigação de reanimá-la com perguntas respeitosas. Ele sabia que aquela conversa era apenas um prelúdio e sua mente estava à espera da continuação. Desde o instante em que lhe chegara a mensagem de convocação do diretor sua mente empenhava-se em encontrar o significado da mensagem; e durante o tempo imenso e sem descanso em que ficou sentado no salão do colégio esperando o diretor chegar seus olhos tinham passeado de um quadro sóbrio para o outro em volta das paredes e sua mente tinha passeado de uma conjectura a outra até o significado da convocação se tornar quase claro. E então, no momento mesmo em que estava desejando que alguma causa imprevista pudesse impedir o diretor de vir, ele ouviu a maçaneta da porta girar e o silvo de uma batina.

O diretor tinha começado a falar das ordens dominicanas e franciscanas e da amizade entre são Tomás e são Boaventura. As vestes dos capuchinhos, pensava, eram um tanto . . . . . . .

O rosto de Stephen retribuiu o sorriso indulgente do padre e, nada ansioso por dar uma opinião, fez um movimento leve e ambíguo com os lábios.

—Creio, continuou o diretor, que há agora alguma discussão entre os próprios capuchinhos sobre a conveniência de suprimi-las e seguir o exemplo dos outros franciscanos.

—É de se supor que eles as manterão quando estiverem no claustro? disse Stephen.

—Ah, com certeza, disse o diretor. Para o claustro está muito bem, para a rua realmente penso que seria melhor suprimi-las, não é mesmo?

—Deve ser incômodo, é possível dizer isso, não?

—Certamente que é, certamente. Imagine só, quando estive na Bélgica costumava vê-los andando de bicicleta em qualquer tempo com essa coisa levantada em volta dos joelhos! Era realmente ridículo. *Les jupes*, é como as chamam na Bélgica.

A vogal estava tão alterada que não dava para entender.

—Como é que eles as chamam?

—*Les jupes.*

—Ah!

Stephen sorriu de novo em resposta ao sorriso que ele não conseguia ver no rosto sombreado do padre, e cuja imagem ou espectro apenas passava rápido por sua mente, enquanto o baixo e discreto sotaque chegava-lhe aos ouvidos.

Contemplou calmamente o céu que escurecia à sua frente, contente com o frescor do fim de tarde e com o débil brilho amarelo que ocultava a minúscula chama que lhe ardia no rosto.

Os nomes de peças de roupa usadas pelas mulheres ou de certos tecidos macios e delicados utilizados em sua confecção sempre lhe traziam à mente um perfume delicado e pecaminoso. Quando menino imaginava as rédeas pelas quais os cavalos são conduzidos como delgadas tiras de seda e ficou chocado ao sentir em Stradbrook o couro gorduroso dos arreios. Também ficou chocado ao sentir pela primeira vez sob seus trêmulos dedos a textura áspera das meias de uma mulher pois, não retendo nada de tudo o que lia exceto aquilo que lhe parecia um eco ou profecia de seu próprio estado, era apenas em meio a frases feitas de palavras macias ou dentro de tecidos da maciez da rosa que ele ousava pensar na alma ou no corpo de uma mulher a se mover com graciosa vida.

Mas a frase nos lábios do padre soava falsa pois ele sabia que um padre não deveria falar levianamente sobre esse tema. A frase fora dita levianamente de propósito e ele sentia que seu rosto estava sendo examinado pelos olhos à sombra. Tudo o que ouvira ou lera sobre a maquinação dos jesuítas ele pusera prontamente de lado por não ter sido corroborado por sua própria experiência. Seus mestres, mesmo quando não o atraíam, sempre lhe pareceram padres inteligentes e sérios, prefeitos atléticos e cheios de entusiasmo. Pensava neles como homens que lavavam o corpo energicamente com água fria e usavam roupa de baixo limpa e fresca. Durante todos os anos em que convivera com eles em Clongowes e em Belvedere recebera apenas duas pancadas de palmatória, e embora lhe tivessem sido desferidas injustamente, sabia que com frequência ele escapara de ser punido. Durante todos esses anos nunca ouvira de nenhum de seus mestres uma palavra leviana: foram eles que lhe ensinaram a doutrina cristã e o estimularam a viver uma vida boa e quando ele caíra em pecado grave foram eles que o reconduziram à graça. A presença deles o tornara pouco confiante em si mesmo quando era um fedelho em Clongowes e o tornara pouco confiante em si mesmo também enquanto mantivera sua situação ambígua em Belvedere. Essa sensação o acompanhara até o último ano de sua vida escolar. Não desobedecera uma única vez nem deixara que colegas turbulentos o desviassem de seu hábito de quieta obediência: e, mesmo quando tinha dúvidas sobre alguma afirmação de um mestre, nunca se atrevera a expressá-la abertamente. Nos últimos tempos algumas das opiniões deles tinham começado a soar um pouco infantis aos seus ouvidos e tinham feito com que ele sentisse uma tristeza e um pesar como se estivesse lentamente deixando um mundo familiar e estivesse ouvindo o modo de falar desse mundo pela última vez. Um dia, quando alguns rapazes tinham se reunido ao redor de um padre sob o alpendre perto da capela, ele ouviu o padre dizer:

—Creio que lorde Macaulay foi um homem que provavelmente nunca cometeu um pecado mortal em sua vida, quer dizer, um pecado mortal deliberado.

Alguns dos rapazes tinham então perguntado ao padre se Victor Hugo não era o maior escritor francês. O padre respondera que depois de se voltar contra a igreja Victor Hugo nunca chegou a escrever tão bem como na época em que era católico.

—Mas há muitos críticos franceses eminentes, disse o padre, que consideram que mesmo Victor Hugo, grande como certamente era, não tinha um estilo tão puramente francês quanto Louis Veuillot.

A minúscula chama que a alusão do padre fizera arder no rosto de Stephen tinha se recolhido de novo e seus olhos ainda estavam calmamente fixados no céu descolorido. Mas uma inquietante dúvida voejava de um lado para o outro diante de sua mente. Lembranças disfarçadas passavam rapidamente à sua frente: reconhecia cenas e pessoas mas estava consciente de que tinha deixado de perceber alguma circunstância vital nelas. Via-se caminhando ao redor dos pátios observando os esportes em Clongowes e comendo marshmallow de dentro do boné de críquete. Alguns jesuítas caminhavam pela pista de ciclismo na companhia de senhoras. Os ecos de certas expressões usadas em Clongowes soavam nas remotas cavernas de sua mente.

Seus ouvidos escutavam esses distantes ecos em meio ao silêncio do salão quando se deu conta de que o padre se dirigia a ele numa voz diferente.

—Mandei chamá-lo hoje, Stephen, porque queria lhe falar de um assunto muito importante.

—Sim, senhor.

—Você alguma vez sentiu que tinha vocação?

Stephen entreabriu os lábios para responder sim e então suspendeu subitamente a fala. O padre esperou pela resposta e acrescentou:

—Quero dizer, alguma vez sentiu dentro de você, em sua alma, o desejo de se juntar à ordem. Pense bem.

—Pensei às vezes nisso, disse Stephen.

O padre deixou o cordão da cortina cair para o lado e, juntando as mãos, inclinou o queixo gravemente sobre elas, em colóquio consigo mesmo.

– Num colégio como este, disse finalmente, há um rapaz ou talvez dois ou três que Deus chama para a vida religiosa. Esse rapaz se destaca dos colegas por sua piedade, pelo bom exemplo que dá aos outros. É olhado com respeito por eles; é talvez escolhido como presidente por seus colegas congregados marianos. E você, Stephen, tem sido um desses rapazes neste colégio, presidente de nossa Congregação Mariana. Talvez você seja o rapaz deste colégio que Deus planeja chamar para Si.

Um forte tom de orgulho que reforçava a gravidade da voz do padre fez, em reação, o coração de Stephen bater mais rápido.

– Receber esse chamado, Stephen, disse o padre, é a maior honra que Deus Todo-Poderoso pode conceder a um homem. Nenhum rei ou imperador desta terra tem o poder do sacerdote de Deus.

Nenhum anjo ou arcanjo do céu, nenhum santo, nem mesmo a própria Santíssima Virgem, tem o poder de um sacerdote de Deus: o poder das chaves, o poder de prender ao pecado e libertar dele, o poder do exorcismo, o poder de expulsar das criaturas de Deus os espíritos maus que têm poder sobre elas, o poder, a autoridade, de fazer o grande Deus do Céu descer ao altar e tomar a forma de pão e vinho. Que poder tremendo, Stephen!

Uma chama começou a tremular de novo no rosto de Stephen ao ouvir nesse orgulhoso discurso um eco de seus próprios e orgulhosos devaneios. Quantas vezes tinha se imaginado como um sacerdote exercendo calma e humildemente o tremendo poder diante do qual os anjos e santos se punham em reverência! Sua alma se deleitara em devanear em segredo sobre esse desejo. Tinha se imaginado, um padre jovem e de maneiras reservadas, entrando apressado no confessionário, subindo os degraus do altar, espargindo o incenso, pondo-se de joelhos, executando os vagos atos do sacerdócio, que lhe agradavam por sua semelhança com a realidade e por sua distância dela. Nessa vida obscura que experimentara em seus devaneios ele assumira as vozes e os gestos que observara em vários padres. Ajoelhara-se meio de lado, tal como um deles, balançara o turíbulo apenas de leve, tal como um deles, sua casula abrira-se de todo, tal como a de um outro, enquanto ele se voltava de novo para o altar após ter abençoado os fiéis. E, acima de tudo, agradara-lhe ficar em segundo lugar naquelas cenas obscuras de sua imaginação. Fugia da solenidade do celebrante porque lhe desagradava imaginar que toda aquela pompa vã devesse terminar em sua própria pessoa ou que o ritual devesse lhe atribuir um ofício tão claro e definitivo. Ansiava pelos ofícios sagrados menores, paramentar-se com a tunicela de subdiácono na missa solene, ficar afastado do altar, esquecido pelos fiéis, os ombros cobertos com um véu umeral, segurando a pátena em suas dobras ou, quando o sacrifício tivesse acabado, ficar no degrau abaixo do celebrante, como um diácono, trajando uma dalmática em brocado de ouro, as mãos postas e o rosto voltado para os fiéis, e entoar o versículo *Ite missa est*. Se alguma vez se vira como celebrante fora como nas figuras da missa em seu missal de criança, numa igreja sem nenhum devoto a não ser o anjo do sacrifício, num altar despojado e auxiliado por um acólito não muito mais novo do que ele. Apenas em vagos atos sacrificiais ou sacramentais sua vontade parecia impelida a ir ao encontro da realidade: e era em parte a falta de um rito estabelecido que sempre o compelira à inação, fosse por ter deixado que o silêncio escondesse sua raiva ou seu orgulho, fosse por ter apenas se resignado a receber um abraço que ele ansiava por dar.

Escutava agora em silêncio reverente o apelo do padre e através das palavras ouvia ainda mais distintamente uma voz propondo-lhe iniciação, oferecendo-lhe saber secreto e poder secreto. Ele saberia então qual fora o pecado de Simão, o Mago, e qual pecado contra o Espírito Santo não tinha perdão. Saberia coisas obscuras, invisíveis para outras pessoas, sobre os que foram concebidos e paridos como filhos da ira. Saberia os pecados, os desejos pecaminosos e os pensamentos pecaminosos e os atos pecaminosos dos outros, ao escutá-los sendo sussurrados aos seus ouvidos no confessionário, na humilhação de uma capela escurecida, pelos lábios de mulheres e mocinhas: mas tornada misteriosamente imune, quando de sua ordenação como sacerdote, pela cerimônia de imposição de mãos, sua alma retornaria, inconta-minada, à paz branca do altar. Nenhum traço de pecado subsistiria nas mãos com as quais ele elevaria e partiria a hóstia; nenhum traço de pecado subsistiria em seus lábios em oração para fazê-lo comer e beber para sua própria danação, não discernindo o corpo do Senhor. Guardaria seu saber secreto e seu poder secreto por ser tão sem pecado quanto o inocente: e seria sacerdote para sempre, de acordo com a ordem de Melquisedeque.

—Vou oferecer a minha missa matinal de amanhã, disse o diretor, para que o Deus Todo-Poderoso possa lhe revelar Sua santa vontade. E, por favor, Stephen, faça uma novena em honra de seu abençoado santo padroeiro, o primeiro mártir, que tem muito poder junto a Deus, para que Deus possa iluminar sua mente. Mas você deve ter muita certeza, Stephen, de que tem mesmo vocação porque seria terrível se descobrisse depois que não tem. Uma vez sacerdote, sempre sacerdote, lembre-se disso. Seu catecismo lhe dita que o sacramento das Ordens Sagradas é um dos que pode ser recebido apenas uma vez porque ele imprime na alma uma marca espiritual indelével que nunca pode ser apagada. É antes que você deve pesar bem, não depois. Trata-se de uma questão solene, Stephen, porque dela pode depender a salvação de sua alma eterna. Mas rezaremos juntos a Deus.

Ele abriu a pesada porta do salão, segurando-a, e lhe deu a mão como que a alguém que já fosse um camarada de vida espiritual.

Stephen saiu em direção ao amplo patamar da escadaria e tornou-se consciente da carícia do ameno ar vespertino. Perto da igreja de Findlater, um quarteto formado por moços ia ligeiro de braços dados pela rua, balançando a cabeça e pulando ao compasso da lépida melodia da concertina de seu líder. A música passou num relâmpago, como sempre faziam os primeiros compassos de uma música súbita, pelas fantásticas tramas de sua mente, dissolvendo-as sem dor e sem ruído tal como uma onda súbita dissolve os castelos de areia das crianças. Sorrindo ante a singela melodia, ergueu os olhos para o rosto do padre e, vendo nele um reflexo triste do dia que declinava, recolheu devagar a mão que debilmente aquiescera àquela camaradagem.

Enquanto descia os degraus, a imagem que dissipou seu perturbado solilóquio foi a de uma máscara triste refletindo, desde a soleira da porta do colégio, um dia que declinava. Então a sombra da vida no colégio passou gravemente por sua consciência. Era uma vida séria e ordenada e desapaixonada que o esperava, uma vida sem preocupações materiais. Ficou imaginando como passaria a primeira noite do noviciado e com que desalento acordaria na primeira manhã no dormitório. O cheiro desagradável dos longos corredores de Clongowes vinha-lhe de volta e ele ouvia o discreto murmúrio das chamas do gás que ardia. Logo uma inquietação começou a irradiar de cada parte de seu ser. Uma aceleração febril de suas pulsações veio em seguida e um estrondo de palavras sem sentido carregou confusamente seus pensamentos racionais de um lado para o outro. Seus pulmões se dilatavam e contraíam como se ele estivesse inalando um ar úmido, morno e insuficiente, e ele sentiu de novo o cheiro do ar úmido e morno que pairava por sobre a água estagnada e tingida de turfa da piscina de Clongowes.

Algum instinto, despertando diante dessas lembranças, mais forte que a educação ou a piedade, se reavivava dentro dele a cada aproximação mais estreita a essa vida, um instinto sutil e hostil, e o prevenia contra a aquiescência. A frieza e a ordem dessa vida o repeliam. Ele se via levantando no frio da manhã e descendo em fila com os outros para a missa matinal e tentando em vão lutar, com suas orações, contra o debilitante enjoo no estômago. Ele se via sentado, durante o jantar, com a comunidade de um colégio. O que, então, fora feito daquela timidez profundamente arraigada que o tornava avesso a comer ou beber sob um teto estranho? O que fora feito do orgulho de seu espírito, que sempre o fizera se pensar como um ser à parte em todo tipo de ordem?

O Reverendo Stephen Dedalus, S. J.

Seu nome naquela nova vida saltou em forma de caracteres diante de seus olhos e a isso se seguiu a sensação mental de um rosto indefinido ou da cor indefinida de um rosto. A cor se esfumava e se avivava como o fulgor cambiante de um vermelho-telha pálido. Seria o mesmo fulgor cru e avermelhado que vira tantas vezes nas maçãs do rosto escanhoado dos padres nas manhãs de inverno? O rosto era desprovido de olhos e tinha aspecto de amargo e devoto, exibindo tons rosados de raiva sufocada. Não seria o espectro mental do rosto de um dos jesuítas que alguns dos rapazes chamavam de Cara de Cavalo e outros de Campbell Gavetão?

Estava passando naquele instante pela frente da casa dos jesuítas na Gardiner Street, e pensou vagamente qual janela seria a sua se algum dia se juntasse à ordem. Então pensou na vaguidade de seu pensamento, na distância que separava sua alma daquilo que ele tinha imaginado até agora como sendo seu santuário, no frágil poder que tantos anos de ordem e obediência tinham sobre ele agora que um ato definitivo e irrevogável de sua parte ameaçava privá-lo para sempre, no tempo e no eterno, de sua liberdade. A voz do diretor tentando inculcar-lhe os pretensiosos apelos da igreja e o mistério e o poder do ofício sacerdotal em vão se repetia em sua memória. Sua alma não estava ali para ouvi-la e acolhê-la e ele agora sabia que a exortação que escutara já tinha se convertido num conto formal e vão. Ele nunca iria balançar o turíbulo diante do tabernáculo na condição de sacerdote. Seu destino era o de ser avesso a quaisquer ordens sociais ou religiosas. A sabedoria do padre não lhe tocava no íntimo. Estava destinado a adquirir sua própria sabedoria sem os outros ou a adquirir sozinho a sabedoria dos outros errando por entre as ciladas do mundo.

As ciladas do mundo eram as vias de pecado desse mundo. Ele escorregaria. Não escorregara ainda mas escorregaria silenciosamente num instante. Não escorregar era difícil demais, difícil demais: e sentia o silencioso lapso de sua alma, pois chegaria a qualquer instante, escorregando, escorregando, mas não tendo escorregado por ora, ainda sem ter escorregado, mas prestes a escorregar.

Atravessou a ponte sobre as águas do Tolka e por um instante voltou friamente os olhos para a imagem de um azul desbotado da

Santíssima Virgem que ficava como pássaro num mastro, no meio de um ajuntamento de casebres com formato de pernil. Então, dobrando à esquerda, seguiu pela ruela que levava à sua casa. Dos quintais do terreno que se erguia acima do rio vinha até ele um leve cheiro de azedo como o de repolho estragado. Sorriu ao pensar que era essa desordem, o desgoverno e a confusão da casa do pai e a estagnação da vida vegetal, que iam conquistar a sua alma. Então uma risada curta saiu-lhe dos lábios ao pensar naquele lavrador solitário dos quintais atrás da casa deles, que tinham apelidado de O Homem do Chapéu. Uma segunda risada, emendando na primeira após uma pausa, irrompeu dele involuntariamente ao pensar em como O Homem do Chapéu trabalhava, examinando um por vez os quatro pontos do céu e então mergulhando pesarosamente a pá na terra.

Deu um empurrão para abrir a porta sem trinco do pórtico e atravessou o corredor despojado indo em direção à cozinha. Alguns de seus irmãos e irmãs estavam sentados em volta da mesa. O chá estava quase no fim e nos fundos dos frascos de vidro e dos potes de geleia que faziam as vezes de xícaras restava apenas o chá ralo da segunda infusão. Crostas de pão que tinham sido rejeitadas e migalhas de pão polvilhado de açúcar, amarronzadas pelo chá derramado sobre elas, estavam espalhadas pela mesa. Pocinhas de chá se depositavam aqui e ali em cima do tampo da mesa e uma faca com o cabo de marfim quebrado estava enfiada no meio de um rocambole destroçado.

O triste e plácido fulgor azul cinza do dia agonizante atravessou a janela e a porta aberta, encobrindo e aliviando placidamente um súbito instinto de remorso no coração de Stephen. Tudo o que lhes fora negado fora dado de graça a ele, o mais velho: mas o plácido fulgor do fim de tarde não lhe dava a ver nenhum sinal de rancor em seus rostos.

Sentou-se perto deles à mesa e perguntou onde estavam o pai e a mãe. Alguém respondeu:

—Foporampa propocupurarpa ouputrapa capasapa.

Mais uma mudança! Um rapaz chamado Fallon, em Belvedere, muitas vezes lhe perguntara, com um riso imbecil, por que eles se mudavam tanto. Uma expressão de desdém anuviou-lhe por um instante o cenho ao tornar a ouvir o riso imbecil do curioso.

Ele perguntou:

—Por que estamos mudando de novo, se é que se pode saber?

A mesma irmã respondeu:

—Porpoquepe ope sepenhoporiopi vaipa nospo despejarpa.

A voz do irmão mais novo começou a cantar do lado mais distante do fogão os versos da canção *Muitas vezes na noite calma*. Um a um, os outros foram entrando na canção até formarem um coro inteiro de vozes. Eles cantavam assim por horas a fio, uma melodia atrás da outra, uma cantiga atrás da outra, até que a última luz morresse no horizonte, até que as primeiras nuvens negras da noite surgissem e a noite caísse.

Esperou por algum tempo, ouvindo, antes de entrar na canção com eles. Era com tristeza na alma que ouvia o traço de cansaço por detrás de suas frescas, frágeis e inocentes vozes. Antes mesmo de encetarem a jornada da vida pareciam já cansados do caminho.

Ouviu o coro de vozes da cozinha ecoar e multiplicar-se ao longo de uma incessante reverberação dos coros de incessantes gerações de crianças: e ouviu em todos os ecos o mesmo eco da recorrente nota de cansaço e tristeza. Todos pareciam cansados da vida antes mesmo de entrarem nela. E lembrou que Newman ouvira essa mesma nota nos versos quebrados de Virgílio, *dando expressão, como a voz da própria Natureza, à tristeza e ao cansaço, mas também à esperança de coisas melhores, uma experiência que tem sido a de seus filhos em todas as épocas.*

◆ ◆ ◆

Não podia mais esperar.

Da porta do pub de Byron ao portão da capela de Clontarf, do portão da capela de Clontarf à porta do pub de Byron, e depois uma vez mais de volta à capela e depois uma vez mais de volta ao pub, ele tinha caminhado primeiro devagar, plantando escrupulosamente os pés nos espaços da colcha de retalhos da calçada e então sincronizando sua cadência com a cadência de certos versos. Fazia mais de uma hora que o pai tinha entrado com Dan Crosby, o tutor, para saber dele alguma coisa sobre a universidade. Fazia uma hora que ele caminhava para cima e para baixo, esperando: mas não podia mais esperar.

Pôs-se abruptamente a caminho de Bull, andando ligeiro para evitar que fosse chamado de volta pelo assobio agudo do pai; e em pouco tempo tinha vencido a curva do posto da polícia e estava a salvo.

Sim, sua mãe era hostil à ideia, pela leitura que fazia de seu apático silêncio. Contudo a desconfiança dela alfinetava-o com mais intensidade que o orgulho do pai e ele pensou com frieza como tinha visto a fé que se apagava em sua alma maturar e se fortalecer nos olhos dela. Um vago antagonismo contra a deslealdade dela ganhava força dentro dele e toldava sua mente como uma nuvem: e quando passou, feito nuvem, deixando de novo sua mente serena e dedicada a ela, ele tomou consciência, vagamente e sem remorso, de uma primeira e silenciosa ruptura entre a vida dele e a dela.

A universidade! Tinha, assim, deixado para trás o quem-vem-lá das sentinelas que foram os guardiões de sua mocidade e que tentaram mantê-lo entre eles para que pudesse continuar sujeito a eles e servir aos seus fins. O orgulho que se seguia à satisfação o levava para o alto como longas e lentas ondas. O fim que ele tinha nascido para servir mas que ainda não avistara o levara a fugir por uma senda invisível: e agora lhe acenava mais uma vez e uma nova aventura estava prestes a se abrir para ele. Tinha a sensação de ter ouvido notas de uma música espasmódica descendo um tom e subindo uma quarta diminuta, subindo um tom e descendo uma terça maior, como chamas trifurcadas saltando espasmodicamente, uma chama atrás da outra, de um bosque à meia-noite. Era um prelúdio élfico, infindável e informe; e, à medida que se tornava mais furioso e mais veloz, com as chamas saltando fora de compasso, ele tinha a sensação de ouvir de sob os galhos e de sob o capim criaturas selvagens correndo, suas patas tamborilando como chuva em cima das folhas. Suas patas passavam num tumulto tamborilante por sua mente, patas de lebres e coelhos, patas de cervos e corças e antílopes, até ele deixar de ouvi-las e se lembrar apenas de uma imponente cadência de Newman: *Cujos pés são como os dos cervos, e por baixo os braços eternos.*

A imponência daquela imagem vaga trouxe-lhe de volta à mente a dignidade do ofício que recusara. Durante toda a sua infância devaneara sobre aquele que, com frequência, imaginara ser seu destino e quando chegara o momento de obedecer ao chamado ele se escusara, obedecendo a um instinto de rebeldia. Agora o tempo se punha no meio: os óleos da ordenação nunca iriam ungir-lhe o corpo. Ele se recusara a tanto. Por quê?

Da estrada, na altura de Dollymount, ele dobrou em direção ao mar, e ao entrar na estreita ponte de madeira sentiu as tábuas balançando sob os passos de pés envoltos em calçados pesados. Um pelotão de Irmãos Cristãos estava voltando de Bull e tinha começado a atravessar a ponte, de dois em dois. Logo a ponte balançava e estalava. Os rostos rudes passavam por ele, de dois em dois, tingidos de amarelo ou vermelho ou lívidos por causa do mar, e enquanto se esforçava para olhar para eles com naturalidade e indiferença, uma leve tintura de vergonha e autocomiseração, estampava-se em seu rosto. Com raiva de si mesmo, tentou esconder o rosto da vista deles recorrendo à manobra de baixar os olhos, olhando de esguelha para o rodopio da água rasa sob a ponte, mas ainda via ali o reflexo de seus pesados barretes de seda, de seus modestos e afilados colarinhos e de suas folgadas vestes clericais.

—Irmão Hickey.

Irmão Quaid.

Irmão MacArdle.

Irmão Keogh.

A piedade deles devia ser como seus nomes, como seus rostos, como suas vestes; e lhe era inútil dizer para si mesmo que seus humildes e contritos corações pagavam, talvez, um tributo muito mais rico de devoção do que o dele jamais fora capaz, um dom dez vezes mais aceitável do que sua elaborada adoração. Era-lhe inútil persuadir-se a ser generoso para com eles, dizer para si mesmo que se algum dia viesse a dar em seus portões, despido de seu orgulho, maltratado e em andrajos de mendigo, eles seriam generosos para com ele, amando-o como a si mesmos. Inútil e exasperante, por fim, argumentar, contra sua própria e inabalável certeza, que o mandamento do amor nos mandava não amar o próximo como a nós mesmos com a mesma dose e intensidade de amor, mas amá-lo como a nós mesmos com a mesma espécie de amor.

Tirou uma frase de seu tesouro e a recitou baixinho para si mesmo:

—Um dia de nuvens salpicadas impelidas pelo mar.

A frase e o dia e a cena se harmonizavam num acorde. Palavras. Seriam as cores que elas tinham? Deixava que se acendessem e se apagassem, um tom atrás do outro: o dourado do sol nascente, o ferrugem e o verde dos pomares de maçã, o azul-anil das ondas, o velocino debruado de cinza das nuvens. Não, não eram as cores: eram o peso e o equilíbrio do período em si. Amava ele, então, o movimento rítmico ascendente e descendente das palavras mais do que as associações sugeridas pela narrativa e pelo colorido? Ou seria que, tendo tanto a vista fraca quanto a mente tímida, extraía menos prazer do reflexo do incandescente mundo sensível através do prisma de uma linguagem multicolorida e ricamente narrada do que da contemplação de um mundo interior de emoções individuais perfeitamente espelhadas numa prosa de períodos lúcidos e melífluos?

Saiu da ponte balançante, pisando de novo em terra firme. Naquele instante, era a impressão que tinha, o ar ficou gelado; e olhando de viés para a água viu um veloz pé de vento escurecendo e encrespando de repente a correnteza. Um leve estalido no coração, um leve latejo na garganta lhe diziam uma vez mais o quanto sua carne temia o frio odor infra-humano do mar: contudo não se pôs a caminho para atravessar as colinas à sua esquerda mas seguiu reto pelo cimo das rochas que apontavam para a foz do rio.

Um raio de sol velado iluminava debilmente o lençol de água cinzento onde o rio era aprisionado numa baía. Ao longe, ao longo do leito do Liffey fluindo lento, afilados mastros pontilhavam o firmamento e, mais longe ainda, a esfumada malha da cidade jazia de bruços em meio à neblina. Como uma cena nalgum arrás indistinto, velha como o cansaço do homem, a imagem da sétima cidade do mundo cristão se fazia visível para ele através do ar intemporal, nem mais velha nem mais cansada nem menos tolerante à sujeição do que nos tempos do *thingmote*.

Desanimado, ergueu os olhos para as nuvens vagando lentas, salpicadas e impelidas pelo mar. Estavam de viagem, atravessando os desertos do firmamento, um bando de nômades em marcha, viajando alto por sobre a Irlanda rumo ao oeste. A Europa de onde tinham vindo ficava lá longe, para além do Mar da Irlanda, a Europa de línguas estranhas e encravada num vale e rodeada por florestas e cercada de cidadelas e de raças entrincheiradas e enfileiradas para o combate. Ouviu uma música indistinta dentro dele como se fosse de lembranças e nomes dos quais quase tinha consciência mas que não conseguia capturar nem por um só instante; então a música pareceu recuar, recuar, recuar: e de cada traço da nebulosa música em movimento de recuo se despregava sem parar uma nota prolongada de apelo, perfurando como uma estrela o lusco-fusco do silêncio. De novo! De novo! De novo! Uma voz de além-mundo estava chamando.

—Olá, Stephanos!

—Aí vem O Dedalus!

—Ao!... Ei, me dá isso aqui, Dwyer, senão te dou um soco na cara pra você saber o que é bom.... Ao!

—Boa, Towser! Afoga ele!

—Vem junto, Dedalus! Bous Stephanoumenos! Bous Stephaneforos!

—Afoga ele! Agora esgana ele, Towser!

—Socorro! Socorro!... Ao!

Ele reconheceu a fala deles como um todo antes de distinguir seus rostos. A simples visão daquele confronto de nudez molhada fez com que ficasse enregelado até os ossos. Seus corpos, de uma brancura cadavérica ou banhados de uma pálida luz dourada ou irregularmente bronzeados de sol, reluziam por efeito da umidade do mar. A pedra que servia de trampolim, equilibrada em bases precárias e balançando com os seus mergulhos, e as toscas pedras do quebra-mar inclinado em que subiam para ficar se empurrando e se soqueando reluziam com um brilho frio e úmido. As toalhas com que chicoteavam o corpo estavam pesadas da água fria do mar: e ensopados de água fria estavam seus emaranhados cabelos.

Parou em atenção aos seus chamados e neutralizou suas provocações com palavras de calma. Como pareciam descaracterizados: Shuley sem o colarinho longo e desabotoado, Ennis sem o cinto escarlate com a fivela imitando serpente e Connolly sem a jaqueta à moda de Norfolk com os bolsos laterais sem aba! Era uma dor vê-los e era uma dor lancinante ver os sinais da adolescência que tornavam repelente sua deplorável nudez. Talvez estivessem buscando se proteger, no número e na algazarra, do medo secreto em suas almas. Mas ele, à parte e em silêncio, lembrou-se do medo que tinha do mistério de seu próprio corpo.

—Stephanos Dedalos! Bous Stephanoumenos! Bous Stephaneforos!

Suas provocações não eram nenhuma novidade para ele e agora elas lisonjeavam sua soberania altaneira e tolerante. Agora, mais do que nunca, seu nome estranho soava-lhe como uma profecia. Tão intemporal parecia o ar morno e cinzento, tão fluido e impessoal seu próprio estado de espírito, que todas as épocas eram como uma única para ele. Um pouco antes o fantasma do antigo reino dos dinamarqueses se revelara através da vestimenta da cidade envolta em neblina. Agora, diante do nome do fabuloso artífice, ele parecia ouvir o rumorejo de vaporosas ondas e ver uma forma alada voando por sobre as ondas e lentamente se elevando no ar. O que isso significava? Um curioso desenho na abertura de uma página de algum livro medieval de símbolos e profecias, um homem como um falcão voando sobre o mar em direção ao sol, era isso uma profecia do fim para o qual ele nascera para servir e que viera perseguindo em meio às névoas da infância e da juventude, um símbolo do artista forjando, do zero, em sua oficina, da informe matéria da terra, um novo ser, que planaria no alto, impalpável, imperecível?

Seu coração tremeu; sua respiração acelerou e um espírito selvagem percorreu os seus membros como se estivesse levantando voo rumo ao sol. Seu coração tremeu num êxtase de medo e sua alma estava em pleno voo. Sua alma planava numa brisa para além do mundo e o corpo que ele conhecia foi purificado com um sopro e libertado da incerteza e tornou-se radiante e uno com o elemento do espírito. Um êxtase de voo tornou seus olhos radiantes e selvagem sua respiração, e trêmulos e selvagens e radiantes seus membros levados pelo vento.

—Um! Dois!...Olha bem!

—Ah, diacho, me afoguei!

—Um! Dois! Três e vai!

—Depois eu! Depois eu!

—Um! ... Uk!

—Stephaneforos!

A garganta doía com um desejo de gritar alto, o grito de um falcão ou de uma águia nas alturas, de anunciar a todos os ventos com um grito lancinante a sua libertação. Era o chamado da vida à sua alma, não a voz chocha e rasa do mundo dos deveres e do desespero, não a voz inumana que o chamara para o pálido serviço do altar. Um instante de voo selvagem o libertara e o grito de triunfo que seus lábios seguravam rachava-lhe o cérebro.

—Stephaneforos!

Que eram eles agora senão as mortalhas sacudidas do corpo da morte—o medo em que mergulhara noite e dia, a incerteza que o circundara, a vergonha que o aviltara por dentro e por fora—mortalhas, os panos da tumba?

Sua alma se erguera da tumba da adolescência, desfazendo-se de suas vestes tumulares. Sim! Sim! Sim! Ele criaria orgulhosamente a partir da liberdade e da potência de sua alma, como o grande artífice cujo nome carregava, uma coisa viva, nova e bela e planando no alto, impalpável, imperecível.

Levantou-se de repente, nervoso, do bloco de pedra, pois não conseguia mais sufocar a chama em seu sangue. Sentia o rosto em chamas e a garganta vibrando melodicamente. Havia em seus pés um tal desejo de perambular que eles ardiam de vontade de pôr-se a caminho dos confins da terra. Em frente! Em frente! parecia gritar seu coração. O entardecer se aprofundaria sobre o mar, a noite cairia sobre as planícies, o amanhecer cintilaria à frente do andarilho e lhe revelaria campos e montes e rostos estranhos. Onde?

Olhou para o norte na direção de Howth. O mar descera abaixo da linha da aglomeração de algas no lado raso do quebra-mar e a maré já escoava rápida ao longo da beira da praia. Um longo banco de areia ovalado já repousava seco e morno em meio às ondulações. Aqui e ali ilhas mornas de areia cintilavam por sobre a maré rasa: e em torno das ilhas e ao redor do longo banco de areia e em meio às correntes rasas da praia havia figuras vestidas de claridade e alegria, vadeando e cavando.

Em poucos instantes estava descalço, as meias dobradas no bolso e os sapatos balançando sobre os ombros, pendurados pela amarra dos cadarços: e, pegando do meio dos refugos entre as rochas um graveto pontudo corroído pelo sal, desceu, se agarrando, a rampa do quebra-mar.

Havia um longo regato na beira da praia: e, enquanto avançava devagar e com dificuldade contra a corrente, maravilhava-se com a infindável procissão de algas à deriva. Esmeralda e negro e carmim e oliva, elas se moviam por sob a correnteza, bamboleando e revirando. A água do regato era escura e escorria infindavelmente à deriva e espelhava as nuvens à deriva no alto. As nuvens estavam silenciosamente à deriva por sobre ele e silenciosamente o sargaço estava à deriva por sob ele; e o ar morno e cinzento estava imóvel: e uma vida nova e selvagem cantava em suas veias.

Onde estava a sua meninice agora? Onde estava a alma que desistira de seu destino para devanear sozinha sobre a vergonha de suas feridas e em sua casa de miséria e subterfúgio fazê-la rainha com panos desbotados e com guirlandas que mirravam ao toque? Ou onde estava ele?

Estava só. Estava fora da vista de todos, feliz, e perto do coração selvagem da vida. Estava só e era jovem e incansável e de coração selvagem, só em meio a uma vastidão de ar selvagem e água salgada e à safra marinha de conchas e sargaços e à luz velada e cinzenta do sol e às figuras de crianças e mocinhas vestidas de alegria e claridade e às vozes de crianças e mocinhas no ar.

Uma mocinha estava diante dele no meio da corrente: só e imóvel, contemplando o mar. Ela parecia alguém que uma mágica tivesse transformado na imagem de uma ave marinha estranha e bela. As pernas descobertas, longas e esbeltas, eram delicadas como as de uma garça e puras exceto onde um rastro verde-esmeralda de algas se estampara como um sinal na carne. Suas coxas, mais cheias e de matiz delicado como o marfim, estavam descobertas quase até as ancas onde as fímbrias brancas de seus calções eram como a penugem de delicadas plumas brancas. Sua saia azul-ardósia estava audaciosamente arregaçada em torno da cintura e se estendia em rabo de pomba atrás dela. Seu peito era como o de ave, delicado e leve, leve e delicado como o peito de uma pomba de plumagem negra. Mas seus loiros e claros cabelos eram de mocinha: e de mocinha, e tocado pelo milagre da beleza mortal, seu rosto.

Ela estava só e imóvel, contemplando o mar; e quando sentiu a presença e a adoração dos olhos dele os olhos dela se voltaram para ele numa muda resignação ao seu olhar, sem vergonha nem malícia. Por muito, muito tempo ela se resignou ao seu olhar e então mudamente retirou seus olhos dos dele e baixou-os em direção à corrente, delicadamente agitando a água com o pé de um lado para o outro. O primeiro e débil barulho da água delicadamente se mexendo quebrou o silêncio, baixo e débil e murmurante, débil como os sinos do sono; de um lado para o outro, de um lado para o outro: e uma débil chama tremeluziu no rosto dela.

—Santo Deus! exclamou a alma de Stephen, numa explosão de alegria profana.

De repente ele voltou as costas para ela e começou a caminhar pela beira da praia. Seu rosto estava em chama; seu corpo estava em brasa; seus membros estavam trêmulos. Adiante e adiante e adiante e adiante ele foi em rápidas passadas bem longe pela areia, cantando desvairadamente para o mar, gritando para saudar o advento da vida que gritara para ele.

A imagem dela se introduzira em sua alma para sempre e nenhuma palavra rompera o sagrado silêncio de seu êxtase. Os olhos dela tinham-no chamado e a alma dele atendera ao chamado. Viver, errar, cair, triunfar, recriar a vida a partir da vida! Um anjo selvagem tinha aparecido para ele, o anjo da juventude e da beleza mortal, um enviado das formosas cortes da vida, para abrir de par em par à sua frente, num instante de êxtase, os portões de todas as vias de erro e de glória. Adiante e adiante e adiante e adiante!

Parou de repente e ouviu em silêncio seu coração. Quanto tinha andado? Que horas seriam?

Não havia nenhuma figura humana perto dele nem qualquer som que lhe fosse trazido pelo ar. Mas a maré estava prestes a subir e o dia já estava em declínio. Voltou-se em direção à terra e correu para lá e, subindo pela encosta da praia, sem se importar com o pedregulho cortante, encontrou um recanto arenoso no meio de um círculo de cômoros cobertos de tufos de capim e se deitou ali para que a paz e o silêncio do entardecer acalmassem o tumulto de seu sangue.

Sentia acima dele a imensa e indiferente abóbada e a calma marcha dos corpos celestes: e abaixo dele a terra, a terra que o trouxera à luz, que o recebera em seu seio.

Fechou os olhos no langor do sono. Suas pálpebras tremiam como se sentissem o imenso movimento cíclico da terra e de suas sentinelas, tremiam como se sentissem a estranha luz de algum mundo novo. Sua alma se esvaía nalgum mundo novo, fantástico, vago, incerto, como que sob o mar, percorrido por formas e seres nebulosos. Um mundo, um bruxuleio ou uma flor? Bruxuleando e tremulando, tremulando e desabrochando, uma luz intermitente, uma flor se abrindo, essa coisa se propagava a si mesma numa sucessão infinita, explodindo num carmesim vivo e desabrochando e fenecendo até chegar ao mais pálido dos tons de rosa, uma folha atrás da outra e uma onda de luz atrás da outra, inundando todos os céus com seus suaves jorros, cada jorro mais carregado que o outro.

A noite tinha caído quando ele acordou e a areia e os áridos capins de sua cama não reluziam mais. Ergueu-se devagar e, relembrando o arrebatamento do sono, suspirou de alegria.

Subiu ao topo do monte de areia e olhou à sua volta. A noite tinha caído. A fímbria da lua jovem fendia a pálida vastidão do horizonte, a fímbria em redor de um aro prateado engastado na areia cinzenta: e a maré corria ligeiro rumo à terra com um abafado murmúrio de suas ondas, ilhando umas poucas e remanescentes figuras em poças distantes.

# V

Engoliu de um trago e até a borra a terceira xícara de chá aguado e se pôs a mastigar as crostas de pão frito que estavam espalhadas perto dele, o olho pregado na poça escura dentro do coador de gordura. A gordura amarelada tinha sido escavada como se escava um brejo, e a poça embaixo dela lhe trouxe à lembrança a água tingida de turfa da piscina de Clongowes. A caixa de cautelas de penhor ao lado de seu cotovelo tinha sido revolvida recentemente e ele pegava distraído, um atrás do outro, em seus dedos engordurados, os recibos em azul e branco, rabiscados e esmaecidos e amarfanhados e trazendo o nome de Daly ou de MacEvoy como sendo a pessoa que fizera o penhor.

—1 par de botinas

1 traje de passeio

3 ternos e casaco branco

1 par de calças

Depois ele os colocou de lado e ficou contemplando pensativamente a tampa da caixa toda manchada de marcas de piolho e perguntou vagamente:

—Quanto o relógio está adiantado agora?

Sua mãe endireitou o despertador meio arrebentado que jazia ao comprido no console da lareira até conseguir ver que o mostrador marcava quinze para as doze e depois o deitou novamente.

—Uma hora e vinte e cinco minutos, disse. A hora certa agora é dez e vinte. Sabe Deus que você bem que poderia fazer um esforço para chegar às aulas na hora.

—Prepara o lavabo para eu me lavar, disse Stephen.

—Katey, prepara o lavabo para o Stephen se lavar.

—Booty, prepara o lavabo para o Stephen se lavar.

—Não posso, estou indo buscar anil. Encha você, Maggie.

Assim que a bacia esmaltada fora encaixada no vão do lavabo e a velha luva de banho fora jogada ao lado, ele deixou que a mãe lhe esfregasse o pescoço e lhe escarafunchasse as dobras das orelhas e os cantos das narinas.

—Ora, ora, é uma coisa muito triste, disse ela, quando um estudante universitário consegue ficar tão sujo que tem de ser lavado pela mãe.

—Mas bem que a senhora gosta, disse Stephen calmamente.

Ouviu-se um assobio de furar os tímpanos vindo do andar de cima e a mãe enfiou um avental úmido nas mãos dele, dizendo:

—Vai se secando sozinho e se apressando, por amor do todo-poderoso.

Um segundo assobio, prolongado e carregado de irritação, fez uma das garotas ir até o pé da escada.

—Pois não, pai?

—Aquele cadela dum preguiçoso de seu irmão já saiu?

—Sim, pai.

—Tem certeza?

—Uhm!

A garota voltou, fazendo sinais para ele se apressar e sair pelos fundos sem fazer barulho. Stephen deu uma risada e disse:

—Ele tem uma noção curiosa dos gêneros se pensa que cadela pode ser usado no masculino.

—Oh, é uma grande vergonha para você, Stephen, disse a mãe, e você viverá para se arrepender do dia em que pôs os pés naquele lugar. Sei bem como isso mudou você.

—Bom dia pra todo mundo, disse Stephen, sorrindo e beijando as pontas dos dedos em sinal de adeus.

A ruela que passava atrás da casa estava alagada e enquanto descia lentamente por ali, cuidando onde pisava, em meio a um monte de lixo encharcado, ouviu uma freira louca guinchando no hospício das freiras que ficava do outro lado do muro.

—Jesus! Oh, Jesus! Jesus!

Com uma sacudida furiosa da cabeça expulsou o som dos ouvidos e seguiu apressado, tropeçando nas vísceras apodrecidas, o coração já corroído por uma dor feita de repugnância e amargura. O assobio do pai, os resmungos da mãe, o guincho de uma demente invisível eram agora para ele apenas algumas dentre as tantas vozes que ofendiam e ameaçavam rebaixar o orgulho de sua juventude. Com uma blasfêmia pôs para fora de seu coração até mesmo os ecos dessas vozes: mas, à medida que descia a avenida e sentia a luz cinzenta da manhã caindo à sua volta através das árvores gotejantes e sentia o estranho e agreste cheiro das folhas e das cascas molhadas, sua alma se livrava de suas aflições.

As árvores encharcadas de chuva da avenida evocavam-lhe, como sempre, lembranças das moças e mulheres das peças de Gerhart

Hauptmann: e a lembrança de suas pálidas desditas e a fragrância que caía dos galhos molhados misturavam-se num estado de espírito de sereno júbilo. Sua caminhada matinal pela cidade tinha começado: e sabia de antemão que ao passar pelos alagadiços de Fairview iria pensar na prosa claustral de veios prateados de Newman; que ao caminhar pela North Strand Road, olhando distraído as vitrines dos armazéns de secos e molhados, iria se lembrar do humor negro de Guido Cavalcanti e sorrir; que ao passar pela marmoraria do Baird em Talbot Place o espírito de Ibsen sopraria através dele como um vento cortante, um espírito de irrefreável beleza juvenil; e que ao passar pela imunda casa de comércio naval do outro lado do Liffey, repetiria a canção de Ben Jonson que começa assim:

*Não estava mais fatigada onde jazia.*

Sua mente, quando se cansava de sua busca pela essência da beleza nas palavras espectrais de Aristóteles ou Tomás de Aquino, com frequência se voltava, por prazer, às deliciosas canções dos elisabetanos. Sua mente, sob o disfarce de um monge dubitativo, com frequência se punha à sombra sob as janelas daquela época para ouvir a música grave e sarcástica dos alaudistas ou a risada franca das rameiras até que uma risada demasiado vulgar, uma frase, empanada pelo tempo, de libidinagem e falsa honra, feria seu orgulho monástico e o afastava de seu posto de espia.

A ciência sobre a qual, acreditava-se, ele passava os seus dias meditando a ponto de tê-lo subtraído da companhia dos jovens era uma simples compilação de parcas frases da poética e da psicologia de Aristóteles e de uma *Synopsis Philosophiæ Scholasticæ ad mentem divi Thomæ*. Seu pensamento era um lusco-fusco de dúvida e autodescon-fiança, iluminado de vez em quando pelos clarões da intuição, mas clarões de um esplendor tão intenso que nesses momentos o mundo perecia aos seus pés como se tivesse sido consumido pelo fogo: e depois sua língua se tornava pesada e era com olhos que não faziam contato que ele encontrava os olhos dos outros pois sentia que o espírito da beleza o tinha envolvido como um manto e que ao menos na imaginação ele travara conhecimento com a nobreza. Mas quando sua breve bravata de silêncio não o sustentava mais, ele ficava feliz por ainda se encontrar em meio a vidas comuns, seguindo intrépido e de coração leve seu caminho por entre a sordidez e o barulho e a indolência da cidade.

Perto das placas de anúncios junto ao canal encontrou o homem tuberculoso com rosto de boneca e chapéu sem aba vindo em sua direção, descendo a rampa da ponte com passos curtos, todo abotoado dentro de seu sobretudo chocolate e segurando o guarda-chuva fechado à distância de um ou dois palmos do corpo como se fosse uma varinha de condão. Devem ser onze horas, pensou, e espiou para dentro de uma leiteria para ver a hora. O relógio da leiteria informou-lhe que faltavam cinco minutos para as cinco mas ao dar meia-volta ouviu um relógio, em algum lugar próximo mas invisível, dar onze badaladas com expedita precisão. Riu ao ouvi-lo pois isso o fez pensar em MacCann; e ele o avistou, uma figura atarracada em trajes de caçador e com um cavanhaque loiro, parado ao vento na esquina da relojoaria Hopkins, e o ouviu dizer:

—Dedalus, você é um ser antissocial, envolvido consigo mesmo. Eu não. Sou um democrata: e vou trabalhar e atuar pela liberdade e pela igualdade social entre todas as classes e sexos dos Estados Unidos da Europa do futuro.

Onze horas! Então estava atrasado para essa aula também. Que dia da semana era mesmo? Parou numa banca de jornal para ler a manchete que estava exposta. Quinta-feira. Das dez às onze, inglês; das onze ao meio-dia, francês; do meio-dia à uma, física. Imaginou-se na aula de inglês e sentiu-se, mesmo a essa distância, inquieto e desamparado. Via a cabeça dos colegas submissamente abaixadas enquanto escreviam em seus cadernos os pontos que deviam anotar, definições nominais, definições essenciais e exemplos ou datas de nascimento e morte, obras principais, uma crítica favorável e uma desfavorável, uma ao lado da outra. Sua própria cabeça não estava abaixada pois seus pensamentos vagavam por outras terras e quer observasse à sua volta a pequena turma de estudantes, quer lá fora, pela janela, os desolados jardins do Green, era assaltado por um cheiro deprimente de umidade e bolor como o de um porão. Uma outra cabeça que não a dele, bem à sua frente nos primeiros bancos, mostrava-se suspensa, logo acima de suas companheiras abaixadas, como a cabeça de um sacerdote suplicando nada humildemente ao tabernáculo em favor dos humildes fiéis ao seu redor. Por qual razão quando pensava em Cranly ele nunca conseguia evocar em sua mente a imagem de seu corpo inteiro mas apenas a imagem da cabeça e do rosto? Mesmo agora contra a cinzenta cortina da manhã ele a via diante dele como o fantasma de um sonho, o rosto de uma cabeça decepada ou uma máscara mortuária, coroada à testa, como que por uma coroa de ferro, por seu cabelo preto, duro e espetado. Era um rosto sacerdotal, sacerdotal em sua palidez, no nariz de abas largas, nas sombras sob os olhos e nas maças do rosto, sacerdotal nos lábios que eram longos e descorados e sorriam de leve: e Stephen, lembrando-se de repente de como ele havia falado a Cranly de todos os tumultos e da inquietação e dos desejos de sua alma, dia após dia e noite após noite, para ter como resposta apenas o silêncio atento do amigo, teria dito para si mesmo que era o rosto de um padre culpado que ouvia a confissão daqueles que ele não tinha o poder de absolver não fosse pelo fato de que ele sentia de novo em sua lembrança o olhar prolongado dos olhos negros e feminis desse rosto.

Em virtude dessa imagem ele teve um vislumbre de uma caverna de especulação, estranha e escura, mas logo se afastou dela, sentindo que ainda não era hora de entrar aí. Mas a beladona da indiferença do amigo parecia espalhar no ar à sua volta uma tênue e mortal exalação; e se viu correndo os olhos ao acaso por uma palavra e depois por uma outra à sua direita ou à sua esquerda tolamente surpreso de que elas tivessem permanecido tão silenciosamente vazias de um sentido imediato até o momento em que os simples letreiros de cada vitrine dominaram sua mente como as palavras de um feitiço e sua alma, suspirando, murchava envelhecida enquanto ele seguia por uma ruela em meio a ruínas de uma língua morta. Até a consciência que ele tinha da língua refluía de seu cérebro e escorria para as próprias palavras que se punham a se alinhar e a desalinhar em ritmos caprichosos:

> *O jasmim lamuria sobre o muro,*
> *E lamuria e se enleia sobre o muro,*
> *O jasmim amarelo sobre o muro,*
> *O marfim, o marfim subindo o muro.*

Alguém já ouviu disparate igual? Deus do céu! Quem já ouviu falar de jasmim lamuriando sobre um muro? Jasmim amarelo: isso estava certo. Marfim amarelo também. E que tal um jasmim marfim?

A palavra brilhava agora em seu cérebro, mais clara e radiante que qualquer marfim serrado das presas malhadas dos elefantes. *Marfim, ivoire, avoria, ebur.* Um dos primeiros exemplos que aprendera em latim rezava: *India mittit ebur*; e ele se lembrava do sagaz rosto nortenho do reitor que lhe ensinara a traduzir o livro *Metamorfoses* de Ovídio num inglês castiço, que, pela menção a porcos cevados e cacos de louça e espinhaços de porco, se tornava engraçada. Aprendera o pouco que sabia das regras do verso latino num livro estropiado escrito por um padre português:

*Contrahit orator, variant in carmine vates.*

As crises e vitórias e secessões da história romana lhe eram transmitidas pelas palavras banais *in tanto discrimine* e ele tentara perscrutar a vida social da cidade das cidades por meio das palavras *implere ollam denariorum*, que o reitor traduzira sonoramente como "encher um pote com moedas". As páginas de seu surrado Horácio nunca lhe pareciam frias ao tato nem mesmo quando seus dedos estavam frios: eram páginas humanas: e cinquenta anos antes tinham sido folheadas pelos dedos humanos de John Duncan Inverarity e por seu irmão, William Malcolm Inverarity. Sim, esses eram nomes nobres na desbotada folha de guarda e, até mesmo para um latinista medíocre como ele, os desbotados versos tinham uma tal fragrância que era como se tivessem ficado imersos por todos esses anos em murta e alfazema e verbena: mas ainda assim doía-lhe pensar que nunca passaria de um tímido comensal no banquete da cultura do mundo e que o ensinamento monástico, em cujos termos se esforçava por forjar uma filosofia estética, não era tido em tão mais alta conta pela época na qual vivia que os intrincados e curiosos jargões da heráldica e da falcoaria.

O bloco cinzento do Trinity à sua esquerda, pesadamente engastado, à revelia da cidade, como uma gema sem graça engastada num anel desajeitado, puxava sua mente para baixo; e enquanto lutava de um jeito e de outro para libertar seus pés dos grilhões da consciência reformada, viu-se à frente da cômica estátua do poeta nacional da Irlanda.

Olhou-a sem raiva: pois, embora uma indolência de corpo e alma a infestasse como uma praga invisível, insinuando-se-lhe pelos pés colados ao chão, subindo-lhe pelas dobras do casaco e rodeando-lhe a cabeça servil, ela parecia humildemente consciente de sua indignidade. Era um firbolg no casaco tomado de empréstimo a um milesiano, e ele pensou em seu amigo Davin, o estudante camponês.

O qualificativo era usado como brincadeira entre eles, mas o jovem camponês a suportava sem reclamar:

—Vai em frente, Stevie, minha cabeça não é mesmo grande coisa, nem é preciso dizer. Pode me chamar como quiser.

A versão íntima de seu nome de batismo na boca do amigo tinha impressionado Stephen agradavelmente desde que a ouvira pela primeira vez pois ele próprio era tão formal no tratamento com os outros quanto eram em relação a ele. Muitas vezes, sentado nos aposentos de Davin na Grantham Street, maravilhado com as bem-feitas botinas do amigo alinhadas aos pares ao longo da parede, e repetindo para os pouco refinados ouvidos do amigo os versos e as cadências de outrem, que eram disfarces para seu próprio desejo e desânimo, a mente rude de seu ouvinte, própria de um firbolg, atraíra a sua para ela e voltara a repeli-la, atraindo-a seja por um silencioso e inato gesto de atenção, seja por um singular torneio de frase do inglês de outrora, seja pela intensidade de seu prazer na destreza corporal em estado bruto (pois Davin tinha se sentado aos pés de Michael Cusack, o Gaélico), e repelindo-a rápida e repentinamente seja por uma obtusidade de inteligência, seja por uma rispidez de sentimento, seja por um estático olhar de terror nos olhos, aquele terror da alma característico de um vilarejo irlandês faminto no qual o toque de recolher ainda era um temor que se repetia a cada noite.

De par com sua lembrança das proezas de seu tio Mat Davin, o atleta, o jovem camponês idolatrava a triste lenda da Irlanda. O diz que diz de seus colegas, que se dedicava a emprestar a qualquer preço um significado à insípida vida da universidade, teimava em vê-lo como um jovem feniano. Sua babá lhe ensinara o irlandês e moldara sua rude imaginação conforme as débeis luzes do mito ir- landês. Ele mantinha, em relação ao mito do qual nenhuma mente individual jamais extraíra uma linha de beleza e às suas canhestras narrativas, que se dividiam à medida que percorriam os sucessivos ciclos, a mesma atitude que tinha para com a religião católica romana, a atitude de um servo leal e estúpido. Fosse qual fosse o pensamen- to ou o sentimento que lhe chegasse da Inglaterra ou pela via da cultura inglesa, sua mente se punha em armas para combatê-lo, em obediência a uma palavra de ordem: e do mundo que ficava para além da Inglaterra conhecia apenas a legião estrangeira da França, que ele falava em servir.

Juntando essa ambição com o humor do jovem, com frequência Stephen se referia a ele como um dos gansos domesticados: e havia até mesmo uma ponta de irritação no uso dessa alcunha, dirigida justamente à relutância de seu amigo, evidente tanto em atos quanto em palavras, que com tanta frequência parecia se interpor entre a mente de Stephen, ávida por especulação, e as formas ocultas da vida irlandesa.

Uma noite o jovem camponês, o espírito espicaçado pela linguagem violenta ou lúbrica pela qual Stephen se desafogava do frio silêncio da revolta intelectual, evocara diante da mente de Stephen uma estranha visão. Os dois caminhavam devagar, em direção aos aposentos de Davin, pelas ruas estreitas e escuras habitadas pelos judeus mais pobres.

—Aconteceu uma coisa comigo, Stevie, no último outono, o inverno já chegando, e eu nunca contei pra ninguém e agora você é a primeira pessoa para quem terei contado isso. Não lembro bem se era outubro ou novembro. Era outubro porque foi antes de eu vir para cá para começar o primeiro ano na universidade.

Stephen voltara os sorridentes olhos na direção do rosto do amigo, lisonjeado por sua confiança e cativado pela linguagem simples do narrador.

—Fiquei o dia inteiro fora de minha casa em Buttevant—não sei se você sabe onde fica—numa partida de *hurling* entre os Rapazes de Croke e os Destemidos Thurles e, por Deus, Stevie, foi uma parada dura. Meu primo, Fonsy Davin, estava sem camisa naquele dia atuando como guarda-valas no time de Limerick mas ia para a frente com os atacantes a metade do tempo e gritava feito louco. Nunca vou me esquecer daquele dia. Um dos rapazes de Croke deu uma batida infeliz nele com o seu bastão e juro por Deus que ele escapou por um triz de ser acertado na têmpora. Oh, valha-me Deus, se a ponta arqueada do bastão tivesse acertado ali ele estava acabado.

—Fico feliz em saber que ele escapou, disse Stephen com uma risada, mas essa não deve ter sido a coisa estranha que aconteceu com você, não é mesmo?

—Bom, imagino que isso não te interesse mas, de qualquer maneira, houve uma tal algazarra depois do jogo que perdi o trem pra casa e não conseguia pegar nenhuma carona porque, por azar, havia uma grande manifestação naquele mesmo dia em Castletownroche e todos os coches do país estavam lá. Então o jeito era dormir lá ou pegar a estrada. Bom, comecei a caminhar e fui em frente e a noite estava caindo quando cheguei nas colinas de Ballyhoura, bem mais que quinze quilômetros distante de Kilmallock, e tem uma estrada longa e deserta depois disso. Não dava pra ver nem sinal de uma casa cristã ao longo da estrada nem pra ouvir qualquer som. Estava quase escuro como breu. Uma ou duas vez parei ao lado da estrada, embaixo de um arbusto qualquer, para reacender o cachimbo, e se o orvalho não fosse tanto eu teria me esticado ali e dormido. Por fim, depois de uma curva da estrada, enxerguei uma pequena choupana com luz na janela. Fui até lá e bati na porta. Uma voz perguntou quem estava ali e respondi que tinha ido ao jogo em Buttevant e estava voltando para casa e que ficaria agradecido por um copo d'água. Um pouco depois uma moça abriu a porta e me trouxe um caneco de leite. Ela estava meio despida como se estivesse pronta para dormir quando bati na porta e o cabelo estava solto; e achei, pelo aspecto e por algo no olhar, que ela devia estar carregando um filho na barriga. Ela ficou na porta conversando comigo por um bom tempo e achei meio estranho porque o peito e os ombros estavam descobertos. Ela me perguntou se eu estava cansado e se não gostaria de passar a noite lá. Disse que estava sozinha em casa e que o marido tinha ido naquela manhã até Queenstown para acompanhar a irmã que estava indo embora. E o tempo todo, Stevie, enquanto falava, não tirava os olhos de meu rosto e ficava tão perto de mim que eu podia ouvir sua respiração. Quando por fim devolvi o caneco ela pegou minha mão para me puxar para dentro e disse: *Entra e passa a noite aqui. Não tem nenhum motivo para ter medo. Não tem mais ninguém em casa além de nós . . . . . . . . Eu não entrei, Stevie. Agradeci e retomei o meu caminho, todo agitado. Na primeira curva da estrada olhei para trás e ela estava lá parada na porta.

As últimas palavras da história de Davin ressoavam em sua memória e a figura da mulher se destacava, refletida em outras figuras de camponesas que ele vira postadas à porta de casa em Clane enquanto os coches com estudantes do colégio passavam por lá, como espécimes da raça dela e da sua, uma alma-morcego despertando para a consciência de si mesma no escuro e no segredo e na solidão e, através dos olhos e da voz e do gesto de uma mulher ingênua, convidando o estranho para a sua cama.

Uma mão pousou no seu braço e uma voz jovem exclamou:

—Oh, a sua namorada, senhor! A primeira prenda do dia, nobre senhor. Compre este lindo ramalhete, senhor. Pode ser, senhor?

As flores azuis que ela ergueu na sua direção e seus jovens olhos azuis lhe pareceram, naquele instante, imagens da inocência; e ele ficou paralisado até a imagem se desvanecer e ele enxergar apenas seu vestido esfarrapado e seu cabelo crespo e úmido e seu rosto rude.

—Compre, senhor! Não esqueça sua namorada, senhor!

—Não tenho dinheiro, disse Stephen.

—São lindas, não vai comprar, senhor? Só um pêni.

—Não ouviu o que eu disse? perguntou Stephen, inclinando-se na sua direção. Eu lhe disse que não tenho dinheiro. E digo de novo.

—Bom, senhor, algum dia o senhor vai ter, se Deus quiser, respondeu a moça, passado um instante.

—Pode ser, disse Stephen, mas não acho provável.

Deixou-a depressa, temendo que sua intimidade virasse escárnio e querendo deixar o caminho livre antes que ela oferecesse sua mercadoria a um outro, um turista da Inglaterra ou um aluno do Trinity. A Grafton Street, ao longo da qual caminhava, prolongou aquele momento de desalentadora pobreza. No meio da cabeceira da rua, um bloco de pedra tinha sido erigido em memória de Wolfe Tone e ele se lembrava de ter estado presente, com o pai, quando de sua instalação. Lembrava-se com amargura daquela cena de tributo postiço. Havia quatro delegados franceses num breque e um deles, um jovem gorducho e sorridente, segurava, preso numa vareta, um papelão em que estavam impressas as palavras: *Vive l'Irlande!*

Mas as árvores do Stephen's Green tinham a fragrância da chuva e a terra encharcada de chuva exalava seu odor mortal, um sutil incenso se elevando de muitos corações através do húmus. A alma da cidade venal e galante de que os mais velhos lhe falavam se reduzira com o tempo a um odor sutil e mortal que se elevava da terra e ele sabia que logo, logo, quando entrasse na escura universidade, ele se tornaria consciente de uma corrupção outra que não a de Buck Egan e Burnchapel Whaley.

Estava muito tarde para subir para a aula de francês. Atravessou o saguão e pegou o corredor à esquerda, que levava ao anfiteatro de física. O corredor era escuro e silencioso mas não inobservado. Por que sentia que não era inobservado? Seria porque tinha ouvido dizer que no tempo de Buck Whaley havia ali uma escada secreta? Ou a casa dos jesuítas gozava de extraterritorialidade e ele caminhava entre forasteiros? A Irlanda de Tone e Parnell parecia ter recuado no espaço.

Abriu a porta do anfiteatro e parou sob a luz fria e cinzenta que se esforçava para atravessar as janelas empoeiradas. Uma figura estava agachada diante da grande lareira e pela magreza e palidez soube que era o diretor de estudos acendendo o fogo. Stephen fechou a porta silenciosamente e se acercou da lareira.

—Bom dia, senhor! Posso ajudar?

O padre ergueu os olhos rapidamente e disse:

—Aguarda só mais um pouquinho agora, sr. Dedalus, e verá. Há uma arte de acender um fogo. Temos as artes liberais e as artes práticas. Esta é uma das artes práticas.

—Tentarei aprendê-la, disse Stephen.

—Sem carvão demais, disse o diretor, aplicando-se energicamente à sua tarefa, este é um dos segredos.

Tirou quatro tocos de vela dos bolsos laterais da batina e os pôs com destreza no meio dos carvões e dos papéis retorcidos. Stephen ficou observando em silêncio. Ajoelhado assim sobre a laje para acender o fogo e ocupado com o arranjo de suas tiras de papel e tocos de vela, ele parecia mais do que nunca um humilde servidor preparando o lugar do sacrifício num templo vazio, um levita do Senhor. Como a túnica de linho cru de um levita a batina gasta e desbotada revestia a figura ajoelhada de alguém que as vestes canônicas ou o éfode debruado com sininhos iriam desgostar e incomodar. Seu próprio corpo envelhecera no serviço humilde do Senhor—cuidando do fogo sobre o altar, levando e trazendo mensagens em segredo, pondo-se a serviço dos mundanos, atacando prontamente quando mandado—e contudo não fora agraciado por qualquer beleza santa ou prelatícia. Não, sua própria alma envelhecera naquele ofício, sem se lançar em direção à luz e à beleza ou espargir ao redor um suave odor de sua santidade—uma vontade mortificada, tão pouco suscetível ao frêmito de sua obediência quanto o era, ao frêmito do amor ou do combate, seu declinante corpo, macilento e rugoso, agrisalhado por uma penugem de pontas prateadas.

O diretor se sentou sobre os calcanhares e se pôs a observar os gravetos pegarem fogo. Stephen, para preencher o silêncio, disse:

—Tenho certeza de que não conseguiria acender um fogo.

—O senhor é um artista, não é mesmo, sr. Dedalus? disse o diretor, olhando para cima e piscando seus pálidos olhos. O objetivo do artista é a criação do belo. Agora saber o que é o belo é outra questão.

Ele esfregou as mãos lenta e asperamente em vista da dificuldade.

—O senhor pode resolver esta questão agora? perguntou.

—Tomás de Aquino, respondeu Stephen, diz *pulcra sunt quæ visa placent*.

—Este fogo à nossa frente, disse o diretor, será agradável aos olhos. Será, portanto, belo?

—Tanto quanto seja apreendido pela vista, que, suponho, significa aqui intelecção estética, será belo. Mas Tomás de Aquino também diz *Bonum est in quod tendit appetitus*. Tanto quanto satisfaça o desejo animal pelo fogo que aquece é um bem. No inferno, entretanto, é um mal.

—É bem isso, disse o diretor, o senhor seguramente acertou na mosca.

Levantou-se com agilidade e, indo em direção à porta, abriu-a um pouco e disse:

—Dizem que uma corrente de ar ajuda nesses casos.

Enquanto ele voltava para a lareira, mancando ligeiramente mas com passo enérgico, Stephen percebia a silenciosa alma de um jesuíta observando-o desde os pálidos e desapaixonados olhos. Tal como Inácio, ele era coxo, mas em seus olhos não ardia nenhuma centelha do entusiasmo de Inácio. Nem mesmo a lendária astúcia da companhia, uma astúcia mais sutil e mais secreta que seus afamados livros de sutil e secreta ciência, inflamara sua alma com a energia do apostolado. A impressão que dava era de que ele utilizava os expedientes e os saberes e as artimanhas do mundo, tal como lhe fora ordenado, para a maior glória de Deus, sem nenhum gosto no uso desses recursos ou ódio daquilo que neles constituía o mal, mas voltando-os, com um gesto firme de obediência, contra si mesmos: e apesar de todo esse serviço silencioso, a impressão era de que ele não gostava nada do mestre e quase nada, se é que gostava, dos fins a que servia. *Similiter atque senis baculus* é o que ele era, como o fundador o teria querido, como um cajado na mão de um velho, para ser largado num canto, para servir de apoio na estrada ao cair da noite ou no mau tempo, para repousar junto ao ramalhete de uma dama num banco de jardim, para ser empunhado como ameaça.

O diretor voltou para a lareira e começou a passar a mão no queixo.

—Quando podemos esperar ter alguma coisa sua sobre a questão estética? perguntou ele.

—Minha! disse Stephen, surpreso. Com sorte, topo com alguma ideia a cada quinzena.

—Essas questões são muito profundas, sr. Dedalus, disse o diretor. É como olhar do alto dos penhascos de Moher para as profundezas lá embaixo. Muitos mergulham nas profundezas e nunca mais emergem. Só o mergulhador experiente é capaz de mergulhar naquelas profundezas e explorá-las e voltar à tona.

—Se está se referindo à especulação, senhor, disse Stephen, eu também tenho certeza de que não existe isso de livre pensar, uma vez que todo pensar deve ser limitado por suas próprias leis.

—Ah!

—Para os meus propósitos posso trabalhar por enquanto à luz de uma ou duas ideias de Aristóteles e Tomás de Aquino.

—Percebo. Percebo bem o seu argumento.

—Preciso deles apenas para meu uso e orientação até eu ter feito alguma coisa, à sua luz, por minha conta. Se a lâmpada esfumaçar ou cheirar tentarei apará-la. Se não der luz suficiente eu vendo e compro outra.

—Epicteto também tinha uma lâmpada, disse o diretor, que foi vendida por um preço exorbitante depois de sua morte. Era a lâmpada à luz da qual ele escreveu suas dissertações filosóficas. O senhor conhece Epicteto?

—Um senhor idoso, disse Stephen rispidamente, que disse que a alma é muito parecida com um balde cheio d'água.

—Ele diz, de seu jeito simples, continuou o diretor, que pôs uma lâmpada de ferro diante de uma estátua de um dos deuses e que um ladrão roubou a lâmpada. O que fez o filósofo? Considerou que roubar era do caráter do ladrão e no dia seguinte resolveu comprar uma lâmpada de barro em vez de ferro.

Um cheiro de sebo derretido vinha dos tocos de vela do diretor e se fundia na consciência de Stephen com o tilintar das palavras, balde e lâmpada e lâmpada e balde. A voz do padre também tinha um tom tilintante e áspero. A mente de Stephen se deteve por instinto, freada pelo tom estranho e pela imagística e pelo rosto do padre, que parecia uma lâmpada apagada ou um refletor desfocado. O que havia por detrás ou dentro dele? Um letárgico torpor da alma ou a letargia da nuvem que precede a tormenta, carregada de intelecção e capaz da soturnidade de Deus?

—Quis dizer um tipo diferente de lâmpada, senhor, disse Stephen.

—Sem dúvida, disse o diretor.

—Uma dificuldade na discussão estética, disse Stephen, é saber se as palavras estão sendo usadas de acordo com a tradição literária ou de acordo com a tradição do mercado. Lembro-me de uma frase de um sermão de Newman em que ele diz, sobre a Santíssima Virgem, que ela se deteve na companhia de todos os santos. O uso da palavra no mercado é bastante diferente. *Espero não estar detendo o senhor agora.*

—Não, de modo algum, disse o diretor, educadamente.

—Não, não, disse Stephen, sorrindo, quero dizer . . . .

—Sim, sim: entendo, disse ligeiro o diretor, percebi perfeitamente o ponto: *deter.*

Ele jogou a ponta do queixo para a frente e deu uma tossida curta e seca.

—Para voltar à lâmpada, disse ele, sua alimentação também é um belo problema. Deve-se escolher um óleo puro e ter cuidado ao vertê-lo para não deixar transbordar, para não verter mais do que o *funnel* pode conter.

—Qual *funnel*? perguntou Stephen.

—O *funnel* pelo qual o óleo é vertido na lâmpada.

—Ah, isso? disse Stephen. É chamado de *funnel*? Não é um *tundish*?

—O que é um *tundish*?

—Isso. O . . . o *funnel.*

—Chamam de *tundish* neste país? perguntou o diretor. Nunca ouvi esta palavra na vida.

—Chamam de *tundish* em Lower Drumcondra, disse Stephen, rindo, lugar em que falam o melhor vernáculo.

—Um *tundish*, disse o diretor, pensativo. É uma palavra das mais interessantes. Preciso conferir essa palavra. Palavra de honra que preciso.

Suas maneiras corteses soavam um tanto falsas, e Stephen via o convertido de nacionalidade inglesa com os mesmos olhos que o irmão mais velho da parábola deve ter dirigido ao filho pródigo. Um humilde seguidor a engrossar o número de clamorosas conversões, um inglês pobre na Irlanda, ele parecia ter entrado em cena na história jesuítica no momento em que o estranho drama de intriga e sofrimento e inveja e luta e indignidade tinha praticamente terminado—um retardatário, um espírito tardio. Qual fora seu ponto de partida? Talvez tivesse nascido e sido criado entre os dissidentes sérios, vendo a salvação apenas em Jesus e abominando as pompas vãs das igrejas estabelecidas. Teria ele sentido a necessidade de uma fé implícita em meio ao emaranhado do sectarismo e ao jargão de seus turbulentos cismas—os homens dos seis princípios, o grupo do povo peculiar, os batistas da semente e da serpente, os dogmatistas supralapsários? Teria ele encontrado a igreja verdadeira de repente, ao desenrolar até o fim, como um carretel de algodão, alguma frágil linha de raciocínio sobre a insuflação ou sobre a doutrina da imposição de mãos ou a da processão do Espírito Santo? Ou teria o Senhor Jesus Cristo tocado nele e o ordenado a segui-lo enquanto ele estava sentado, bocejando e conferindo o dinheiro da coleta dos fiéis, ao lado da porta de alguma capela com teto de zinco, tal como o discípulo que estava sentado junto à alfândega?

Mas o diretor repetiu a palavra mais uma vez.

—*Tundish*! Ora, ora, isso é interessante!

—A pergunta que o senhor me fez há pouco me parece ser mais interessante. Que beleza é essa que o artista se esforça por expressar a partir de torrões de terra? disse Stephen friamente.

Aquela simples palavra parecia ter feito a ponta de punhal de sua sensibilidade se voltar contra esse vigilante e cortês adversário. Sentiu com uma pontada de desânimo que o homem com quem conversava era um compatriota de Ben Jonson. Pensou:

—A língua em que estamos conversando é dele antes de ser minha. Como são diferentes as palavras *home, Christ, ale, master* nos lábios dele e nos meus! Não consigo dizer ou escrever essas palavras sem perturbação do espírito. Sua língua, tão familiar e tão estrangeira, sempre será para mim um discurso adquirido. Não criei ou aceitei as palavras dela. Minha voz as mantém à distância. Minha alma se martiriza à sombra da língua dele.

—E distinguir o belo do sublime, acrescentou o diretor, distinguir a beleza moral da beleza material. E inquirir que espécie de beleza é apropriada para cada uma das várias artes. São alguns dos pontos interessantes a que poderíamos nos dedicar.

Stephen, subitamente desanimado pelo tom firme e direto do diretor, ficou em silêncio. O diretor também ficou em silêncio: e através do silêncio um ruído distante de muitas botinas e vozes confusas subia pelas escadas.

—Ao perseguir essas questões, disse o diretor conclusivamente, há, entretanto, o perigo de perecer de inanição. Primeiro o senhor precisa terminar a sua graduação. Tenha isso em vista como seu primeiro objetivo. Depois, pouco a pouco, o senhor vislumbrará o seu caminho. Quero dizer, em todos os sentidos, seu caminho na vida e no pensamento. No começo pode ser como pedalar morro acima. Pense no sr. Moonan. Ele levou um bom tempo para chegar ao topo. Mas chegou lá.

—Talvez eu não tenha o talento dele, disse Stephen, com serenidade.

—Nunca se sabe, disse, encorajando, o diretor. Nunca podemos dizer o que carregamos dentro de nós. Eu com toda certeza não desanimaria. *Per aspera ad astra.*

Ele se afastou rapidamente da lareira e foi em direção ao topo da escadaria para supervisionar a chegada da turma de primeiras artes.

Apoiado no console da lareira, Stephen ouviu-o cumprimentar brusca e imparcialmente cada um dos alunos da turma e quase podia ver o sorriso franco dos alunos mais rústicos. Uma compaixão devastadora começou a cair como orvalho sobre seu coração facilmente amargurado, uma compaixão por esse fiel servo do nobre Loyola, por esse meio-irmão do clero, mais venal que eles em palavras, mais inflexível de alma que eles, alguém que ele nunca chamaria de seu pai espiritual: e pensou como esse homem e seus companheiros tinham adquirido a alcunha de mundanos por iniciativa não dos desapegados do mundo apenas mas também dos próprios mundanos por terem suplicado, ao longo de toda a sua história, junto ao tribunal da justiça de Deus, pelas almas dos permissivos e dos tíbios e dos prudentes.

A entrada do professor foi anunciada por uma pesada fuzilaria de batidas de pé por parte dos estudantes que estavam sentados na fileira mais alta do anfiteatro sob a penumbra das janelas escuras e cobertas de teias de aranha. A chamada começou e as respostas aos nomes eram dadas em todos os tons de voz até que chegou ao nome de Peter Byrne.

—Presente!

A resposta, numa nota de baixo profundo, vinha da última fileira, seguida por tosses de protesto ao longo dos outros bancos.

O professor fez uma pausa na chamada e cantou o nome seguinte:

—Cranly!

Nenhuma resposta.

—Sr. Cranly!

Um sorriso percorreu o rosto de Stephen ao pensar nos estudos do amigo.

—Quem sabe em Leopardstown! disse uma voz vinda do banco de trás.

Stephen olhou rapidamente para cima mas o rosto queixudo de Moynihan, em silhueta contra a luz cinzenta, estava impassível. Uma fórmula foi apresentada. Em meio ao farfalhar de cadernos Stephen virou-se de novo para trás:

—Me dê algum papel, por amor de Deus.

—Você está tão mal assim? perguntou Moynihan, com um sorriso largo.

Ele rasgou uma folha do caderno e passou para baixo, cochichando:

—Em caso de urgência, qualquer leigo, homem ou mulher, pode batizar.

A fórmula que ele escrevia obedientemente na folha, o vai e vem dos cálculos do professor, os símbolos espectrais de força e velocidade fascinavam e fatigavam a mente de Stephen. Ouvira dizer que o velho professor era um maçom ateu. Ah, que dia cinzento e sem graça! Parecia um limbo de consciência paciente e indolor pelo qual as almas dos matemáticos podiam vagar, projetando longos e leves tecidos de um plano a outro de um lusco-fusco cada vez mais rarefeito e mais pálido, irradiando rápidos turbilhões até os últimos limites de um universo cada vez mais vasto, mais remoto e mais impalpável.

—Então devemos fazer uma distinção entre formas elípticas e formas elipsoidais. Talvez alguns dos senhores estejam familiarizados com as obras do sr. W. S. Gilbert. Em uma de suas canções ele fala de um trapaceiro do bilhar que é condenado a jogar eternamente:

*Num pano onduloso*
*Com um taco tortuoso*
*E bolas de bilhar elípticas.*

—Ele quer dizer uma bola na forma de um elipsoide de cujos eixos principais eu falava há pouco.

Moynihan inclinou-se em direção ao ouvido de Stephen e cochichou:

—Bolas elipsoidais valem uma fortuna! correi atrás de mim, senhoras, que sirvo na cavalaria!

A piada grosseira do colega passou como um vendaval pelo claustro da mente de Stephen, sacudindo e insuflando vida alegre nas flácidas vestes sacerdotais que pendiam das paredes, fazendo-as rebolar e bambolear num sabá de desgoverno. As formas da comunidade emergiam das vestes sacudidas pelo vendaval, o diretor de estudos, o corpulento e rubicundo ecônomo com seu barrete de pelo cinza, o presidente, o padre baixinho de cabelo liso que escrevia versos devotos, a forma atarracada de camponês do professor de economia, a forma comprida do jovem professor de ciência mental discutindo no patamar da escadaria um caso de consciência com sua turma como uma girafa devorando folhagens compridas em meio a uma manada de antílopes, o sério e inquieto prefeito da Congregação Mariana, o rechonchudo professor de italiano com sua cabeça redonda e seus olhos de safado. Vinham cambaleando e resvalando, cambalhotando e cabriolando, erguendo o saiote para pular carniça, pegando-se pelas costas, sacudidos por uma risada falsa e intensa, dando-se tapinhas no traseiro e rindo da rude maldade, tratando-se por seus apelidos íntimos, protestando com súbita dignidade diante de algum gesto bruto, cochichando aos pares com a mão tapando a boca.

O professor foi até as estantes de vidro da parede lateral, e retirou, de uma de suas prateleiras, um conjunto de bobinas, soprou o pó que as cobria e, trazendo-as cuidadosamente para a mesa, manteve um dedo sobre elas enquanto continuava com sua aula. Explicou que os fios das bobinas modernas eram de um composto chamado platinoide descoberto havia pouco por F. W. Martino.

Ele pronunciou claramente as iniciais e o sobrenome do descobridor. Moynihan cochichou de trás:

—O bom e velho Fresh Water Martin!

—Pergunte-lhe, Stephen cochichou em resposta com humor exaurido, se ele precisa de uma cobaia para a eletrocussão. Ele pode me ter como cobaia.

Moynihan, vendo o professor se curvar sobre as bobinas, levantou-se do banco e, estalando os dedos da mão direita sem fazer muito barulho, começou a chamar com voz de moleque choroso:

—Por favor, mestre! Este jovem acabou de dizer um palavrão, mestre.

—Platinoide, disse o professor solenemente, é preferível à alpaca porque tem um coeficiente mais baixo de resistência a mudanças de temperatura. O fio de platinoide é isolado e o revestimento de seda que o isola é enrolado nos carretéis de ebonite exatamente aqui onde está o meu dedo. Se fosse enrolado sem nada uma corrente extra seria induzida nas bobinas. Os carretéis são embebidos em parafina quente . . .

Uma voz aguda com sotaque de Ulster disse do banco abaixo de Stephen:

—É possível que nos perguntem sobre ciência aplicada no exame?

O professor começou, gravemente, a jogar com os termos ciência pura e ciência aplicada. Um estudante corpulento, de óculos dourados, olhou com algum espanto para o que fizera a pergunta. Moynihan cochichou de trás com sua voz natural:

—Esse MacAlister faz o diabo por sua libra de carne, não é mesmo?

Stephen olhou com frieza e desprezo para o crânio oblongo à sua frente, coroado por um cabelo encrespado e com cor de corda. A voz, o sotaque, a mente do inquiridor o ofendiam e ele deixou que a ofensa o levasse a uma crueldade deliberada, obrigando sua mente a pensar que o pai do estudante teria procedido melhor se tivesse mandado o filho para estudar em Belfast tendo assim feito alguma economia com a passagem de trem.

O crânio oblongo à frente não se virou para receber esse dardo de pensamento e contudo o dardo retornou ao arco: pois ele logo viu o rosto de uma palidez serosa.

—Este pensamento não é meu, disse rapidamente para si mesmo. Veio do irlandês cômico do banco de trás. Paciência. Podes dizer com certeza por quem a alma de tua raça foi traficada e seu eleito traído—pelo inquiridor ou pelo gracejador? Paciência. Lembra-te de

Epicteto. Provavelmente faz parte de seu caráter fazer uma pergunta dessas num momento desses num tom desses e pronunciar a palavra *science* como se fosse um monossílabo.

A voz monocórdia do professor continuava a se enroscar lentamente em volta das bobinas de que falava, duplicando, triplicando, quadriplicando sua energia sonolenta à medida que a bobina multiplicava seus ohms de resistência.

A voz de Moynihan chamou de trás fazendo eco a uma sineta distante:

—Hora de fechar o boteco, cavalheiros!

O saguão da entrada estava cheio de gente e o barulho das conversas era alto. Numa mesa perto da porta havia duas fotografias emolduradas e entre elas uma folha comprida de papel com uma lista irregular de assinaturas no final. MacCann andava agitado de um lado para o outro entre os alunos, falando rapidamente, reagindo às recusas e levando um aluno atrás do outro até a mesa. No saguão interno o diretor de estudos falava com um professor jovem, passando, sério, a mão no queixo e balançando a cabeça.

Stephen, bloqueado pela multidão à porta, parou indeciso. De sob a larga aba caída do chapéu de pano os olhos escuros de Cranly o observavam.

—Você assinou? perguntou Stephen.

Cranly fechou a boca, marcada por lábios longos e finos, pensou com seus botões por um segundo, e respondeu:

—*Ego signavi.*

—Em favor de quê?

—*Quod?*

—Em favor de quê?

Cranly virou seu rosto pálido para Stephen e disse, frio e cáustico:

—*Per pax universalis.*

Stephen apontou para a fotografia do tsar e disse:

—Ele tem o rosto de um Cristo entorpecido.

O escárnio e a raiva em sua voz levaram os olhos de Cranly a se desviarem do exame silencioso que ele fazia das paredes do saguão.

—Você está chateado? perguntou.

—Não, respondeu Stephen.

—Você está de mau humor?

—Não.

—*Credo ut maledictus mendax es, quia facies tua monstrat ut tu in damnato malo humore es.*

Moynihan, a caminho da mesa, disse no ouvido de Stephen:

—MacCann está em plena forma. Disposto a dar a última gota. Um mundo novinho em folha. Nada de estimulantes e direito de voto para as vagabundas.

Stephen sorriu por causa do jeito de sua confidência e, quando Moynihan se fora, virou-se de novo para enfrentar os olhos de Cranly.

—Talvez você possa me explicar, disse ele, por que ele derrama a sua alma tão à vontade em meu ouvido. Pode?

Um franzido carregado apareceu na testa de Cranly. Ele voltou o olhar para a mesa sobre a qual Moynihan se curvara para apor seu nome na lista; e então disse enfaticamente:

—Um melda!

—*Quis est in malo humore,* disse Stephen, *ego aut vos?*

Cranly não reagiu à provocação. Refletiu amargamente sobre sua sentença e repetiu com a mesma e taxativa ênfase:

—Um grandessíssimo dum desgraçado de melda, é isso que ele é!

Era seu epitáfio para todas as amizades mortas e Stephen se perguntou se algum dia seria ele pronunciado no mesmo tom em sua memória. A pesada e áspera frase afundava lentamente, saindo do alcance dos ouvidos, tal como uma pedra submergindo num lodaçal. Stephen a via afundar, tal como vira tantas outras, sentindo seu peso deprimir-lhe o coração. A fala de Cranly, em contraste com a de Davin, não tinha os torneios raros do inglês elisabetano nem as versões singularmente retorcidas das expressões idiomáticas irlandesas. Sua malemolência era um eco dos cais de Dublin devolvido por um porto marítimo desolado e decadente; sua energia, um eco da eloquência sagrada de Dublin devolvida rasteiramente por um púlpito em Wicklow.

O franzido carregado desaparecia do rosto de Cranly à medida que MacCann, marchando vigorosamente desde o outro lado do saguão, se aproximava deles.

—Ei-lo aqui! disse MacCann alegremente.

—Eis-me aqui! disse Stephen.

—Atrasado como sempre. Você não consegue combinar a tendência progressista com o respeito pela pontualidade?

—Essa pergunta não tem cabimento. Passemos ao próximo item.

Seus olhos sorridentes estavam fixados num tablete de chocolate ao leite envolto em papel prateado que despontava do bolso da camisa do ativista político. Um pequeno círculo de ouvintes se formou para ouvir a guerra de frases espirituosas. Um estudante magro de pele cor de oliva e cabelos pretos escorridos enfiou a cara entre os dois, alternando o olhar de um para o outro a cada frase e parecendo tentar engolir cada frase que escapulia com a boca aberta e úmida. Cranly tirou uma bolinha de handebol do bolso e começou a examiná-la de perto, virando-a e revirando-a na mão.

—Próximo item? disse MacCann. Hom!

Deu uma estrepitosa risada, abriu um sorriso largo e puxou duas vezes o cavanhaque cor de palha que lhe pendia do queixo chato.

—O próximo item é assinar a petição.

—Vão me pagar alguma coisa se eu assinar? perguntou Stephen.

—Pensei que você fosse um idealista, disse MacCann.

O estudante com jeito de cigano olhou à sua volta e interpelou os presentes numa voz frágil e indistinta.

—Com os diabos, essa é uma ideia ridícula. Considero uma ideia mercenária.

Sua voz foi desaparecendo até cair no silêncio. Nenhuma atenção foi dada às suas palavras. Ele voltou o rosto cor de oliva e de aparência equina para Stephen, convidando-o a falar de novo.

MacCann começou a falar com fluente força sobre a petição do tsar, de Stead, do desarmamento geral, de arbitragem nos casos de disputas internacionais, dos sinais dos tempos, da nova humanidade e do novo evangelho de vida que faria com que fosse dever da comunidade assegurar com o menor custo possível a maior felicidade possível do maior número possível de pessoas.

O estudante cigano reagiu ao fim do período gritando:

—Três vivas pela fraternidade universal!

—Vai em frente, Temple, disse um estudante corpulento e rubicundo perto dele. Depois te pago um caneco de cerveja.

—Acredito na fraternidade universal, disse Temple, passeando seus olhos ovais e negros ao redor. Marx não passa de uma grandessíssima piada.

Cranly, sorrindo sem jeito, segurou firme seu braço para frear-lhe a língua e disse repetidamente:

—Calma, calma, calma!

Temple se debatia para soltar o braço, mas continuou, a boca melada com uma baba fina:

—O socialismo foi fundado por um irlandês e o primeiro homem que pregou a liberdade de pensamento na Europa foi Collins. Isso faz duzentos anos. Ele, o filósofo de Middlesex, denunciou o poder clerical. Três vivas a John Anthony Collins!

Uma voz fina do lado de fora do círculo replicou:

—Pip! pip!

Moynihan cochichou perto do ouvido de Stephen:

—E que tal a coitada da irmã do John Anthony:

*Lottie Collins perdeu a sua calcinha;*
*Seja gentil, empreste a sua à mocinha.*

Stephen deu uma risada e Moynihan, satisfeito com o resultado, cochichou de novo:

—Vamos apostar cinco pratas que o John Anthony Collins chega na frente: na ponta ou segundão ou terceirão.

—Estou esperando por sua resposta, disse MacCann secamente.

—Essa questão não me interessa nem de longe, disse Stephen, enfadado. Você sabe muito bem disso. Por que esse drama todo?

—Muito bem! disse MacCann, estalando os lábios. Quer dizer então que você é um reacionário?

—Você pensa que me impressiona, perguntou Stephen, quando brande essa sua espadinha de pau?

—Metáforas! disse MacCann abruptamente. Vamos aos fatos.

Stephen enrubesceu e virou-se para o lado. MacCann manteve sua posição e disse com humor ferino:

—Poetas menores, suponho, estão acima de questões triviais como a da paz universal.

Cranly ergueu a cabeça e segurou a bola de handebol entre os dois estudantes à guisa de oferta de paz, dizendo:

—*Pax super totum maledictum globum.*

Stephen, afastando os curiosos, sacudiu irritado o ombro na direção da imagem do tsar, dizendo:

—Fique com o seu ícone. Se é para ter um Jesus, que seja um Jesus legítimo.

—Com os diabos, essa é muito boa! disse o estudante cigano para os que estavam ao redor, é uma bela frase. Gosto imensamente dessa frase.

Engoliu a saliva que tinha na garganta como se estivesse engolindo a frase e, mexendo na pala do boné de tweed, voltou-se para Stephen, dizendo:

—Desculpe-me, senhor, o que quer dizer com a frase que acabou de pronunciar?

Sentindo-se acotovelado pelos estudantes à sua volta, disse-lhes:

—Agora estou curioso para saber o que ele quis dizer com aquela frase.

Voltou-se de novo para Stephen e disse num murmúrio:

—Acredita em Jesus? Eu acredito no homem. Naturalmente, não sei se é o seu caso. Eu o admiro, senhor. Admiro a mente do homem que é independente de todas as religiões. É essa a sua opinião sobre a mente de Jesus?

—Vai adiante, Temple, disse o estudante corpulento e rubicundo voltando, como era seu hábito, à sua primeira ideia, aquele caneco está à sua espera.

—Ele pensa que sou um imbecil, explicou Temple a Stephen, porque acredito no poder da mente.

Cranly enganchou os braços nos de Stephen e nos de seu admirador e disse:

—*Nos ad manum ballum jocabimus.*

Enquanto era levado embora, Stephen avistou o rosto esfogueado e de feições rudes de MacCann.

—Minha assinatura não conta para nada, disse ele educadamente. Você está certo em seguir o seu caminho. Deixe-me seguir o meu.

—Dedalus, disse MacCann incisivamente, acho que você é um bom sujeito mas ainda tem que aprender a dignidade do altruísmo e a responsabilidade do indivíduo humano.

Uma voz disse:

—É melhor que essa maluquice intelectual fique fora do movimento e não dentro.

Stephen, reconhecendo o tom áspero da voz de MacAlister, não se voltou em direção à voz. Cranly forçou solenemente a passagem por entre o magote de estudantes, enlaçando Stephen e Temple, como um celebrante escoltado por seus ministros a caminho do altar.

Temple, inclinando-se impaciente, passou a cabeça pela frente do peito de Cranly, e disse:

—Você ouviu o que MacAlister disse? Aquele rapaz tem inveja de você. Você viu aquilo? Aposto que o Cranly não viu. Com os diabos, eu vi ali na hora.

No momento em que atravessavam o saguão interno, o diretor de estudos estava tentando se livrar do estudante com quem estivera conversando. Estava postado ao pé da escadaria, um pé no primeiro degrau, a batina puída enrolada em volta das pernas para encetar a subida com zelo feminino, aquiescendo com a cabeça quase o tempo todo e repetindo:

—Sem dúvida nenhuma, sr. Hackett. Excelente! Sem dúvida nenhuma!

No meio do saguão o prefeito da Congregação Mariana da universidade falava seriamente, numa voz suave e queixosa, com um aluno do internato. Ao falar, franzia um pouco a testa sardenta e mordia, entre uma frase e outra, um minúsculo lápis de osso.

—Espero que os primeiranistas venham todos. Os do segundo ano estão mais que certos. Os do terceiro também. Temos que garantir os novatos.

Temple, enquanto passavam pelo vão da porta, inclinou-se de novo, esticando a cabeça pela frente do peito de Cranly, e disse num breve sussurro:

—Você sabe que ele é casado? Foi casado antes de se converter. Tem mulher e filhos em algum lugar. Com os diabos, acho que é a ideia mais esquisita que já ouvi! Hein?

Seu sussurro explodiu numa gargalhada marota e cacarejante. Assim que passaram o vão Cranly o agarrou rudemente pelo pescoço e o sacudiu, dizendo:

—Seu fracote frouxo duma figa! Fique sabendo que aposto minha vida que não existe nenhum canalha mais cretino em nenhum maldito buraco deste mundo miserável!

Temple se debatia nas suas garras, ainda rindo com satisfação marota, enquanto Cranly repetia monotonamente a cada sacudida violenta:

—Um idiota dum fracote frouxo de nada!

Eles atravessaram juntos o jardim cheio de mato. O presidente, envolto num casaco grosso e folgado, vinha na direção deles por uma das passagens, lendo seu breviário. No fim da passagem ele se deteve antes de dar a volta e ergueu os olhos. Os estudantes fizeram uma mesura, Temple mexendo, como antes, na pala do boné. Continuaram caminhando, em silêncio. Chegando perto da cancha, Stephen conseguia ouvir as batidas das mãos dos jogadores e os estalidos molhados da bola e a voz de Davin gritando animadamente a cada golpe.

Os três estudantes pararam em volta da caixa em que Davin estava sentado para acompanhar o jogo. Temple, passados alguns instantes, aproximou-se de Stephen e disse:

—Desculpa, eu queria lhe perguntar se você acredita que Jean Jacques Rousseau era um homem sincero.

Stephen caiu na gargalhada. Cranly, pegando a aduela quebrada de um barril da grama a seus pés, virou-se ligeiro e disse severamente:

—Temple, fique sabendo que declaro perante o Deus vivo que se você disser mais uma única palavra a quem quer que seja sobre qualquer assunto eu te mato *in ipsis instantibus*.

—Ele era, imagino, como você, disse Stephen, um homem emotivo.

—Que se dane, que se rale! disse Cranly abertamente. Não fale com ele de jeito nenhum. Claro, falar com Temple é a mesma coisa que falar com um mísero penico, você entende? Vai pra casa, Temple. Pelo amor de Deus, vai pra casa.

—Não dou a mínima pra você, Cranly, respondeu Temple, escapando do alcance da aduela erguida e apontando para Stephen. Ele é o único homem nesta instituição que vejo como tendo uma mente própria.

—Instituição! Própria! gritou Cranly. Vai pra casa, dane-se, pois você é um ordinário dum homem sem conserto.

—Sou um homem emotivo, disse Temple. Isso foi muito bem dito. E me orgulho de ser um emotivo.

Ele se esgueirou para fora da cancha, sorrindo marotamente. Cranly ficou observando-o com um rosto vazio e sem expressão.

—Olhe só para ele! disse. Você alguma vez na vida já viu alguém tão dissimulado?

A frase foi recebida com uma risada estranha por parte de um estudante que se apoiava preguiçosamente contra a parede, a pala do boné cobrindo-lhe os olhos. A risada, modulada num tom agudo e partindo de uma compleição tão musculosa, parecia o berro de um elefante. O corpo do estudante se sacudia todo e, para conter seu espasmo de gozo, ele esfregava prazerosamente as mãos na virilha.

—Lynch está acordado, disse Cranly.

Lynch, à guisa de resposta, se endireitou e jogou o peito para a frente.

—Lynch estufa o peito, disse Stephen, como que criticando a vida.

Lynch bateu sonoramente no peito e disse:

—Quem aí tem alguma coisa a dizer sobre minha cintura?

Cranly o levou a sério e os dois se engalfinharam. Quando ficaram com o rosto vermelho de tanto lutar, eles se separaram, ofegantes. Stephen se inclinou na direção de Davin, que, concentrado no jogo, não tinha dado atenção à conversa dos outros.

—E como está o meu gansinho domesticado? perguntou. Ele também assinou?

Davin fez que sim com a cabeça e disse:

—E você, Stevie?

Stephen fez que não com a cabeça.

—Você é um cara terrível, disse Davin, tirando o cachimbo curto da boca, sempre sozinho.

—Agora que você assinou a petição pela paz universal, disse Stephen, imagino que vai queimar aquela caderneta que vi no seu quarto.

Como Davin não respondeu, Stephen começou a citar:

—Passo acelerado, fianna! Direita volver, fianna! Fianna, por ordem, continência, um, dois!

—Trata-se de uma questão diferente, disse Davin. Sou um nacionalista irlandês, antes e acima de tudo. Mas isso é bem o seu jeito. Você é irreverente por natureza, Stevie.

—Quando fizerem a próxima revolta a golpes de tacos de *hurley*, disse Stephen, e precisarem do indispensável informante, por favor, me avisem. Posso conseguir alguns para vocês nesta universidade.

—Não consigo te entender, disse Davin. Uma hora te ouço falar contra a literatura inglesa. Agora fala contra os informantes irlandeses. Tendo em conta o nome que você carrega e as suas ideias.... você é mesmo irlandês?

—Venha agora mesmo comigo ao departamento dos brasões que te mostro a árvore de minha família, disse Stephen.

—Então seja um de nós, disse Davin. Por que é que você não aprende o irlandês? Por que você saiu do curso da liga depois da primeira aula?

—Você sabe uma das razões disso, respondeu Stephen.

Davin jogou a cabeça para trás e deu uma risada.

—Ah, deixa disso, falou ele. Foi por causa de uma certa moça e do padre Moran? Mas isso é tudo coisa da sua cabeça, Stevie. Eles estavam apenas conversando e rindo.

Stephen fez uma pausa e pôs uma mão amiga nos ombros de Davin.

—Você se lembra, disse ele, de quando nos conhecemos? Na primeira manhã em que nos encontramos você me pediu para mostrar onde ficava a sala da classe de matrícula, acentuando bem a primeira sílaba. Lembra disso? Depois, você costumava tratar os jesuítas de padre, lembra? Eu me pergunto a seu respeito: *será que ele é tão ingênuo quanto o que ele diz dá a entender?*

—Sou uma pessoa simples, disse Davin. Você sabe disso. Quando você me falou naquela noite na Harcourt Street aquelas coisas sobre sua vida privada, juro por Deus, Stevie, não consegui engolir a comida da janta. Fiquei bem mal. Fiquei acordado por um bom tempo naquela noite. Por que me contou aquelas coisas?

—Muito obrigado, disse Stephen. Você está querendo dizer que sou um monstro.

—Não, disse Davin, mas preferia que você não tivesse me contado.

Uma maré começou a se movimentar por sob a calma superfície da afabilidade de Stephen.

—Esta raça e este país e esta vida me produziram, disse. Eu vou me expressar tal como sou.

—Tente ser um de nós, repetiu Davin. Em seu coração você é um irlandês mas seu orgulho é forte demais.

—Meus ancestrais se desfizeram de sua língua e adotaram uma outra, disse Stephen. Eles deixaram que um bando de estrangeiros os subjugasse. Você acha que vou pagar com minha própria vida e pessoa as dívidas que eles contraíram? Para quê?

—Pela nossa liberdade, disse Davin.

—Desde a época de Tone até a de Parnell nenhum homem sincero e honrado, disse Stephen, deu a vocês a sua vida e a sua juventude e as suas afeições sem que vocês o tivessem vendido ao inimigo ou abandonado quando ele precisou ou vilipendiado e trocado por um outro. E você me convida para ser um de vocês. Melhor que se danem vocês todos.

—Eles morreram por seus ideais, Stevie, disse Davin. Nosso dia ainda vai chegar, pode ter certeza.

Stephen, seguindo seu próprio pensamento, ficou em silêncio por um instante.

—A alma nasce, para começo de conversa, disse vagamente, naqueles momentos de que te falei. Ela tem um nascimento lento e negro, mais misterioso que o nascimento do corpo. Quando a alma de um homem nasce neste país, redes lhe são lançadas para impedi-la de voar. Você me fala de nacionalidade, língua, religião. Vou tentar escapar dessas redes.

Davin bateu as cinzas do cachimbo.

—Muito profundo para mim, Stevie, disse ele. Mas o país de um homem vem em primeiro lugar. Em primeiro lugar a Irlanda, Stevie. Depois a gente pode ser poeta ou místico.

—Você sabe o que a Irlanda é? perguntou Stephen com insensível violência. A Irlanda é a porca velha que come sua ninhada.

Davin se levantou da caixa e foi em direção aos jogadores, sacudindo a cabeça com tristeza. Mas logo a tristeza o abandonou e ele ficou discutindo acaloradamente com Cranly e os dois jogadores que tinham terminado sua partida. Uma partida a quatro foi combinada, com Cranly insistindo, entretanto, que deviam usar sua bola. Ele fez com que ela repicasse duas ou três vezes na sua mão e depois a golpeou forte e rapidamente na direção da base da cancha, exclamando, em resposta ao seu baque:

—Que se dane sua alma!

Stephen ficou por ali com Lynch até a contagem de pontos começar a subir. Então ele o puxou pela manga para saírem dali. Lynch obedeceu, dizendo:

—Vamos assaz embora daqui, como diria Cranly.

Stephen sorriu diante da insinuação. Voltaram atravessando o jardim e passando pelo saguão onde o decrépito porteiro estava pregando um aviso no quadro. Pararam ao pé da escadaria e Stephen tirou um maço de cigarros do bolso e ofereceu ao companheiro.

—Sei que você é pobre, disse.

—Dane-se sua bendita insolência, respondeu Lynch.

Esta segunda prova da cultura de Lynch fez Stephen sorrir outra vez.

—Foi um grande dia para a cultura europeia, disse, quando você resolveu praguejar usando essa palavra, bendita.

Acenderam seus cigarros e dobraram à direita. Após uma pausa, Stephen começou:

—Aristóteles não definiu piedade e terror. Eu, sim. Eu digo...

Lynch parou e disse abruptamente:

—Chega. Não quero ouvir. Estou mal. Saí ontem à noite e tomei uma bendita bebedeira com Horan e Goggins.

Stephen continuou:

—A piedade é o sentimento que paralisa a mente diante de seja lá o que for grave e constante nos sofrimentos humanos e a liga ao sofredor humano. O terror é o sentimento que paralisa a mente diante de seja lá o que for grave e constante nos sofrimentos humanos e a liga à causa secreta.

—Repete, disse Lynch.

Stephen repetiu lentamente a definição.

—Uma moça entrou num fiacre em Londres alguns dias atrás, continuou ele. Estava indo encontrar a mãe que não via fazia muitos anos. Na esquina da rua o varal de um carroção quebrou a janela do fiacre fazendo saltar uma lasca de vidro em forma de estrela. Uma das pontas compridas e finas da lasca perfurou o seu coração. Ela morreu na hora. O repórter disse que se tratava de uma morte trágica. Não é. Está longe de ser terror ou piedade pelos termos de minhas definições.

—A emoção trágica é, na verdade, um rosto olhando em duas direções, a do terror e a da piedade, ambas as quais são fases dela. Veja que uso a palavra paralisia. Com isso quero dizer que a emoção trágica é estática. Ou, melhor, que a emoção dramática o é. Os sentimentos, desejo ou aversão, provocados por uma arte imprópria são cinéticos. O desejo nos impele a possuir, a nos aproximar de algo; a aversão nos impele a abandonar, a nos afastar de algo. Essas são emoções cinéticas. As artes que as provocam, pornográficas ou didáticas, são portanto artes impróprias. A emoção estética (empreguei o termo geral) é portanto estática. A mente é paralisada e mantida em suspenso acima do desejo e da aversão.

—Você diz que a arte não deve provocar desejo, disse Lynch, eu lhe falei daquele dia em que escrevi meu nome a lápis no traseiro da Vênus de Praxíteles no museu. Isso não era desejo?

—Estou falando de naturezas normais, disse Stephen. Você também me contou que quando era um menino naquela mimosa escola carmelita você comia pedaços de bosta seca de vaca.

Lynch irrompeu de novo num bramido de risada e de novo esfregou ambas as mãos na virilha mas sem tirá-las dos bolsos.

—Oh, eu comia! Eu comia sim! gritou.

Stephen se voltou para o companheiro e por um instante o olhou abertamente nos olhos. Lynch, recobrando-se da risada, respondeu com olhos envergonhados ao olhar dele. O longo, afilado e aplanado crânio por sob o boné de pala longa trouxe à mente de Stephen a imagem de um réptil encapelado. Os olhos também eram reptilianos pela cintilação e pela imobilidade. Contudo, naquele instante, envergonhados e alertas em sua mirada, estavam iluminados por um pontinho humano, a janela de uma alma encarquilhada, pungente e autoamargurada.

—Quanto a isso, disse Stephen num parêntese gentil, somos todos animais. Eu também sou um animal.

—Você é, disse Lynch.

—Mas estamos, agora mesmo, num mundo mental, continuou Stephen. O desejo e a aversão provocados por meios estéticos impróprios não são realmente emoções estéticas não apenas por serem cinéticos em caráter mas também porque não são mais que físicos. Nossa carne se retrai diante daquilo que teme e responde ao estímulo do que deseja por uma ação puramente reflexa do sistema nervoso. Nossa pálpebra se fecha antes de termos consciência de que a mosca está prestes a entrar em nosso olho.

—Nem sempre, disse Lynch criticamente.

—Da mesma forma, disse Stephen, tua carne respondeu ao estímulo de uma estátua nua mas foi, afirmo eu, simplesmente uma ação reflexa dos nervos. A beleza expressada pelo artista não consegue despertar em nós uma emoção que seja cinética ou uma sensação que seja puramente física. Ela desperta, ou deve despertar, ou induz, ou deve induzir, uma estase estética, uma piedade ideal ou um terror ideal, uma estase evocada, prolongada e finalmente dissolvida por aquilo que chamo de ritmo da beleza.

—O que é isso exatamente? perguntou Lynch.

—O ritmo, disse Stephen, é a primeira relação estética formal entre uma parte e outra em qualquer todo estético ou entre um todo estético e sua parte ou partes ou entre qualquer parte e o todo estético de que ela é parte.

—Se isso é o ritmo, disse Lynch, gostaria de ouvi-lo sobre o que você chama de beleza: e por favor lembre-se de que, embora tenha mesmo uma vez comido um bolo de bosta de vaca, eu admiro apenas a beleza.

Stephen ergueu o boné em sinal de cumprimento. Então, enrubescendo levemente, pôs a mão na manga de tweed grosso de Lynch.

—Nós estamos certos, disse, e os outros estão errados. Falar dessas coisas e tentar entender sua natureza e, tendo entendido, tentar lenta e humilde e constantemente expressar, extrair de novo, a partir da terra bruta ou daquilo que ela evoca, do som e da forma e da cor que são os portões da prisão de nossa alma, uma imagem da beleza que viemos a compreender—isso é a arte.

Tinham chegado à ponte do canal e, mudando de rumo, foram adiante, costeando as árvores. Uma luz crua e cinza, espelhada na água meio parada, e um cheiro de galhos molhados acima deles pareciam estar em conflito com o rumo do pensamento de Stephen.

—Mas você não respondeu a minha pergunta, disse Lynch. O que é a arte? Que beleza ela expressa?

—Essa foi a primeira definição que te dei, seu dorminhoco miserável, disse Stephen, quando comecei a tentar dirimir essa questão por conta própria. Lembra daquela noite? Cranly se destemperou e começou a falar do toucinho defumado de Wicklow.

—Sim, me lembro, disse Lynch. Ele nos contou sobre os diabinhos daqueles porcos gordos sendo chamuscados.

—A arte, disse Stephen, é o arranjo humano da matéria sensível ou inteligível com fins estéticos. Você se lembra dos porcos e se esquece disso. Vocês formam uma dupla de dar pena, você e Cranly.

Lynch fez uma careta à vista do céu cru e cinza e disse:

—Se é para ficar ouvindo sua filosofia estética, ao menos me dê outro cigarro. Não dou a mínima para isso. Não dou a mínima nem para mulheres. Dane-se você e dane-se tudo o mais. O que eu quero é um emprego de quinhentas libras por ano. Isso você não pode me conseguir.

Stephen lhe passou o maço de cigarros. Lynch pegou o último que restava, dizendo simplesmente:

—Continue!

—Tomás de Aquino, disse Stephen, afirma que é belo aquilo cuja apreensão agrada.

Lynch assentiu com a cabeça.

—Disso eu me lembro, falou. *Pulchra sunt quæ visa placent.*

—Ele usa a palavra *visa*, disse Stephen, para cobrir apreensões estéticas de todos os tipos, seja pela vista ou pelo ouvido ou por qualquer outro meio de apreensão. Essa palavra, embora vaga, é clara o suficiente para manter afastados o bem e o mal, que provocam o desejo e a aversão. Ela certamente indica uma estase e não uma cinese. E quanto ao verdadeiro? Ele também produz uma estase da mente. Você não escreveria seu nome a lápis ao longo da hipotenusa de um triângulo retângulo.

—Não, disse Lynch, ia preferir a hipotenusa da Vênus de Praxíteles.

—Estática, portanto, disse Stephen. Platão, creio eu, disse que a beleza é o esplendor da verdade. Não acho que isso tenha algum significado mas o verdadeiro e o belo são afins. A verdade é contemplada pelo intelecto, que é saciado pelas relações de satisfação máxima do inteligível: a beleza é contemplada pela imaginação, que é saciada pelas relações de satisfação máxima do sensível. O primeiro passo na direção da verdade consiste em compreender o arcabouço e o escopo do próprio intelecto, compreender o próprio ato da intelecção. Todo o sistema da filosofia de Aristóteles repousa sobre seu livro de psicologia e este, por sua vez, repousa, penso eu, em sua afirmação de que o mesmo atributo não pode, ao mesmo tempo e na mesma conexão, pertencer e não pertencer ao mesmo objeto. O primeiro passo na direção da beleza consiste em compreender o arcabouço e o escopo da imaginação, compreender o próprio ato da apreensão estética. Isso ficou claro?

—Mas o que é a beleza? perguntou Lynch, impaciente. Não me venha com outra definição. Dê o exemplo de alguma coisa que a gente vê e gosta! É isso o melhor que você e Tomás de Aquino têm a oferecer?

—Tomemos o exemplo da mulher, disse Stephen.

—Sim, tomemos o exemplo dela! disse Lynch, animado.

—Os gregos, os turcos, os chineses, os coptas, os hotentotes, disse Stephen, cada um deles admira um tipo diferente de beleza feminina. Esse parece ser um labirinto do qual não podemos escapar. Vejo, entretanto, duas saídas. Uma é esta hipótese: que toda qualidade física admirada pelos homens nas mulheres está em conexão direta com as múltiplas funções da mulher para a propagação da espécie. É possível que seja assim. O mundo, parece, é mais cinzento do que até mesmo você, Lynch, imaginava. De minha parte, me desagrada essa saída.

Ela leva à eugenia em vez de à estética. Ela te tira do labirinto e te leva para um anfiteatro novo e pomposo onde MacCann, com uma mão na *Origem das espécies* e a outra no Novo Testamento, diz que você admirou as generosas ancas da Vênus porque sentiu que ela te daria uma prole robusta e admirou seus generosos seios porque sentiu que ela daria bom leite aos filhos de vocês dois.

—Então MacCann é um bendito mentiroso, disse Lynch, entusiasmado.

—Resta outra saída, disse Stephen, rindo.

—A saber?

—Esta hipótese, começou Stephen.

Uma carreta comprida cheia de ferro-velho dobrou a esquina do hospital de Sir Patrick Dun abafando o final da fala de Stephen com a barulheira infernal do metal chacoalhando e retinindo. Lynch tapou os ouvidos e rogou uma praga atrás da outra até a carreta ter passado. Depois ele virou as costas rudemente. Stephen também virou as costas e esperou alguns instantes até seu companheiro ter dissipado o mau humor.

—Esta hipótese, repetiu Stephen, é a outra saída, a saber: que, embora o mesmo objeto possa não parecer belo para todas as pessoas, todas as pessoas que admiram um objeto belo encontram nele certas relações que satisfazem e coincidem com os próprios estágios de qualquer apreensão estética. Essas relações do sensível, visíveis para você de uma forma e para mim de outra, devem, portanto, ser as qualidades necessárias da beleza. Agora, podemos voltar ao nosso velho amigo são Tomás para mais um tostão de sabedoria.

Lynch deu uma risada.

—Diverte-me imensamente, disse ele, ouvi-lo citá-lo uma vez atrás da outra como um frade barrigudo e brincalhão. Você está rindo por dentro?

—MacAlister, respondeu Stephen, chamaria minha teoria estética de Aquino aplicado. Até onde vai essa faceta da filosofia estética, Tomás de Aquino me servirá de apoio em tudo. Quando chegamos aos fenômenos da concepção artística, da gestação artística e da reprodução artística, preciso de uma terminologia nova e de uma experiência pessoal nova.

—Claro, disse Lynch. Afinal, Tomás de Aquino, apesar do intelecto, era mesmo um frade barrigudo e bonachão. Mas me fale sobre a nova experiência pessoal e a nova terminologia num outro dia. Vamos, termine a primeira parte.

—Quem sabe? disse Stephen, sorrindo. Talvez Aquino me entendesse melhor que você. Ele próprio era poeta. Ele escreveu um hino para a Quinta-feira Santa. Começa com as palavras *Pange lingua gloriosi*. Dizem que é a glória suprema da arte do hino. É um hino intricado e confortante. Gosto dele: mas não há nenhum hino que se compare com aquela canção processional dolente e majestosa, o *Vexilla Regis*, de Venantius Fortunatus.

Lynch começou a cantar suave e solenemente numa voz de baixo profundo:

> *Inpleta sunt quæ concinit*
> *David fideli carmine*
> *Dicendo nationibus*
> *Regnavit a ligno Deus.*

—Isso é ótimo! disse ele, bem satisfeito. Bela música!

Eles dobraram na Lower Mount Street. A alguns passos da esquina um rapaz gordo, com um lenço no pescoço, cumprimentou os dois e parou.

—Vocês souberam dos resultados dos exames? perguntou. Griffin levou bomba. Halpin e O'Flynn se classificaram para o serviço público britânico. Moonan se classificou em quinto lugar para o indiano. O'Shaughenessy ficou em décimo quarto. Os camaradas irlandeses que se reúnem no estabelecimento do Clarke ofereceram uma refeição para eles ontem de noite. Todo mundo comeu curry.

Seu rosto pálido e inchado expressava uma malícia benevolente e, à medida que avançava em suas novidades sobre êxitos nos exames, seus olhinhos rodeados de gordura desapareciam da vista, e sua voz fraca e resfolegante, dos ouvidos.

Em resposta a uma pergunta de Stephen seus olhos e sua voz emergiram de novo de seus esconderijos.

—Sim, MacCullagh e eu, disse ele. Ele vai cursar matemática pura e eu vou cursar história constitucional. Tem trinta matérias. Também vou cursar botânica. É que pertenço ao clube de pesquisa de campo.

Ele recuou, afastando-se dos dois de um jeito pomposo, e pôs uma mão roliça, enluvada em lã, sobre o peito, de onde uma risada surda e resfolegante irrompeu de repente.

—Traz uns nabos e umas cebolas pra gente na próxima vez que você for para fora, disse Stephen secamente, pra fazer um cozido.

O estudante gordo riu, indulgente, e disse:

—No clube todo mundo é altamente respeitável. No último sábado fizemos uma excursão a Glenmalure, sete de nós.

—Com mulheres, Donovan? perguntou Lynch.

Donovan pôs de novo a mão sobre o peito e disse:

—Nosso fim é a aquisição de conhecimento.

Depois disse depressa:

—Ouvi dizer que você está escrevendo um ensaio sobre estética.

Stephen fez um vago gesto de negação.

—Goethe e Lessing, disse Donovan, escreveram muito sobre esse tema, a escola clássica e a escola romântica e tudo o mais. O *Laocoonte* me interessou muito quando o li. Naturalmente, é idealista, alemão, ultraprofundo.

Nenhum dos outros falou. Donovan despediu-se deles educadamente.

—Tenho que ir, disse gentil e amigavelmente. Tenho a forte suspeita, que beira a convicção, de que minha irmã pretendia fazer panquecas hoje para o almoço da família Donovan.

—Até logo, disse Stephen à sua saída. Não se esqueça dos nabos para mim e para o meu amigo.

Lynch ficou observando sua saída, fazendo beiço num escárnio demorado até seu rosto se assemelhar a uma máscara de diabo:

—E pensar que esse bendito excremento devorador de panqueca consegue arrumar um bom emprego, disse ele finalmente, enquanto eu tenho que fumar cigarros baratos!

Eles voltaram o rosto na direção da Merrion Square e seguiram em silêncio por algum tempo.

—Para terminar o que eu estava dizendo sobre a beleza, disse Stephen, as mais prazerosas das relações do sensível devem, portanto, corresponder às fases necessárias da apreensão artística. Encontre-as e você encontrará as qualidades da beleza universal. Aquino diz: *Ad pulcritudinem tria requiruntur integritas, consonantia, claritas.* Traduzo assim: *Três coisas são necessárias para a beleza, totalidade, harmonia e radiância.* Correspondem elas às fases da apreensão? Está me acompanhando?

—Claro que sim, disse Lynch. Se você acha que eu tenho uma inteligência excrementícia corre atrás do Donovan e pede para ele ficar te ouvindo.

Stephen apontou para um cesto que o entregador do açougue tinha posto ao contrário sobre a cabeça.

—Olhe aquele cesto, disse.

—Estou vendo, disse Lynch.

—Para ver aquele cesto, disse Stephen, sua mente, antes de mais nada, separa o cesto de todo o resto do universo visível que não seja o cesto. A primeira fase da apreensão é uma linha delimitante traçada em torno do objeto a ser apreendido. Uma imagem estética nos é apresentada ou no espaço ou no tempo. O que é audível é apresentado no tempo, o que é visível é apresentado no espaço. Mas, temporal ou espacial, a imagem estética é primeiramente apreendida luminosamente como autodelimitada e autocontida contra o imensurável pano de fundo do espaço ou tempo que não seja ela. Você a apreendeu como uma coisa dentre outras. Você a vê como um todo dentre outros. Você apreendeu a sua totalidade. Isso é a *integritas*.

—Na mosca! disse Lynch, rindo. Continue.

—Depois, disse Stephen, você vai de ponto a ponto, conduzido por suas linhas formais; você a apreende como uma parte equilibrada contra outra parte no interior de seus limites; você sente o ritmo de sua estrutura. Em outras palavras, a síntese da percepção imediata é seguida pela análise da apreensão. Tendo primeiro sentido que ela é *uma* coisa você sente agora que ela é uma *coisa*. Você a apreende como complexa, múltipla, divisível, separável, composta de suas partes, o resultado de suas partes e a soma delas, harmoniosa. Isso é a *consonantia*.

—Na mosca de novo! disse Lynch espirituosamente. Diga-me agora o que é *claritas* e você arrebanha o prêmio.

—A conotação da palavra, disse Stephen, é bastante vaga. Aquino utiliza um termo que parece ser inexato. Ele me deixou confuso por muito tempo. O termo levava a gente a acreditar que ele tinha em mente o simbolismo ou o idealismo, em que a qualidade suprema da beleza seria uma luz de algum outro mundo, de cuja ideia a matéria não seria senão a sombra, de cuja realidade não seria senão o símbolo. Pensava que ele quisesse dizer que *claritas* era a descoberta e a representação artística do propósito divino em qualquer coisa ou uma força de generalização que faria da imagem estética uma imagem universal, que faria com que ela ofuscasse suas condições próprias. Mas isso é conversa literária. É assim que a compreendo. Depois de ter apreendido aquele cesto como uma coisa dentre outras e tê-lo, então, analisado de acordo com sua forma e tê-lo apreendido como uma coisa, a gente faz a única síntese que é lógica e esteticamente permissível. A gente vê que ela é aquela coisa que é e nenhuma outra. A radiância de que ele fala é a *quidditas* escolástica, a *quididade* de uma coisa. Essa qualidade suprema é sentida pelo artista quando a imagem estética é primeiro concebida em sua imaginação. A mente naquele misterioso instante que Shelley associou, com muita graça, a uma brasa que vai se apagando. O instante em que aquela qualidade suprema da beleza, a clara radiância da imagem estética, é apreendida de maneira luminosa pela mente que foi paralisada por sua totalidade e fascinada por sua harmonia é a estase luminosa e silente do prazer estético, um estado espiritual muito parecido com aquela condição cardíaca que o fisiologista italiano Luigi Galvani, fazendo uso de uma frase quase tão bela quanto a de Shelley, chamou de encantamento do coração.

Stephen fez uma pausa e, embora seu companheiro não dissesse nada, sentia que suas palavras tinham feito emergir em volta deles um silêncio encantado pela mente.

—O que eu disse, recomeçou ele, refere-se à beleza no sentido mais amplo da palavra, no sentido que a palavra tem na tradição literária. No uso cotidiano ela tem outro sentido. Quando falamos de beleza no segundo sentido do termo, nosso julgamento é influenciado, em primeiro lugar, pela própria arte e pela forma dessa arte. A imagem, é claro, deve ser posta entre a mente ou sentidos do próprio artista e a mente ou os sentidos de outros. Se você guardar isso na memória, verá que a arte se divide necessariamente em três formas, progredindo de uma para a seguinte. Essas formas são: a forma lírica, a forma em que o artista apresenta sua imagem em relação imediata consigo mesmo; a forma épica, a forma em que ele apresenta sua imagem em relação mediata consigo mesmo e os outros; a forma dramática, a forma em que ele apresenta sua imagem em relação imediata com os outros.

—Você me disse isso alguma noites atrás, disse Lynch, e aí começamos aquela famosa discussão.

—Tenho um caderno em casa, disse Stephen, no qual anotei algumas questões que são mais divertidas que as tuas naquela ocasião. Ao buscar respostas para elas encontrei a teoria da estética que estou tentando explicar. Estas são algumas das questões que fiz: *Uma cadeira bem feita é trágica ou cômica? O retrato da Mona Lisa pode ser tido como bom se tenho o desejo de vê-lo? O busto de sir Philip Crampton é lírico, épico ou dramático? Pode o excremento ou uma criança ou um piolho ser uma obra de arte? Se não, por que não?*

—De fato, por que não? disse Lynch, rindo.

—*Se um homem, ao golpear enfurecido um bloco de madeira,* continuou Stephen, *produz aí a imagem de uma vaca, seria essa imagem uma obra de arte? Se não, por que não?*

—Essa é muito boa, disse Lynch, rindo novamente. Essa tem o genuíno fedor escolástico.

—Lessing, disse Stephen, não deveria ter tomado um grupo de estátuas como objeto sobre o qual escrever. A arte, sendo inferior, não apresenta claramente distinguidas umas das outras as formas sobre as quais falei. Até mesmo em literatura, a mais elevada e espiritual das artes, as formas são com frequência confundidas. A forma lírica é, de fato, a mais simples das vestes verbais de um instante de emoção, um grito rítmico tal como os que em eras remotas encorajavam o homem que manejava o remo ou arrastava pedras morro acima. Aquele que o emite está mais consciente do instante de emoção do que de si mesmo no ato de sentir a emoção. A mais simples das formas épicas é vista emergindo da literatura lírica quando o artista se demora e se debruça sobre si mesmo como o centro de um acontecimento épico e essa forma progride até que o centro de gravidade emocional esteja equidistante do próprio artista e dos outros. A narrativa não é mais puramente pessoal. A personalidade do artista passa para a própria narrativa, fluindo em círculos em volta das pessoas e da ação como um mar vital. Essa progressão pode ser facilmente vista naquela antiga balada inglesa, *Turpin Hero*, que começa na primeira pessoa e termina na terceira. A forma dramática é atingida quando a vitalidade que fluiu e refluiu em volta de cada pessoa enche todas elas com tamanha força vital que ele ou ela adquire uma vida estética própria e intangível. A personalidade do artista, a princípio um grito ou uma cadência ou um estado de espírito e depois uma narrativa fluida e espirituosa, finalmente se apaga da existência, se impersonaliza, por assim dizer. A imagem estética na forma dramática é a vida purificada na imaginação humana e dela reprojetada. O mistério da estética tal como o da criação material está concluído. O artista, como o Deus da criação, permanece dentro ou por detrás ou além ou acima de seu artefato, invisível, apagado, indiferente, aparando as unhas.

—Tentando também apagá-las da existência, disse Lynch.

Uma chuva fina começou a cair do céu todo coberto e eles mudaram de direção, entrando no gramado do duque, para chegar à Biblioteca Nacional antes que a chuva aumentasse.

—O que você quer dizer, perguntou Lynch rispidamente, com toda essa conversa fiada sobre a beleza e a imaginação nesta ilha miserável e esquecida de Deus? Não é de admirar que o artista tenha se recolhido para dentro ou para detrás de seu artefato depois de ter perpetrado este país.

A chuva caía mais forte. Quando passaram pela passagem ao lado da Kildare House, encontraram muitos estudantes se abrigando sob a arcada da biblioteca. Cranly, encostado numa coluna, ouvindo alguns amigos, palitava os dentes com um fósforo apontado. Algumas garotas estavam em pé perto da porta de entrada. Lynch cochichou para Stephen:

—Tua amada está aqui.

Stephen tomou seu lugar silenciosamente no degrau abaixo do grupo de estudantes, sem se importar com a chuva que caía forte, voltando-se de vez em quando na direção dela. Ela também estava postada silenciosamente entre suas companheiras. Ela não tinha nenhum padre com quem flertar, pensou ele com mágoa consciente, lembrando-se de como a tinha visto da última vez. Lynch estava certo. Sua mente, esvaziada de teoria e coragem, voltou a mergulhar numa paz apática.

Ele ouvia os estudantes conversando entre si. Falavam de dois amigos que tinham passado no exame final de medicina, das chances de conseguirem postos em transatlânticos, de clientelas ricas e pobres.

—É tudo papo furado. É melhor trabalhar no interior irlandês.

—Hynes esteve dois anos em Liverpool e diz a mesma coisa. Era um buraco medonho, ele disse. Nada além de trabalho de parteira. Trabalhos que não rendem mais que meia coroa.

—Você quer dizer que é melhor ter um trabalho aqui, no interior, do que numa cidade rica como essa? Conheço um sujeito . . . .

—Hynes é um cabeça oca. Ele terminou o curso por esforço, puro esforço.

—Não liguem pra ele. Dá pra ganhar muito dinheiro numa grande cidade comercial.

—Depende da clientela.

—*Ego credo ut vita pauperum est simpliciter atrox, simpliciter atrox ad asinum, in Liverpoolio.*

Suas vozes chegavam-lhe aos ouvidos como que de longe, numa pulsação ininterrupta. Ela se preparava para ir embora com as amigas.

A chuva leve e rápida tinha parado, prolongando-se em cachos de diamante por entre os arbustos do quadrângulo, onde uma exalação subia da terra enegrecida. Suas bem cuidadas botas garrulavam enquanto elas se mantinham nos degraus da colunata, conversando calma e alegremente, olhando para as nuvens, segurando a sombrinha sob ângulos astuciosos para se protegerem das últimas e poucas gotas de chuva, fechando-a de novo, segurando, recatada, a saia.

E se ele a tivesse julgado muito duramente? E se sua vida fosse um simples rosário de horas, sua vida, simples e estranha como a vida de um pássaro, alegre de manhã, inquieta o dia todo, cansada ao pôr do sol? Seu coração, simples e voluntarioso como o coração de um pássaro?

◆ ◆ ◆

Perto do nascer do sol ele despertou. Oh, doce música! Sua alma estava toda molhada de orvalho. Por sobre seus membros adormecidos tinham passado pálidas e geladas ondas de luz. Ele jazia imóvel, como se sua alma jazesse em meio a águas geladas, consciente da doce e débil música. Sua mente despertava devagar para uma hesitante consciência matinal, para uma inspiração matinal. Um espírito o preenchia, puro como a mais pura das águas, doce como o orvalho, comovente como a música. Mas quão debilmente era inspirado, quão desapaixonadamente, como se os próprios serafins estivessem respirando sobre ele! Sua alma despertava aos pouquinhos, temendo despertar de todo. Era aquela hora de calmaria do amanhecer em que a loucura desperta e plantas estranhas se abrem à luz e a mariposa levanta voo silenciosamente.

Um encantamento do coração! A noite fora encantada! Num sonho ou numa visão ele conhecera o êxtase da vida seráfica. Era um instante apenas de encantamento ou seriam longas horas e dias e anos e séculos?

O instante de inspiração parecia agora se refletir de todos os lados ao mesmo tempo desde uma multitude de circunstâncias nebulosas do que acontecera ou do que poderia ter acontecido. O instante lampejou como um ponto de luz e agora, de nuvem em nuvem de confusa forma e vaga circunstância, velava suavemente seu arrebol. Oh! No ventre virgem da imaginação a palavra fez-se carne. Gabriel, o serafim, viera à alcova da virgem. Um arrebol se aprofundou dentro de seu espírito, de onde a chama branca se fora, aprofundando-se numa luz rósea e ardente. Essa luz rósea e ardente era o estranho e voluntarioso coração dela, estranho porque nenhum homem conhecera ou conheceria, voluntarioso desde a origem do mundo: e atraídos por aquele brilho ardente, como se de rosa fosse, os coros do serafim despencavam do céu.

> *Não cansas nunca das ardentes vias?*
> *Louca tentação do caído serafim.*
> *Não fales mais de encantados dias.*

Os versos seguiam de sua mente para seus lábios e, murmurando-os repetidamente, ele sentia o movimento rítmico de uma vilanela passar através deles. O brilho, como se rosa fosse, emitia seus raios de rima; vias, dias, ardia, gloria, harmonia. Seus raios reduziam o mundo a cinzas, consumiam os corações dos homens e dos anjos: os raios vindos da rosa que era o voluntarioso coração dela.

> *Por teus olhos seu coração ardia*
> *E dele fazes o que queres, enfim.*
> *Não cansas nunca das ardentes vias?*

E depois? O ritmo se extinguia, cessava, voltava a se mexer e a pulsar. E depois? Fumo, incenso subindo do altar do mundo.

> *Por sobre a chama o fumo que te gloria*
> *Sobe do oceano e cobre todos os confins.*
> *Não fales mais de encantados dias.*

O fumo subia da terra inteira, dos mares vaporosos, fumo das glórias a ela. A terra era como um incensório balançante, oscilante, esfumaçante, uma bola de incenso, uma bola elipsoidal. O ritmo morreu em seguida; o grito de seu coração foi interrompido. Seus lábios começaram a murmurar os primeiros versos repetidamente; depois foram em frente tropeçando nas cesuras, gaguejantes e confusos; depois pararam. O grito do coração foi interrompido.

A hora velada da calmaria tinha ido embora e por detrás das vidraças da janela nua a luz matinal estava se concentrando. Um sino bateu fraco longe muito longe. Um pássaro piou; dois pássaros, três. O sino e o pássaro cessaram; e a opaca luz branca espalhou-se pelo leste e pelo oeste, cobrindo o mundo, cobrindo a luz rósea em seu coração.

Temendo perder tudo ergueu-se subitamente, apoiado no cotovelo, em busca de papel e lápis. Não havia nem um nem outro na mesa; apenas o prato de sopa em que comera o arroz da ceia e o castiçal com suas rosquinhas de sebo e seu bocal de papel, chamuscado pela última chama. Cansado, esticou os braços até o pé da cama, tateando com a mão os bolsos do casaco que estava pendurado ali. Seus dedos encontraram um lápis e depois um maço de cigarros. Recostou-se e, rasgando o maço, colocou o último cigarro no parapeito da janela e começou a escrever as estrofes da vilanela em letras pequenas e caprichadas na superfície áspera da cartolina.

Após tê-las escrito, deitou-se de costas no travesseiro todo encaroçado, murmurando-as novamente. Os caroços de flocos emaranhados sob sua cabeça fizeram-no lembrar-se dos caroços de crina emaranhada do sofá da sala da casa onde ela morava, no qual ele costumava se sentar, sorridente ou sério, perguntando-se por que viera, descontente com ela e consigo mesmo, desconcertado pela gravura do Sagrado Coração acima do aparador vazio. Ele a via se aproximar dele nalgum arrefecimento da conversa e suplicar que cantasse uma de suas interessantes canções. Então ele se via sentando ao velho piano, tirando baixinho acordes de suas teclas manchadas e cantando, em meio à conversa que tinha aumentado de novo na sala, para ela, que estava inclinada perto do console da lareira, uma delicada canção dos elisabetanos, uma triste e doce canção sobre a dor do adeus, o canto de vitória de Azincourt, a ária alegre de *Greensleeves*. Enquanto ele cantava e ela ouvia, ou fingia ouvir, seu coração estava tranquilo mas quando as antigas e preciosas canções terminaram e ouviu de novo as vozes da sala ele se lembrou de seu próprio sarcasmo: a casa em que os rapazes são chamados pelo primeiro nome um pouco cedo demais.

Em certos momentos os olhos dela pareciam prestes a confiar nele mas ele esperara em vão. Agora ela passava bailando leve por sua memória do jeito que ela estava naquela noite do baile de carnaval, o vestido branco levemente levantado, um ramalhete branco balançando no cabelo. Ela bailava leve na roda. Ela vinha bailando em sua direção e, quando chegou perto dele, seus olhos estavam um pouco desviados e havia um leve rubor no rosto. No momento da pausa na corrente de mãos a mão dela, uma tenra mercadoria, repousou na dele por um instante.

—Você anda muito estranho.

—Sim. Nasci para ser monge.

—O meu medo é que você seja um herege.

—Muito medo?

Em resposta ela se afastou dele bailando no embalo da corrente de mãos, bailando leve e discretamente, não se mostrando disponível para ninguém. O ramalhete branco balançava ao ritmo de seu bailado e quando ela ficava na penumbra o rubor no rosto se aprofundava.

Um monge! Sua própria imagem fez surgir um profanador do claustro, um franciscano herético, disposto e pouco disposto a servir, urdindo, como Gherardino da Borgo San Donnino, uma frágil teia de sofismas e sussurrando nos ouvidos dela.

Não, não era a imagem dele. Era como a imagem do jovem sacerdote em cuja companhia ele a vira pela última vez, olhando para ele com olhos de pomba, brincando com as folhas de seu livro de lições de irlandês.

—Sim, sim, as mulheres estão se juntando a nós. Vejo isso todos os dias. As mulheres estão conosco. As melhores auxiliares que nosso idioma pode ter.

—E a igreja, padre Moran?

—A igreja também. Também está se juntando. O trabalho avança ali também. Não se preocupe com a igreja.

Argh! fizera bem em sair da sala em sinal de desprezo. Fizera bem em não cumprimentá-la na escadaria da biblioteca. Fizera bem em deixá-la flertando com o sacerdote dela, brincando com uma igreja que era a serviçal da cristandade.

Uma raiva brutal e bárbara varreu de sua alma o último e persistente momento de êxtase. Despedaçou violentamente a bela imagem dela e jogou os fragmentos para todos os lados. Por todos os lados reflexos distorcidos da imagem dela saltavam de sua memória: a florista de vestido esfarrapado e cabelos úmidos e crespos e um rosto de moça rude que se dissera sua namorada e implorara por seu presentinho, a jovem cozinheira da casa ao lado que cantava em meio ao tinido dos pratos, com a pronúncia arrastada de um cantor interiorano, os primeiros acordes de *By Killarney's Lakes and Fells*, uma mocinha que tinha rido alegremente ao vê-lo tropeçar quando o gradil de ferro da calçada perto de Cork Hill prendera a sola despregada de seu sapato, uma mocinha que ele tinha espiado, atraído por sua boca pequena e madura, enquanto saía da fábrica de biscoitos Jacob, e que tinha gritado para ele por sobre o ombro:

—Gosta do que que viu em mim, você aí, dos cabelinhos lisos e das pestanas encrespadas?

E contudo ele sentia que, por mais que pudesse aviltar e escarnecer a imagem dela, sua raiva era também uma forma de homenagem. Ele tinha deixado a sala de aula por um desdém que não era inteiramente sincero, sentindo que talvez o segredo de sua raça estivesse por trás daqueles olhos negros sobre os quais seus longos cílios lançavam um ligeira sombra. Dissera amargamente para si mesmo enquanto caminhava pelas ruas que ela era uma figura da feminilidade de sua região, uma alma como que de um morcego despertando para a consciência de si mesma no escuro e no segredo e na solidão, permanecendo por um tempo, sem amor e sem pecado, com seu complacente amante e abandonando-o para ir sussurrar inocentes transgressões nos ouvidos treliçados de um sacerdote. Sua raiva contra ela encontrava vazão em insultos grosseiros dirigidos ao amado dela, cujo nome e voz e feições ofendiam seu perplexo orgulho: um camponês elevado ao sacerdócio, com um irmão na polícia de Dublin e outro que era o rapaz que servia cerveja num pub em Moycullen. Para esse, ela desvelava a tímida nudez de sua alma, para alguém que fora treinado apenas para a execução de um rito formal, e não para ele, um sacerdote da eterna imaginação, que transmutava o pão cotidiano da experiência no corpo radiante da vida imortal.

A imagem radiante da eucaristia unia de novo, por um instante, seus amargos e desesperados pensamentos, seus gritos erguendo-se, ininterruptos, num hino de ação de graças.

*Nossas lamúrias e chorosas melodias*
*Erguem-se num hino eucarístico afim.*
*Não cansas nunca das ardentes vias?*

*Mãos sacrificantes em harmonia*
*Erguem o cálice cheio até o fim.*
*Não fales mais de encantados dias.*

Recitou os versos em voz alta desde a primeira linha até que a música e o ritmo saturassem a sua mente, induzindo-a a uma plácida indulgência; depois os copiou dolorosamente para senti-los melhor ao vê-los; depois se recostou na sua almofada.

A luz plena da manhã tinha chegado. Não se ouvia som algum: mas ele sabia que em toda a sua volta a vida estava prestes a despertar em ruídos corriqueiros, vozes roucas, preces sonolentas. Encolhendo-se diante dessa vida virou-se para a parede, fazendo do cobertor um capuz, os olhos pregados nas grandes e passadas flores escarlates do papel de parede todo rasgado. Tentou avivar sua definhante alegria na incandescência escarlate das flores, imaginando uma trilha de rosas, desde onde ele estava deitado até o paraíso, toda coberta de flores escarlates. Cansado! Cansado! Também ele estava cansado de ardentes vias.

Um calor gradual, um cansaço langoroso passava por ele, vindo da cabeça toda encapuzada e descendo pela espinha. Ele o sentia descendo e, vendo-se ali deitado, sorriu. Logo cairia no sono.

Após dez anos tinha de novo escrito versos para ela. Dez anos antes ela cobrira a cabeça com a mantilha feito capuz, espalhando borrifos de seu hálito quente no ar da noite, batendo de leve o pé no chão vítreo da estrada. Era o último bonde; os magros cavalos baios sabiam disso e chacoalhavam suas sinetas dentro da noite clara em sinal de advertência. O condutor falava com o cocheiro, ambos cabeceando com frequência à luz verde do lampião. Eles ficaram de pé nos estribos do bonde, ele no superior, ela no inferior. Entre uma frase e outra ela subiu muitas vezes até o estribo dele e depois voltou ao dela e uma ou duas vezes ficou ao lado dele esquecendo-se de descer, e depois desceu. Assim seja! Assim seja!

Dez anos desde aquela sabedoria de criança até sua loucura. E se ele lhe enviasse os versos? Seriam lidos em voz alta durante o café da manhã em meio aos estalidos das cascas de ovos. Loucura mesmo! Os irmãos dela dariam risadas e tentariam pegar a folha um do outro com seus dedos fortes e duros. O cortês sacerdote, tio dela, sentado em sua poltrona, seguraria a folha com o braço estendido, leria sorrindo e aprovaria a forma literária.

Não, não: isso era uma loucura. Mesmo que lhe enviasse os versos ela não ia mostrar aos outros. Não, não: ela não podia.

Começou a sentir que a tinha julgado mal. Um pressentimento de sua inocência o levava a quase sentir compaixão por ela, uma inocência que nunca tinha compreendido até ter chegado ao seu conhecimento através do pecado, uma inocência que ela também não tinha compreendido enquanto era inocente ou antes de a estranha humilhação, própria de sua natureza, ter-lhe ocorrido pela primeira vez. Então primeiro sua alma começara a viver como a alma dele vivera quando ele pecara pela primeira vez: e uma terna compaixão inundou-lhe o coração enquanto rememorava sua frágil palidez e seus olhos, humilhados e entristecidos pela negra vergonha da feminilidade.

Enquanto a alma dele passava do êxtase ao langor onde estivera ela? Seria possível que, pelas misteriosas vias da vida espiritual, sua alma nesses momentos tivesse tido consciência da homenagem dele? Era possível.

Uma centelha de desejo abrasou de novo sua alma e se inflamou e se espalhou por todo o seu corpo. Consciente desse desejo ela despertava do oloroso sono, a tentadora de sua vilanela. Os olhos dela, negros e com ar lânguido, abriam-se para os seus. Sua nudez rendia-se a ele, radiante, cálida, olorosa e de colos de cetim, envolvendo-o como uma nuvem fulgente, envolvendo-o como água, com uma vida líquida: e como uma nuvem de vapor ou como águas circunfluentes no espaço as letras líquidas da linguagem, símbolos do elemento do mistério, escorriam sobre seu cérebro.

*Não cansas nunca das ardentes vias?*
*Louca tentação do caído serafim.*
*Não fales mais de encantados dias.*

*Por teus olhos seu coração ardia*
*E dele fazes o que queres, enfim.*
*Não cansas nunca das ardentes vias?*

*Por sobre a chama o fumo que te gloria*
*Sobe do oceano e cobre todos os confins*
*Não fales mais de encantados dias.*

*Nossas lamúrias e chorosas melodias*
*Erguem-se num hino eucarístico afim.*
*Não cansas nunca das ardentes vias?*

*Mãos sacrificantes em harmonia*
*Erguem o cálice cheio até o fim.*
*Não fales mais de encantados dias.*

*E sustentas o olhar que o desejo anuncia*
*Com olhos lânguidos e colos de cetim!*
*Não cansas nunca das ardentes vias?*
*Não fales mais de encantados dias.*

◆ ◆ ◆

Que pássaros eram aqueles?

Postou-se na escadaria da biblioteca para observá-los, apoiando-se cansado em seu bastão de freixo. Eles voavam em volta do beiral de uma casa na Molesworth Street. O ar da tardezinha de fins de março clareava-lhes o voo, seus dardejantes e frementes corpos negros voando claramente contra o céu como se fora contra um pano de um azul tênue e pálido enfunado num varal.

Observava-lhes o voo: um pássaro atrás do outro: uma chispa negra, uma virada, outra chispa, um arremesso lateral, uma curva, um ruflar de asas. Tentou contá-los antes que todos esses corpos dardejantes e frementes sumissem: seis, dez, onze: e ficou curioso por saber se o seu número era par ou ímpar. Doze, treze: pois dois vinham rodopiando do alto do céu. Eles voavam alto e baixo mas sempre dando voltas em linhas retas e curvas e voando sempre da esquerda para a direita, circulando ao redor de um templo de ar.

Ele ouvia os gritos: como o guincho de um rato por trás dos lambris: uma nota dupla e estridente. Mas as notas eram longas e estridentes e vibráteis, não como o das aves daninhas, e sim descendo uma terça ou uma quarta, e trinadas, quando os bicos volantes fendiam o ar. Seu grito era estridente e claro e puro e declinante como fios de sedosa luz se desenrolando de vibráteis carretéis.

O clamor inumano aliviava-lhe os ouvidos em que os soluços e as reprovações da mãe murmuravam insistentemente e os frágeis e tremulantes corpos negros rodopiando e ruflando e virando em volta de um templo aéreo do tênue céu aliviavam-lhe os olhos que ainda viam a imagem do rosto da mãe.

Por que estava olhando para cima desde as escadarias do pórtico, ouvindo seu grito duplo e estridente, observando seu voo? Por um augúrio de mal ou de bem? Uma frase de Cornelius Agrippa passou voando por sua mente e depois por ali passaram voando de um lado para o outro pensamentos informes de Swedenborg sobre a correspondência entre pássaros e coisas do intelecto e de como as criaturas do ar têm seu saber e sabem seus tempos e estações porque elas, ao contrário do homem, estão na ordem da vida e não perverteram essa ordem pela razão.

E por séculos e séculos os homens olharam para o alto como ele estava olhando para os pássaros em voo. A colunata acima dele fez com que pensasse vagamente num templo antigo e o bastão de freixo em que se apoiava, cansado, na vareta torta de um áugure. Uma sensação de medo do desconhecido se remexia no âmago de seu cansaço, um medo de símbolos e presságios, do homem-falcão cujo nome ele carregava voando com asas feitas de vime para fugir de seu cativeiro, de Tot, o deus dos escritores, escrevendo com uma vareta de junco numa tabuleta e portando na estreita cabeça de íbis a lua crescente.

Sorriu ao pensar na imagem do deus, pois ela o fazia pensar num juiz de nariz bicudo e peruca na cabeça, pondo vírgulas num documento que segurava com o braço estendido, e ele sabia que não teria lembrado o nome do deus não fosse sua semelhança com uma imprecação em irlandês. Era uma loucura. Mas seria por causa dessa loucura que estava prestes a deixar para sempre a casa de prece e prudência em que nascera e o tipo de vida de que viera?

Eles voltaram com gritos estridentes por sobre o beiral da casa, voando em negro contra o ar evanescente. Que pássaros eram aqueles? Pensou que deviam ser andorinhas que tinham voltado do sul. Então deveria ele partir? pois eram pássaros que estavam sempre indo e vindo, sempre edificando uma casa efêmera sob os beirais das casas dos homens e sempre deixando as casas que tinham edificado para vagar por outros ares.

> Abaixem o rosto, Oona e Aleel,
> Percorro-os como faz a andorinha
> Com seu ninho sob o beiral antes
> De partir rumo a águas bravias.

Um júbilo líquido e suave como o ruído de muitas águas escorria-lhe pela memória e ele sentia no coração a suave paz dos silenciosos espaços do céu tênue e evanescente sobre as águas, do silêncio oceânico, das andorinhas voando através do crepúsculo marítimo sobre as águas correntes.

Um júbilo líquido e suave escorria por entre as palavras, onde as vogais longas e suaves se entrechocavam em silêncio e se separavam, marulhando e refluindo e sempre trilando os alvos sinos de suas ondas num repique mudo e num mudo bimbalhar e num grito surdo, suave e desmaiado; e ele sentia que o augúrio que buscara nos pássaros rodopiantes e dardejantes e no pálido espaço do céu acima dele surgira silenciosa e subitamente de seu coração como um pássaro de um nicho no telhado.

Símbolo de partida ou de solidão? Os versos cantarolados no ouvido de sua memória compunham lentamente diante de seus relembrantes olhos a cena do saguão na noite de estreia do teatro nacional. Ele estava sozinho na lateral da galeria, observando, desde olhos exaustos, a cultura de Dublin nos assentos das primeiras filas e as telas vulgares do cenário e as bonecas humanas emolduradas pelas berrantes luzes do palco. Um policial corpulento suava atrás dele e parecia prestes a agir a todo momento. A gritaria e os assobios e os apupos vindos dos colegas espalhados por ali se propagavam pelo saguão em rajadas brutais.

—Um libelo contra a Irlanda!

—Fabricado na Alemanha!

—Blasfêmia!

—Jamais vendemos nossa fé!

—Irlandesa nenhuma fez nada parecido!

—Fora com os ateístas de araque.

—Fora com os aprendizes de budista!

Um assobio súbito e suave veio das janelas acima dele e ele soube que as lâmpadas elétricas tinham sido acesas na sala de leitura. Ele se virou para entrar no saguão todo sustentado por colunas, agora calmamente iluminado, subiu a escadaria e passou pela catraca fazendo soar o costumeiro clique.

Cranly estava sentado perto dos dicionários. Um livro grosso, aberto no frontispício, estava à sua frente, apoiado no suporte de madeira. Estava recostado na cadeira, o ouvido inclinado como o de um confessor na direção do estudante de medicina que lia para ele um problema da página de xadrez de um jornal. Stephen sentou-se à sua direita e o padre que estava no outro lado da mesa fechou seu exemplar do *The Tablet* com um estalido de irritação e se levantou.

Cranly ficou observando-o, neutra e vagamente, enquanto ele saía. O estudante de medicina continuou, com voz mais baixa:

—Peão na quarta do rei.

—Melhor a gente ir embora, Dixon, disse Stephen, precavido. Ele foi dar queixa.

Dixon dobrou o jornal e se levantou com dignidade, dizendo:

—Nossos homens se retiraram ordenadamente.

—Com armas e boiada, acrescentou Stephen, apontando para a folha de rosto do livro de Cranly em que estava escrito *Doenças do gado*.

Enquanto passavam pelo meio de uma fileira de mesas, Stephen disse:

—Cranly, quero falar com você.

Cranly não respondeu nem se virou. Largou o livro no balcão e saiu, os pés bem calçados soando forte no assoalho. Na escadaria ele parou e olhando distraidamente para Dixon repetiu:

—Peão na maldita quarta do rei.

—Coloque nesses termos, se lhe agrada, disse Dixon.

Ele tinha uma voz calma e de um tom neutro e maneiras urbanas e no dedo da mão roliça e limpa exibia às vezes um anel de sinete.

Enquanto cruzavam o saguão um homem de estatura anã veio em direção a eles. Sob a cúpula do minúsculo chapéu seu rosto com a barba por fazer começou a sorrir com deleite e pareceu murmurar. Os olhos eram melancólicos como os de um macaco.

—Boa noite, capitão, disse Cranly, parando.

—Boa noite, cavalheiros, disse o rosto simiesco de barba crescida.

—Tempo quente para março, disse Cranly. Lá em cima deixaram todas as janelas abertas.

Dixon sorriu e rodou o anel. O enegrecido e enrugado rosto simiesco repuxou sua boca humana com discreto prazer e sua voz ronronou:

—Tempo delicioso para março. Simplesmente delicioso.

—Tem duas lindas mocinhas lá em cima, capitão, cansadas de esperar, disse Dixon.

Cranly sorriu e disse amavelmente:

—O capitão só tem um amor: sir Walter Scott. Não é mesmo, capitão?

—O que está lendo agora, capitão? perguntou Dixon. *A noiva de Lammermoor?*

—Adoro o velho Scott, disseram os lábios flexíveis. Acho que ele escreve muito adorável. Nenhum escritor não chega aos pés de sir Walter Scott.

Ele movimentou delicadamente no ar, em compasso com seu elogio, uma mão morena, fina e mirrada, e as pálpebras, finas e vivazes, batiam com frequência por sobre os olhos tristes.

Mais triste para os ouvidos de Stephen era sua fala: uma dicção refinada, grave e molhada, prejudicada por erros: e, ouvindo-a, ficou curioso por saber: era verdadeira a história e era nobre o sangue ralo que corria em seu mirrado corpo e viera ele de um amor incestuoso?

As árvores do parque estavam pesadas de chuva e a chuva caía ainda e sempre no lago, assentando-se, cinzenta, como um escudo. Um bando de cisnes flutuava ali e a água e a margem embaixo estavam sujas do limo branco-esverdeado de que se nutriam. Eles se abraçaram carinhosamente, impelidos pela luz chuvosa e cinzenta, pelas árvores silenciosas e molhadas, pelo lago feito escudo e servindo de testemunha, pelos cisnes. Eles se abraçaram sem alegria ou paixão, o braço dele em volta do pescoço da irmã. Uma capa cinza de lã a envolvia toda, do ombro à cintura: e sua cabeça loura estava inclinada, numa manifestação de vergonha feita de boa vontade. Ele tinha cabelos lisos castanho-avermelhados e mãos macias, bem-talhadas, fortes e sardentas. Rosto? Não se via nenhum rosto. O rosto do irmão inclinava-se sobre seus cabelos claros cheirando a chuva. A mão sardenta e forte e bem-talhada e acariciante era a mão de Davin.

Ele franziu a testa irritado diante desse pensamento e do homenzinho mirrado que o provocara. As zombarias de seu pai dirigidas ao bando de Bantry saltaram-lhe da memória. Manteve-as à distância e voltou a remoer, incomodado, seus próprios pensamentos. Por que não eram elas as mãos de Cranly? Teriam a simplicidade e a inocência de Davin lhe magoado mais secretamente?

Ele foi adiante, caminhando pelo saguão com Dixon, deixando que Cranly desse um jeito de se despedir do anão.

Temple estava sob a colunata no meio de um grupinho de estudantes. Um deles gritou:

—Dixon, vem aqui ouvir isso. Temple está em grande forma.

Temple voltou seus negros olhos de cigano para ele.

—Você é um hipócrita, O'Keefe, disse ele. E Dixon é um sorrisador. Com os diabos, acho que essa é uma bela expressão literária.

Ele riu, maroto, olhando direto no rosto de Stephen e repetindo:

—Com os diabos, estou encantado com essa palavra. Um sorrisador.

Um estudante corpulento que estava abaixo deles na escadaria disse:

—Voltemos à amante, Temple. Queremos saber mais sobre isso.

—Ele tinha, de fato, disse Temple. E ainda por cima era casado. E todos os padres costumavam almoçar lá. Com os diabos, acho que eles todos se aproveitaram.

—É o que chamamos de montar um pangaré para poupar o campeão, disse Dixon.

—Conta pra gente, Temple, disse O'Keeffe, quantos canecos de cerveja você já entornou?

—Toda a tua alma intelectual está contida nessa frase, O'Keeffe, disse Temple, com evidente desdém.

Ele andou com passos trôpegos em volta do grupo e falou para Stephen.

—Você sabia que os Forsters são reis da Bélgica? perguntou.

Cranly chegou pela porta do saguão de entrada, o chapéu jogado para trás caindo sobre a nuca e palitando cuidadosamente os dentes.

—E eis aqui o sabichão, disse Temple. Você conhecia essa história sobre os Forsters?

Ele parou à espera de uma resposta. Cranly tirou uma semente de figo dos dentes com a ponta de um palito improvisado e a examinou atentamente.

—A família Forster, disse Temple, descende de Balduíno I, rei de Flandres. Ele era conhecido como Forester. Forester e Forster são o mesmo nome. Um dos descendentes de Balduíno I, o capitão Francis Forster, se estabeleceu na Irlanda e se casou com a filha do último chefe do Clanbrassil. Ainda tem os Blake Forsters. Trata-se de um ramo diferente.

—Descende de Baldhead, rei de Flandres, repetiu Cranly, escavando deliberadamente os dentes brilhantes com a boca toda aberta.

—De onde você tirou essa história toda? perguntou O'Keeffe.

—Também conheço toda a história de sua família, disse Temple, voltando-se para Stephen. Você sabe o que Giraldus Cambrensis diz sobre sua família?

—Ele também descende de Balduíno? perguntou um estudante alto e tísico e de olhos negros.

—De Baldhead, repetiu Cranly, chupando um buraco nos dentes.

—*Pernobilis et pervetusta familia*, disse Temple a Stephen.

O estudante corpulento que estava abaixo deles na escadaria deu um peidinho. Dixon se virou para ele dizendo com voz macia:

—Por acaso um anjo se pronunciou?

Cranly também se virou e disse veementemente mas sem raiva:

—Goggins, fique sabendo que você é o diabo mais porco e desgraçado que já conheci.

—Eu tinha em mente fazer esse pronunciamento, respondeu Goggins com firmeza. Não fez mal a ninguém, fez?

—Esperamos, disse Dixon delicadamente, que não tenha sido do tipo conhecido pela ciência como *paulo post futurum*.

—Não disse a vocês que ele era um sorrisador? disse Temple, virando-se para a direita e a esquerda. Não lhe dei esta alcunha?

—Sim, deu. Não somos surdos, disse o tísico altão.

Cranly ainda olhava carrancudo para o estudante corpulento abaixo dele. Depois, bufando de asco, empurrou-o violentamente escada abaixo.

—Vai embora daqui, disse ele, rudemente. Vai embora, sua bomba de cheiro. E você é uma bomba de cheiro.

Goggins escorregou, indo parar no chão de cascalho, e logo voltou bem-humorado ao seu lugar. Temple voltou-se para Stephen e perguntou:

—Você acredita na lei da hereditariedade?

—Você está bêbado ou o quê ou o que você está tentando dizer? perguntou Cranly, olhando em volta com uma expressão de espanto.

—A frase mais profunda já escrita, disse Temple com entusiasmo, é a frase no fim do livro de zoologia. A reprodução é o começo da morte.

Ele tocou Stephen timidamente no cotovelo e disse ansioso:

—Como poeta, você percebe como isso é profundo?

Cranly levantou seu longo indicador.

—Olhem só para ele! disse para os outros com desdém. Olhem só para a esperança da Irlanda!

Eles deram risadas diante das palavras e da gesticulação dele. Temple voltou-se corajosamente para ele, dizendo:

—Cranly, você está sempre zombando de mim. Dá para perceber. Mas sou tão bom quanto você em tudo. Sabe o que penso de você hoje em comparação comigo?

—Meu caro senhor, disse Cranly educadamente, vou te dizer uma coisa, você é incapaz, absolutamente incapaz, de pensar.

—Mas você sabe, continuou Temple, o que penso de você e de mim, quando compara nós dois?

—Desembucha, Temple! gritou da escadaria o estudante corpulento. Desembucha aos pouquinhos!

Temple voltou-se à esquerda e à direita, fazendo gestos fracos e repentinos enquanto falava.

—Sou um *ballocks*, disse ele, sacudindo a cabeça em desespero. Sou e sei que sou. E admito que sou.

Dixon bateu de leve no ombro dele e disse brandamente:

—E isso só conta a seu favor, Temple.

—Mas ele, disse Temple, apontando para Cranly, também é um *ballocks* como eu. Só que ele não sabe. E essa é a única diferença que vejo.

Uma explosão de risos cobriu suas palavras. Mas ele se voltou de novo para Stephen e disse com súbita impaciência:

—Esta palavra é das mais interessantes. É a única palavra da língua inglesa que tem número dual. Você sabia?

—É mesmo? disse vagamente Stephen.

Ele estava observando o rosto sofrido e de traços firmes de Cranly, agora iluminado por um sorriso de falsa paciência. O epíteto grosseiro passara sobre ele como água suja vertida sobre uma velha imagem de pedra, pacientemente sujeita a injúrias: e, enquanto o observava, ele o viu erguer o chapéu num gesto de saudação e descobrir os cabelos negros que se erguiam rígidos da testa como uma coroa de ferro.

Ela saiu do pórtico da biblioteca e inclinou a cabeça pela frente de Stephen em resposta à saudação de Cranly. Também ele? Não havia um leve rubor nas bochechas de Cranly? Ou isso se devia às palavras de Temple? A luz se esvanecera. Ele não conseguia enxergar.

Será que isso explicava o silêncio apático do amigo, seus comentários ríspidos, as súbitas investidas de linguagem rude com que ele tinha tão frequentemente demolido as ardentes e caprichosas confissões de Stephen? Stephen espontaneamente perdoara tudo isso pois via essa rudeza em si mesmo. E se lembrava de um fim de tarde em que descera de uma bicicleta emprestada que não parava de ranger para orar a Deus num bosque perto de Malahide. Ele erguera os braços e falara em êxtase à nave sombria das árvores, sabendo que estava num terreno sagrado e numa hora sagrada. E quando dois policiais surgiram numa curva da lúgubre estrada ele interrompera sua prece para assobiar em voz alta uma ária da última pantomima.

Ele começou a bater a ponta esfiapada de seu bastão de freixo contra a base de uma pilastra. Será que Cranly não o ouvira? Ele podia esperar. A conversa à sua volta cessou por um instante: e um leve silvo caiu de novo de uma janela do andar de cima. Mas não havia nenhum outro som no ar e as andorinhas cujo voo ele acompanhara com olhos vadios estavam dormindo.

Ela tinha passado pelo meio do crepúsculo. E portanto o ar estava silencioso exceto por um suave silvo que caía. E portanto as línguas à sua volta tinham cessado sua tagarelice. A escuridão caía.

*A escuridão cai do ar.*

Um júbilo trêmulo, bruxuleante como uma luz débil, bailava à sua volta como uma hoste feérica. Mas por quê? A passagem dela pelo meio do ar que escurecia ou o verso com suas vogais negras e seu som de abertura, rico e como se de alaúde fosse?

Ele se afastou lentamente indo em direção às sombras mais profundas no fim da colunata, batendo levemente na pedra com o bastão para esconder seu devaneio dos estudantes de que se apartara: e deixou que sua mente convocasse à sua presença a época de Dowland e Byrd e Nashe.

Olhos, abrindo-se desde a escuridão do desejo, olhos que ofuscavam o leste nascente. Em que consistia sua lânguida graça senão na maciez da impudicícia? E em que consistia seu brilho senão no brilho da escuma que cobria a cloaca da corte de um Stuart babão? E ele provava na língua da memória vinhos com tons de âmbar, cadências suspirantes de doces árias, a altiva pavana: e via com os olhos da memória afáveis damas em Covent Garden cortejando de seus balcões com bocas chupadas e as criadinhas sifilíticas das tabernas e as jovens esposas que, entregando-se alegremente a seus raptores, abraçavam e de novo abraçavam.

As imagens que ele convocara não lhe davam prazer algum. Eram secretas e provocantes mas a imagem dela não se confundiam com elas. Esse não era jeito de pensar nela. Não era nem mesmo o jeito pelo qual ele pensava nela. Era então possível que sua mente não confiasse em si mesma? Velhas frases, doces apenas de uma doçura exumada como as sementes de figo que Cranly desenterrava de seus dentes brilhantes.

Não era pensamento nem visão, embora ele soubesse vagamente que a figura dela estava passando pela cidade na direção de casa. Vagamente a princípio e depois mais nitidamente sentiu o cheiro de seu corpo. Uma inquietação consciente fervilhava em seu sangue. Sim, era o cheiro de seu corpo que ele sentia: um cheiro silvestre e lânguido: os tépidos colos sobre os quais a música dele fluíra cheia de desejo e o macio e secreto linho sobre o qual a carne dela destilara odor e orvalho.

Um piolho arrastava-se pela sua nuca e, pondo o polegar e o indicador habilmente por debaixo do colarinho frouxo, ele o pegou. Rolou seu corpo, macio mas quebradiço como um grão de arroz, entre o polegar e o indicador por um instante antes de deixá-lo cair e ficou imaginando se ele viveria ou morreria. Veio-lhe então à mente uma frase curiosa de Cornélio a Lápide dizendo que os piolhos, nascidos do suor humano, não foram criados por Deus no sexto dia junto com os outros animais. Mas a coceira na pele da nuca fazia com que sua mente se tornasse irritada e rubra. A vida de seu corpo, malvestido, malnutrido, devorado pelo piolho, fez com que cerrasse as pálpebras num súbito espasmo de desespero: e na escuridão ele viu os corpos quebradiços e claros dos piolhos caindo do ar e muitas vezes se revirando enquanto caíam. Sim; e não era a escuridão que caía do ar. Era a claridade.

*A claridade cai do ar.*

Nem sequer se lembrava direito do verso de Nashe. Todas as imagens que ele despertara eram falsas. Sua mente gerava pragas. Seus pensamentos eram piolhos nascidos do suor da indolência.

Voltou rapidamente pela colunata, em direção ao grupo de estudantes. Pois bem, que ela suma então, e que se dane! Ela podia amar algum atleta asseado que se lavasse todas as manhãs até a cintura e tivesse pelos negros no peito. Que suma.

Cranly tinha tirado outro figo seco do estoque de seu bolso e o comia lenta e ruidosamente. Temple estava sentado no frontão de uma pilastra, recostado, o boné puxado para a frente sobre os olhos sonolentos. Um rapaz atarracado saiu do pórtico com uma pasta de couro embaixo do braço. Ele marchou em direção ao grupo, golpeando as lajes com os saltos das botas e com a ponta metálica do pesado guarda-chuva. Então, erguendo o guarda-chuva em sinal de saudação, disse, dirigindo-se a todos:

—Boa noite, senhores.

Golpeou as lajes novamente e soltou um risinho ao mesmo tempo que sua cabeça tremia com uma leve agitação nervosa. O tísico altão e Dixon e O'Keeffe estavam conversando em irlandês e não lhe deram resposta. Então, voltando-se para Cranly, ele disse:

—Boa noite, particularmente para você.

Ele sinalizou com o guarda-chuva e novamente soltou uma risadinha. Cranly, que ainda estava mastigando o figo, respondeu com movimentos ruidosos dos maxilares.

—Boa? Sim. É um bom começo de noite.

O estudante atarracado olhou sério para ele e sacudiu levemente o guarda-chuva em sinal de reprovação.

—Posso ver, disse ele, que você está prestes a fazer comentários óbvios.

—Uhm, respondeu Cranly, estendendo o que restava do figo meio mastigado e sacudindo-o na direção da boca do estudante atarracado como sugestão de que ele deveria comê-lo.

O estudante atarracado não o comeu mas, rendendo-se a seu especial senso de humor, disse gravemente, ainda soltando risadinhas e espicaçando a frase com o guarda-chuva:

—Você pretende que...

Ele parou, apontou bruscamente para a polpa mastigada do figo e disse em voz alta:

—Refiro-me a isso aí.

—Uhm, disse Cranly, tal como antes.

—Você pretende que agora, disse o estudante atarracado, como *ipso facto* ou, digamos, por assim dizer?

Dixon afastou-se de seu grupo, dizendo:

—Goggins estava esperando por você, Glynn. Ele foi ao Adelphi à sua procura e de Moynihan. O que é que você tem aí? perguntou, cutucando a pasta de couro embaixo do braço de Glynn.

—Provas dos alunos, respondeu Glynn. Faço prova com eles todo mês para ver se estão tirando proveito da minha instrução.

Ele também cutucou a pasta de couro e tossiu baixinho e sorriu.

—Instrução! disse Cranly rudemente. Imagino que você queira dizer aquelas crianças descalças que têm aulas com um miserável dum bobalhão como você. Que Deus tenha piedade delas!

Ele mordeu o resto do figo e jogou fora o cabinho.

—Deixai vir a mim os pequeninos, disse Glynn amavelmente.

—Um miserável dum bobalhão, repetiu Cranly com ênfase, e um miserável dum bobalhão blasfemo!

Temple ficou de pé e, empurrando Cranly para poder passar, dirigiu-se a Glynn:

—A frase que você falou ainda agora, essa história de deixar vir a mim os pequeninos, é do Novo Testamento, disse ele.

—Volte à sua soneca, Temple, disse O'Keeffe.

—Pois, muito bem, continuou Temple, ainda se dirigindo a Glynn, e se Jesus pediu que deixassem os pequeninos irem até ele então por que a igreja os envia todos ao inferno caso eles morram sem terem sido batizados? Por que isso?

—E quanto a você, Temple, você é batizado? perguntou o estudante tísico.

—Mas por que são mandados para o inferno se Jesus disse que todos deviam ir até ele? disse Temple, seus olhos buscando os de Glynn.

Glynn tossiu e disse gentilmente, contendo com dificuldade a risadinha nervosa na voz e agitando o guarda-chuva a cada palavra:

—E se, como você observa, essa é a sua tese, pergunto enfaticamente de onde vem essa tesidade.

—Porque a igreja é cruel, como todos os velhos pecadores, disse Temple.

—Você é assim tão ortodoxo a respeito dessa questão, Temple? disse Dixon delicadamente.

—Santo Agostinho diz isso sobre as crianças sem batismo irem para o inferno, respondeu Temple, porque ele também era um desses velhos pecadores cruéis.

—Presto-lhe reverência, disse Dixon, mas eu tinha a impressão de que existia o limbo para esses casos.

—Não discuta com ele, Dixon, disse Cranly rudemente. Não fale com ele nem olhe para ele. Leve-o embora puxado por uma corda como se faz com um cabrito que não para de balir.

—O limbo! gritou Temple. Essa também é uma bela duma invenção. Como o inferno.

—Mas sem o lado desagradável, disse Dixon.

Voltou-se sorrindo para os outros e disse:

—Acho que expresso as opiniões de todos os presentes ao dizer o que digo.

—É verdade, disse Glynn num tom firme. Nesse ponto a Irlanda está unida.

Ele bateu com a ponta do guarda-chuva no piso de pedra da colunata.

—O inferno, disse Temple. Consigo respeitar a invenção da esposa cinzenta de Satã. O inferno é romano e, como os muros dos romanos, forte e feio. Mas o que é o limbo?

—Ponha-o de volta no carrinho de bebê, Cranly, gritou O'Keeffe.

Cranly deu uma passada ligeira na direção de Temple, parou, batendo o pé no chão e gritando como se faz com uma galinha:

—Xô!

Temple caiu fora ligeiro.

—Você sabe o que é o limbo? gritou ele. Você sabe como qualificamos uma noção como essa lá em Roscommon?

—Xô! Seu desgraçado! gritou Cranly, batendo as mãos.

—Nem minha bunda nem meu cotovelo! gritou Temple com desdém. E é a isso que chamo de limbo.

—Empresta essa tua bengala, disse Cranly.

Ele arrebatou violentamente o bastão de freixo da mão de Stephen e correu escada abaixo: mas Temple, ouvindo-o correr atrás dele, fugiu pelo meio do crepúsculo como uma criatura selvagem, ágil e matreiro. Podia-se ouvir as botas pesadas de Cranly pisando forte em sua perseguição pelo quadrângulo e depois voltando pesadamente e chutando o cascalho a cada passo em sinal de frustração.

Seu passo era irritado e com um gesto irritado e abrupto ele empurrou a bengala de volta na mão de Stephen. Stephen sentiu que sua irritação tinha outra causa, mas fingindo paciência tocou-lhe o braço de leve e disse calmamente:

—Cranly, eu disse que queria falar contigo. Vamos embora.

Cranly olhou para ele por um instante e perguntou:

—Agora?

—Sim, agora, disse Stephen. Não podemos falar aqui. Vamos.

Atravessaram o quadrângulo juntos sem falar. O canto do pássaro, de *Siegfried*, assobiado baixinho os acompanhava desde os degraus do pórtico. Cranly se virou: e Dixon, que tinha assobiado, gritou:

—Para onde estão indo, rapazes? E aquela partida, Cranly?

Parlamentaram aos gritos através do ar parado sobre uma partida de bilhar a ser disputada no hotel Adelphi. Stephen foi adiante sozinho e na calma da Kildare Street, em frente ao hotel Maple, ele parou à espera, de novo pacientemente. O nome do hotel, tirado de uma árvore lisa e descorada, e sua frente descorada feriam-no como um olhar de polido desdém. Virou-se e contemplou com raiva a sala de estar suavemente iluminada em que imaginava as refinadas vidas dos fidalgos da Irlanda ali tranquilamente alojados. Eles pensavam em patentes militares e agentes agrários: camponeses os saudavam ao longo das estradas do interior: sabiam os nomes de certos pratos franceses e davam ordens a cocheiros de carros de aluguel com a aguda voz provincial que perpassava seu crispado modo de falar.

Como poderia ele atingir sua consciência ou como projetar sua sombra sobre a imaginação de suas filhas antes que os pretendentes da fidalguia lhes enchessem de filhos, de modo que elas pudessem gerar uma raça menos ignóbil que a deles? E sob o adiantado crepúsculo ele sentiu as ideias e os desejos da raça à qual ele pertencia esvoaçarem como morcegos ao longo de escuras alamedas rurais, sob árvores à beira de riachos e perto de pântanos entremeados de poças. Uma mulher esperava à porta quando Davin passou por ali à noite e, oferecendo-lhe uma xícara de leite, só faltou convidá-lo para a cama: pois Davin tinha os olhos plácidos de quem podia guardar um segredo. Mas a ele nenhum olhar feminino convidara.

Seu braço foi agarrado com um aperto forte e a voz de Cranly disse:

—Vamos assaz embora daqui.

Caminharam em silêncio em direção ao sul. Então Cranly disse:

—Aquele idiota incurável, o tal de Temple! Juro por Moisés, fique sabendo, que ainda vou acabar matando esse sujeito.

Mas sua voz não estava mais irritada e Stephen ficou curioso por saber se ele estava pensando nela cumprimentando-o sob o pórtico.

Dobraram à esquerda e continuaram andando como antes. Quando já tinham caminhado um tanto por algum tempo Stephen disse:

—Cranly, tive uma briga feia de tardezinha.

—Com o teu pessoal? perguntou Cranly.

—Com a minha mãe.

—Sobre religião?

– Sim, respondeu Stephen.

Após uma pausa Cranly perguntou:

—Que idade tem a sua mãe?

—Ela não está velha, disse Stephen. Ela quer que eu cumpra minhas obrigações de Páscoa.

—E você vai cumprir?

—Não, disse Stephen.

—Por que não? disse Cranly.

—Não servirei, respondeu Stephen.

—Esse comentário foi feito antes, disse Cranly calmamente.

—E agora está sendo feito depois, disse Stephen afogueado.

Cranly pressionou o braço de Stephen, dizendo:

—Vamos com calma, meu caro. Você é um sujeitinho danado de irritável, sabia?

Ele ria nervosamente enquanto falava e, perscrutando o rosto de Stephen com olhos comovidos e amigáveis, disse:

—Arrisco dizer que sou, disse Stephen, também rindo.

Suas mentes, distanciadas nos últimos tempos, pareciam ter se tornado subitamente mais próximas uma da outra.

—Você crê na eucaristia? perguntou Cranly.

—Não, não creio, disse Stephen.

—Você descrê, então?

—Não creio nem descreio, respondeu Stephen.

—Muitas pessoas têm dúvidas, até mesmo pessoas religiosas, mas elas as superam ou as põem de lado, disse Cranly. Suas dúvidas sobre essa questão são muito fortes?

—Não desejo superá-las, respondeu Stephen.

Cranly, momentaneamente constrangido, pegou outro figo do bolso e estava prestes a comê-lo quando Stephen disse:

—Não faça isso, por favor. Não se pode discutir essa questão com a boca cheia de figo mastigado.

Cranly examinou o figo à luz do poste sob o qual tinha parado. Então ele o cheirou com ambas as narinas, mordeu um pedacinho, cuspiu-o e o jogou com violência na sarjeta. Dirigindo-se ao figo ali atirado, ele disse:

—Apartai-vos de mim, malditos, ide para sempre para o fogo eterno!

Pegando o braço de Stephen, ele seguiu em frente e disse:

—Você não tem medo que essas palavras possam ser ditas a você no dia do juízo?

—O que me é oferecido em troca? perguntou Stephen. Uma eternidade de êxtase na companhia do diretor de estudos?

—Lembre-se, disse Cranly, de que ele estaria glorificado.

—Isto sim, disse Stephen com certo amargor, luminoso, ágil, impassível e sobretudo sutil.

—Olha só, é uma coisa curiosa, disse Cranly desapaixonadamente, como sua mente está supersaturada da religião que você diz descrer. Você acreditava nela quando estava na escola? Aposto que sim.

—Acreditava, respondeu Stephen.

—E você era mais feliz então? perguntou Cranly delicadamente. Mais feliz do que agora, por exemplo?

—Muitas vezes feliz, disse Stephen, e muitas vezes infeliz. Eu era outra pessoa então.

—Como assim outra pessoa? O que você quer dizer com isso?

—Quero dizer, disse Stephen, que eu não era eu mesmo tal como sou agora, tal como iria me tornar.

—Não era tal como você é agora, não era tal como iria se tornar, repetiu Cranly. Queria te perguntar uma coisa. Você ama sua mãe?

Stephen sacudiu a cabeça lentamente.

—Não sei o que suas palavras significam, disse ele simplesmente.

—Você nunca amou alguém? perguntou Cranly.

—Você quer dizer mulheres?

—Não estou falando disso, disse Cranly num tom mais frio. Pergunto se você alguma vez sentiu amor por alguma pessoa ou alguma coisa.

Stephen continuou caminhando ao lado do amigo, os olhos tristes pregados na calçada.

—Tentei amar a Deus, disse ele por fim. Parece-me agora que fracassei. É muito difícil. Tentei unir minha vontade à vontade de Deus a cada instante. Nisso nem sempre fracassei. Talvez eu pudesse fazer isso ainda . . . . .

Cranly interrompeu-o bruscamente perguntando:

—Sua mãe teve uma vida feliz?

—Como vou saber? disse Stephen.

—Quantos filhos ela teve?

—Nove ou dez, respondeu Stephen. Alguns morreram.

—O seu pai era.... Cranly parou de falar por um instante: e então disse: Não quero me intrometer nos assuntos de sua família. Mas o seu pai era o que chamam de bem de vida? Quero dizer, quando você era pequeno?

—Sim, disse Stephen.

—Ele era o quê? perguntou Cranly depois de uma pausa.

Stephen começou prontamente a enumerar os atributos do pai.

—Estudante de medicina, remador, tenor, ator amador, político gritalhão, pequeno locador, pequeno investidor, beberrão, bom sujeito, contador de histórias, secretário de alguém, alguma coisa numa destilaria, coletor de impostos, homem falido e atualmente louvador de seu próprio passado.

Cranly deu uma risada, apertando com mais força o braço de Stephen, e disse:

—Isso da destilaria é o máximo.

—Há algo mais que você queira saber? perguntou Stephen.

—Você está numa boa situação atualmente?

—Tenho cara disso? perguntou Stephen asperamente.

—Então é isso, Cranly continuou pensativo, você nasceu no seio da fartura.

Ele pronunciou a frase em alto e bom som como costumava muitas vezes fazer com expressões técnicas como se desejasse que o interlocutor entendesse que elas estavam sendo empregadas por ele sem convicção.

—Sua mãe deve ter passado por um bocado de sofrimento, disse ele então. Você não tentaria poupá-la de sofrer mais mesmo que.... tentaria, não?

—Se eu pudesse, disse Stephen, não me custaria nada.

—Então faz isso, disse Cranly. Faz como ela quer. O que é isso para você? Você não acredita mesmo. É só uma formalidade: nada mais. E você vai deixar a mente dela em paz.

Ele parou e, como Stephen não respondesse, ficou em silêncio. Então, como que dando expressão ao próprio pensamento, disse:

—Tudo o mais é incerto neste monturo fedorento que é o mundo menos amor de mãe. É a mãe que traz a gente ao mundo e antes disso carrega a gente dentro de seu corpo. O que é que a gente sabe sobre o que ela sente? Mas seja lá o que ela sinta, isso pelo menos deve ser real. Tem que ser. O que são nossas ideias ou ambições? Um jogo. Ideias! Ora, aquele maldito cabrito chorão que é o Temple tem ideias. MacCann também tem ideias. Qualquer babaca que anda por aí à toa pensa que tem ideias.

Stephen, que estivera prestando atenção ao discurso tácito por trás das palavras, disse com pretensa displicência:

—Pascal, se lembro bem, não permitia que a mãe o beijasse já que ele temia o contato do outro sexo.

—Pascal era um porco, disse Cranly.

—Luís de Gonzaga, acho eu, era da mesma opinião, disse Stephen.

—E então também era outro porco, disse Cranly.

—A igreja o chama de santo, objetou Stephen.

—Não dou a mínima para o que quem quer que seja o chama, disse Cranly rude e terminantemente. Eu o chamo de porco.

Stephen, preparando as palavras ordenadamente em sua mente, continuou:

—Jesus também parece ter tratado sua mãe com pouca cortesia em público mas Suarez, um teólogo jesuíta e fidalgo espanhol, pediu desculpas por ele.

—Alguma vez te ocorreu a ideia, perguntou Cranly, de que Jesus não era o que aparentava ser?

—A primeira pessoa a quem essa ideia ocorreu, respondeu Stephen, foi ao próprio Jesus.

—Quero dizer, disse Cranly, endurecendo o discurso, alguma vez te ocorreu a ideia de que ele próprio era um hipócrita consciente, aquilo que ele dizia dos judeus de seu tempo, um sepulcro caiado. Ou, para dizer claramente, que ele era um canalha?

—Essa ideia nunca me ocorreu, respondeu Stephen. Mas estou curioso por saber se você está tentando fazer de mim um convertido ou de você um pervertido?

Voltou-se para o rosto de amigo e viu ali um sorriso esboçado que alguma força de vontade fazia o possível para tornar inteiramente significativo.

Cranly subitamente perguntou num tom sincero e sensato:

—Diga-me a verdade. Você ficou de algum modo chocado com o que eu disse?

—Um pouco, disse Stephen.

—E por que você ficou chocado, insistiu Cranly no mesmo tom, se você tem certeza de que nossa religião é falsa e que Jesus não era o filho de Deus?

—Não tenho certeza disso, respondeu Stephen. Ele está mais para filho de Deus que para filho de Maria.

—E é por isso que você não vai comungar, perguntou Cranly, porque também não tem certeza disso, porque você sente que a hóstia também pode ser o corpo e o sangue do filho de Deus e não uma bolachinha. E porque você tem medo de que ela possa ser?

—Sim, disse Stephen calmamente, sinto o primeiro e também tenho medo do segundo.

—Entendo, disse Cranly.

Stephen, surpreendido por seu tom de encerramento, reabriu a discussão em seguida dizendo:

—Tenho medo de muitas coisas: cães, cavalos, armas de fogo, o mar, trovoadas, maquinário, as estradas do interior à noite.

—Mas por que você tem medo de uma bolachinha?

—Imagino, disse Stephen, que haja uma realidade malévola por detrás dessas coisas sobre as quais declaro ter medo.

—Você tem medo, então, perguntou Cranly, de que o Deus dos católicos romanos o matem na hora e o condenem ao inferno se você tomar uma comunhão sacrílega?

—O Deus dos católicos romanos poderia fazer isso agora mesmo, disse Stephen. Mais do que disso, tenho medo da ação química que seria posta em ação em minha alma por uma falsa homenagem ao símbolo por detrás do qual se acumulam vinte séculos de autoridade e veneração.

—Por acaso, perguntou Cranly, você cometeria esse sacrilégio específico em caso de extremo perigo? Por exemplo, se você vivesse na época das leis penais?

—Não posso responder pelo passado, replicou Stephen. Possivelmente não.

—Então, disse Cranly, você não pretende se tornar protestante?

—Eu disse que tinha perdido a fé, respondeu Stephen, e não que tinha perdido o respeito próprio. Que tipo de libertação seria essa que consiste em abandonar uma coisa absurda que é lógica e coerente para abraçar outra que é ilógica e incoerente?

Eles tinham seguido na direção do vilarejo de Pembroke e agora, enquanto caminhavam devagar pelas avenidas, as árvores e as luzes esparsas das casas de campo acalmavam-lhes a mente. O ar de riqueza e repouso que se difundia à volta deles parecia confortar-lhes a carência. Por trás de uma sebe de loureiro uma luz bruxuleava na janela de uma cozinha e se ouvia a voz de uma criada cantando enquanto afiava facas. Ela cantava, em compassos curtos e interrompidos, *Rosie O'Grady*.

Cranly parou para ouvir, dizendo:

—*Mulier cantat.*

A delicada beleza da frase latina tocou com um toque arrebatador o negro da noite, com um toque mais frágil e mais persuasivo que o toque da música ou da mão de uma mulher. A luta entre as duas mentes se abrandava. A figura de uma mulher, tal como ela se manifesta na liturgia da igreja, passou silenciosamente através da escuridão: uma figura paramentada de branco, pequena e esguia como a de um menino, e com um cíngulo pendente. Ouvia-se sua voz, frágil e aguda como a de um menino, entoando desde um coro distante as primeiras palavras de uma mulher que rompem as trevas e o clamor do primeiro canto da paixão:

—*Et tu cum Jesu Galilæo eras.*

E todos os corações foram tocados e se voltaram para sua voz, brilhando como uma estrela jovem, brilhando mais clara à medida que a voz entoava a proparoxítona e mais frágil à medida que a cadência morria.

O canto parou. Ele seguiram adiante juntos, Cranly repetindo num ritmo fortemente acentuado o final do refrão:

> *E nós dois casadinhos ali,*
> *Oh, como serei feliz*
> *Pois amo a doce Rosie O'Grady*
> *E Rosie O'Grady ama a mim.*

—Isso sim é poesia de verdade, disse ele. Isso sim é amor de verdade.

Olhou de lado para Stephen com um sorriso estranho e disse:

—Você considera isso poesia? Ou, por acaso, você sabe o que as palavras significam?

—Primeiro tenho que ver a Rosie, disse Stephen.

—Ela é fácil de encontrar, disse Cranly.

Seu chapéu tinha caído sobre a testa. Ele o empurrou de volta para o lugar: e à sombra das árvores Stephen viu seu rosto pálido, emoldurado pela escuridão, e seus grandes olhos negros. Sim. Seu rosto era bonito: e seu corpo era forte e firme. Ele falara do amor de mãe. Ele sentia então os sofrimentos das mulheres, as fraquezas de seu corpo e de sua alma: e ele iria protegê-las com braço forte e resoluto e fazer sua mente prestar-lhes reverência.

Embora então: é hora de partir. Uma voz falou suavemente ao coração solitário de Stephen, convidando-o a partir e dizendo-lhe que sua amizade estava chegando ao fim. Sim: ele partiria. Não podia lutar contra mais um. Sabia qual era seu papel.

—Provavelmente irei embora, disse ele.

—Para onde? perguntou Cranly.

—Para onde eu puder, disse Stephen.

—Sim, disse Cranly. Poderia ser difícil para você viver aqui agora. Mas é isso que faz você ir embora?

—Eu tenho que ir, respondeu Stephen.

—Porque, continuou Cranly, você não precisa se considerar um rejeitado se você não quiser ir embora ou um herege ou um fora da lei. Há muitos crentes bons que pensam como você. Isso o surpreenderia? A igreja não é o edifício de pedra e tampouco o clero e seus dogmas. É o conjunto inteiro dos que nela nasceram. Não sei o que você quer fazer na vida. É por acaso o que você me contou na noite em que estávamos parados do lado de fora da estação da Harcourt Street?

—Sim, disse Stephen, sorrindo contrafeito do jeito que Cranly tinha de relembrar pensamentos ligando-os a lugares. A noite em que você passou meia hora discutindo com Doherty sobre o caminho mais curto de Sallygap a Larras.

—Aquele cabeça de porongo! disse Cranly com sereno desprezo. O que é que ele sabe sobre o caminho de Sallygap a Larras? Ou, por falar nisso, o que é que ele sabe sobre qualquer coisa que seja? E o cabeção de penico mal-lavado que ele tem!

Ele irrompeu numa enorme e sonora gargalhada.

—E daí? disse Stephen. Você se lembra do resto?

—Aquilo que você disse, certo? perguntou Cranly. Sim, me lembro. Descobrir o modo de vida ou de arte pelo qual o nosso espírito possa se expressar com uma liberdade sem grilhões.

Stephen ergueu o chapéu em sinal de confirmação.

—Liberdade! repetiu Cranly. Mas você ainda não é livre o bastante para cometer um sacrilégio. Diga-me, você roubaria?

—Primeiro eu mendigaria, disse Stephen.

—E se não conseguisse nada, você roubaria?

—Você quer que eu diga, respondeu Stephen, que os direitos de propriedade são provisórios e que em certas circunstâncias não é ilegal roubar. Todo mundo agiria de acordo com essa crença. Assim não te darei essa resposta. Apele ao teólogo jesuíta Juan Mariana de Talavera que também lhe explicará em que circunstâncias se pode matar legalmente o rei e se é melhor alcançar-lhe o veneno numa taça ou esfregá-lo no seu manto ou no arção de sua sela. Pergunte-me, em vez disso, se eu deixaria que outros me roubassem ou, se me roubassem, se eu invocaria contra eles aquilo que é chamado, creio, de punição do braço secular?

—E você o faria?

—Acho, disse Stephen, que isso me doeria tanto quanto ser roubado.

—Percebo, disse Cranly.

Ele pegou o palito de fósforo e começou a limpar o buraco entre dois dentes. Então disse como quem não quer nada:

—Diga-me, por exemplo, você defloraria uma virgem?

—Desculpe-me, disse Stephen polidamente, não é essa a ambição da maioria dos rapazes?

—Qual é então seu ponto de vista? perguntou Cranly.

Sua última frase, cheirando acre como fumaça de carvão e desalentadora, animou o cérebro de Stephen, sobre o qual seus vapores pareciam pairar.

—Olha só, Cranly, disse ele. Você me perguntou o que eu faria e o que eu não faria. Vou lhe dizer o que eu farei e o que eu não farei. Não servirei àquilo em que não acredito mais, quer isso se chame meu lar, minha pátria ou minha igreja: e tentarei me expressar por meio de algum modo de vida ou arte tão livremente quanto possa e tão integralmente quanto possa, usando para minha defesa apenas as armas que me permito usar, silêncio, exílio e engenho.

Cranly o pegou pelo braço e fez com que ele se virasse de modo a se porem a caminho da rua Leeson Park. Ele riu quase furtivamente e apertou o braço de Stephen com o afeto de um irmão mais velho.

—Engenho, pois sim! disse ele. Isso é você? Meu pobre, pobrezinho poeta!

—E você me fez confessar-lhe, disse Stephen, arrepiado por seu toque, como lhe confessei tantas outras coisas, não é mesmo?

—Sim, minha criança, disse Cranly, ainda brincalhão.

—Você me fez confessar os medos que tenho. Mas também lhe direi de que não tenho medo. Não tenho medo de ficar só ou de ser preterido em favor de outro ou de abandonar seja lá o que tiver de abandonar. E não temo cometer um erro, até mesmo um grande erro, um erro que dure toda a vida e que talvez seja também tão duradouro quanto a eternidade.

Cranly, agora novamente sério, diminuiu o passo e disse:

—Só, inteiramente só. Você não tem medo disso. E você sabe o que essa palavra significa? Não apenas ficar separado de todos os outros mas também não ter nem mesmo um único amigo.

—Correrei o risco, disse Stephen.

—E não ter uma única pessoa, disse Cranly, que seja mais do que um amigo, mais até mesmo que o mais nobre e verdadeiro amigo que um homem alguma vez teve.

Suas palavras pareciam ter ferido alguma corda profunda em sua própria natureza. Teria ele falado de si mesmo, de si mesmo tal como ele era ou desejava ser? Stephen observou em silêncio seu rosto por alguns instantes. Havia ali uma tristeza fria. Ele tinha falado de si mesmo, de sua própria solidão, a qual temia.

– De quem você está falando? perguntou por fim Stephen.

Cranly não respondeu.

♦ ♦ ♦

*20 de março*: Longa conversa com Cranly sobre a questão da minha revolta. Ele estava com seu estilo imperioso em ação. Eu, dócil e doce. Atacou-me por causa do amor pela mãe da gente. Tentei imaginar sua mãe: não consigo. Disse-me uma vez num momento de irreflexão que seu pai tinha sessenta e um anos quando ele nasceu. Posso imaginá-lo. Tipo do fazendeiro forte. Terno mesclado. Pés quadradões. Barba grisalha desgrenhada. Provavelmente frequenta corridas de cães. Paga seu dízimo com regularidade mas não em abundância ao padre Dwyer de Larras. Às vezes conversa com moças depois do cair da noite. Mas a mãe? Muito jovem ou muito velha? Dificilmente o primeiro caso. Se fosse, Cranly não teria falado como falou. Velha então. Provavelmente, e negligenciada. Daí o desespero de alma de Cranly: fruto de lombos exauridos.

*21 de março, manhã*: Pensei no seguinte na cama ontem à noite mas estava com preguiça demais e livre para poder acrescentar. Livre, sim. Os lombos exauridos são os de Isabel e Zacarias. Então é ele o precursor. Detalhe: ele come sobretudo bacon de barriga e figos secos. Leia-se gafanhotos e mel silvestre. Também, ao pensar nele, via sempre uma cabeça severa degolada ou uma máscara mortuária como que delineada contra uma cortina cinza ou uma verônica. Decapitação é como chamam isso no redil. Intrigado neste momento com são João junto à Porta Latina. O que vejo? Um precursor decapitado tentando destrancar o ferrolho.

*21 de março, noite:* Livre. Livre de alma e livre de imaginação. Que os mortos enterrem os mortos. Isso sim. E que os mortos desposem os mortos.

*22 de março:* Na companhia de Lynch segui uma enfermeira grandona. Ideia de Lynch. Detestei. Dois galgos magros e famintos indo atrás de uma novilha.

*23 de março:* Não a vejo desde aquela noite. Não está bem? Sentada à lareira talvez com a mantilha da mamãe nos ombros. Mas não choraminga. Uma bela tigela de papa de aveia? Apetece-lhe agora?

*24 de março:* Começou por uma discussão com a mãe. Assunto: S. V. M. Em desvantagem por meu sexo e idade. Para me safar ressaltei as relações entre Jesus e seu Papai em desfavor daquelas entre Maria e seu filho. Disse que a religião não era uma maternidade. Mãe, indulgente. Disse que tenho uma mente estranha e que lia demais. Não é verdade. Leio pouco e entendo menos. Então ela disse que eu voltaria à fé porque tinha uma mente inquieta. Isso significa sair da igreja pela porta dos fundos do pecado e reentrar pela claraboia do arrependimento. Não consigo me arrepender. Disse-lhe isso e pedi seis pence. Ganhei três.

Depois fui à universidade. Outra querela com o pequeno Ghezzi de cabeça redonda e olhos de vigarista. Desta vez sobre Bruno, o nolano. Começou em italiano e terminou em inglês macarrônico.

Ele disse que Bruno era um herege horrível. Eu disse que ele fora horrivelmente queimado. Ele concordou com isso com algum pesar. Então me deu a receita do que ele chama de *risotto alla bergamasca*. Quando pronuncia um "o" brando ele projeta os lábios carnudos e cheios como se beijasse a vogal. Beijou? E conseguiria se arrepender? Sim, conseguiria: e chorar duas lágrimas redondas de vigarista, uma de cada olho.

Atravessando o Stephen's Green, isto é, o meu Green, lembrei que os compatriotas dele e não os meus inventaram o que Cranly na outra noite chamou de nossa religião. Um quarteto deles, soldados do nonagésimo sétimo regimento de infantaria, sentou-se ao pé da cruz e pôs-se a jogar dados em disputa pelo casaco do crucificado.

Fui à biblioteca. Tentei ler três revistas. Inútil. Ela ainda não saiu de casa. Estou alarmado? Com quê? Que ela nunca mais saia de casa. Blake escreveu:

> *Queria saber se William Bond vai morrer,*
> *Pois é certo que está muito mal.*

Que pena, coitado do William!

Uma vez fui ao diorama na Rotunda. No fim havia imagens de gente importante. Entre eles William Ewart Gladstone, então recém-falecido. A orquestra tocou *Oh, Willie, sentimos sua falta*.

Uma raça de campônios!

*25 de março, manhã:* Noite perturbada cheia de sonhos. Quero tirá-los do meu peito.

Um corredor longo e sinuoso. Do assoalho sobem pilares de vapores negros. Está povoado pelas imagens de reis fabulosos, fixados em pedra. Suas mãos estão dobradas sobre os joelhos em sinal de cansaço e seus olhos estão enegrecidos pois os erros dos homens sobem eternamente diante deles como vapores negros.

Figuras estranhas se adiantam como que de uma caverna. Não são tão altas quanto os homens. Uma não parece inteiramente separada da outra. Seu rosto é fosforescente, com riscas mais escuras. Elas me espreitam e seus olhos parecem me perguntar algo. Não falam.

*30 de março:* Esta tardezinha Cranly estava no pórtico da biblioteca, propondo um problema a Dixon e ao irmão dela. Uma mãe deixou o filho cair no Nilo. Ainda martelando isso da mãe.

Um crocodilo agarrou a criança. A mãe pediu que a devolvesse. O crocodilo disse que tudo bem se ela lhe dissesse o que ele ia fazer com a criança, comê-la ou não.

Essa mentalidade, diria Lépido, nasce, de fato, de vossa lama pela ação de vosso sol.

E a minha? Também não? À lama do Nilo, pois, com ela!

*1° de abril:* Desaprovo essa última frase.

*2 de abril:* Eu a vi tomando chá e comendo bolo no Johnston's, Mooney e O'Brien's. Ou melhor, Lynch olhos-de-lince a viu enquanto passávamos. Ele me diz que Cranly foi convidado a ir lá pelo irmão. Será que ele levou seu crocodilo? Seria ele agora a luz brilhante? Bom, eu o descobri. Proclamo que o fiz. Brilhando fraca atrás de um alqueire de farelo de cereal de Wicklow.

*3 de abril:* Encontrei Davin na charutaria que fica em frente à igreja de Findlater. Estava com um suéter preto e trazia um taco de *hurley*. Perguntou se era verdade que eu estava indo embora e por quê. Disse-lhe que o caminho mais curto para Tara era via Holyhead. Nesse exato momento meu pai apareceu. Apresentações. O pai, cortês e observador. Perguntou a Davin se podia lhe oferecer alguma coisa para comer ou beber. Davin não podia, estava indo a uma reunião. Quando estávamos indo embora o pai me disse que ele tinha um olhar bom e honesto. Perguntou por que eu não me associava a um clube de remo. Disse fingidamente que ia pensar no assunto. Contou-me então como tinha arruinado o coração de Pennyfeather. Quer que eu curse direito. Diz que fui talhado para isso. Mais lama, mais crocodilos.

*5 de abril:* Primavera selvagem. Nuvens levadas pelo vento. Ó vida! Regato negro de águas lodosas em torvelinho sobre o qual as macieiras largaram suas delicadas flores. Olhos de garotas por entre as folhas. Garotas recatadas e travessas. Todas louras ou castanhas: nenhuma morena. Enrubescem melhor. Opa!

*6 de abril:* Certamente ela se lembra do passado. Lynch diz que todas as mulheres lembram. Então ela se lembra do tempo de sua infância—e da minha se é que algum dia fui criança. O passado se consome no presente e o presente vive apenas porque traz o futuro. Estátuas de mulheres, se Lynch estiver certo, deveriam estar sempre inteiramente cobertas, com uma das mãos da mulher apalpando com remorso suas partes posteriores.

*6 de abril, mais tarde:* Michael Robartes lembra a beleza esquecida e, quando seus braços a envolvem, ele aperta nos braços a graça que há muito se apagou do mundo. Isso não. De jeito nenhum. Desejo apertar em meus braços a graça que ainda não veio ao mundo.

*10 de abril:* Débil, sob a noite carregada, através do silêncio da cidade que passou dos sonhos ao sono sem sonhos, como um amante exausto que nenhuma carícia comove, o som de cascos na estrada. Não tão débil agora à medida que se aproximam da ponte: e num instante, enquanto passam pelas janelas escurecidas, o silêncio é transpassado pelo alarme como se fosse por uma flecha. São agora ouvidos muito longe, cascos que brilham em meio à noite carregada como pedras preciosas, apressando-se para além dos campos adormecidos, para qual fim de jornada—para qual coração?—levando quais notícias?

*11 de abril:* Li o que escrevi ontem à noite. Palavras vagas para uma emoção vaga. Ela gostaria disso? Acho que sim. Então eu também deveria gostar.

*13 de abril:* Aquele *tundish* tem estado na minha mente por um longo tempo. Olhei no dicionário e vi que é inglês de velha cepa, bom e franco. Que se dane o diretor de estudos e seu *funnel*! Para que veio ele para cá, para nos ensinar sua própria língua ou aprendê-la conosco? Dane-se de um jeito ou outro!

*14 de abril:* John Alphonsus Mulrennan voltou há pouco do oeste da Irlanda. (Jornais europeus e asiáticos por favor reproduzam). Ele nos contou que encontrou lá um velho numa cabana nas montanhas. O velho tinha olhos vermelhos e um cachimbo curto. O velho falava em irlandês. Mulrennan falava em irlandês. Depois o velho e Mulrennan falaram em inglês. Mulrennan lhe falou sobre o universo e os astros. O velho, sentado, escutou, fumou, cuspiu. Então disse:

—Ah, deve haver criaturas horríveis e estranhas do outro lado do mundo.

Tenho medo dele. Tenho medo de seus olhos calosos e rodeados de vermelho. É com ele que devo lutar ao longo de toda esta noite até o dia chegar, até que ele ou eu caia morto, agarrando-o pela garganta fibrosa até . . . . Até o quê? Até que ele se renda a mim? Não. Não lhe desejo nenhum mal.

*15 de abril:* Hoje sem mais nem menos topei com ela na Grafton Street. A multidão nos reuniu. Paramos os dois. Ela me perguntou por que eu nunca apareci, disse que tinha ouvido todo tipo de histórias a meu respeito. Era só para ganhar tempo. Perguntou-me se eu estava escrevendo poemas. Sobre quem? perguntei-lhe. Isso a confundiu ainda mais e me senti miserável e mau. Fechei essa válvula em seguida e abri o aparato de refrigeração heroico-espiritual, inventado e patenteado em todos os países por Dante Alighieri. Falei rapidamente de mim e de meus planos. No meio disso tudo por azar fiz um gesto súbito de natureza revolucionária. Devo ter parecido alguém que joga um punhado de ervilhas para o alto. As pessoas começaram a olhar para nós. Ela me apertou a mão em seguida e, ao se afastar, disse que esperava que eu fizesse o que tinha dito.

Ora, ora, isso é o que chamo de amigável, não concorda?

Sim, hoje gostei dela. Pouco ou muito? Não sei. Gostei dela e esse parece ser um sentimento novo para mim. Então, neste caso, todo o resto, tudo o que pensei que pensava e tudo o que sentia que sentia, todo o resto antes de agora, na verdade . . . . . . Oh, deixa isso pra lá, meu camarada! Dorme que passa!

*16 de abril*: Embora! Embora!

O feitiço de braços e vozes: os alvos braços das estradas, sua promessa de abraços apertados e os braços negros dos grandes veleiros que se destacam contra a lua, sua lenda de terras distantes. Eles estão estendidos para dizer: Estamos sós—venha. E as vozes dizem com eles: Somos homens de seu clã. E o ar está cheio de seu séquito enquanto chamam a mim, homem de seu clã, aprontando-me para partir, sacudindo as asas de sua exultante e terrível juventude.

*26 de abril*: A mãe está pondo em ordem minhas roupas novas de segunda mão. Ela reza agora, diz, para que eu aprenda em minha própria vida e longe de casa e dos amigos o que é o coração e o que ele sente. Amém. Que assim seja. Bem-vinda, ó vida! Parto para encontrar pela milionésima vez a realidade da experiência e para forjar na forja de minha alma a consciência incriada de minha raça.

*27 de abril*: Velho pai, velho artífice, sirva-me agora e sempre de amparo seguro.

Dublin, 1904
Trieste, 1914

# Notas

Joyce começou a escrever o livro que se tornaria *Um retrato do artista quando jovem* em 1908, concluindo-o no início de 1914, quando tinha 32 anos. O romance foi publicado, inicialmente, em partes, na revista inglesa *The Egoist*, entre 1914 e 1915. A primeira edição em forma de livro saiu à luz em dezembro de 1916, pela editora B. W. Huebsch, de Nova York. Uma edição britânica foi publicada em 2 de fevereiro de 1917 pela Egoist Press.

O livro tem origem num manuscrito intitulado *Stephen Hero*, escrito entre 1904 e 1906 (o que explica a data ao final do livro: "Dublin, 1904") e depois abandonado por Joyce. Parte desse manuscrito, de aproximadamente 900 páginas, se extraviou, restando apenas um terço delas. Embora Joyce tenha reaproveitado alguma coisa desse material em *Um retrato*, a estrutura e o estilo dos dois projetos são inteiramente diferentes.

*Um retrato* descreve o desenvolvimento intelectual e artístico do personagem Stephen Dedalus ao longo dos anos de sua infância e juventude. Supondo-se que as datas dos registros do diário de Stephen ao final do livro refiram-se ao ano de 1903 e sabendo-se, por uma passagem de *Ulisses*, que Stephen nasceu no mesmo ano que Joyce, ou seja, em 1892, é possível deduzir que o livro cobre um período de cerca de vinte anos da vida de Stephen. Na verdade, descontando-se a vinheta inicial, sobre Stephen ainda menininho, o período coberto pelo livro reduz-se a onze anos, do final de 1891 (quando o pequeno

Stephen ingressa no Colégio de Clongowes, no último trimestre do ano) até o início de 1903 (data dos registros do diário do final do livro). Além disso, como o livro está organizado, em geral, por episódios longos mas esparsos, ele se concentra em alguns poucos dias da vida de Stephen. Ou seja, o livro tampouco percorre a vida de Stephen ao longo desses onze anos. Ele destaca, em forma de vinhetas, alguns dos episódios desse período, justamente aqueles que teriam sido centrais em sua formação intelectual e artística.

Embora o romance se baseie em eventos e personagens da vida de James Joyce, Stephen Dedalus *não é* James Joyce. *Um retrato* não é uma biografia ou uma autobiografia de James Joyce. E Stephen Dedalus tampouco é o *alter ego* de James Joyce. Enfim, *Um retrato* é, para todos os efeitos, uma obra de ficção.

A narrativa é conduzida, na terceira pessoa, pelo tradicional narrador onisciente. Mas a forma da narrativa não é nada tradicional. Em muitas passagens, o narrador parece ceder voz e ponto de vista ao personagem central, Stephen, de uma forma que subverte a divisão da teoria narrativa entre discurso direto e discurso indireto. Essa estratégia se mostra particularmente interessante no primeiro capítulo, no qual, com frequência, a narrativa é conduzida pela versão literária do modo de falar (e pensar) do pequeno Stephen: frases curtas combinadas por coordenação (parataxe), léxico claramente limitado, inúmeras repetições (de natureza diferente das repetições propositais e declaradamente estéticas do Stephen maduro dos últimos capítulos), entre outras características.

Como diz Hugh Kenner, na introdução da edição Signet de *Um retrato*: "Assim, o centro narrativo paira num espaço ambíguo, dividido entre Stephen, que está sendo criado pelo narrador, e alguma força impessoal que está colocando palavras sobre a página. E onde está o familiar narrador-guia? Sumiu. E onde está James Joyce? Ah".

Ao contrário das edições originais anotadas, não me preocupei, em geral, em fazer notas sobre a correspondência entre personagens e fatos da vida de Stephen Dedalus e sua contraparte na vida de James Joyce. Apenas me afastei dessa diretriz naqueles casos em que julguei que a informação era relevante para a compreensão do respectivo texto.

Embora muitos detalhes da vida de Stephen Dedalus correspondam aos da vida de James Joyce, há uma discrepância importante nas datas de episódios centrais da vida dos dois nesses vinte anos que recobrem o livro, que se deve, supõe-se, aos diversos rearranjos que Joyce fez entre os capítulos durante o período de sua composição. Alguns autores, juntando pistas deixadas ao longo de *Um retrato* com detalhes da vida de Stephen revelados em *Ulisses*, deduzem, por exemplo, que Stephen começa sua vida escolar no Colégio de Clongowes um pouco mais tarde que James Joyce (este último com pouco menos de sete anos; o primeiro com pouco mais de nove anos), embora os dois tenham nascido no mesmo ano. Para os detalhes dessas discrepâncias v. David G. Wright, "Dating Stephen's Diary: When Does *A Portrait of the Artist End*?"; Hugh Kenner, "The Date of Stephen's Flight"; Hans Walter Gabler, "Stephen in Paris" e "The Christmas Dinner Scene, Parnell's Death, and the Genesis of *A Portrait of Artist as a Young Man*; Joseph C. Heininger, "Stephen Dedalus in Paris: Tracing the Fall of Icarus in *Ulysses*".

Um retrato, ainda segundo Hugh Kenner, simula, em sua estrutura esmeradamente simétrica, um quiasmo: um total de cinco capítulos, com o primeiro espelhando o quinto, e o segundo refletindo o quarto, tendo o terceiro como ponto de separação, de apoio, de equilíbrio. É a mesma estrutura do autorretrato na pintura: no meio, o espelho; à frente dele, o pintor e o que lhe serve de fundo; no espelho, a imagem do pintor e do que lhe serve de fundo. Na analogia de Kenner, no caso do escritor, o que fica no meio é o silêncio. Não será difícil, com o auxílio das pistas fornecidas por Kenner, descobrir outras simetrias e inversões quiásmicas no livro. Para um exame detalhado da estrutura especular do livro, v. John M. Menaghan, "A Wilderness of Mirrors: Modernist Mimesis in Joyce's *Portrait* and Beckett's *Murphy*".

A presente tradução segue a edição de *Um retrato* estabelecida por Hans Walter Gabler e Walter Hettche (W. W. Norton, Nova York, 2007). As citações da Bíblia são, em geral, tomadas da *Bíblia Almeida corrigida e revisada*.

As notas seguem as pistas sugeridas por diversas fontes, cuidadosamente entrecruzadas, revistas e, em alguns casos, corrigidas. Em primeiro lugar, as das seguintes edições anotadas de Um retrato: Don Gifford, *Joyce Annotated. Notes for Dubliners and A Portrait of the Artist as a Young Man*, University of California Press; Marc A. Mamigonian e John Turner em *A Portrait of the Artist as a Young Man*, Alma Classics;

Chester G. Anderson em *A Portrait of the Artist as a Young Man*, Penguin Books; além da já citada edição de Gabler e Hettche. Depois, em pesquisas feitas na imensa literatura crítica de *Um retrato*, na literatura biográfica de James Joyce e nos mais diversos locais da Internet. E, finalmente, em consulta a colegas do ofício tradutório e a especialistas em campos específicos, devidamente creditados nas notas nas quais sua ajuda foi fundamental.

Devo um agradecimento especial a Lúcia Leão, tradutora brasileira que mora nos Estados Unidos e que vim a conhecer quase ao final da presente tradução, mas que leu por inteiro e cuidadosamente o último rascunho e fez muitíssimos e importantes comentários que contribuíram para fazer da presente tradução um texto muito mais legível e fluido. Não é de praxe agradecer às "pessoas da casa", mas, neste caso, a exceção se justifica. Cecília Martins, nossa editora assistente, revisou, tal como em traduções anteriores, minuciosa e habilmente o texto que saiu da minha oficina, mas por alguma razão fiquei com a impressão de que o esforço dela foi, desta vez, muito maior: ou eu cometi mais erros ou ela se tornou ainda mais hábil. Provavelmente, as duas coisas. De uma maneira ou outra, sou-lhe imensamente agradecido.

Os locais mencionados no livro estão, em sua maior parte, assinalados em notas e sinalizados em mapas do *Google Maps*, um para cada capítulo, ao final deste volume. Nesses mapas também estão assinalados locais que, embora não sejam mencionados no livro, são referidos nas presentes notas.

Os livros e artigos citados nas notas são, em geral, referidos apenas pela autoria e pelo título, sem maiores detalhes, que podem ser facilmente complementados, caso necessário, pela consulta aos mecanismos de busca da internet.

## Epígrafe

*Et ignotas animum dimittit in artes.* – latim: *Entregou-se então a artes desconhecidas.* A frase introduz o momento em que Dédalo, desanimado pelo exílio em Creta, começa a reunir o material para construir as asas com as quais ele e o filho Ícaro planejam fugir da ilha. A expressão "artes desconhecidas" coloca-se em oposição às artes da construção nas quais, supostamente, ele era mestre. A tradução do verso de Ovídio segue, com uma ligeira modificação, a tradução de *Metamorfoses* feita por Domingos Lucas Dias e publicada no Brasil pela Editora 34, de onde reproduzo o contexto do verso citado por Joyce: "Entretanto Dédalo, saturado de Creta e do longo exílio / e mordido de saudade da terra natal, estava rodeado de mar. / 'Embora Minos me barre o caminho por terra e por mar', / diz, 'aberto fica-me o céu. É por aí que eu irei! / Seja de tudo senhor, não há de sê-lo do ar.' / Depois de assim falar, entregou-se a artes desconhecidas / então e inova a natureza. [...]." (p. 429).

## Capítulo I

 **minininho bunitinho** – *nicens little boy*, no original. Neste parágrafo que inicia a primeira seção do livro, toda escrita num estilo que mimetiza a fala infantil, o narrador descreve, em discurso direto (assinalado pela primeira frase do parágrafo seguinte: "O pai contava essa história pra ele..."), um trecho da fala do pai contando uma história da carochinha ao filho. A corruptela "*nicens*" em vez de "*nice*" expressa, provavelmente, a tendência dos adultos a imitarem a imaginada fala infantil da criança a que se dirigem.

**baby tuckoo** – em carta ao filho, datada de 31 de janeiro de 1931, John Joyce recorda o episódio: "Queria saber se você se lembra dos tempos antigos em Brighton Square, quando você era Baby Tuckoo e eu costumava levar você à praça e lhe contava tudo sobre a vacamuu [*moocow*] que descia da montanha e levava os minininhos para uma ilha".

**. . . . .** – Joyce utiliza aqui uma versão estendida do sinal de reticências (cinco pontos em vez de três, com espaçamento), talvez para indicar uma omissão maior do que a de apenas algumas palavras (a história da carochinha inteira?) ou um espaço de tempo maior do que aquele que é sinalizado pelo sinal de reticências de três pontos. Esse uso pouco canônico do sinal de reticências se repetirá em outros trechos do livro, com variações no número de pontos. É também fartamente utilizado em suas famosas epifanias. Birgit Neuhold, em *Measuring the Sadness. Conrad, Joyce, Woolf and European Epiphany*, p. 116, sugere que o uso que Joyce faz do sinal de reticências com número variado de pontos tem algo a ver com suas leituras de Maurice Maeterlinck, que as teria usado em suas peças teatrais. Nenhuma das outras edições em inglês de *Um retrato*, exceto a da Norton, organizada por Paul Riquelme e estabelecida por Hans Walter Gable e Walter Hettche, registra essa variação.

**O pai** – Simon Dedalus, referido ao longo do livro como sr. Dedalus e, ocasionalmente, nos diálogos, como Simon. O filho é Stephen Dedalus, o personagem central do livro. A mãe é Mary Dedalus, referida ao longo do romance quase sempre como sra. Dedalus.

***Oh, a rosa do mato floresce...*** – no original: *O, the wild rose blossoms /
On the little green place*, versos do coro da canção do compositor nor-
te-americano Henry S. Thompson (1824-1860), "Lily Dale": "*Oh!
Lilly, sweet Lilly, dear Lilly Dale, / Now the wild rose blossoms o'er her little
green grave, / 'Neath the trees in the flow'ry vale*" [Oh! Lilly, doce Lilly,
querida Lilly Dale, / Agora a rosa do mato floresce sobre seu pequeno
túmulo verde, / Sob as árvores no vale florido"]. Nos versos imitados
pelo pequeno Stephen, trocou-se, provavelmente por tabu, "*little grave*"
("pequeno túmulo") por "*little place*" ("canteirinho", na tradução).

***Oh, a uosa vedi fouesci.*** – no original: *O, the geen wothe botheth* (a maioria
das edições grafa, incorretamente, "*green*" em vez de "*geen*", corrigida
apenas na edição Gabler de *Um retrato*). O narrador reproduz aqui duas
dificuldades articulatórias do pequeno Stephen: ceceio ou sigmatismo
(*lisping* ou *sigmatism*, em inglês), que consiste em pronunciar fonemas
sibilantes como /s/ e /z/ com a ponta da língua entre os dentes, resul-
tando num som que, em inglês, é equivalente, quando essa interposição
é frontal, ao da consoante representada ortograficamente pelo grafema
"th"; e língua presa (*tongue-tie*, em inglês) ou, cientificamente, anquilo-
glossia, que poderá resultar na pronúncia inadequada do /l/ e do /r/, seja
por omissão, por substituição ou por distorção (aqui, o /r/ de *green* e o
/l/ de *blossoms*, omitidos; e o /r/ de *rose*, substituído pela semivogal /w/).
Na verdade, as palavras assim modificadas parecem, no original, menos reconhecíveis em sua forma escrita do que em sua forma oral. Na
tradução, buscou-se, mais simplesmente, representar dificuldades mais
gerais da fala infantil, devido, sobretudo, à inexistência, na fonética
do português, de uma consoante equivalente à representada pelo grafema "th". Para uma visão geral da relação entre desordens da fala e
literatura, ver Chris Eagle, *Dysfluencies: On Speech Disorders in Modern
Literature*. Joyce explora extensamente as desordens da fala (gagueira,
ceceio, etc.) em *Ulisses* e *Finnegans Wake* (HCE gagueja; ALP ceceia);
sobre esse tema v. David Anton Spurr, "Stuttering Joyce", *European
Joyce Studies*; e Chris Eagle, "'Stuttistics': On Speech Disorders in
*Finnegans Wake*", em Christopher Eagle, *Literature, Speech Disorders,
and Disability: Talking Normal*. (Meu muito obrigado à fonoaudióloga
Silvana Maria Brescovici pela ajuda técnica na compreensão desses
problemas de articulação e na tradução do verso. A forma final, entretanto, é de minha inteira responsabilidade.)

**tio Charles** – personagem baseado em William O'Connell, tio ma-
terno de John Joyce, pai de James Joyce.

**Dante** – é o nome familiar atribuído à sra. Riordan (assim mencionada em outras passagens do romance). Baseia-se em Elizabeth Hearn
Conway, uma parente distante de John Joyce, também chamada na

vida real pelo apelido "Dante", que, segundo Stanislaus Joyce, irmão de James, em seu livro de memórias sobre o irmão (*My Brother's Keeper*), seria uma corruptela de *"auntie"*, "titia". Era governanta, tutora e madrinha de James Joyce.

**veludo grená... veludo verde** – *maroon velvet... green velvet*, no original. As cores atribuídas por Dante a Michael Davitt e a Charles Stuart Parnell, respectivamente, estão mais ligadas a uma preferência subjetiva da madrinha e tutora de Stephen que a ligações objetivas com os referidos políticos. No caso do verde, a cor nacional da Irlanda, ela evoca, evidentemente, o nacionalismo irlandês de Dante, e a cor pode ser diretamente associada a Parnell, por sua luta pela autonomia governamental da Irlanda, mas, pessoalmente, Parnell parecia ter "uma aversão supersticiosa ao verde", como observa Don Gifford, em sua edição anotada de *Um retrato* (p. 96). Quanto ao "grená", Michael J. O'Shea, em *James Joyce and Heraldry*, p. 67, afirma que não é possível ligar, objetivamente, essa cor a Michael Davitt: trata-se de uma atribuição puramente pessoal de Dante. Por outro lado, ainda seguindo a análise de O'Shea, a oposição entre a cor verde e a cor vermelha representa, em outras passagens do livro, a oposição entre, de um lado a Irlanda e o catolicismo, e, de outro, a realeza britânica e a igreja anglicana.

**Michael Davitt** – Michael Davitt (1846-1906), político irlandês, de religião católica, foi um dos líderes do movimento conhecido como *Home Rule* (Governo Autônomo), que defendia um governo autônomo para a Irlanda, independente da Inglaterra.

**Parnell** – Charles Stuart Parnell (1846-1891), político irlandês, favorável ao *Home Rule* (ver nota acima). De origem inglesa e protestante, e grande proprietário de terras, emergiu como líder do nacionalismo irlandês após sua eleição para o parlamento inglês em 1875. Inicialmente elemento de união entre os grupos favoráveis à independência da Irlanda, tornou-se um elemento de divisão após a revelação de seu caso com Katherine O'Shea, esposa de um de seus partidários, o capitão William O'Shea. A calorosa discussão, descrita ao final deste capítulo, entre, de um lado, o sr. Dedalus e o sr. Casey, favoráveis a Parnell mesmo após o suposto escândalo, e, de outro, a sra. Riordan, até então fervorosa admiradora do grande líder ilustra a crítica clivagem do povo irlandês nesse momento de sua história.

**folha de papel de seda** – a julgar por um relato de Stanislaus Joyce, irmão de James, no livro de memórias já mencionado, trata-se do papel de seda em que vinham embrulhadas certas mercadorias.

**Os Vances** – na vida real, a família de James Vance, de religião protestante, morava na casa de n.º 4 da Martelo Terrace, no subúrbio de Bray, situado vinte quilômetros ao sul de Dublin. A família Joyce morava no n.º 1 da mesma rua.

**tirar os olhos dele fora** – este trecho tem origem na epifania n.º 1 (*Epifanias*, Autêntica, 2018, p. 9). Na epifania, entretanto, a frase ameaçadora é dita pelo sr. Vance, pai de Eileen, e não por Dante. Os versinhos revelam a predileção joyceana pelo quiasmo.

**os prefeitos** – nos seminários e internatos católicos, era como se chamavam os professores (ou estudantes dos níveis mais avançados) encarregados da supervisão de cada uma das turmas de estudantes, divididas de acordo com a idade (ver, abaixo, a nota "turma dos menores"). No Colégio de Clongowes os prefeitos eram seminaristas de níveis mais avançados.

**jogadores de futebol** – contrariamente ao que dizem as edições anotadas do livro, não se trata do chamado "futebol gaélico" ou "irlandês", mas de uma modalidade de futebol praticada, no século XIX, em alguns dos colégios ingleses e irlandeses dos jesuítas, incluindo o de Clongowes, e chamada de *gravel football*. O qualificativo refere-se ao tipo de revestimento do campo (cascalho ou brita), embora seja difícil imaginar que se pudesse praticar qualquer tipo de esporte sobre um terreno coberto com esse tipo de material. Podia-se usar, tal como no atual futebol americano, tanto as mãos quanto os pés. Alguns dos movimentos dos jogadores, como a disputa da bola por parte dos jogadores rivais reunidos em grupos, também lembram os do futebol americano. Peter C.L. Nohrnberg, em *Building Up a Nation Once Again: Irish Masculinity, Violence, and the Cultural Politics of Sports in* A Portrait of the Artist as a Young Man *and* Ulysses, sugere que essa modalidade de futebol seria uma combinação do *rugby* com o *association football* (como o praticado no Brasil).

**turma dos menores** – no original, *third line*. Em Clongowes, tal como em outros estabelecimentos católicos de ensino, os alunos se dividiam em três turmas: *third line* (turma dos menores – menos de 13 anos de idade); *lower line* (turma dos médios – entre 13 e 15 anos) e *higher line* (turma dos maiores – entre 15 e 18 anos).

**Nasty Roche** – apelido do personagem de sobrenome "Roche", com o adjetivo "*nasty*" significando "mau", "maldoso".

**Stephen Dedalus** – a escolha do nome "Stephen" está ligada à admiração de Joyce por Santo Estevão, o primeiro mártir do cristianismo (ver a nota "seu abençoado santo padroeiro"). A escolha do sobrenome "Dedalus" está ligada, obviamente, à figura de Dédalo, o personagem da mitologia grega que construiu asas para fugir, junto com o filho Ícaro, de Creta.

**um gentleman** – na certidão de casamento, o pai de James Joyce, John Stanislaus Joyce, declarou sua "classe ou profissão" (*"rank or profession"*) como sendo "gentleman": "Em documentos legais, usado como designação de pessoa socialmente respeitável que não tem nenhuma ocupação ou profissão específica" (Dicionário Oxford), ou seja, que vive de rendas.

**E surrar era também dar uma surra...** – no original, *"And belt was also to give a fellow a belt"*. Ver, adiante, a nota "um som como aquele: puxa."

**no saguão do castelo** – o Colégio de Clongowes, em que Stephen estuda, foi estabelecido, em 1814, no edifício de um antigo castelo. Ver, mais adiante, a nota "Clongowes Wood College".

⑫ **iriam embora para as festas... setenta e sete para setenta e seis** – Stephen entrou no Colégio de Clongowes, supõe-se, no primeiro trimestre do ano letivo, que, no hemisfério norte, começa em setembro. No Colégio de Clongowes, os alunos eram liberados para os feriados de fim de ano por volta do dia 20 de dezembro. Pelos cálculos de David W. Wright ("Dating Stephen's Diary: When Does *A Portrait of the Artist* End?"), o dia em que Stephen faz essa mudança na sua contagem seria 5 de outubro de 1891.

**Hamilton Rowan** – Archibald Hamilton Rowan (1751-1834), um dos fundadores da Sociedade de Irlandeses Unidos, criada para lutar pela liberdade irlandesa. O episódio refere-se a uma ocasião em que, perseguido pela polícia, tendo se refugiado no castelo de Clongowes (ver, acima, a nota "no saguão do castelo"), Rowan teria jogado o chapéu pela janela para a polícia pensar que, ao escapar, ele tinha tomado aquele rumo, enquanto, na verdade, ele se escondia na torre. As marcas na porta, como esclarece o próprio narrador mais adiante, seriam das balas disparadas pelos soldados em sua perseguição.

**jogado o chapéu no valado** – no original, *had thrown his hat on the haha*. "Haha" (ou *ha-ha*), que traduzi por "valado", é uma depressão numa paisagem (num terreno gramado, por exemplo), fortificada por uma barreira (de pedra ou alvenaria) para evitar a passagem de pessoas ou animais, mas permitindo que a paisagem inteira seja vista. Como este: goo.gl/xZxN1h, por exemplo, provavelmente parecido com o mencionado nesse trecho. Ou, mais esquematicamente, como este: goo.gl/TlVUSn.

**Abadia de Leicester** – abadia fundada no século XII na cidade inglesa de mesmo nome e demolida em 1538.

**livro de ortografia do doutor Cornwell** – trata-se do livro *Spelling for Beginners: A Method of Teaching Spelling and Reading at the Same Time*, de autoria de James Cornwell, publicado em 1870.

**Wolsey** – Thomas Wolsey (1474-1530), cardeal inglês, que morreu na abadia de Leicester, Inglaterra.

**vala da latrina** – *square ditch*, no original. Segundo Chester G. Anderson, "*square*" era o jargão utilizado em Clongowes para "latrina". Como se depreende de uma passagem mais adiante ("E atrás da porta de uma das privadas..."), havia um conjunto delas, situadas, ainda segundo Anderson, atrás do edifício onde ficavam os dormitórios do colégio.

**castanha voadora** – *conkers*, no original: jogo em que os contendores batem suas castanhas-da-índia presas a um barbante uma contra a outra até que uma delas se parta, sendo declarado vencedor o dono da castanha que permaneceu intacta.

**Brigid** – aparentemente, a família de Stephen, tal como a de James Joyce, tinha criados e criadas na época que precede à sua ida para o Colégio de Clongowes, quando o pai ainda podia se dar ao luxo de tê-los.

**padre Arnall** – no sistema pedagógico do Colégio de Clongowes, cada turma de alunos tinha um professor principal que lecionava quase todas as matérias. Nos anos 1888-9, período em que Joyce estudou ali, o professor de sua turma era o padre William Power, tido como excêntrico e irascível (Bruce Bradley, "Some Notes on Joyce's Clongowes Jesuits").

**mangas postiças** – *false sleeves*, no original. Na verdade, trata-se de duas fitas soltas, fixadas, uma de cada lado, no alto das costas dos hábitos dos jesuítas, estendendo-se até abaixo da cintura.

**um som como aquele: puxa.** – no original, "*a sound like that: suck*". O menino Stephen (nove anos?) está aqui experimentando com as palavras. Tendo ultrapassado o estágio da teoria implícita de uma correspondência biunívoca entre coisas e palavras, descobre que uma mesma palavra pode ser usada para se referir a coisas diferentes: "*suck*" é "sicofanta; especialmente um escolar que procura agradar os professores" e, ao mesmo tempo, "a ação da água escorrendo em espiral; o som causado por essa ação" (*Oxford Dictionary of English Language*).

**duas torneiras que a gente girava** – Stephen parece se referir ao lavatório do Hotel Wicklow. Em Clongowes, a higiene pessoal mais completa era feita na piscina (ver, adiante, nota "passando pela sala de banhos"), enquanto a higiene matinal era feita em bacias, embutidas em pedestais de madeira, postas, no dormitório, ao pé da cama de cada aluno (v. Bruce Bradley, *James Joyce's Schooldays*).

**Avante, York! Avante, Lancaster!** – uma das práticas da didática dos jesuítas, fundamentada no plano pedagógico de Inácio de Loiola, o *Ratio Studiorum*, consistia em dividir a classe em dois campos rivais (com nomes tomados de empréstimo de rivais históricos, como, por exemplo, romanos e cartagineses), que se debatiam em resolver questões postas pelos professores. Aqui, os dois grupos tomam seu nome emprestado das duas casas reais inglesas das Guerras das Rosas (1445-1485): Lancaster, a rosa vermelha, e York, a rosa branca.

**Elementos** – não se trata de uma matéria específica do currículo, mas do nome de uma das seis classes em que se dividia o currículo no Colégio de Clongowes na época (na verdade, a mesma divisão ainda é utilizada nos dias atuais), tal como na maioria dos colégios jesuítas, com ligeiras variações locais: 1º ano: *Elementos*; 2º ano: *Rudimentos*; 3º ano: *Gramática*; 4º ano: *Sintaxe*; 5º ano: *Poesia*; 6º ano: *Retórica*. Os dois primeiros anos formavam a turma dos menores; os anos intermediários, a turma dos médios, dos 13 aos 15; os últimos anos, a turma dos maiores, dos 15 aos 18 (ver, acima, nota "turma dos menores"). O *Ratio Studiorum* de 1599 adotava um número menor de classes: Gramática Inferior, Gramática Média, Gramática Superior, Humanidades e Retórica (Leonel Franca, *O método pedagógico dos jesuítas*). Apesar da nomenclatura tradicional, já no tempo de Joyce o conteúdo curricular, tradicionalmente centrado nas disciplinas literárias e humanísticas clássicas, na prática se adaptava às exigências da época e às regulamentações governamentais relativas aos exames oficiais a que os alunos deviam se submeter, o que resultava num currículo mais diversificado do que o prescrito pelo *Ratio Studiorum*.

**cartão de primeiro lugar** – além do princípio da emulação corporificado na divisão de cada turma em dois grupos rivais, a pedagogia jesuítica aposta no efeito da distribuição de recompensas, aqui ilustrado pela distribuição de cartões para os alunos mais bem-sucedidos.

**Dalkey** – vilarejo litorâneo localizado 8 km a sudeste de Dublin. Fica no trajeto da linha ferroviária que liga o bairro de Bray (onde mora a família de Stephen nessa época) a Dublin.

**Tullabeg** – vila localizada 80 km a oeste de Dublin, onde havia outro colégio jesuíta, o St. Stanislaus's College, cujos alunos, em 1886, foram transferidos para o Colégio de Clongowes.

**você beija sua mãe antes de deitar?** – o episódio alude a são Luís de Gonzaga (1568-1591), sacerdote jesuíta italiano, tido como padroeiro da juventude. Seu nome (Aloysius, em inglês) foi acrescentado ao de James Joyce, como seu santo padroeiro, quando da cerimônia de crisma. Diz-se que Luís de Gonzaga era tão puro que não ousava sequer erguer os olhos para contemplar sua mãe e, muito menos, beijá-la.

**estudo livre** – Em Clongowes, como é costume em internatos e seminários, havia um salão de estudo no qual, em certos horários, os alunos ficavam estudando em carteiras que lhes eram particularmente designadas, sob a supervisão de um professor, geralmente o prefeito da turma. Uma pequena parte desse tempo era dedicada ao "estudo livre", ou seja, um espaço de tempo durante o qual os alunos tinham a permissão de se dedicar a tarefas que não estivessem diretamente relacionadas às lições do currículo, como leitura de ficção ou outra atividade qualquer de sua livre escolha.

**faziam um barulhinho de nada: kiss.** – por razões óbvias, optei por deixar a palavra do final da frase em inglês. O jogo sonoro em Joyce, que será muitíssimo ampliado em Ulisses, vai muito além da onomatopeia. Ver, a esse respeito, os ensaios de Peter de Voogd, "Joycean Sonicities" (em *Contextualized Stylistics. In Honour of Peter Verdonk*) e "Joycean Typeface" (em *Aspectos of Modernism. Studies in Honour of Max Nänny*).

17  **Clongowes Wood College** – escola jesuíta situada no vilarejo de Sallins, condado de Kildare, 32 km a sudoeste de Dublin. Estabelecida num antigo castelo, comprado em 1814 pelos jesuítas, começou a funcionar nesse mesmo ano. Era constituída, então, pelo edifício da torre central e por duas torres laterais. Os jesuítas construíram aos fundos do castelo outros prédios para abrigar os alunos, as salas de aula e demais acomodações necessárias ao ensino e ao alojamento dos alunos ali internados.

**Sallins** – vilarejo situado 8 km ao sul do Colégio de Clongowes, onde havia uma estação ferroviária que ligava Dublin a Cork.

**Condado de Kildare** – condado da Irlanda, a oeste do condado de Dublin, onde se localizam o Colégio de Clongowes e os vilarejos vizinhos, Clane e Sallins.

18  **sr. Casey** – o personagem baseia-se em John Kelly, ativista feniano e grande amigo de John Joyce, o pai de James.

**Primeiro vinham as férias e depois o próximo ano de estudos** – a palavra aqui traduzida como "ano de estudos" é "*term*", uma palavra que se refere a períodos de tempo de durações variadas (trimestre, semestre, ano), incluindo os períodos letivos de escolas e universidades. É costume, em países ligados à cultura britânica, dividir os períodos de estudo, sobretudo nas universidades, em trimestres, em correspondência com as respectivas estações. Assim o ano letivo divide-se em três períodos de aula (outono, inverno, primavera), começando em setembro e terminando em maio, e um de férias (verão), abrangendo os meses de junho a agosto. Nesta passagem, entretanto, a palavra "*term*" parece designar o período letivo anual.

19  **quebra-mar ao lado da casa do pai** – isto é, a casa na rua Martello Terrace, à beira mar, em Bray. Observe-se que "*terrace*" designa um conjunto de casas de fachada uniforme e construídas parede contra parede.

*Abri nossos lábios, oh Senhor...* – versos do livro da Liturgia das Horas (também referido como Ofício Divino ou Breviário), livro com conjuntos de textos (hinos e salmos) correspondentes a cada hora do dia. Em colégios e seminários, é comum ver os padres percorrendo os corredores lendo seus breviários. A tradução baseia-se na versão do site www.liturgiadashoras.org.

**Clane** – vilarejo situado 3 km ao sul do Colégio de Clongowes. O colégio servia de sede da paróquia de Clane.

*Visitai, nós Vos rogamos...* – versos do livro da Liturgia das Horas. Tal como a tradução da outra estrofe, esta também se baseia na versão do site www.liturgiadashoras.org.

**20** **as cortinas amarelas ... que o deixavam todo isolado.** – a julgar por uma fotografia tirada por volta dos anos 1890, o dormitório da turma dos menores consistia num longo e estreito aposento, com as camas alinhadas contra a parede (nesse caso, cerca de uma dúzia de cada lado). Ao pé da cama havia um suporte sustentando uma bacia, com uma toalha pendurada ao lado. E, de fato, cada cama era isolada por um conjunto de três cortinas (nos lados e na frente da cama). Supõe-se que, por estar contra a parede, a cabeceira dispensava cortina. V. Bruce Bradley, *James Joyce's Schooldays*, p. 33.

**capa branca de marechal** – um dos antigos donos do castelo onde o Colégio de Clongowes estava instalado tinha servido como marechal na Guerra dos Sete Anos, tendo morrido em 1757, na Batalha de Praga.

**21** **Bodenstown** – vilarejo situado 6 km ao sul do Colégio de Clongowes, entre Clane e Sallins.

**colina de Allen** – colina situada a 14 km a oeste do vilarejo de Sallins.

**O pai agora era marechal** – atribuir ao pai a patente de "marechal" é apenas parte da fantasia do pequeno Stephen ao imaginar sua volta à casa para as férias de Natal. A patente militar ecoa a do fantasma que assombraria o antigo castelo que é sede do Colégio de Clongowes. A fantasia também é uma compensação para seu sentimento de inferioridade diante de colegas cujos pais seriam magistrados. Observe-se que o pai de James Joyce, quando este tinha a idade de Stephen neste primeiro capítulo, era coletor de impostos do governo.

**23** **passando pela sala de banhos** – no Colégio de Clongowes, a sala de banhos tinha, na verdade uma piscina, o que explica algumas das expressões da frase que vem a seguir ("a água lodosa", "o ruído dos mergulhos", etc.). V. Bruce Bradley, *James Joyce's Schooldays*, p. 54, que reproduz uma fotografia da referida sala tirada em 1890.

**25** *Blém-blém! O sino do castelo!* – canção infantil tradicional, cantada como acompanhamento do brinquedo de pular corda. O "sino do castelo" ("*castle bell*", no original), em acordo com o contexto, parece ser uma corruptela de "*passing bell*" ("dobre de finados").

**26** **Athy é a cidade do condado de Kildare** – o trocadilho se baseia no fato de que o nome da cidade e "*a thigh*" (em que "*thigh*" significa a parte superior de uma calça), segundo o sotaque do referido condado, são pronunciadas da mesma forma.

**27** **saudando o libertador** – Daniel O'Connell (1775-1847), líder político irlandês que lutou em favor do fim da subordinação da Irlanda à Inglaterra e pelos direitos civis dos católicos.

**Ele via o mar de ondas... entrando em seu porto** – esta passagem tem origem na epifania n.º 28 (*Epifanias*, Autêntica, 2018, p. 71).

**Parnell! Parnell! Ele está morto!** – Stephen tem aqui uma antevisão da morte de Charles Stewart Parnell. Tendo morrido de pneumonia, em 6 de outubro de 1891, em Hove, na Inglaterra, seu corpo foi trazido de navio para Kingstown (atualmente Dún Laoghaire), cidade costeira situada a 12 km de Dublin e enterrado em 11 de outubro no cemitério de Glasnevin, num funeral acompanhando por mais de 200.000 pessoas.

**28** **presente de aniversário para a rainha Vitória** – na verdade, um eufemismo, significando que os dedos tinham ficado entrevados devido aos trabalhos forçados a que fora obrigado quando estivera preso por atividades revolucionárias.

**Bray Head** – colina e promontório ao sul do vilarejo litorâneo de Bray, 20 km a sudeste de Dublin.

**32** *Ai daquele pelo qual o escândalo vem!* – Lucas, 17:1,2.

**33** **Seria pelo Billy, o do beicinho...** – "Billy" refere-se a William Joseph Walsh (1841-1921), arcebispo de Dublin de 1885 até 1921; de fato, ele tinha o lábio superior proeminente. "Saco de tripas" refere-se a Michael Cardinal Logue (1840-1924), arcebispo de Armagh, condado do norte da Irlanda.

**Cocheiro do lorde Leitrim** – expressão, então em voga na Irlanda, para se referir a qualquer pessoa de caráter servil. Em 1878, o conde de Leitrim, proprietário de grandes extensões de terra e odiado pelo tratamento que dava aos seus arrendatários, foi atacado e assassinado, tendo sido defendido por seu cocheiro.

**34** **condado de Wicklow** – a casa do sr. Dedalus, neste momento, situa-se no vilarejo litorâneo de Bray, no condado de Wicklow, a sudeste de Dublin.

**35** **que ela ia ser freira** – Elizabeth Hearn Conway, que foi durante um tempo babá e tutora do pequeno James Joyce e seus irmãos, em quem se baseia a personagem de Dante (sra. Riordan), estava prestes a se tornar freira num convento nos Estados Unidos quando seu irmão, que traficava quinquilharias na África, morreu, deixando-lhe em herança uma grande fortuna. Voltando à Irlanda para acertar os detalhes do recebimento da herança, acabou se casando com um funcionário do Banco da Irlanda, que logo depois fugiu para a América do Sul com todo o dinheiro da herança, sem nunca mais dar notícias.

**Montes Allegheny** – parte da cordilheira dos Apalaches, no leste da América do Norte.

**ladainha da Santíssima Virgem** – ladainha é uma súplica rezada em conjunto pelos fiéis. A ladainha da Santíssima Virgem, também conhecida como ladainha lauretana, começa invocando Deus e Jesus Cristo e termina por uma longa série de invocações à mãe de Jesus, em que ela é homenageada com vários qualificativos: "... Rosa mística, rogai por nós / Torre de David, rogai por nós / Torre de marfim, rogai por nós / Casa de ouro, rogai por nós / Arca da aliança, rogai por nós...".

**Arklow** – vilarejo litorâneo 50 km ao sul de Bray, onde fica a casa do sr. Dedalus nesse momento.

③⑥ *Perseguidor de padres!* – insulto obviamente dirigido a Parnell, um protestante que, como líder do movimento por um governo autônomo na Irlanda, evitava o confronto direto com a hierarquia católica. Mas moralmente condenado a partir da descoberta de sua relação com Katherine O'Shea, passou ao ataque.

*Os fundos de Paris* – dinheiro coletado para financiar a Land League [Liga Agrária] e que passou a ser administrado por Parnell após a supressão da Liga Agrária. Parnell foi acusado de utilizar o dinheiro para financiar os gastos de sua "licenciosa relação" com Katherine O'Shea.

*Sr. Fox* – um dos nomes falsos usados por Parnell durante sua relação clandestina com Katherine O'Shea.

*Kitty O'Shea* – O apelido "Kitty" era empregado de forma depreciativa pelos adversários de Parnell para se referir a Katherine, que se assinava, nas cartas a ele, com o diminutivo "Katie". Na época, referir-se, fora do círculo íntimo, a uma pessoa pelo diminutivo do primeiro nome já era suficientemente ofensivo. O apelido "Kitty" acrescentava um grau a mais de insulto, por ser comumente utilizado para se referir a prostitutas. Em dezembro de 1889, William O'Shea, que pertencera ao grupo próximo de Parnell, iniciou uma ação de divórcio contra a esposa, Katherine, alegando que ela mantivera relações adúlteras com Parnell. De fato, Katherine mantinha relações amorosas com Parnell, com quem teve três filhos. A discussão do sr. Dedalus e do sr. Casey com a sra. Riordan em torno de Parnell reflete a aguda divisão política existente entre os irlandeses na época.

**estrada de Cabinteely** – o vilarejo de Cabinteely fica 12 km a sudeste de Dublin.

**camisa–branca** – *whiteboy*, no original. Eram assim chamados os integrantes de um grupo irlandês que, no século XVIII, utilizavam meios violentos na luta pelos direitos dos pequenos agricultores contra os proprietários de grandes extensões de terra. O nome vem da camisa branca que usavam durante os seus ataques noturnos contra as grandes propriedades.

***Não os toqueis*, diz Cristo...** – frase aqui erroneamente atribuída a Cristo. A frase é do Livro de Zacarias, 2:8, e teria sido dita pelo Senhor dos Exércitos, ou seja, Deus.

**época da união** – refere-se à data de 1º de janeiro de 1801, em que a Irlanda passou a fazer parte do Reino da Grã-Bretanha, até então formado apenas pela Inglaterra e pela Escócia.

**o bispo Laningan fez um discurso diante do marquês Cornwallis** – trata-se do bispo irlandês James Laningan (1747-1812). O marquês de Cornwallis (1738-1805) foi vice-rei da Irlanda entre 1798 e 1801. O episódio referido pelo sr. Casey, que teria se passado no Dublin Castle, então sede da administração britânica em Dublin, é narrado por William John Fitzpatrick, no livro *Irish wits and worthies* (1878).

**venderam as aspirações de seu país em 1829 em troca da emancipação católica** – a "emancipação católica" refere-se a uma lei promulgada nesse ano, que concedia certos direitos antes negados aos católicos. A lei, que resultara dos esforços de Daniel O'Connell, com o apoio da hierarquia católica, era uma espécie de compromisso que, ao fim, significava a renúncia dos irlandeses à total emancipação relativamente ao domínio inglês.

**movimento feniano** – refere-se ao grupo militante The Fenian Brotherhood ou The Irish Republican Brotherhood [A Irmandade Feniana ou A Irmandade Republicana Irlandesa], fundado em 1858 por James Stephen (1824-1901), para tentar obter a independência da Irlanda por meio da luta armada. O qualificativo "feniano" vem da palavra "*fianna*", grupo de guerreiros do século III.

**Terence Bellew MacManus** – (~1815-1861), revolucionário irlandês, participante da rebelião de 1848.

**Paul Cullen** – (1803-1878), arcebispo de Dublin entre 1852 e 1878, era contra os fenianos e, em geral, contra qualquer movimento nacional separatista.

**olhando com ar de desdém para o outro lado da mesa** – como explicitado anteriormente, o sr. Dedalus está sentado à cabeceira da mesa. Deduz-se, por pistas dadas nessa passagem, que os outros homens estão sentados de um lado da mesa e as mulheres e Stephen do outro.

(39) **colina de Lyons** – situada 10 km a leste do Colégio de Clongowes.

(41) **Barnes seria o treinador ... Flowers** – era costume, em Clongowes, trazer jogadores profissionais de críquete para treinar o time do colégio (Bruce Bradley, "A footnote on the schooldays of James Joyce", p. 161.)

*rounders* – jogo semelhante ao beisebol americano.

(42) **Bective Rangers** – clube de rúgbi de Dublin.

**o terreno em volta do hotel** – segundo Gifford, trata-se do hotel Marine Station, na esquina da Martello Terrace com a Strand, em Bray. Mamigonian e Turner dizem que se trata do Hotel Bray, sem maiores explicações. De qualquer modo, Stephen está aqui relembrando a convivência com Eileen Vance. Na vida real, os Joyces e os Vances foram vizinhos, em 1887, quando Joyce tinha 5 anos (e Stephen também, presume-se), na rua Martello Terrace, no bairro dublinense de Bray.

*Balbus estava erguendo uma parede.* – brincadeira com uma frase em latim de um livro de exercícios da época: "*Balbus murum faciebat*".

(43) *Júlio César escreveu Debelo o galo.* – no original, "*Julius Cæsar wrote The Calico Belly*". Uma brincadeira (um pouco diferente das brincadeiras com o latim macarrônico que aparecem no capítulo V) com os textos sobre a guerra gálica conhecidos como *Comentarii de bello gallico* (*Comentários sobre a guerra gálica*), que eram objeto comum de exercício nas classes de latim dos colégios.

(48) **Amanhã e amanhã e amanhã** – possível alusão a palavras de Macbeth, na peça de mesmo nome, ato V, cena 5.

(51) **O senado e o povo romano** – alusão à frase latina "*Senatus Populusque Romanus*", conhecida pelas iniciais SPQR, que designava oficialmente o governo da antiga república romana.

(52) **livro de questões de Richmal Mangnall** – trata-se do livro *Historical and Miscellaneous Questions for the Use of Young People* (*Questões históricas e variadas para uso dos jovens*), de autoria da inglesa Richamal Mangnall (1769-1820), professora e autora de livros escolares.

**todos os relatos de Peter Parley sobre a Grécia e Roma** – refere-se aos livros *Tales About Greece and Rome* e *Tales About Ancient and Modern Greece*. Peter Parley era o pseudônimo de Samuel Griswold Goodrich (1793-1860), escritor americano, autor de livros de divulgação histórica e científica dirigidos a crianças e jovens. Os títulos de vários de seus livros começavam com "The Tales of Peter Parley About" ("As histórias de Peter Parley sobre"), seguido do nome de uma região do mundo. Aqui, Joyce menciona dois deles, o livro sobre a Grécia e o livro sobre Roma. Em alguns deles (mas não nos livros mencionados por Joyce), aparecia, ao lado do início do primeiro capítulo, uma ilustração com o retrato do autor.

**subindo pela escada à direita que levava ao castelo** – ao comprarem o terreno onde seria instalado o Colégio de Clongowes, os jesuítas construíram outros edifícios para abrigar as salas de aula bem como os dormitórios, refeitórios e outras dependências destinadas aos alunos. Mas os próprios jesuítas tinham seus aposentos no edifício original, isto é, no castelo. Essa passagem faz referência ao corredor de ligação entre o edifício da escola e a residência dos jesuítas.

**54** **santo Inácio de Loyola** – (1491-1556), nascido na Espanha, fundou a Companhia de Jesus, cujos membros são conhecidos como "jesuítas".

*Ad Majorem Dei Gloriam* – latim: "Para maior glória de Deus", lema dos jesuítas. Nos colégios jesuítas, era costumeiramente escrito no início dos exercícios escolares.

**são Francisco Xavier** – (1506-1552), nascido na Espanha, foi o companheiro mais importante de Inácio de Loyola na missão proposta pelo fundador da ordem dos jesuítas.

**Lorenzo Ricci** – (1703-1775), jesuíta italiano, foi um dos superiores gerais da Companhia de Jesus.

**são Estanislau Kostka** – (1550-1568), nascido na Polônia, era noviço da ordem dos jesuítas, mas morreu sem ser ordenado sacerdote.

**são Luís de Gonzaga** – (1568-1591), sacerdote jesuíta italiano.

**abençoado John Berchmans** – (1599-1621), nascido na Bélgica, estudava para ser sacerdote jesuíta quando morreu de malária. Foi canonizado em 1888.

**Peter Kenney** – (1779-1841), padre jesuíta de nacionalidade irlandesa, foi o fundador do Colégio de Clongowes.

**57** **nozes de galha** – protuberância em uma árvore causada por insetos.

# Capítulo II

**58** *Oh, trance para mim uma pérgola* – O, twine me a bower, no original. Letra de Thomas Crofton Croker (1798-1854), compositor e colecionador de canções e histórias do folclore irlandês; música de Alexander D. Roche (ou D'Roche).

*Olhos azuis e cabelos dourados* – Blue eyes and golden hair, no original. Mamigonian e Turner sugerem que se trata de uma canção, com esse título, do compositor americano J. M. Thatcher.

***Os pomares de Blarney*** – *The Groves o f Blarney*, no original. De autoria de Richard Alfred Miilikin (1767-1815), compositor irlandês.

**Blackrock** – subúrbio litorâneo de Dublin, localizado 8 km ao sul da cidade.

**avenida Carysfort** – endereço da casa da família Dedalus, situada em Blackrock; era onde morava a família Joyce no início de 1892.

**punhado de uvas com serragem** – a serragem era utilizada para evitar que as uvas se machucassem na manipulação e no transporte.

**em volta do parque** – o parque Blackrock, localizado no subúrbio de mesmo nome.

(59) **Cork** – cidade localizada na província de Munster, no sudoeste da Irlanda. Tal como o pai de Stephen, o pai de James Joyce era originário dessa cidade.

**Stillorgan... Goatstown... Dundrum... Sandyford** – vilarejos próximos de Blackrock.

**Munster** – província irlandesa, situada no sudeste do país. Os antepassados de John Joyce, o pai de James, moraram na cidade de Cork, localizada nessa província.

***O conde de Monte Cristo*** – romance de Alexandre Dumas, Pai (1802-1870), escritor francês, em colaboração com August Maquet (1813-1888).

(60) **Mercedes** – personagem do romance *O conde de Monte Cristo*. Mercedes, noiva de Edmond Dantès, o personagem central, casa com o seu rival, Fernand Mondego, quando Dantès é dado como desaparecido (na verdade, é condenado à prisão por intrigas de Mondego). Tendo conseguido sair da prisão e obtido o título de conde de Monte Cristo, Dantès volta para se vingar de Mondego, agora casado com Mercedes, e dos outros homens que contribuíram para levá-lo à prisão.

**Minha senhora, jamais como uva moscatel.** – no romance de Dumas, a frase é dita pelo conde de Monte Cristo.

**ia até o castelo** – o castelo mencionado aqui é uma das torres conhecidas como Martello, construídas como fortalezas de defesa na costa leste da Irlanda durante as Guerras Napoleônicas (1803-1806). Joyce morou, por cinco dias (9 a 14 de setembro de 1904), numa delas, a de Sandycove, uma área da cidade de Dublin. Atualmente sedia um museu que leva o nome de Joyce. Quando *Ulisses* começa, Stephen Dedalus está morando na torre Martello de Sandycove.

**Carrickmines** – subúrbio rural de Dublin.

**Stradbrook** – vilarejo próximo a Blackrock.

**61** **Rock Road** – estrada que começa em Blackrock e leva ao norte, na direção de Dublin.

**vertiam um suave influxo** – *poured a tender influence*, no original. Aparentemente, Joyce não utilizou aqui *"influence"* no sentido usual de "poder sobre outros", mas no sentido etimológico ligado ao verbo latino de onde se origina o verbo *"influo"*, "influir": fazer fluir, fazer correr para dentro. Essa interpretação parece ser corroborada pelo uso do verbo *"pour"*, "derramar", "verter", etc. Além disso, o contexto da frase inteira não permite interpretar *"influence"* no seu sentido usual, mas no sentido 1 do dicionário *Oxford*: *"The action or fact of flowing in; inflowing, inflow, influx: said of the action of water and other fluids, and of immaterial things conceived of as flowing in."*

**62** **Merrion Road** – continuação da Rock Road.

**63** **Dublin era uma nova e complexa sensação.** – refere-se à sensação de mudança para a área central e menos bucólica de Dublin, após a passagem pelo subúrbio litorâneo de Blackrock.

**uma de suas linhas principais até chegar ao prédio da alfândega** – aparentemente, a Gardiner Street, que leva até o prédio da alfândega, à margem do rio Liffey.

**boias de cortiça** – possivelmente das redes de pesca.

**64** **À frente do fogo uma velha... Achei que você fosse a Josephine, Stephen.** – esta cena se baseia na epifania n.º 5 (*Epifanias*, Autêntica, 2018, p. 19).

**65** **Harold's Cross** – subúrbio localizado 3,5 km a sudeste de Dublin.

**tubos cheios de brindes** – *crackers*, no original: geralmente, um tubo com bombons e outros brindes, amarrado nas pontas que, quando puxadas com força, causavam um forte estalo.

**No vestíbulo, as crianças que tinham ficado até mais tarde...** – este parágrafo e os dois seguintes se baseiam na epifania n.º 3 (*Epifanias*, Autêntica, 2018, p. 13).

**67** **A. M. D. G.** – *Ad maiorem Dei Gloriam*, o lema dos jesuítas.

**E... C...** – mais adiante, no capítulo 3, o primeiro nome é dado, por extenso, como sendo "Emma". Possivelmente a mesma personagem identificada em *Stephen Hero* como Emma Clery.

**Bray** – subúrbio litorâneo, localizado 20 km a sudeste de Dublin.

**L. D. S.** – *Laus Deo Semper*: Louvor a Deus Sempre, um dos lemas dos jesuítas, geralmente reproduzido no final de um exercício escolar.

**bem na esquina da praça** – isto é, a Mountjoy Square, a duas quadras do Colégio Belvedere.

**Belvedere** – colégio jesuíta situado no número 6 da Denmark Street Great, em Dublin, onde Stephen passará a estudar, agora como aluno externo.

**Irmãos Cristãos** – a Congregação dos Irmãos Cristãos, comunidade católica fundada, na Irlanda, por Edmund Rice (1762-1844). Dedicando-se, entre outras iniciativas, à educação de crianças e jovens, sobretudo de grupos sociais mais desfavorecidos, mantinham um colégio em Dublin, onde James Joyce estudou por alguns meses, antes de entrar no Colégio Belvedere, dirigido pelos jesuítas. Ele parece ter decidido esquecer essa sua passagem pela escola dos Irmãos Cristãos, que são aqui lembrados sobretudo por sua condição mais humilde e menos intelectualizada. A sra. Dedalus alude aqui à possibilidade, não concretizada, de Stephen passar a estudar numa de suas escolas. Mais tarde, no livro, Stephen, cruzará, numa de suas caminhadas, com um grupo de membros dessa congregação. É seu único contato com eles.

**o Paddy Stink e o Mickey Mud** – a menção do sr. Dedalus a hipotéticos colegas de Stephen caso ele fosse estudar na escola dos Irmãos Cristãos revela seu preconceito relativamente tanto à educação proporcionada por esse grupo de religiosos quanto à camada da população que a frequenta. O desprezo é evidente no uso das formas abreviadas dos nomes (Paddy para Patrick e Mickey para Michael) e nos epítetos que lhes são acrescentados (Stink, aludindo a mau cheiro; Mud, a lama, barro), sugerindo que a escola dos irmãos é frequentada por filhos de pessoas dedicadas a serviços manuais e, mais particularmente, agrícolas.

**vou te mandar ... vou comprar pra você** – na tradução de muitas das passagens de transcrição de fala, não segui, propositalmente, a regra gramatical conhecida como "uniformidade de tratamento".

**A noite da peça de Pentecostes** – Joyce, tal como Stephen, fez um papel numa peça encenada na Noite de Pentecostes de 1898. Tratava-se de uma adaptação da peça *Vice Versa: A Lesson to Fathers*, de autoria de F. Anstey, pseudônimo de Thomas Anstey Guthrie (1856-1934), escritor inglês. Na peça, que se passa numa escola, Joyce fazia o papel do dr. Grimstone, o professor, o que explica, mais adiante, a maquiagem que Stephen recebe para parecer mais velho ("Enquanto a testa estava sendo marcada com rugas...").

**penúltimo nível** – *number two*, no original. As classes, no Colégio Belvedere, eram divididas em Preparatório, Júnior, Médio e Sênior, e numeradas de trás para a frente: 4, 3, 2 e 1, respectivamente. Há uma discrepância aqui, na contagem do narrador, pois o segundo ano na escola corresponderia ao nível 3 e não ao 2 (v. Kevin Sullivan, *Joyce Among the Jesuits*, p. 71). As salas de cada nível eram assinaladas pelo respectivo número. O número do original pode se referir, pois, tanto ao nível quanto à sala.

**72** ***E, se também não escutar a igrrexa...*** – alusão a Mateus, 18:17.

**e não se queixa de nada ou dele não se ouve queixa alguma.** – *he doesn't damn anything or damn all*, no original; literalmente: "ele não maldiz nada ou absolutamente nada". No original, a passagem combina duas figuras de linguagem: a repetição de uma mesma ideia de duas formas diferentes e a repetição de uma palavra ("*damn*") com função gramatical diversa (respectivamente, verbo e advérbio). A tradução, obviamente, não reproduz toda a complexidade da combinação de figuras.

**sobrenome de ave** – *heron*: garça em inglês.

**último nível** – *number one*, no original. Ver, acima, nota "penúltimo nível".

**74** ***Confiteor*** – prece recitada, em geral, após o ato de confissão: "Confesso a Deus Todo-Poderoso...".

**75** ***sem qualquer possibilidade de nunca atingir*** – a doutrina da igreja não é, como escreveu Stephen, de que a alma não possa tentar chegar perto da comunhão com o Criador, mas de que ela não pode atingir a plena comunhão com ele.

**Drumcondra Road** – uma das principais vias de Dublin, em direção ao norte, começando ao norte do Royal Canal. A casa para onde a família Joyce se mudou em março de 1894 ficava na Millbourne Lane (atualmente Millbourne Avenue), transversal à Drumcondra Road.

**76** **Clonliffe Road** – corta a Drumcondra Road a partir do leste. O Colégio Belvedere, ao sul, onde Stephen estuda, não está longe daí.

**capitão Marryat** – Frederick Marryat (1792-1848), capitão da Real Marinha britânica e escritor, foi autor de alguns livros infantis.

**Newman** – John Henry Newman (1801-1890), nascido em Londres e criado na Igreja Anglicana, converteu-se ao catolicismo, tendo sido nomeado cardeal em 1879. Participou ativamente dos esforços para a fundação da Universidade Católica da Irlanda (mais tarde, transformada na College University, onde Joyce se graduou), tendo sido seu reitor entre 1854 e 1858. Reconhecido pelo estilo brilhante de sua prosa, era uma das grandes admirações literárias de James Joyce, a qual Joyce transfere ao personagem central de *Um retrato*.

**lorde Tennyson** – Alfred Tennyson (1809-1892), poeta inglês.

**77** **parede da latrina** – *slates in the yard*, no original. Segundo Chester G. Anderson, citando Bruce Bradley, em *James Joyce's Schooldays*, p. 161, "*slates*" era utilizado, eufemisticamente, no Colégio Belvedere, para se referir às latrinas localizadas no pátio do colégio. "*Slate*" é o equivalente de "*square*" no Colégio de Clongowes.

***Quando ia de pônei...*** – paródia dos versos de uma canção popular publicada por Frederik Blume, em Nova York, em 1866, com o título de "Kafoozelum", da qual se fizeram, posteriormente, inúmeras paródias obscenas. O tom levemente obsceno da versão de Boland parece ecoar o tom mais pesadamente licencioso dessas paródias.

**78** **Jones's Road** – rua curta que vai da Clonliffe Road até o Royal Canal. Stephen está indo em direção à Milbourne Avenue, em Drumcondra.

**79** **movimento em favor da renascença nacional** – refere-se à Liga Gaélica, fundada por Eoin MacNeill e Douglas Hyde, em 1893, visando incentivar o uso da língua irlandesa (o gaélico) em vez do inglês.

**80** ***The Lily of Killarney*** – abertura da ópera de mesmo nome, composta por Julius Benedict (1804-1885).

**81** **George's Street** – a (North) George's Street é perpendicular à Denmark Street, onde fica o Colégio Belvedere, em que Stephen estuda.

**no pórtico sombrio do necrotério** – segundo Gifford (ratificado por Mamigonian e Turner), há um erro por parte de Joyce, pois o necrotério (supõe-se o necrotério municipal, City Morgue), situava-se, nessa época, na Marlborough Street, bem distante desse caminho.

***Lotts*** – nome de uma viela, a leste da parte inferior da O'Connell Street, no centro de Dublin, paralela ao rio Liffey e na sua margem norte.

**82** **Kingsbridge** – a estação de trem de Kingsbridge (atualmente chamada de Heuston), ponto final da linha que fazia o percurso entre Dublin e Cork, um total de 256 km, numa viagem que levava cerca de quatro horas, segundo nota de Mamigonian e Turner.

**deixadas para trás pelo trem... como partículas faiscantes deixadas para trás por alguém correndo por uma estrada.** – no original, *flung by the mail... like fiery grains flung backwards by a runner.* Para o símile funcionar é preciso compreender que a segunda parte se refere a alguém que corre por uma estrada de material pedregoso calçando uma botina munida de travas metálicas. As "partículas faiscantes" são as que resultam do atrito das travas da botina com as partículas pedregosas da estrada.

**Maryborough** – vilarejo a 50 km de Dublin, onde ficava a estação de trem da linha em que Stephen e o pai viajam, atualmente situada no vilarejo próximo de Port Laoise.

**Mallow** – vilarejo irlandês, a 235 km de Dublin, já próximo de Cork, situado no trajeto da linha de trem em que Stephen e o pai estão viajando.

**83** **Hotel Victoria** – então situado na rua principal de Cork na época, a St. Patrick's Street, n.º 35. Não existe mais.

*É por ardor e insanidade...* – a canção, numa variante aparentemente pessoal de uma canção irlandesa tradicional de despedida, seria a que John Joyce, o pai de James, costumava cantar durante suas frequentes mudanças de casa por não conseguir pagar o aluguel.

**(84)** *venham todos* – *come-all-yous*, no original, referência ao grande número de baladas irlandesas populares que tem esse tipo de introdução.

**Queen's College** – atualmente University College Cork, era aberto a católicos e protestantes, mas com oposição de parte da hierarquia da Igreja Católica. O pai de James Joyce, John, frequentou-o nos anos de 1867-1868, como estudante de medicina, mas nunca terminou o curso.

**Mardyke** – na época, um passeio (calçadão) popular, na margem sul do rio Lee, próximo ao Queen's College.

**Pottlebelly** – literalmente, "barriga de meio galão", isto é, pançudo.

**(85)** **Tantiles** – aparentemente, algum local ligado à cidade de Cork. Mas não se conseguiu identificar nenhum local com esse nome.

**(86)** **South Terrace** – rua na parte sudeste de Cork, onde John Joyce, o pai de James, teria se criado.

**(87)** *Queenstown* – o nome antigo do porto de Cork, atualmente chamado de Cobh.

**(88)** **Peter Pickackafox** – Nenhuma das edições anotadas que consultei explica a origem ou o significado do "nome". A de Don Gifford (University of California Press) apenas diz "fonte desconhecida" (p. 172). É possível, entretanto, que, apesar da diferença de grafia, o "sobrenome" tenha origem no livro do escritor inglês Francis Francis (1822-1886), *Pickackafix: A Novel, in Rhyme*, publicado em 1854, que tem como personagem central um jovem escritor comercialmente fracassado que porta esse sobrenome. Se a hipótese for verdadeira, talvez o sr. Dedalus, ao se referir a Stephen como "Peter Pickackafox", esteja aludindo à vocação literária do filho. Curiosamente, na epifania n.º 17 (*Epifanias*, Autêntica, 2018, p. 45), Joyce é aludido como "Jocax".

*Seleta* – *Delectus*, no original. Trata-se da antologia de frases latinas, *Delectus Sententiarum* (*Seleta de frases*), compilada por Richard Valpy (1754-1836).

**Lee** – o rio que passa pela cidade de Cork.

*Tempora mutantur nos et mutamur in illis... Tempora mutantur et nos mutamur in illis.* – Maneiras igualmente corretas de expressar o mesmo pensamento em latim: "Os tempos mudam e nós mudamos com eles".

**(89)** **Sunday's Well** – subúrbio localizado no noroeste de Cork.

**(90)** *Estás pálida de tédio...* – versos iniciais do poema "To the Moon" ["À lua"], de Percy Bysshe Shelley (1792-1822). Trata-se, na verdade, de um fragmento, em uma única estrofe, colhido em seus manuscritos e publicado em 1824 pela mulher, Mary Shelley, que também lhe deu o título. Dois versos da segunda estrofe foram publicados por William Michael Rossetti, em 1870.

**Foster Place** – viela de Dublin, situada atrás do prédio do Banco da Irlanda.

**sentinela das Highlands** – supostamente um soldado do regimento da região escocesa das Highlands, cujos membros eram conhecidos por sua excepcional bravura. O Banco da Irlanda, entretanto, era (e é) uma empresa privada.

**trinta libras e de três libras** – somas extraordinárias para a época. Segundo Hugh Kenner, no livro *Mazes*, uma família gastava, por semana, cerca de uma libra.

**91** **que fora da câmara dos comuns do antigo parlamento irlandês** – o prédio foi vendido ao Banco da Inglaterra após o Act of Union (Lei da União) de 1800, que reuniu os reinos da Irlanda e da Grã-Bretanha para formar o Reino Unido da Grã-Bretanha e da Irlanda, dissolvendo as duas câmaras do antigo parlamento irlandês.

**Hely Hutchinson e Flood e Henry Grattan e Charles Kendal Bushe** – John Hely-Hutchinson (1724-1794), Henry Flood (1732-1791), Henry Grattan (1746-1820) e Charles Kendal Bushe (1767-1843), todos parlamentares irlandeses.

**vinte guinéus** – no sistema monetário britânico de então, moeda de ouro que valia 21 xelins, ou seja, uma libra mais um xelim.

**Underdone's** – literalmente, "o do Malpassado", provavelmente um restaurante caro da redondeza, ao qual a família se refere por um nome de brincadeira. Carne malpassada seria considerada coisa fina, o que justificaria o preço caro?

**92** *Ingomar* – *Ingomar, o bárbaro*, peça de Maria Anne Lovell (1803-1877), dramaturga e atriz inglesa.

*The Lady of Lyons* – comédia romântica de autoria de Edward Bulwer-Lytton (1803-1873), escritor inglês.

**93** **Claude Melnotte** – personagem central da comédia *The Lady of Lyons*.

**94** **Sentia alguma presença... iníquo abandono...** – esta passagem ecoa a epifania n.º 31 (*Epifanias*, Autêntica, 2018, p. 77).

**se perguntando se tinha se extraviado no bairro judeu** – não, não tinha. Estava, na verdade, na zona de prostituição de Dublin (ver, adiante, a nota "bairro dos bordéis").

# Capítulo III

**95** **bairro dos bordéis** – a região conhecida, então, como Monto (abreviatura de Montgomery Street, atualmente Foley Street), a zona de prostituição de Dublin à época, chamada por Joyce, em *Ulisses*, de Nighttown.

**96** **Fresh Nelly** – obviamente, o apelido de uma prostituta, que aparece também em *Ulisses*.

**97** **graça santificante... graça atual** – segundo a doutrina católica, a graça santificante é uma dádiva concedida à alma de forma permanente, desde que não cometa pecado mortal. A graça atual é uma dádiva transitória concedida à alma para que evite o mal e pratique o bem.

**98** **pequeno ofício** – o pequeno ofício de Nossa Senhora, que faz parte do livro da Liturgia das Horas (também referido como Ofício Divino ou Breviário), constituído de textos (hinos e salmos) a serem recitados a cada hora do dia.

**As glórias de Maria...** – são as atribuídas à virtude da sabedoria na passagem do Eclesiástico (24:17-20), explicitadas nessa mesma frase pelo narrador e citadas a seguir em latim, que a doutrina católica transfere à Maria, mãe de Jesus Cristo. A expressão "glórias de Maria" também remete ao livro de mesmo nome de autoria de santo Afonso Maria de Ligório e ao texto "As glórias de Maria", do livro *Discourses to Mixed Congregations* [*Sermões a congregações variadas*], do cardeal John Newman.

***Quasi cedrus exaltata...*** – Eclesiástico, 24:17-20. "Ergui-me como cedro no Líbano e como cipreste no Monte Sião. Ergui-me como palmeira em Cádiz e como roseira em Jericó. Ergui-me como formosa oliveira nos campos e como plátano nas sendas à beira d'água. Como a canela e o bálsamo espalhei inebriantes perfumes e como fina mirra espargi envolventes fragrâncias".

**refúgio dos pecadores** – um dos títulos dado à Virgem Maria no pequeno ofício.

***clara e musical, falando do paraíso e infundindo paz*** – trecho do Discurso 17, do livro *The Glories of Mary for the Sake of Her Son* (*As glórias de Maria por amor a seu Filho*), do cardeal John Henry Newman.

**99** ***Meu excelente amigo Bombados.*** – incerto sobre a citação, Joyce escreveu a um tio de Nora, em 2 de novembro de 1915, consultando-o sobre a frase correta. Aparentemente, a grafia do nome foi-lhe informada incorretamente, pois uma pesquisa recente, tendo descoberto a origem da frase, verificou que a grafia correta é "Bombardos". A frase é da ópera bufa *La princesse de Canaries*, de Alexandre Charles Lecocq (1832-1918). A versão inglesa, intitulada *Pepita*, estreou em Londres em 1888. A descoberta é de Harald Beck, registrada em breve nota no periódico *James Joyce Broadsheet*, n.º 83, junho de 2009.

**A frase de são Tiago** – Tiago, 2:10: "Porque qualquer que guardar toda a lei, e tropeçar em um só ponto, tornou-se culpado de todos".

**100** **Acho que você, Lawless** – evidente brincadeira do reitor com o nome do aluno; "*lawless*" significa "fora da lei".

**101** **Ele tinha a fé que move montanhas.** – alusão a Mateus, 17:20.

**pescador de almas** – alusão a Mateus, 4:19.

*Lembra-te de teu fim, e jamais pecarás* – como diz o pregador, a passagem provém de Eclesiástico, 7:40: "Em tudo o que fizeres, lembra-te de teu fim, e jamais pecarás". As citações da Bíblia utilizadas durante os sermões do retiro provêm da versão em inglês do livro do jesuíta italiano Giovanni Pietro Pinamonti (1632-1703), *O inferno aberto ao cristão* (*L'inferno aperto al Cristiano*, em italiano; *Hell Opened to Christians*, em inglês). Joyce retirou daí não apenas a maioria das citações da Bíblia contidas nos sermões do retiro, mas também frases inteiras, transcritas, quase sem modificações, das terríveis descrições que o padre jesuíta faz da "vida" no inferno. A versão original do livro e sua tradução em inglês estão disponíveis no site Internet Archive (archive.org). Sobre esse tema, v. James R. Thrane, "Joyce's Sermon on Hell: Its Source and Its Background"; e James Doherty, "Joyce and 'Hell Opened to Christians': The Edition He Used for His Hell Sermons".

**103** *quatro coisas do fim* – segundo a doutrina católica, as quatro coisas do fim ou novíssimos (do latim, *quattor novissima*) são, como diz o pregador, a morte, o juízo, o inferno e o paraíso, ou seja, o fim da vida (a morte), o julgamento que se segue a ela (o juízo), e os possíveis destinos da alma (inferno ou paraíso). A expressão tem origem em Eclesiástico, 7:40 (ver nota anterior).

**104** **deus bovino** – alusão ao "bezerro fundido" de Êxodo, 32:4.

**106** **As estrelas do céu caíram sobre a terra...** – alusão a Apocalipse, 6:13.

**O sol, a grande luminária do universo...** – alusão a Apocalipse, 6:12.

**A lua era vermelho-sangue.** – alusão a Apocalipse, 6:12.

**O firmamento era como um papiro desenrolado** – alusão a Apocalipse, 6:14.

**O arcanjo Miguel, o príncipe das hostes celestiais...** – alusão a Apocalipse, 10:1-6.

**Com um pé no mar e outro na terra** – alusão a Apocalipse, 6:2.

**morte do tempo** – *death of time*, no original. A expressão "*death of Time*", ligada aos eventos profetizados no Apocalipse, era comum em escritores do século XIX. Christina Rossetti (1830-1894), por exemplo, a utiliza no livro *The Face of the Deep* [*A face do profundo*]: "O inverno que será a morte do Tempo não tem nenhuma promessa de ter fim". Thomas Holley Chivers (1809-1858), poeta americano, escreveu um poema centrado no Apocalipse cujo título é justamente "The Death of Time".

**tempo não mais haverá.** – alusão a Apocalipse, 10:6, mas a frase está no livro de Pinamonti, *O inferno aberto ao cristão.*

**vale de Josafá** – alusão a Joel, 3:2,12.

**Cordeiro de Deus** – alusão a João, 1:29.

**Homem de Dores** – alusão a Isaías, 53:3.

**Bom Pastor** – alusão a João, 10:11.

*Apartai-vos de mim, malditos...* – Mateus, 25:41.

**107** **Oh, vós hipócritas, oh vós sepulcros caiados** – alusão a Mateus, 23:27.

**o Filho de Deus chega quando menos O esperais.** – alusão a Mateus, 25:13.

**pecado de nossos primeiros pais** – o pecado original. Segundo o Catecismo da Igreja Católica (goo.gl/dJc7y), item n.º 390: "A Revelação dá-nos uma certeza de fé de que toda a história humana está marcada pela falta original, livremente cometida pelos nossos primeiros pais".

**Addison** – Joseph Addison (1672-1719), escritor inglês.

*Oh, sepultura, onde está tua vitória?* – versos do poema de Alexander Pope (1688-1744), "The Dying Christian to his Soul" ["O cristão agonizante à sua alma"], que, por sua vez, é apenas uma pequena variação de Coríntios, 15:55.

**108** **Enquanto atravessava a praça** – a Mountjoy Square, a duas quadras da rua onde se situa o Colégio Belvedere.

**109** *não é como a beleza terrena...* – frase extraída do texto do cardeal John Henry Newman, "As glórias de Maria", do livro *Discourses to Mixed Congregations* [*Sermões a congregações variadas*].

*O inferno alagou a sua alma* – o pregador remete à passagem correta da Bíblia, mas a versão da frase é quase idêntica à do livro de Pinamonti, *O inferno aberto ao cristão.* Segundo a versão da Bíblia Almeida seria: "Por isso o Seol aumentou o seu apetite, e abriu a sua boca desmesuradamente."

**filho do amanhecer** – alusão a Isaías, 14:12. Lúcifer ("brilhante como a luz") designa a estrela da manhã, o planeta Vênus. A palavra refere-se, metaforicamente, aos anjos em geral e, em especial, aos anjos caídos, entre eles, Satã.

**110** **um terço das hostes celestiais** – a expressão alude indiretamente a Apocalipse. 12:4: "A sua cauda arrastava a terça parte das estrelas do céu, as quais lançou para a terra [...]", uma vez que os anjos eram associados à luz das estrelas. Entretanto, segundo Mamigonian e Turner, a frase alude mais diretamente a *Paraíso perdido*, de Milton (II, linha 692): "Levou com ele a terça parte dos Filhos do Céu [...]."

**non serviam. Não servirei.** – Jeremias, 2:20. Atribuída a Lúcifer após a queda, mas, na verdade, dirigida pelo profeta Jeremias ao povo de Israel.

**Éden, na planície de Damasco** – Éden é, obviamente, o Jardim do Éden, tal como mencionado em passagens do Gênesis como, por exemplo, em Gênesis, 2:8: "E plantou o Senhor Deus um jardim no Éden, na direção do Oriente, e pôs nele o homem que havia formado". Em Gênesis, 2:11-14, há menção a nomes de rios e terras, mas sem ligação com Damasco, capital da Síria. John Parker Lawson, em *The Bible Cyclopedia: Containing the Biography, Geography, and The Natural History of the Holy Scriptures* (1847), esclarece que Éden também seria o nome de um vilarejo próximo de Damasco, um dos muitos locais onde, segundo algumas especulações, teria se localizado o Jardim do Éden.

**o mais ardiloso de todos os bichos do campo** – alusão a Gênesis, 3:1.

**o vaso mais fraco** – alusão a Pedro, 3:7.

**eles se tornariam deuses, não, o próprio Deus** – alusão a Gênesis, 3:5.

**Miguel, príncipe das hostes celestiais, com uma espada de fogo na mão** – alusão indireta a Gênesis, 3:24, e, mais indiretamente, a Milton, *Paraíso perdido* (livro 11, linhas 99-108), segundo Mamigonian e Turner.

**111** **preterido em favor de um notório salteador** – Barrabás.

**as portas do inferno não prevalecerão.** – alusão a Mateus, 16:18.

**Ele fundou-a sobre a pedra eterna...** – alusão a Isaías, 26:4.

**112** **santo Anselmo, em seu livro sobre as similitudes** – aparentemente, trata-se de Anselmo de Cantuária (~1033-1109), monge beneditino italiano. Uma compilação de seus textos em latim é realmente conhecida pelo título *De similitudinibus* (*Sobre as similitudes*). A referência de Joyce, porém, parece vir não dessa compilação, mas diretamente do livro de Giovanni Pietro Pinamonti, *O inferno aberto ao cristão*, referido em nota anterior. Na p. 16 da versão em inglês do livro de Pinamonti lê-se: "*says St. Anselm, in his Book of Similitudes, '[...] the damned will be so weak, as not to be able even to remove from the eye a worm that is gnawing it.'*", que corresponde, com exceção de umas poucas palavras, exatamente ao final deste parágrafo.

**fornalha babilônica** – alusão a Daniel, 3:49-50 (Bíblia Douay-Rheims).

(115) **Santa Catarina de Siena** – (1347-1380), freira italiana da ordem dos dominicanos.

(116) **templo do Espírito Santo** – alusão a Coríntios, 6:19.

(117) **Malahide** – vilarejo litorâneo situado na região de Dublin.

**Pois que aproveitaria ao homem ganhar o mundo inteiro...** – alusão a Marcos, 8:36.

(118) **abjeção de espírito** – no original, *"abjection of spirit"*. Leia-se "rebaixamento moral", "humilhação", "aviltamento". A expressão parece ter sido tomada de empréstimo de uma carta escrita por James Howell (~1594-1666), funcionário da corte do rei inglês Charles I (1600-1649), a qual, por sua vez, alude a uma carta de Francis Bacon (1561-1626), então em total desgraça material e moral, ao rei James (1566-1625), implorando por misericórdia. Segundo Howell, as palavras de Bacon nessa carta, em que implora inclusive por assistência financeira, *"argued a little abjection of spirit"* ["demonstram uma certa abjeção de espírito"]. Outras palavras desta passagem de *Um retrato* (*"and in utter abjection of spirit he craved forgiveness mutely of the boyish hearts about him."*) ecoam as da carta do próprio Bacon ao rei James: *"I most humbly crave pardon of a long letter, after a long silence."* ["Muito humildemente almejo o perdão por tão longa carta, após um longo silêncio."] Stephen está, em relação aos colegas, na mesma posição de Bacon perante o rei.

*Estou proscrito da visão dos Teus olhos* – a referência dada no texto (Salmos, 30:23) corresponde à localização na versão da Bíblia chamada "Douay"; na versão da *King James* e na *Almeida* é Salmos, 31:22.

**livro de exercícios espirituais** – *Exercícios espirituais*, livro escrito pelo fundador da ordem dos jesuítas, Inácio de Loyola. Como explica o site das Edições Loyola: "Publicado em 1548, o pequeno volume dos Exercícios Espirituais é uma série de instruções práticas sobre métodos de oração e exames de consciência, orientadas a conduzir a uma decisão consciente e livre, planificadas em uma variedade de meditações e contemplações, e oferecidas àqueles que desejam tornar-se livres para se deixar conduzir por Deus na realização da missão a que o Senhor os convida."

**composição do lugar** – no livro *Exercícios espirituais*, Inácio de Loyola assim explica em que consiste essa etapa dos exercícios: "Aqui é de notar que, na contemplação ou meditação visível, assim como contemplar a Cristo nosso Senhor, o qual é visível, a composição será ver, com a vista da imaginação, o lugar material onde se acha aquilo que quero contemplar. Digo o lugar material, assim como um templo ou monte onde se acha Jesus Cristo ou Nossa Senhora, conforme o que quero contemplar. Na invisível, como é aqui a dos pecados, a composição será ver, com a vista imaginativa e considerar estar a minha alma encarcerada neste corpo corruptível e todo o composto neste vale, como desterrado, entre brutos animais. Digo todo o composto de alma e corpo." (*Exercícios espirituais*, trad. Vital Cordeiro Dias Pereira e F. de Sales Baptista, Livraria A. I., Braga).

119 **Santo Tomás** – Tomás de Aquino (1225-1274), padre italiano da ordem dos dominicanos, autor da *Suma teológica*, obra fundamental da filosofia e da teologia católica.

**diz que a pior danação...** – Joyce retira a frase atribuída a Tomás de Aquino do livro de Pinamonti, *O inferno aberto ao cristão*. Mas a frase de Aquino, em latim (*Compendium Theologiæ*, livro 1, cap. 174), é ligeiramente diferente da referida por Pinamonti.

120 **santo Agostinho** – Agostinho de Hipona (354-430), nascido numa província africana sob o domínio romano, foi um dos mais importantes filósofos e teólogos dos anos iniciais do cristianismo.

125 **pisoteou sozinho o terrível lagar do sofrimento?** – alusão a Isaías, 63:3.

127 **plenipotenciário espiritual** – alguém com plenos poderes espirituais, ou seja, um padre confessor.

128 **Criaturas estavam ali no campo...** – esta cena se baseia na epifania n.º 6 (*Epifanias*, Autêntica, 2018, p. 21).

129 *Um dia Ele quis vir à terra em toda Sua glória* – toda essa passagem é praticamente idêntica a um trecho do Discurso 17, do livro *The Glories of Mary for the Sake of Her Son* (*As glórias de Maria por amor a seu Filho*), do cardeal John Henry Newman.

131 **a capela da Church Street** – a capela dos capuchinhos situada na Church Street, na margem norte do rio Liffey.

133 **O jugo de Deus era suave e leve.** – alusão a Mateus, 11:30.

**Deus amava os pequeninos...** – alusão a Marcos, 10:14.

135 **Dezesseis, padre.** – como é sábado e se celebra a festa de são Francisco Xavier (3 de dezembro), deduz-se que a cena se passa no ano de 1898. Joyce, de fato, completou dezesseis anos em fevereiro desse ano. Stephen, nascido no mesmo ano que Joyce (a julgar por uma informação nesse sentido em *Ulisses*), mas em mês desconhecido, também teria por volta de dezesseis anos nessa data. Mas, como sabemos, Stephen *não* é Joyce. E, embora tenham nascido no mesmo ano e frequentado os mesmos colégios, há uma discrepância entre a cronologia do autor e a de seu personagem (ver introdução a estas notas). Nesse ano, como é evidente, Stephen ainda estava no Colégio Belvedere, enquanto Joyce

estava iniciando a universidade. Stephen está atrasado, em sua carreira escolar, dois ou três anos relativamente ao seu criador.

 ***Corpus Domini nostri. … In vitam eternam. Amen.*** – A frase inicial e a frase final da fórmula de administração do sacramento da comunhão, proferidas pelo padre ao oferecer a hóstia a cada um dos comungantes: "*Corpus Domini nostri Jesu Christi custodiat animam meam in vitam aeternam. Amen.*" ["Que o corpo de Nosso Senhor Jesus Cristo guarde a minha alma e a conduza à vida eterna. Amém."] Nos tempos atuais, o padre simplesmente diz, em vernáculo: "Corpo de Cristo" e o comungante responde: "Amém.".

# Capítulo IV

 **mistério sagrado** – na doutrina católica, refere-se aos elementos que são considerados verdade revelada e inacessíveis à razão humana, tal como o mistério da Santíssima Trindade ou da natureza eterna de Deus.

**oferenda heroica** – consiste numa breve oração em que se promete a Deus devotar todos os bons pensamentos e ações do dia em prol do bem espiritual de alguma outra pessoa.

**livro de orações entrefolhado** – um livro de orações, entremeado de cartões com lembretes sobre datas importantes de membros ou amigos da família (mortes, aniversários, etc.) e que também serviam para marcar as páginas com as orações apropriadas para cada uma dessas ocasiões.

**penitências canônicas** – penitências canônicas eram, nos primeiros séculos da Igreja Católica, penitências impostas, por um longo período de tempo (por anos e anos ou até mesmo pela vida inteira), aos que haviam cometido algum pecado de maior gravidade. Em geral, eram penitências humilhantes, como andar com sacos rotos na cabeça, ou rigorosas, como dias seguidos de jejum. Eram chamadas de "canônicas" porque eram impostas não pelo mero arbítrio do confessor, mas de acordo com as rigorosas prescrições de leis ou cânones eclesiásticos. Elas já tinham sido abolidas, entretanto, antes do final da Idade Média. O uso da expressão por Stephen é, aqui, portanto, apenas figurativo. Além disso, orações autoimpostas, como as que ele descreve, pouco têm a ver com o estatuto das penitências canônicas daqueles primeiros séculos da era cristã.

**sufrágios** – súplicas, em forma de oração, pela alma de um morto.

**supererrogação** – o significado é de "excesso", "demasia", "algo além do necessário". Aqui, nos termos da doutrina católica, significa a prática de boas obras além da medida comumente exigida para a redenção pessoal, o que permitiria que o excedente fosse distribuído a outros, neste caso as almas do purgatório.

**138** **três virtudes teologais** – fé, esperança e caridade.

**mistérios gozosos e dolorosos e gloriosos** – na liturgia católica, três da série dos quatro mistérios (além desses, há os mistérios luminosos) que são rememorados na recitação do rosário. Os quatro conjuntos de mistérios correspondem a etapas da vida de Jesus Cristo: anunciação, nascimento e apresentação no templo (mistérios gozosos ou da alegria); agonia, sofrimento e morte (mistérios dolorosos); ressureição, ascensão, etc. (mistérios gloriosos); e batismo, transfiguração, etc. (mistérios luminosos).

**sete dons do Espírito Santo** – fortaleza, sabedoria, entendimento, ciência, conselho, piedade, temor a Deus.

**sete pecados capitais** – gula, avareza, luxúria, ira, inveja, preguiça, vaidade.

**Paracleto** – uma das designações do Espírito Santo; a palavra, de origem grega, significa "protetor, consolador, intercessor".

**uma vez ao ano, paramentados com o escarlate das línguas de fogo** – isto é, na festa de Pentecostes, que celebra, sete semanas após o domingo de Páscoa, a ocasião em que o Espírito Santo, sob a forma de "línguas de fogo" (Atos, 2:3), desceu sobre os apóstolos. O vermelho ou escarlate é a cor dos paramentos sacerdotais usados nas cerimônias de Pentecostes.

**141** **santo Afonso de Ligório** – (1696-1787), padre italiano, fundador da Ordem dos Redentoristas. O "velho e desprezado livro" referido pelo narrador é, provavelmente, *Visits to the Most Blessed Sacrament* [*Visitas ao Santíssimo Sacramento*]. Mas as referências que se seguem remetem também a outro livro do mesmo autor: *The Holy Eucharist* [*A Sagrada Eucaristia*], volume 4 das *Obras completas* de Ligório em língua inglesa.

**imagística dos cânticos** – isto é, o livro da Bíblia, Cântico dos Cânticos.

**Uma voz inaudível... *commorabitur*.** – a passagem é baseada na epifania n.º 24 (*Epifanias*, Autêntica, 2018, p. 61). Em sua versão como epifania o contexto é profano (o feminino aí evocado é uma mulher de carne e osso) e não espiritual (a alma de Stephen, personificada como sendo feminina), como aqui.

**dizendo-lhe nomes e glórias** – *telling her names and glories*, no original. Embora os substantivos comuns tenham gênero neutro em inglês e sejam referidos por pronomes neutros (*it, its*, etc.), a alma (*soul*, em inglês) de Stephen é aqui personificada como sendo feminina (*her*). Observe-se também que esta última frase do parágrafo faz alusão a diferentes passagens do *Cântico dos cânticos*: 2:13 ("convidando-a a se levantar [...] e partir"), 4:9 ("desde o cume de Amana [...] montes dos leopardos") e 1:13 ("*Inter ubera mea commorabitur.*").

**Inter ubera mea commorabitur.** – como já referido, a frase é do *Cântico dos cânticos*, 1:13: "Repousará entre os meus seios.".

**143** **apoiando um cotovelo na travessa do cortinado marrom de meia altura** – *leaning an elbow on the brown crossblind*, no original. A palavra não está registrada nos dicionários, mas Harald Beck (goo. gl/MLOIjS) descobriu (por anúncios da época) que *cross-blind* (com hífen, que Joyce abominava) era um artefato para as janelas, em voga no século XIX e no início do século XX. Consistia num cortinado que pendia de uma travessa colocada um pouco abaixo do meio da janela. Aparentemente, servia, sobretudo, para evitar aos de dentro serem vistos pelos passantes ou pelos vizinhos.

**são Boaventura** – (1221-1274), padre franciscano nascido na Itália.

**144** **Les jupes** – em francês no original: as saias.

**145** **situação ambígua em Belvedere** – provável alusão à situação de Stephen como aluno que não pagava anuidade (bolsista).

**lorde Macaulay** – Thomas Babington Macaulay (1800-1859), historiador e político inglês.

**Louis Veuillot** – (1813-1883), jornalista francês.

**147** **o poder das chaves, o poder de prender ao pecado e libertar dele** – no original, "*the power of the keys, the power to bind and to loose from sin*". A expressão faz alusão a alguns versículos dos Evangelhos: Mateus, 16:18-19; Mateus: 18:18; João: 20:23. Ao falar do "poder de prender ao pecado e libertar dele", o diretor está, obviamente, referindo-se ao sacramento da confissão, que, na sua forma atual, o de confissão individual a um sacerdote, foi instituído apenas tardiamente na Igreja Católica (por volta do século XI). Embora essa frase remeta, indiretamente, aos versículos mencionados do Evangelho, a formulação exata usada por Joyce/Stephen, ligando os dois verbos a "pecado", vem de santo Agostinho (*Tratados sobre o Evangelho de são João*, 124:5). Em latim: "*potestatem ligandi solvendique peccata*".

**Ite missa est.** – palavras do sacerdote ao final da missa celebrada em latim. Não há acordo sobre o significado, mas a interpretação mais aceita é que queira dizer: "Ide, [a congregação] está dispensada". A resposta dos fiéis é: "*Deo gratias*" ("Graças a Deus").

**148** **o pecado de Simão, o Mago** – pecado conhecido como "simonia", que consiste em mercadejar benefícios espirituais. Simão, o Mago, teria tentado comprar poderes espirituais dos apóstolos de Jesus Cristo. Seu pecado é descrito em Atos: 8:9-24.

**filhos da ira** – alusão a Efésios, 2:3.

**não discernindo o corpo do Senhor.** – alusão ao livro 1 de Coríntios, 11:29: "Porque o que come e bebe indignamente, come e bebe para sua própria condenação, não discernindo o corpo do Senhor."

**ordem de Melquisedeque** – Melquisedeque é um personagem bíblico, mencionado em Gênesis, 14:18, como sendo "rei de Salém" e "sacerdote do Deus Altíssimo". A "ordem de Melquisedeque" é invocada, entre outros locais, em Salmos, 110:4: "Tu és sacerdote para sempre, segundo a ordem de Melquisedeque.".

**seu abençoado santo padroeiro** – santo Estevão (Saint Stephen, em inglês) é celebrado como o primeiro mártir do cristianismo.

**149** **igreja de Findlater** – nome pelo qual é conhecida a igreja presbiteriana situada na parte norte da antiga rua Rutland Square (atualmente Parnell Square).

**150** **casa dos jesuítas na Gardiner Street** – casa paroquial da igreja de São Francisco Xavier, situada nessa rua.

**ponte sobre as águas do Tolka** – o Tolka é um dos três principais rios de Dublin, juntamente com o Liffey e o Dodder. Está situado a norte do Liffey. Na pista das anotações de Mamigonian e Turner, pode-se conjecturar que, após ter passado a casa dos jesuítas, na Gardiner Street, Stephen continua por essa rua até chegar à Dorset Street (que passa a se chamar Drumcondra Road após o Royal Canal), seguindo em direção ao norte, pela Drumcondra Road e, atravessando o rio por uma ponte que existia na época, vira à esquerda na Millbourne Avenue.

**152** *Muitas vezes na noite calma* – canção de Thomas Moore (1779-1852), poeta e cançonetista irlandês.

**Newman ouvira... versos quebrados de Virgílio** – referência a uma passagem do livro do cardeal John Henry Newman, *An Essay in Aid of a Grammar of Assent* [*Ensaio por uma gramática da aquiescência*], no qual, contra os filósofos empiristas, defendia a validade da fé religiosa como uma via legítima de compreensão. Nessa passagem, Newman diz, em resumo, que os versos de Virgílio podiam soar como lugar-comum quando lidos na infância ou na juventude, mas que adquirem força e significado diferentes e renovados quando lidos na fase adulta. A interpretação de Stephen não corresponde exatamente ao significado expresso na passagem.

**pub de Byron** – provavelmente, fictício.

**capela de Clontarf** – a igreja de São João Batista, localizada na Clontarf Road.

**Bull** – a ilha de Bull, na baía de Dublin, ligada ao subúrbio de Dollymount por uma ponte de madeira.

 **imponente cadência de Newman** – a frase de Newman é do livro *The Idea of a University*. O período inteiro de onde a frase foi retirada é: "*What grey hairs are on the head of Judah, whose youth is renewed like the eagle's, whose feet are like the feet of harts, and underneath the Everlasting arms?*" ["Que cabelos grisalhos estão na cabeça de Judá, cuja juventude é renovada como a da águia, cujos pés são como os dos cervos, e por baixo os braços eternos?"]. A expressão "por baixo os braços eternos" é de Deuteronômio, 33:27: "O Deus eterno é a tua habitação, e por baixo estão os braços eternos; e ele lançará o inimigo de diante de ti, e dirá: Destrói-o.". É dita por Moisés, referindo-se a Israel. A referência às "patas dos cervos" alude a Salmos, 18:33: "Faz os meus pés como os das cervas [...].". Em Newman, por sua vez, toda a passagem se refere a são Pedro e, mais geralmente, à igreja católica e seu poder ao longo da história, ou seja, justamente àquilo a que Stephen está renunciando ao não atender ao apelo do diretor.

**Dollymount** – subúrbio litorâneo de Dublin.

**mandamento do amor** – "Amarás o teu próximo como a ti mesmo". (Mateus, 22:39; e também Marcos, 12:31 e Lucas, 10:27).

**Um dia de nuvens salpicadas...** – no original, "*A day of dappled seaborne clouds.*". A frase, que serve de pretexto para Stephen desenvolver uma espécie de manifesto literário, é extraída, com uma pequena mas importante modificação, do livro do geólogo escocês Hugh Miller (1802-1856), *The Testimony of the Rocks* [*O testemunho das rochas*]. No livro de Miller, a frase, parte de um período mais longo, é: "*a day of dappled breezeborne clouds*" ["um dia de nuvens salpicadas impelidas pela brisa"]. Richard Brown, em *James Joyce and Sexuality* (p. 158), comenta que, ao substituir "*breezeborne*" por "*seaborne*", Stephen/Joyce transforma a frase facilmente compreensível de Miller numa frase de compreensão mais difícil e talvez meteorologicamente impossível: nuvens não podem, tal como os navios, ser impelidas pelo mar. Na verdade, em que pese a opinião de Brown, o que há é uma transformação de sentido: do sentido literal para o metafórico.

**Amava ele, então, o movimento rítmico...** – esta frase, fartamente comentada na literatura crítica (tal como o parágrafo a que pertence), resume a estética de Stephen e do próprio Joyce: a precedência concedida ao ritmo e à sonoridade em detrimento de outros aspectos do texto literário tais como as alusões ("associações"), o simbolismo, a trama ("narrativa") e as figuras de linguagem ("colorido"). Num fragmento escrito em 1904, conhecido como "The Early Portrait" ("O primeiro retrato"), Joyce concedia o mesmo peso a esses dois elementos: "Para o artista, os ritmos da frase e do período bem como os símbolos sugeridos pelas palavras e a alusão são de suma importância.".

**(155) onde o rio era aprisionado numa baía** – Stephen atravessou a ponte que liga a cidade de Dublin à ilha de North Bull e olhava para o sul, à sua esquerda, vendo a foz do Liffey e a cidade de Dublin.

**sétima cidade do mundo cristão** – Dublin, obviamente. Segundo Mamigonian e Turner, citando, por sua vez, um artigo de Richard M. Kain ("Dublin as 'The Seventh City of Christendom'"), a expressão está num livro de Oliver Gogarty, um contemporâneo de Joyce, mas não parece ter sido expressão de uso corrente.

*thingmote* – uma elevação de terra erigida para servir de local de reuniões públicas e assembleias na época da invasão da Irlanda pelos nórdicos entre os séculos IX e XI. O entendimento convencional, mas discutível, é que "*thing*", na língua nórdica, significa "povo", e "*mote*", "monte" (para uma discussão detalhada a respeito, v. George A. Little, "The Thingmote").

**Stephanos** – o nome de Stephen, em grego; "estefanos": que é enfeitado, coroado com guirlanda.

**Aí vem O Dedalus!** – segundo Mamigonian e Turner, o uso do artigo definido antes do sobrenome de Stephen remete ao uso tradicional gaélico de conferir essa distinção à pessoa viva mais importante portadora de um dado sobrenome, o chefe do clã. No caso, trata-se, obviamente, de uma brincadeira, de acordo com o clima dominante dessa cena.

**(156) Ao! ... Uk!** – Joyce utiliza aqui, por três vezes, uma interjeição (Ao!) que parece ser de sua própria criação, tal como a que utiliza um pouco mais adiante (Uk!). A obsessão de Joyce por criar palavras a partir da combinação aparentemente arbitrária de letras concentra-se sobretudo nas vogais, mas não exclusivamente, como se pode ver em *Ulisses* e em *Finnegans Wake*. No capítulo XVI de *Stephen Hero*, ele explicita sua motivação: "Ele [Stephen] buscava em seus poemas fixar o mais elusivo de seus estados de espírito e criava seus versos não palavra por palavra mas letra por letra. Leu Blake e Rimbaud sobre os valores das letras e inclusive permutava e combinava as cinco vogais para inventar exclamações para emoções primitivas." (v. Scarlett Baron, "Joyce and the Rhythms of the Alphabet", in Ronan Cowley e Dirk Van Hulle, *New Quotatoes: Joycean Exogenesis in the Digital Age*).

**Bous Stephanoumenos! Bous Stephaneforos!** – palavras em grego: "*bous*" é usado para se referir ao animal bovino, touro ou vaca, indistintamente; "*estefanou*" quer dizer ornar com guirlanda, coroar; "*estefanoumenos*" é o particípio passado de "*estefanou*", ou seja, "coroado";

"*estefaneforos*", também particípio passado, significando "o que porta a guirlanda, a coroa". Para uma análise detalhada desses epítetos, v. Stuart Curran, "'Bous Stephanoumenos': Joyce's Sacred Cow".

**Dedalos** – o sobrenome de Stephen (e de seu patrono, o artífice *Daedalus*, em sua forma latina), grafado numa espécie de grego macarrônico (o correto seria *Daidalos*).

**antigo reino dos dinamarqueses** – o domínio de Dublin pelos vikings durou de meados do século IX até a invasão normanda, no século XII.

157 **abertura de uma página de algum livro medieval** – obviamente, a alusão aqui é a Ícaro, o filho do Dédalo mitológico, evocado na epígrafe do livro através das *Metamorfoses* de Ovídio. Entretanto, seguindo pistas fornecidas por Jennifer Fraser, em "Charting the Course of the Commedia's Embryo in *A Portrait of the Artist as a Young Man*" (*Joyce Studies*, n. 13), e por John Freccero, em *In Dante's Wake: Reading from Medieval to Modern in the Augustinian Tradition*, é possível sugerir que a alusão a Ícaro ("voando sobre o mar em direção ao sol") se funde com a alusão a Dante Alighieri, metonicamente referido por seu característico nariz aquilino ("curioso desenho" ou, no original, "*quaint device*" – o "*device*" do original alude, ambiguamente, tanto a um artefato, tal como o construído por Dédalo, como também a uma figura, ambiguidade que o "desenho" da tradução não reproduz exatamente). O retrato de Dante provavelmente aparece no frontispício de mais de uma edição de *A divina comédia* (o "livro medieval"), mas Freccero alude, especificamente, a uma edição veneziana de 1564. O exemplar de *A divina comédia* em poder de Joyce era uma edição anotada por Eugenio Camerini. A julgar por um exemplar dessa edição, datado de 1892, que pude consultar, o livro anotado por Camerini não traz nenhuma ilustração com o retrato de Dante Alighieri. Joyce, provavelmente, está se referindo a alguma outra edição do livro. Para todas as alusões a Dante na obra de Joyce, incluindo *Um retrato*, v. Mary Trackett Reynolds, *Joyce and Dante: The Shaping Imagination*.

158 **Howth** – península na costa nordeste da baía de Dublin.

159 **Uma mocinha estava diante dele no meio da corrente** – esta passagem tem sido celebrada como constituindo a epifania joyceana por excelência. Entretanto, ela não faz parte do conjunto das epifanias registradas como tais por Joyce e reunidas por Robert Scholes e Richard M. Kain em *The Workshop of Daedalus* (v. *Epifanias*, Autêntica, 2018).

# Capítulo V

161 **coador de gordura** – no original, simplesmente *jar*. Mas pelo contexto presume-se que seja um pote com uma tampa com furinhos, utilizado para coar a gordura resultante dos assados. [Meu muito obrigado a

Rogério Bettoni SatBhagat, meu companheiro constante nessas jornadas tradutórias, por essa decifração e outras mais].

**Daly ou de MacEvoy** – quer dizer, o penhor era feito sob nomes falsos.

**endireitou o despertador** – supostamente um despertador numa moldura retangular de madeira que, por alguma razão, não podia ser sustentado na vertical em cima do console da lareira. O detalhe é um indicador da péssima situação financeira da família de Stephen.

**Sabe Deus** – no original, *The dear knows*, em que "*dear*" é um eufemismo para "Deus" em inglês hibérnico, o inglês falado com traços léxicos e sintáticos do gaélico (P. W. Joyce, *English As We Speak It In Ireland*).

**162** **A ruela que passava atrás da casa... hospício das freiras...** – supõe-se que a ruela seja a Royal Terrace (atualmente, Inverness Road), em Fairview (um subúrbio litorâneo no nordeste de Dublin), onde os Joyces moraram entre 1900 e 1901, numa casa contígua a um hospício, segundo Richard Ellmann, em sua conhecida biografia de James Joyce. Havia, realmente, um hospício chamado St. Vincent's Lunatic Asylum (atualmente, St. Vincent's Psychiatric Hospital), pertencente à congregação das Irmãs de Caridade de São Vicente de Paula. É curioso que Stephen tenha ouvido os gritos de uma "freira louca", embora, supostamente, o hospício não fosse para freiras, mas administrado por elas.

**Gerhart Hauptmann** – (1862-1946), dramaturgo alemão. O jovem Joyce traduziu duas de suas peças: *Sonnenaufgang* (sob o título de *Before Sunrise – Antes da aurora*) e *Michael Kramer*. O autor alemão é referido mais longamente no conto "Um caso doloroso" (*Dublinenses*).

**163** **pálidas desditas** – *pale sorrows*, no original. Refere-se, provavelmente, à má sorte de mulheres da família Krause retratadas na peça de Hauptman, *Antes da aurora*: alcoolismo, maus casamentos, etc. O adjetivo "*pale*", aplicado a "desditas", deve-se, talvez, à personificação, à maneira dos românticos, de faculdades ou estados da alma e da mente, ainda que Hauptman (e muito menos Joyce) não fosse propriamente um romântico (v. Albert Herrmann, *A Grammatical Inquiry Into the Language of Lord Byron*). Na literatura do romantismo, a palavra "*sorrow*" costuma vir acompanhada do qualificativo "*pale*", com iniciais maiúsculas (*Pale Sorrow*).

**Sua caminhada matinal...** – Don Gifford, em sua edição anotada de *Um retrato*, conjectura qual foi o trajeto de Stephen, desde sua casa na Royal Terrace até o University College. A seguinte sequência resume a descrição de Gifford e pode ser seguida no mapa do Google, cujo link se encontra ao final deste livro. Os locais direta ou indiretamente mencionados no livro estão assinalados em itálico. Neste esquema, alguns locais e ruas estão mencionados no presente parágrafo e outros apenas mais adiante, enquanto Stephen completa sua caminhada até o University College:

> casa (Royal Terrace, atual Inverness Road) > Philipsburgh Avenue (*"alagadiços de Fairview"*) > Royal Canal > *North Strand Road* > Amiens Street > *Talbot Place* (*"marmoraria do Baird"*) > Store Street > Beresford Place > costeia a Alfândega (Custom House) > Custom Quays > Butt Bridge (ponte sobre o Liffey) > Burgh Quay (*"imunda casa de comércio naval"*) > Hawkins Street > costeia a face norte do Trinity College (*"o bloco cinzento do Trinity à sua esquerda"* > ilha de tráfego na junção das ruas Westmoreland, College e D'Olier com a estátua de Thomas Moore (*"cômica estátua do poeta nacional"*) > Trinity College > *Grafton Street* > Stephen's Green > University College (na época situado em frente ao Stephen's Green).

**prosa claustral de veios prateados de Newman** – Stephen inicia aqui uma série de associações entre locais de sua rota matinal com características pessoais ou estilísticas de alguns escritores (v. John Brannigan, *Archipelagic Modernism*). Gifford, explicitando a comparação de Stephen, sugere que os supostos veios prateados do estilo de Newman aludem aos regatos formados pelas ondas ("alagadiços").

**Guido Cavalcanti** – (~1255-1330), poeta italiano. Segundo Gifford, Guido Cavalcanti era conhecido por seu humor negro, não propriamente em seus escritos, mas em sua vida pessoal. Por outro lado, ainda segundo Gifford, ignora-se a razão pela qual Stephen associa as "vitrines dos armazéns de secos e molhados" da North Strand Road ao suposto humor negro de Cavalcanti.

**Ibsen** – Henrik Ibsen (1828-1906), dramaturgo norueguês, foi uma das admirações do jovem James Joyce. Segundo Gifford, a associação feita por Stephen entre o "espírito de Ibsen" e o "vento cortante", enquanto passa pela marmoraria, tem origem numa passagem do ensaio "O novo teatro de Ibsen", de Joyce, em que ele assim descreve a esposa do escultor Rubek: "Sua frescura arejada é como um sopro de ar cortante".

***Não estava mais fatigada onde jazia.*** – no original: *I was not wearier where I lay*. Palavras ditas por Aurora (a aurora personificada) no epílogo da peça *The Vision of Delight* [*A visão do deleite*], do poeta e dramaturgo inglês Ben Jonson (1572-1637), despedindo-se, na festa, da Graça, do Amor, da Harmonia, etc.

***Synopsis Philosophiæ Scholasticæ ad mentem divi Thomæ*** – Uma sinopse da Filosofia Escolástica para a compreensão de são Tomás.

**Esquina da relojoaria Hopkins** – situada na esquina da O'Connell Street (antiga Sackville Street) com Eden Quay.

**Estados Unidos da Europa** – possível alusão à ideia da criação de um EUE, sustentada por William Thomas Stead, mencionado mais adiante, na discussão sobre a petição pela paz patrocinada pelo tsar Nicolau II.

**jardins do Green** – isto é, do St. Stephen's Green, um parque público localizado no centro de Dublin. O parque é usualmente designado simplesmente como Stephen's Green. Aqui, Joyce abreviou o nome ainda mais, além de grafá-lo, no original, com inicial minúscula.

(165) *Marfim, ivoire, avoria, ebur.* – "marfim", além do português (no original, inglês, *ivory*), em francês, italiano e latim.

(166) *India mittit ebur* – "A Índia exporta marfim", em latim. De Virgílio, *Geórgicas*, I, 57.

*Contrahit orator, variant in carmine vates.* – em latim: "O orador encurta, o poeta diversifica." Da gramática do padre português, Manuel Álvares (1526-1583), *De institutione grammatica libri tres*, escrita em latim, e largamente utilizada nos colégios jesuítas. No contexto, a frase é a conclusão de uma regra sobre a contagem de sílabas na composição de um texto literário em prosa ou poesia.

*in tanto discrimine* – latim: "em tão grande crise".

*implere ollam denariorum* – latim: "encher um pote com moedas", tal como a tradução do reitor.

**Horácio** – Quintus Horatius Flaccus (65 a.C.-8 a.C.), poeta romano.

**John Duncan Inverarity... William Malcolm Inverarity** – Stanislaus Joyce registra, em *My Brother's Keeper* (p. 241), que o exemplar de segunda-mão das *Metamorfoses* de Ovídio pertencente ao irmão trazia o nome do proprietário anterior: John Calverly Inverarity.

**Trinity** – fundado em 1592, o Trinity College, a mais importante instituição universitária da Irlanda, situa-se no centro de Dublin, no lado leste do College Green (o parque) e no lado oposto ao edifício do Banco da Irlanda. Uma instituição fundamentalmente britânica e protestante, a que, por um longo tempo, os católicos não tiveram acesso.

**grilhões da consciência reformada** – "consciência reformada" remete aqui ao Trinity College, fundado para promover na Irlanda a Reforma representada pela Igreja Protestante, bem como para garantir o domínio político e ideológico da Inglaterra.

**cômica estátua do poeta nacional da Irlanda** – a estátua de Thomas Moore (1779-1852), situada no cruzamento das ruas College e Westmoreland, em Dublin. O aspecto cômico deve-se à enorme e pesada capa que cobre a estátua. Joyce faz menção, no episódio 8 de *Ulisses*, ao fato de a estátua estar situada em cima de um mictório público subterrâneo (exclusivamente masculino), posteriormente retirado do local: "Cruzou por baixo do dedo travesso de Tommy Moore. Fizeram bem em erigi-lo em cima de um mictório: encontro das águas". Uma das canções mais famosas de Moore tem justamente esse título: "Encontro das águas".

**tão formal no tratamento com os outros...** – na classe média irlandesa, os homens se dirigiam uns aos outros pelo sobrenome precedido pelo pronome de tratamento "Mr.", permitindo-se dispensar o pronome de tratamento e utilizando apenas o sobrenome se fossem jovens e gozassem de certa intimidade.

**Grantham Street** – rua situada no bairro judeu mencionado no final do capítulo II, e também mais adiante no presente capítulo.

*firbolg...* **milesiano** – "*firbolg*" é o nome dado, nos relatos lendários irlandeses, a um dos povos primitivos que colonizaram a Irlanda. Os milesianos, de origem celta, que, na mitologia irlandesa, vieram depois, são considerados os verdadeiros representantes do povo irlandês. A frase alude ao caráter supostamente mais rude dos *firbolgs* relativamente aos milesianos.

**Michael Cusack, o Gaélico** – (1847-1906), professor irlandês, foi o fundador da Associação Atlética Gaélica, uma associação esportiva e cultural dedicada a promover os jogos considerados genuinamente gaélicos, como o *hurling*, o futebol gaélico e o *rounders* (semelhante ao beisebol americano).

**toque de recolher** – lembranças dos frequentes toques de recolher impostos pelos ingleses à população católica da Irlanda em diferentes períodos da história.

**sucessivos ciclos** – os sucessivos ciclos da mitologia irlandesa: o ciclo mitológico, o ciclo de Ulster, o ciclo feniano e o ciclo histórico.

**gansos domesticados** – jogo de palavras com "*wild geese*" ("gansos selvagens"), epíteto dado a um grupo de soldados irlandeses católicos que, após a reconquista da Irlanda por William III, se exilaram na França nos anos 1690. A alcunha foi posteriormente estendida a todas as pessoas que, desgostosas com a situação subordinada da Irlanda, no século dezoito, escolheram o exílio.

**Buttevant** – vilarejo no condado de Cork, no sudoeste da Irlanda.

*hurling* – ou *hurley*, jogo irlandês tradicional, semelhante ao hóquei.

**Castletownroche** – vilarejo situado no condado de Cork, extremo sul da Irlanda.

**colinas de Ballyhoura** – situadas no norte do condado de Cork, extremo sul da Irlanda.

**Kilmallock** – vilarejo do condado irlandês de Limerick, ao norte do condado de Cork.

**170** **Grafton Street** – uma das principais ruas comerciais do centro de Dublin. Estende-se do St. Stephen Green (v. nota "jardins do Green"), ao sul, até o College Green (praça em que se localizam o Banco da Irlanda e o Trinity College), ao norte.

**bloco de pedra... Wolfe Tone** – memorial em honra de Theobald Wolfe Tone (1763-1798), um dos fundadores dos Irlandeses Unidos, um grupo de irlandeses nacionalistas dispostos a lutar contra o domínio britânico. Capturado durante a rebelião de 1798, foi condenado à morte, suicidando-se na prisão.

**Buck Egan e Burnchapel Whaley... Buck Whaley** – Stephen parece juntar em "Buck Egan" as figuras de John "Bully" Egan (1750-1810) e Thomas "Buck" Whaley (1766-1800), filho de Richard "Burnchapel" Whaley (~1700-1769), todos eles conhecidos por comportamentos estranhos e extremados, mas os Whaleys (Thomas e Richard), particularmente, eram renomados por atos de corrupção. A associação, na mente de Stephen, com essas figuras, deve-se ao fato de que a casa dos Whaleys, no parque Stephen's Green, foi incorporada ao University College.

**172** *Bonum est in quod tendit appetitus.* – "O bem é aquilo para o qual tende o apetite", adaptação da frase da Suma Teológica: "*bonum nominat id in quod tendit appetitus*": "o bem designa aquilo para o qual tende o apetite." (I.16.1).

**lendária astúcia da companhia** – isto é, a Companhia de Jesus (os jesuítas).

*Similiter atque senis baculus* – tal como vertido no próprio texto, "como um cajado na mão de um velho", a frase é de Inácio de Loyola, na *Constituição da Sociedade de Jesus*. É como deveria ser um padre jesuíta em relação a seus superiores na ordem.

**173** **penhascos de Moher** – penhascos abruptos situados no condado de Clare, na costa oeste da Irlanda.

**Epicteto** – (~50-135), filósofo estoico grego.

**174** **Lembro-me de uma frase de um sermão de Newman...** – Stephen refere-se ao Discurso 17, do livro *The Glories of Mary for the Sake of Her Son* (As glórias de Maria por amor a seu Filho), do cardeal John Henry Newman, em que ele cita, parcialmente, o Eclesiástico (24:16), talvez em sua própria tradução diretamente da Vulgata e apenas em parte (ele deixa de fora a parte do meio do versículo): "*And I took root in an honourable people, and in the glorious company of the saints was I detained*" ("E deitei raízes no meio de um povo honroso, e na gloriosa companhia dos santos me detive").

*funnel ... tundish* – significam, ambas, "funil". Embora sejam ambas anglo-saxônicas, a passagem dá a entender que a segunda é mais utilizada pelos irlandeses para se referir ao objeto em questão. De todo modo, por marcarem aqui uma diferença essencial entre colonizadores e colonizados e por estarem indissociavelmente ligadas à língua inglesa, preferi deixá-las em inglês no texto traduzido.

**Lower Drumcondra** – na época, subúrbio pobre, ao norte de Dublin. A família de Joyce, em sua descendente curva na escala social, morou aí por alguns anos a partir de 1894. A observação de Stephen, "lugar em que falam o melhor vernáculo", é, obviamente, irônica: o subúrbio era habitado, sobretudo, por trabalhadores agrícolas e operários de obras civis.

175 **o convertido de nacionalidade inglesa** – o diretor de estudos de Joyce nos seus tempos de universidade era o padre Joseph Darlington (1850-1939), de nacionalidade inglesa e de fé anglicana, que se convertera ao catolicismo (ver, abaixo, a nota "clamorosas conversões").

**clamorosas conversões** – referência ao chamado "Movimento de Oxford", um grupo de clérigos da religião anglicana que defendia o retorno a algumas das características antigas do cristianismo que supostamente ligariam o anglicanismo ao catolicismo. Um de seus proponentes era John Newman, que, mais tarde, juntamente com outros clérigos da igreja anglicana, se converteria ao catolicismo.

**os homens dos seis princípios... os dogmatistas supralapsários** – grupos religiosos dissidentes do protestantismo ortodoxo, todos de inclinação batista.

**povo peculiar** – a expressão "povo peculiar" remete a passagens da Bíblia em que a expressão significa "povo escolhido": Deuteronômio, 14:2, 26:18 (na versão Almeida o adjetivo é "próprio"); Tito, 2:14 (na versão Almeida a expressão é "povo exclusivamente seu"); Pedro, 2:9 (na versão Almeida a expressão é "povo de propriedade exclusiva de Deus"). Devo o essencial desta nota à edição de *Um retrato* anotada por Mamigonian e Turner.

**insuflação... processão do Espírito Santo** – crenças ou práticas sustentadas pela doutrina católica e contestadas pelos grupos religiosos anteriormente mencionados. A insuflação consiste em soprar sobre alguém para simbolizar a infusão do Espírito Santo e a expulsão de espíritos malignos. A imposição de mãos, utilizada em certas ocasiões (batismo, crisma, ordenação sacerdotal, etc.), simboliza a invocação do Espírito Santo. A doutrina da processão do Espírito Santo estabelece a união entre as três pessoas da Trindade: o Filho procede do Pai; o Espírito Santo procede do Pai e do Filho.

**discípulo... junto à alfândega** – alusão a Mateus, 9:9: "E Jesus, passando adiante dali, viu assentado na alfândega um homem, chamado Mateus, e disse-lhe: Segue-me. E ele, levantando-se, o seguiu".

***home, Christ, ale, master*** – respectivamente: lar, casa; Cristo; um tipo de cerveja, de cor clara e sabor amargo; mestre, patrão. A pronúncia diferente dessas palavras por parte do padre inglês e do irlandês Stephen é utilizada para destacar, tal como o uso de palavras diferentes para se referir a um funil, uma diferença fundamental entre colonizador e colonizado.

**176** ***Per aspera ad astra.*** – latim: Por ásperas vias se chega aos astros.

**turma de primeiras artes** – o currículo do University College, que Stephen está frequentando, era marcado por quatro exames anuais, que davam nome aos respectivos níveis e também aos graus obtidos em caso de aprovação: Matrícula; Primeiras Artes; Segundas Artes; Bacharel em Artes. Esses exames, tal como acontecia em outras universidades irlandesas da época, eram aplicados pela Royal University, não propriamente uma universidade, mas um órgão estatal de certificação, responsável pela expedição de graus e títulos de graduação. Na verdade, a prestação desses exames anuais e do exame final para a obtenção do grau era a única obrigação dos estudantes, pois a frequência às aulas não era obrigatória. Observe-se que, pelos cálculos de David C. Wright ("Dating Stephen's Diary: When Does *A Portrait* End?"), Stephen, ao contrário de Joyce, foi embora para a Europa antes de concluir o curso na universidade.

**pai espiritual** – nas instituições católicas de ensino, o padre designado para ser o conselheiro espiritual de um estudante.

**177** **Leopardstown** – pista de corrida de cavalos, localizada a 10 km ao sul do centro de Dublin.

**Em caso de urgência, qualquer leigo...** – resposta de um dos catecismos da época à pergunta: "Qualquer pessoa pode administrar o batismo?".

**W. S. Gilbert** – William Schwenck Gilbert (1836-1911), dramaturgo e poeta inglês.

**178** ***Num pano onduloso*** – do último ato da ópera *The Mikado*, de W. S. Gilbert e Arthur Sullivan (1842-1900).

**F. W. Martino** – Embora não se tenha dados precisos sobre F. W. Martino, sabe-se que foi realmente o inventor do platinoide (uma liga de níquel, cobre, zinco e tungstênio).

**179** **Fresh Water Martin** – literalmente, "Martinho de água pura". Além de replicar as iniciais do inventor do platinoide, joga com a figura de são Martinho de Tours (316-397), patrono, entre outros grupos e ofícios, dos beberrões. Em inglês, *"to be Martin drunk"* significa estar muito bêbado; em francês, *"avoir le mal de St. Martin"* significa estar de ressaca.

**Ulster** – uma das quatro províncias tradicionais da Irlanda. No mapa político atual, dos nove condados da época, seis estão localizados na Irlanda do Norte e seis, na República da Irlanda.

**o diabo por sua libra de carne** – alusão ao personagem Shylock, agiota judeu, da peça de Shakespeare, *O mercador de Veneza*, que empresta dinheiro a Antônio, o mercador, sob a condição de que, na falta de pagamento no prazo devido, caber-lhe-ia o direito de arrancar uma libra de carne do corpo do devedor.

**Belfast** – capital da cidade de Ulster e, atualmente, também da Irlanda do Norte.

**pronunciar a palavra** *science...* – i.e., pronunciada tal como se pronuncia *signs*, quando o "normal" seria com duas sílabas, sem omissão da consoante "c".

*Ego signavi.* – A resposta de Cranly é a primeira de um conjunto de nove frases ditas pelo personagem em latim macarrônico (*dog latin*, em inglês), ou seja, em frases que são, à primeira vista, latim, mas que na verdade contêm traços léxicos ou sintáticos da língua inglesa. A brincadeira era comum nos estabelecimentos educacionais em que o latim era matéria central do currículo. Na tradução, as frases em latim macarrônico foram adaptadas para corresponderem ao subtexto português. Nesta primeira frase, por exemplo, a frase em latim macarrônico do original é "*Ego habeo.*", cujo subtexto inglês é "*I have.*", em resposta à pergunta "*Have you signed?*". A frase em latim macarrônico foi adaptada para "*Ego signavi*", cujo subtexto português é "Assinei.", em correspondência com a pergunta "Você assinou?". (Registro aqui o meu muito obrigado a Márcio Gouvêa, que me esclareceu muitos pontos do latim macarrônico dessas passagens. Possíveis enganos devem ser atribuídos, entretanto, unicamente ao presente tradutor.)

*Quod?* – o subtexto inglês é, aqui, "*What?*"; o português, "O quê?". O caráter macarrônico deve-se ao fato de que o correto seria "*Quid?*".

*Per pax universalis.* – O subtexto em português seria semelhante ao subtexto inglês: "Em favor da paz universal". Entretanto, a formulação correta em latim seria: "*Pro pace universali*".

*Credo ut maledictus mendax es, quia facies tua monstrat ut tu in damnato malo humore es.* – No original, "*Credo ut vos sanguinarius mendax estis, quia facies vostra monstrat ut vos in damno malo humore estis.*", cujo subtexto inglês é: "*I believe you are a bloody liar because your face shows you are in a damned bad humour*". O subtexto português é: "Acho que tu és um maldito mentiroso porque teu rosto mostra que estás com um danado dum mau humor". Observe-se que no latim do original a frase está na segunda pessoa do plural, pois o subtexto inglês é o "you" de "vós", e não de "tu" – o emprego da segunda pessoa do plural para se dirigir a uma única pessoa é mais um traço do latim macarrônico do original, pois o normal, em latim, seria a segunda pessoa do singular.

A frase em latim da tradução excluiu esse aspecto tendo em vista a clara diferenciação em português entre a segunda pessoa do singular e a segunda pessoa do plural.

**Nada de estimulantes e direito de voto...** – alusão às campanhas pela temperança e às lutas pelo direito das mulheres ao voto.

**Um melda!** – no original, *"A sugar!"*. Em carta datada de 31 de outubro de 1925 ao escritor espanhol Dámaso Alonso (1898-1990), que nesta época estava traduzindo *Um retrato* ao espanhol e que escrevera a Joyce solicitando alguns esclarecimentos, Joyce respondeu a respeito de *"sugar"*: "Um eufemismo, por começar com a mesma letra do nome de um produto do corpo que é às vezes utilizado como exclamação e às vezes para se referir a uma pessoa de que não se gosta. Em francês a palavra está associada ao marechal Cambronne e na França, as mulheres ao menos, às vezes utilizam um eufemismo similar, *miel* [mel], em vez da palavra utilizada pelo comandante militar". Joyce se refere ao fato de que, na Batalha de Waterloo, o marechal Cambronne teria respondido com o referido eufemismo ao se recusar a se render aos ingleses. Curiosamente, Alonso não empregou nenhum eufemismo, indo direto ao ponto: "¡Es un mierda!".

**Quis est in malo humore, ego aut vos?** – o subtexto da tradução, semelhante ao do original é: "Quem está de mau humor, eu ou tu?". Não se observa aqui nenhum traço de latim macarrônico, quer dizer, o latim parece estar inteiramente correto.

**182** **handebol** – o jogo em questão não é o definido em dicionários como o *Houaiss*, por exemplo, mas este, também conhecido como *"fives"*, assim definido pelo dicionário *Oxford*: "Um jogo em que a bola é golpeada com a mão contra a parede frontal de uma cancha com três paredes". Uma variante do jogo utiliza uma raquete em vez da mão.

**petição do tsar** – petição do tsar Nicolau II (1868-1918), apresentada em 24 de agosto de 1898, em favor do desarmamento e conclamando por uma conferência da paz, que levou à conferência de Haia de 1899.

**Stead** – William Thomas Stead (1849-1912), jornalista inglês, favorável ao movimento pela paz e à instituição de um Estados Unidos da Europa.

**183** **Collins** – John Anthony Collins (1676-1729), filósofo, nascido em Heston, no condado de Middlesex, sudeste da Inglaterra, conhecido por seu liberalismo em matéria de religião.

**Lottie Collins** – (1865-1910), adquiriu certa fama no cenário britânico do teatro de variedades da época por um número de dança burlesca em que a dançarina deixava entrever, por baixo da longa saia, uma boa parte de suas pernas. Obviamente, a menção à "irmã do John Anthony" é apenas uma brincadeira que tira proveito do mesmo sobrenome.

**ponta ou segundão ou terceirão** – nomenclatura das apostas dos jogos de corrida de cavalos.

***Pax super totum maledictum globum.*** – no original, "*Pax super totum sanguinarium globum.*", cujo subtexto inglês é: "*Peace over all this bloody globe.*". O subtexto da tradução é: "Paz sobre todo esse maldito globo."

**184** ***Nos ad manum ballum jocabimus.*** – Na tradução, foi mantida a mesma frase macarrônica do original, cujo subtexto é semelhante ao do português: "Vamos jogar handebol."

**186** **Deus vivo** – expressão encontrada em várias passagens da Bíblia, como, por exemplo, em Deuteronômio, 5:26 e Jeremias, 10:10.

***in ipsis instantibus.*** – no original, "... *super spottum.*", latim macarrônico para "*on the spot.*". O subtexto da tradução é "no mesmo instante".

**187** **meu gansinho domesticado** – ver a nota "gansos domesticados".

**fianna** – é, em inglês hibérnico (o inglês mesclado com elementos léxicos e sintáticos do gaélico), o plural de Fiann, grupo mitológico de guerreiros que deu o nome ao movimento feniano, criado para lutar pelos valores e elementos gaélicos da cultura irlandesa e pela independência relativamente à Inglaterra.

**secretaria dos brasões** – *office of arms*, no original, abreviação de "*office of coat of arms*", refere-se à autoridade estatal encarregada do registro de dados genealógicos e da concessão e controle de escudos de armas ou brasões. Seu escritório, nessa época, situava-se no Dublin Castle (Castelo de Dublin), então sede da administração britânica na Irlanda. A pessoa encarregada dessa tarefa detinha o título de Ulster King of Arms.

**curso da liga** – a Liga Gaélica, voltada ao ensino da língua irlandesa ou gaélica.

**188** **por causa de uma certa moça e do padre Moran?** – em *Stephen Hero*, há uma cena semelhante em que a moça é nomeada: "Stephen, vendo muitas vezes o jovem padre e Emma juntos, mergulhava num estado alterado de raiva".

**classe de matrícula, acentuando bem a primeira sílaba.** – a classe de matrícula (*matriculation class*, no original) era a do primeiro ano do currículo do University College (ver nota "turma de primeiras artes"). Numa passagem de *Stephen Hero*, muito semelhante a esta, Joyce deixa explícito que a ênfase na primeira sílaba de "*matriculation*" é própria do inglês falado na Irlanda.

**costumava tratar os jesuítas de padre** – a frase é um tanto enigmática. Mamigonian e Turner especulam que seria porque Davin usava o tratamento "padre" para se dirigir inclusive aos jesuítas não ordenados (os chamados "escolásticos"). Gifford, além dessa informação, acrescenta que os escolásticos deviam ser tratados por "senhor". John Paul Riquelme, na edição Norton/Glaber de *Um retrato*, diz que Davin dava o tratamento de "padre" aos jesuítas em vez de "senhor" por ser um jovem do interior do país.

**Harcourt Street** – começando no lado sudoeste do Stephen's Green, segue para o sul.

**189** **Vamos assaz embora daqui** – *Let us eke go*, no original. Na carta a Dámaso Alonso (mencionada na nota "Um melda"), Joyce explica que *"eke"*, embora seja uma palavra arcaica significando "também", não tem outra função na frase senão a de mostrar a cultura de Lynch ao insinuar o mal emprego das palavras por parte de Cranly, cultura que se mostrará pela segunda vez logo a seguir.

**Dane-se sua bendita insolência** – *Damn your yellow insolence*, no original; *"yellow"* é usado aqui e mais adiante como eufemismo de *"bloody"*, literalmente, "sangrento", "vermelho", mas significando aqui, como imprecação, "maldito". Em *Stephen Hero*, Joyce é mais explícito: "Ele 'praguejava em *yellow'*, em protesto contra o sanguíneo adjetivo de etimologia incerta [...]."

**190** **Vênus de Praxíteles** – estátua de Vênus, nua, feita por Praxíteles, escultor grego do século IV a. C. O museu referido é o Museu Nacional da Irlanda. Trata-se de uma cópia, pois a estátua original se perdeu.

**192** **ponte do canal** – a ponte sobre o Grand Canal, no sul de Dublin.

*pulchra sunt quæ visa placent.* – "são belas as coisas que, vistas, agradam", adaptação da frase de Tomás de Aquino na *Suma Teológica*: *"pulchra enim dicuntur quæ visa placent."*: "chamam-se belas as coisas que, vistas, agradam." (I.5.4).

**193** **seu livro de psicologia** – nessa época, entre o século XIX e início do século XX, o livro de Aristóteles conhecido pelo título latino *De anima* (geralmente traduzido como *Da alma*) era vertido para o inglês com o título de *Psychology*.

**194** **bendito mentiroso** – *sulphuryellow*, no original. Como já assinalado, Lynch tem o costume de substituir *"bloody"* por *"yellow"*. Nesta passagem, ele utiliza uma variante de *"yellow"* que quer dizer "amarelo da cor do enxofre" ou "verde amarelado".

**hospital de Sir Patrick Dun** – hospital situado na Lower Grand Canal Street.

**195** *Pange lingua gloriosi.* – *"Pange Lingua Gloriosi / Corporis Mysterium"* ("Celebre, língua minha, / o mistério do glorioso corpo") são o primeiro e segundo versos do hino de Tomás de Aquino.

*Vexilla Regis*, **de Venantius Fortunatus.** – Fortunatus (530-609) foi um bispo dos primeiros séculos do cristianismo. O primeiro verso do hino é *Vexilla Regis prodeunt* (Os estandartes do rei avançam).

*Inpleta sunt quæ concinit...* – é a terceira estrofe do hino *Vexilla Regis*: "*Impleta sunt quæ concinit / David fideli carmine / dicendo nationibus / regnavit a ligno Deus.*" ("Cumpriu-se tudo que Davi anunciou / em versos verdadeiros / dizendo às nações que / Deus de um lenho reinaria.").

**Lower Mount Street** – das margens do Grand Canal, no sul de Dublin, por onde Stephen e Lynch estão caminhando, a rua leva, na direção noroeste, ao centro da cidade.

**196** **Glenmalure** – um vale nas montanhas de Wicklow, cerca de 40 km ao sul de Dublin.

**Lessing** – Gotthold Ephraim Lessing (1729-1781), escritor alemão. É de sua autoria o livro *Laocoonte ou sobre as fronteiras da pintura e da poesia*, citado a seguir pelo personagem Donovan.

**198** **a *quidditas* escolástica** – "*quidditas*" é uma palavra latina criada pelos escolásticos a partir de "*quid*", a forma neutra do pronome "*quis*": "que", "que coisa". Na filosofia e na teologia escolásticas, "*quidditas*" é utilizada com o significado de "aquilo que faz com que a coisa seja o que é".

**Shelley... brasa evanescente** – alusão a uma passagem de Shelley no ensaio "Uma defesa da poesia": "A mente em processo de criação é uma brasa evanescente, em que alguma influência invisível, como um vento inconstante, desperta um brilho transitório; essa força vem de dentro, como a cor de uma flor que evanesce e muda à medida que se desenvolve, e as partes conscientes de nossa natureza são incapazes de prever seja sua vinda seja sua partida."

**Luigi Galvani** – (1737-1798), cientista italiano. Um de seus experimentos consistia em dar uma descarga elétrica nos músculos das pernas de um sapo morto recentemente, fazendo com que elas reagissem, mexendo-se. Nesta passagem, Stephen parece estar se referindo a um outro experimento de Galvani, que consistia em inserir uma agulha na medula espinal de um sapo, fazendo com que seu coração deixasse de bater por um instante.

**encantamento do coração** – Galvani descrevia o resultado obtido no experimento da inserção da agulha na medula espinal de um sapo como "*incantesimo*", "encantamento", embora, aparentemente, ele não tivesse usado a expressão "encantamento do coração".

**199** **sir Philip Crampton** – (1777-1858), cirurgião e anatomista irlandês. O busto referido localizava-se perto do Trinity College, tendo sido retirado do local em 1959. A pergunta de Stephen alude ao aspecto grotesco desse monumento: atrás do busto havia uma imensa folhagem de metal, o que fazia com que na época fosse chamado de "couve-flor", "abacaxi" ou "alcachofra".

***Turpin Hero*** – balada do século XVIII que celebra o salteador de estrada Dick Turpin.

**200** **gramado do duque** – refere-se ao gramado da antiga residência do duque de Leinster (título de nobreza que foi portado por pessoas diversas desde sua criação em 1766), situada no mesmo conjunto de residências da Biblioteca Nacional. Atualmente faz parte do complexo que abriga o Parlamento da Irlanda.

**Biblioteca Nacional** – localizada na Kildare Street, no mesmo bloco de outros edifícios públicos.

**Kildare House** – o mesmo prédio conhecido como Leinster House (ver, acima, nota "gramado do duque"), também assim chamado por ter abrigado, alguma vez, um certo lorde Kildare.

**201** ***Ego credo ut vita pauperum est simpliciter atrox, simpliciter atrox ad asinum, in Liverpoolio.*** – No original, "Ego credo ut vita pauperum est simpliciter atrox, simpliciter sanguinarius atrox, in Liverpoolio", cujo subtexto inglês é: "*I believe that the life of the poor is simply frightful, simply bloody frightful, in Liverpool.*" O subtexto do latim modificado da tradução é: "Acho que a vida dos pobres é simplesmente atroz, simplesmente atroz pra burro, em Liverpool".

**A chuva leve e rápida tinha parado...** – este parágrafo baseia-se na epifania n.º 25 (*Epifanias*, Autêntica, 2018, p. 63).

**quadrângulo** – trata-se da figura geométrica formada pelos edifícios da Biblioteca Nacional e do Museu Nacional, um em frente ao outro, e pela Leinster House (antigo palácio que abriga atualmente o poder legislativo da Irlanda) e a Kildare Street, nas laterais.

**202** **a palavra fez-se carne.** – alusão a João, 1:14.

**Gabriel, o serafim** – alusão a Lucas, 1:26-28, em que Gabriel é qualificado simplesmente como anjo.

**vilanela** – poema de forma fixa, composto de cinco tercetos e um quarteto final. Os primeiros e últimos versos das estrofes rimam entre si, assim como rimam entre si os segundos versos. O verso adicional do quarteto final rima com os primeiros versos das outras estrofes.

**203** **Sagrado Coração** – isto é, Sagrado Coração de Jesus.

**vitória de Azincourt** – batalha da Guerra dos Cem Anos travada em Azincourt, norte da França, em 25 de outubro de 1415, com vitória das tropas inglesas sobre as francesas.

*Greensleeves* – canção popular da era elisabetana, dirigida pelo poeta a uma certa Lady Green Sleeves, declarando-lhe seu amor e lamentando que ela o tenha rejeitado.

**chamados pelo primeiro nome...** – na classe média irlandesa, os homens se dirigiam uns aos outros utilizando o pronome de tratamento *Mr.*, seguido do sobrenome, exceto se fossem jovens e gozassem de certa intimidade, caso em que dispensavam o pronome de tratamento e utilizavam apenas o sobrenome.

**Agora ela passava bailando leve por sua memória** – esta passagem se baseia na epifania n.º 26 (*Epifanias*, Autêntica, 2018, p. 65).

204 **Gherardino da Borgo San Donnino** – mais exatamente, Gerardo di Borgo San Donnino (?-1276), frade franciscano condenado à prisão (onde morreu) por disseminar as ideias milenaristas do abade Gioacchino da Fiore.

**florista... que se dissera sua namorada** – é possível que Stephen tenha pensado que a florista tenha dito ser sua namorada quando ela sugeriu que ele comprasse flores para a namorada dele? Sem dizer exatamente isso, é o que parece insinuar Margot Norris, em "Portrait of the Artist as a Young Lover" (in Bonnie Kime Scott, *New Alliances in Joyce Studies: When It's Aped to Foul a Delfian*), quando afirma, ao analisar a primeira dessas passagens: "Stephen, a quem nunca parece faltar dinheiro para uma bebida ou uma prostituta, nunca considera nem por um instante comprar uma flor para Emma Clery, e seu empobrecimento é claramente tanto de imaginação e sentimento quanto de dinheiro".

205 *By Killarney's Lakes and Fells* – canção popular com letra de Edmund Falconer (1814-1879) e música de Michael William Balfe (1808-1870), ambos irlandeses.

**Cork Hill** – rua situada na margem sul do rio Liffey, nas proximidades da City Hall (antiga sede do governo municipal) e do Dublin Castle (edifício ocupado pela administração do governo britânico até 1922).

**ouvidos treliçados de um sacerdote** – alusão à estrutura em treliça da grade do confessionário.

**Moycullen** – vilarejo próximo da cidade de Galway (oeste da Irlanda).

206 **Era o último bonde...** – Stephen, em suas lembranças, volta à passagem do cap. II, baseada na epifania n.º 3 (*Epifanias*, Autêntica, 2018, p. 13).

207 **estranha humilhação** – supostamente, a menstruação.

208 **Molesworth Street** – rua nas imediações da Biblioteca Nacional.

209 **Cornelius Agrippa** – Heinrich Cornelius Agrippa (1486-1535), filósofo ocultista alemão.

**Swedenborg** – Emmanuel Swedenborg (1688-1772), filósofo místico sueco.

**homem-falcão** – referência às asas criadas pelo personagem mítico Daedalus para fugir, com o filho, Ícaro, de Creta.

**Tot** – o deus egípcio da sabedoria e da escrita (entre outras coisas), frequentemente representado da maneira descrita nessa passagem.

**semelhança com uma imprecação em irlandês** – isto é, o nome do deus egípcio, *Thoth*, em inglês, se parece com uma expressão em gaélico equivalente a "sabe Deus", em que a palavra para "Deus" é, foneticamente, também "*Thoth*".

***Abaixem o rosto, Oona e Aleel...*** – versos de despedida da agonizante Cathleen na peça *A condessa Cathleen*, de W. B. Yeats (1865-1939), o conhecido poeta e dramaturgo irlandês.

**o ruído de muitas águas** – ecoa o final do poema XXXV de *Música de câmara, de autoria de Joyce*: "Ouço o ruído de muitas águas / Bem no fundo. / O dia todo, a noite toda, ouço-as fluindo / Pra lá e pra cá".

210 **noite de estreia do teatro nacional** – refere-se ao grupo teatral Irish Literary Theatre (Teatro Literário Irlandês), cuja estreia, com a peça de Yeats, A condessa Cathleen, se deu em 8 de maio de 1899, na sala de espetáculos conhecida como Antient Concerts Rooms, localizada, de 1842 a 1921, no número 52 da Great Brunswick Street (atual Pearse Street). Um grupo de estudantes teria manifestado seu descontentamento por apupos, vaias e assobios por considerarem que a peça ofendia os valores irlandeses. Mamigonian e Turner, citando um jornal da época, afirmam que a recepção da peça foi bem mais positiva do que essa passagem do livro dá a entender.

**Fabricado na Alemanha!** – frase popular na Irlanda e na Inglaterra do final do século XIX, utilizada como protesto pelo esforço da Alemanha em ocupar o mercado mundial de bens manufaturados, vendendo-os a preços subsidiados. No contexto do tumulto provocado pela apresentação da peça de Yeats também pode ser interpretado como um protesto contra a religião predominante na Alemanha, o protestantismo.

**aprendizes de budista** – Yeats e seu grupo estavam ligados aos teosofistas, que proclamavam crenças e valores do pensamento ligados ao oriente.

211 *The Tablet* – periódico católico inglês.

*Doenças do gado* – livro de autoria de John Henry Steel.

**Walter Scott** – (1771-1832), escritor escocês.

212 *A noiva de Lammermoor* – romance de Walter Scott.

**Acho que ele escreve muito adorável.** – esta e a frase seguinte são, tal como no original, propositadamente agramaticais para assinalar o estilo pomposo e, ao mesmo tempo, cheio de incorreções do personagem, como diz o narrador logo a seguir.

**bando de Bantry** – grupo de políticos da cidade de Bantry, sudoeste da Irlanda, vistos como traidores de Parnell, incluindo Timothy Healy (1855-1931), que liderou a oposição a Parnell no Partido Parlamentarista Irlandês, após o escândalo do adultério.

213 **Forsters... reis da Bélgica?** – a longa e elaborada resposta à pergunta de Temple era tradicionalmente considerada pelos anotadores, com base na edição anotada de Don Gifford, como pura invenção do personagem (e de Joyce, obviamente). Numa edição mais recente de *Um retrato* (Alma Classics), entretanto, os anotadores Marc A. Mamigonian e John Turner, contestam essa versão. Como demonstram eles, cada um dos detalhes da preleção de Cranly corresponde a fatos reais, provavelmente extraídos, por Joyce, de dois livros: *Forster Genealogy*, de Frederick Chifton Pierce, 1899; e *The Irish Chieftains or A Struggle for the Crown*, de Charles French Blake-Forster, 1872, ambos disponíveis no site *Internet Archive*. O interesse de Joyce por questões de heráldica e genealogia, tal como refletido em sua obra, é discutido por Michael J. O'Shea em *James Joyce and Heraldry*.

**Giraldus Cambrensis** – ou Gerald of Wales (~1146-1223), historiador galês.

214 *Pernobilis et pervetusta familia* – latim: De família nobre e vetusta.

*paulo post futurum* – latim: literalmente, "um pouco depois do futuro", quer dizer, "sem muita demora". Em suma, Dixon está dizendo que espera que a emissão de gases por parte de Goggins não volte a se repetir tão cedo.

215 **Sou um *ballocks*...** – *ballock*, no singular, significa "testículo". No plural, com o significado (bundão, babaca) aqui atribuído por Joyce, parece ser o que em inglês se chama de *nonce word*, isto é, uma palavra criada para ser utilizada uma única vez (não está assinalada como tal no dicionário Oxford, mas a única abonação é a do próprio Joyce). De qualquer maneira, ela segue um padrão, comum ao português e ao inglês, de qualificar negativamente uma pessoa utilizando algum vocábulo referente, num registro mais vulgar, a um órgão sexual (ou parte dele), masculino ou feminino. Optei por deixar sem tradução por causa do comentário sobre "número dual" feito por Temple.

**número dual** – o número dual, significando a flexão do substantivo que indica duas unidades da coisa referida e que existia no indo-europeu, não subsistiu nas línguas modernas dele derivadas. Obviamente, "ballocks" não pode ser caracterizado como número dual. A qualificação de número dual dada pelo personagem constitui, provavelmente, apenas uma brincadeira de Joyce, sugerida pela pergunta ambígua de Stephen: "É mesmo?".

**(216)** *A escuridão cai do ar.* – alusão a um verso de "Uma litania em tempos de peste", do poeta e dramaturgo inglês Thomas Nashe (1567-1601), no qual, entretanto, o sujeito da frase é "claridade" ("*brightness*"), e não "escuridão" ("*darkness*"). Mais adiante, o verso é citado tal como na balada de Nashe.

**Dowland e Byrd e Nashe** – John Dowland (~1563-1626), William Byrd (1543-1623), Thomas Nashe (1567-1601), compositores ingleses.

**maciez da impudicícia** – possível alusão a Romanos, 13:13: "Andemos dignamente, como em pleno dia, não em orgias e bebedices, não em impudicícias e dissoluções, não em contendas e ciúmes".

**Stuart babão** – James I (1566-1625), o primeiro dos reis da Inglaterra pertencente à dinastia dos Stuarts. Diz-se que tinha uma língua muito grande relativamente à boca, fazendo com que, ao beber, o líquido escorresse pelos lados da boca.

**Covent Garden** – distrito de Westminster, Londres. A imaginação de Stephen parece dar um salto no tempo, em relação à época marcada por James I e pelos compositores citados, pois Covent Garden, estabelecido em 1631, só adquiriu as características por ele descritas na segunda metade do século XVII.

**abraçavam e de novo abraçavam** – grande parte deste parágrafo provém de *Giacomo Joyce*, um texto curto escrito por Joyce em 1914, mas publicado pela primeira vez em 1968.

**(217)** **Cornélio a Lápide** – (1567-1637), padre jesuíta nascido em Flandres.

**(219)** **Deixai vir a mim os pequeninos** – alusão a Marcos, 10:14.

**(220)** **esposa cinzenta de Satã** – isto é, a igreja católica. A expressão vem de um poema do poeta inglês Algernon Charles Swinburne (1837-1909), "The Monument of Giordano Bruno": "*Cover thine eyes and weep, O child of hell, / Grey spouse of Satan, Church of name abhorred.*" ("Cobre teus olhos e chora, / Oh, filha do inferno, / Cinzenta esposa de Satã, Igreja de nome abjeto.")

**Roscommon** – cidade do centro-oeste da Irlanda, situada no condado de mesmo nome.

**(221)** **O canto do pássaro, de *Siegfried*** – passagem musical da ópera *Siegfried*, de Richard Wagner (1813-1883).

**hotel Adelphi** – hotel situado no n.º 20 da Anne Street South, próximo da Biblioteca Nacional.

**hotel Maple** – hotel situado, na época, no n.º 25 da Kildare Street.

**tirado de uma árvore lisa e descorada** – refere-se ao *maple* (bordo), que dá nome ao hotel.

**fidalgos** – *patricians*, no original. Refere-se à classe dos proprietários de terras de nacionalidade inglesa e religião protestante, mas residentes na Irlanda.

**patentes militares e agentes agrários** – *army commissions and land agents*, no original. A compra de patentes militares para o segundo filho (o primeiro, naturalmente, herdava as terras e outras propriedades) era comum entre a classe proprietária de origem inglesa e protestante na Irlanda do século XIX. Os agentes agrários (*land agents*) eram as pessoas encarregadas de administrar as terras dessa classe, decidindo sobre seu uso, supervisionando o trabalho dos pequenos arrendatários e coletando o dinheiro devido pelos arrendamentos, entre outros encargos.

**222** **Não servirei, respondeu Stephen.** – Stephen alude, aqui, às palavras do pregador no sermão do retiro (capítulo III), citando a passagem de Jeremias, 2:20, em que o profeta censura o povo de Israel por se negar a se submeter ao Senhor. Tradicionalmente, entretanto, a declaração de rebeldia tem sido atribuída a Lúcifer, após a queda.

**223** **luminoso, ágil, impassível e sobretudo sutil.** – segundo a doutrina católica, na ressurreição, os maus serão condenados ao inferno, mas os bons estarão livres de todas as limitações e aflições do corpo: gozarão da luminosidade ou glória (serão resplandecentes como o sol ou a lua ou as estrelas, dependendo de seus méritos), da agilidade (se movimentarão sem os percalços que os pregam ao chão), da impassibilidade (não estarão mais sujeitos à dor e ao sofrimento) e da sutileza ou leveza (serão governados tão somente pelas necessidades da alma, do espírito, estando livres das exigências do corpo, da carne).

**225** **Pascal** – Blaise Pascal (1623-1662), filósofo francês.

**226** **época das leis penais** – refere-se à época em que vigoraram as medidas promulgadas por William III (1650-1702) que tinham por objetivo suprimir o catolicismo na Irlanda.

**227** *Rosie O'Grady* – "*Sweet Rosie O'Grady*", canção de autoria da cantora e compositora americana Maude Nugent (1873-1958).

*Mulier cantat.* – latim: "Uma mulher está cantando".

*Et tu cum Jesu Galilœo eras.* – latim, parte do versículo Mateus, 26:69: "Ora, estava Pedro assentado fora no pátio; e, aproximando-se uma criada, lhe disse: Também tu estavas com Jesus, o galileu." A expressão "primeiro canto da paixão", que introduz a citação, alude ao fato de que a frase é parte da liturgia da missa recitada no Domingo de Ramos e da Paixão do Senhor, uma semana antes da Páscoa.

**proparoxítona** – a qualificação parece ser dada à palavra "*Galilœo*", embora ela seja, na verdade, paroxítona.

**228 Sallygap a Larras** – Sallygap é um desfiladeiro dos Montes Wicklow, ao sul de Dublin. Larras (ou Laragh) é um vilarejo perto de Glendalough, no condado de Wicklow, onde mora a família de Cranly.

**229 Juan Mariana de Talavera** – Juan de Mariana (1536-1624), jesuíta nascido em Talavera, Espanha.

**231 Isabel e Zacarias** – pais do profeta João Batista (2 a.C.-27 d.C.), personagem bíblico que batizou Jesus Cristo. Nesta passagem, Stephen liga Cranly a João Batista pelo suposto fato de que Cranly, tal como o profeta, teria sido gerado por pais de idade avançada. Em Lucas, 1:5, 7, 13, lê-se: "Existiu, no tempo de Herodes, rei da Judeia, um sacerdote chamado Zacarias, [...] cuja mulher era das filhas de Arão; e o seu nome era Isabel. [...] E não tinham filhos, porque Isabel era estéril, e ambos eram avançados em idade. [...] Mas o anjo lhe disse: Zacarias, não temas, porque a tua oração foi ouvida, e Isabel, tua mulher, dará à luz um filho, e lhe porás o nome de João".

**é ele o precursor** – João Batista é considerado o precursor de Jesus Cristo.

**ele come sobretudo bacon de barriga** – refere-se, obviamente, a Cranly, identificado aqui a João Batista.

**gafanhotos e mel silvestre** – alusão a Marcos, 1:6: "As vestes de João [Batista] eram feitas de pelos de camelo; ele trazia um cinto de couro e se alimentava de gafanhotos e mel silvestre".

**cabeça severa degolada** – tendo sido preso por ordem do rei Herodes Antipas, João Batista acabou por ser decapitado por instigação da mãe de Salomé. O episódio é narrado nos evangelhos de Mateus (14:1-12), Marcos (6:14-29) e Lucas (9:7-9). Por exemplo, em Mateus, 14:6-11: "Festejando-se, porém, o dia natalício de Herodes, dançou a filha de Herodias diante dele, e agradou a Herodes. Por isso prometeu, com juramento, dar-lhe tudo o que pedisse. E ela, instruída previamente por sua mãe, disse: Dá-me aqui, num prato, a cabeça de João o Batista. E o rei afligiu-se, mas, por causa do juramento, e dos que estavam à mesa com ele, ordenou que se lhe desse. E mandou degolar João no cárcere. E a sua cabeça foi trazida num prato, e dada à jovem, e ela a levou a sua mãe".

**no redil** – da igreja, presume-se.

**são João junto à Porta Latina** – trata-se de outro João, desta vez João, o apóstolo (6-~100). Segundo uma história contada por são Jerônimo, João, o apóstolo, teria sido levado a Roma durante o reinado (81-96) do imperador Domiciano e atirado num caldeirão de óleo fervente do qual escapou milagrosamente sem maiores ferimentos. Mais tarde, foi erigido, supostamente no século V, um oratório perto da Porta Latina, em Roma, em homenagem a João. É a isso que alude a frase de Stephen.

**Um precursor decapitado tentando destrancar o ferrolho.** – Stephen (de propósito?) acaba por misturar os dois santos bem como o local (ignorado) do episódio do martírio de João, o apóstolo, no caldeirão de óleo, com o local (a Porta Latina) onde, mais tarde, foi erigido um oratório em sua homenagem.

**Que os mortos enterrem os mortos.** – Lucas, 9:60.

**S. V. M.** – Santíssima Virgem Maria.

**Bruno, o nolano** – Giordano Bruno (1548-1600), frade dominicano e filósofo, condenado à fogueira como herege.

**Stephen's Green** – ver, acima, a nota "jardins do Green".

**Um quarteto deles** – alusão a João, 19:23.

**Blake** – William Blake (1757-1827), poeta inglês. Na sequência, Stephen alude a vários Williams, reais ou fictícios, num total de cinco. Se acrescentamos a isso mais duas referências a peças de Shakespeare (sem contar a que alude ao personagem Yorick de *Hamlet*, já incluída na contagem), não há como não deduzir que Stephen está claramente, por alguma razão, enfatizando as figuras de William Shakespeare e de Hamlet, que terão um papel central em *Ulisses*. É o que sugere, no ensaio "Prologue or Epilogue?", Sarah J. Smith, que não levou em conta as alusões às peças.

***Queria saber se William Bond vai morrer...*** – versos do poema de Blake, "William Bond".

**Que pena, coitado do William!** – alusão a uma fala de Hamlet, na peça de Shakespeare (Ato 5, cena 1), em que ele diz, referindo-se ao falecido bobo da corte cujo crânio ele contempla: *"Alas, poor Yorick!"* ("Que pena, coitado do Yorick!").

**Rotunda** – grupo de edifícios, no final da antiga Sackville Street (agora O'Connell Street), utilizados para diversos eventos públicos.

**William Ewart Gladstone** – (1809-1898), político britânico, atuou quatro vezes como primeiro-ministro.

***Oh, Willie, sentimos sua falta.*** – último verso da canção *"Willie, We Have Missed You"*, do compositor americano Stephen Collins Foster (1826-1864).

**Um corredor longo e sinuoso.** – o texto desse parágrafo é quase idêntico ao da epifania n.º 29 (*Epifanias*, Autêntica, 2018. p. 73).

**irmão dela** – isto é, de Emma Clery.

**Ainda martelando isso da mãe.** – no original, *"Still harping on the mother."* Segundo Mamigonian e Turner, esta frase ecoa a frase *"... still harping on my daughter."*, de *Hamlet*, ato II, cena 2, num comentário de Polonius sobre Hamlet.

**Um crocodilo agarrou a criança.** – paradoxo, em forma de charada, atribuído a Crísipo (280 a.C.-208 a.C.), filósofo estoico. Um crocodilo pega uma criança e promete devolvê-la à mãe se ela adivinhar a verdade, ou seja, aquilo que de fato ocorrerá, acrescentando: "Não te devolverei a criança, quer digas a verdade ou não; porque se não dizes a verdade, faltas à condição estabelecida e comerei a criança; e se dizes a verdade, como a verdade é que comerei a criança, tampouco ela será devolvida.", ao que a mãe respondeu: "Vais me devolvê-la, quer eu diga a verdade ou não; porque se digo a verdade, serás obrigado a me devolvê-la, e se não digo a verdade, também serás obrigado a me devolvê-la, pois não dizer a verdade seria dizer que não me devolverias a criança e isso só seria falso caso não a devolvesses a mim." A respeito desses jogos dos estoicos, v. Rui Miguel Duarte, "Crocodilites: retrato de um sofisma sem solução".

233 **Lépido** – personagem da peça de Shakespeare, *Antônio e Cleópatra*, que diz, no ato II, cena 7: *"Your serpent of Egypt is bred now / of your mud by the operation of your sun: so / is your crocodile."* ["Vossa serpente do Egito nasce / de vossa lama pela ação de vosso sol: tal como / vosso crocodilo."]

**Johnston's, Mooney e O'Brien's** – nome de uma cadeia de cafés.

**Brilhando fraca atrás de um alqueire de farelo de cereal de Wicklow.** – alusão a Mateus, 5:14-15. Wicklow é o vilarejo de origem do personagem Cranly.

**o caminho mais curto para Tara era via Holyhead** – Tara é uma colina no condado de Meath, ao norte de Dublin, a antiga sede dos lendários *High Kings* (Grandes Reis) da era de ouro da Irlanda. Holyhead é um porto na costa noroeste do País de Gales, servindo de rota para os queriam deixar a Irlanda rumo à Inglaterra ou à Europa continental. Em resumo, a tirada de Stephen significa que o caminho mais curto de regresso a uma nova era de ouro era o exílio.

**Contou-me então como tinha arruinado o coração de Pennyfeather.** – no original, *"Told me then how he broke Pennyfeather's heart."* Os anotadores dão explicações diferentes a essa passagem. A explicação do próprio Joyce, em carta ao tradutor espanhol, Dámaso Alonso, é um tanto confusa: "No remo. Compare com [a expressão] coração de remador. A frase naturalmente sugere logo uma desilusão amorosa, mas os homens a usam, sem maiores explicações, de uma maneira um tanto coquete, penso eu". Antes de mais nada, a expressão "coração de remador" refere-se ao mito de que o coração dos remadores tende a se expandir pelo esforço, podendo a causar, mais tarde, um colapso cardíaco. Como Shari Benstock e Bernard Benstock, em *Who is He When He is at Home*, sugerem que Pennyfeather teria sido um amigo e/ou rival (no remo, supõe-se) do sr. Dedalus, a frase do pai de Stephen seria, então, uma bravata de sua supremacia no esporte do remo. Em sua tradução de *Um retrato*, Dámaso Alonso foi por esse caminho: "*Me cuenta cómo venció a Pennyfeather en una regata.*" Madame Ludmila Savitzky, a tradutora franco-russa que fez a primeira tradução do livro para o francês, vai na mesma direção: "*Me dit ensuite comment il avait causé la déconfiture de Pennyfeather dans une course.*" ("Disse-me depois como derrotara Pennyfeather numa prova [de remo]." Na carta a Dámaso Alonso, Joyce sugere que, para maiores esclarecimentos sobre as suas questões, ele deveria consultar Mme. Savitzky, a quem ele teria ajudado muito na tradução de *Um retrato* ao francês. Curiosamente, entretanto, Mme. Savitzky, que por um período cedeu um apartamento a Joyce nos seus tempos de Paris, diz no prefácio à sua tradução que, frente às dificuldades da tarefa, esperava ansiosamente que ele chegasse a Paris, vindo de Trieste, para poder ajudá-la: "Mas, lamentavelmente, não. Ele não me ajudou em quase nada. Ele estava absorvido na criação de *Ulisses*. Pouco lhe importava agora o pequeno Dedalus. '– Não me lembro mais o que eu quis dizer com essa frase. Coloque aí qualquer coisa'".

**Michael Robartes** – alusão ao poema de Yeats, "Michael Robartes Remembers Forgotten Beauty" ("Michael Robartes lembra a beleza esquecida"), cujo título foi, depois, mudado para "*He Remembers Forgotten Beauty*" ("Ele lembra a beleza esquecida"). Stephen parafraseia os três primeiros versos: "*When my arms wrap you round I press / My heart upon the loveliness / That has long faded from the world.*" ("Quando meus braços te envolvem aperto / Meu coração contra a graça / Que há muito apagou-se do mundo.")

 **Débil, sob a noite carregada...** – este parágrafo baseia-se na epifania n.º 27 (*Epifanias*, Autêntica, 2018, p. 67).

**John Alphonsus Mulrennan** – o nome parece ser fictício. Seguindo as pistas fornecidas por Katherine Ebury, em "Mulrennan Spoke to Him: Astronomy in *A Portrait*", pode-se especular que o suposto estudioso das raízes irlandesas (Mulrennan) encarna figuras centrais do revivalismo irlandês, tais como W. B. Yeats, Lady Gregory e John Millington Synge. A surpreendente resposta do velho acaba por colocar em xeque a visão simplista que os revivalistas teriam das tradições e dos costumes irlandeses. Em particular, esta passagem parece ecoar a crítica feita por Joyce ao livro de Lady Gregory, *Poets and Dreamers*, publicada no jornal dublinense *Daily Express*, em 26 de março de 1903. Boa parte do livro de Lady Gregory é dedicada aos relatos de seus encontros com homens e mulheres de idade do oeste da Irlanda. É no questionamento desses relatos que se concentra a crítica de Joyce. Ver Fran Shovlin, *Journey Westward: Joyce, Dubliners and the Literary Revival*, p. 67.

**235** **aparato de refrigeração heroico-espiritual...** – provável alusão ao amor platônico de Dante Alighieri por Beatrice Portinari, tal como descrito em seu *La Vita Nuova*.

**O feitiço de braços e vozes...** – o texto desse parágrafo é quase idêntico ao da epifania n.º 30 (*Epifanias*, Autêntica, 2018, p. 75). No original há quatro ocorrências do adjetivo possessivo *their: their promise* [sua promessa], *their tale* [sua lenda], *their company* [seu séquito], *their exultant and terrible youth* [sua exultante e terrível juventude]. As duas primeiras parecem se referir a "braços" e as duas últimas, conjuntamente, a "braços" e "vozes".

# Minibios

### O autor
James Joyce, um dos mais notáveis escritores do modernismo literário, nasceu em 1882, em Dublin, Irlanda, e morreu em 1941, em Zurique, Suíça. Além de *Ulisses*, seu livro mais conhecido, escreveu também *Finnegans Wake*, *Dublinenses* e *Um retrato do artista quando jovem*.

### O tradutor
Tomaz Tadeu, como James e Stephen, foi aluno interno dos 11 aos 13 anos. Mas num seminário, de onde foi expulso, por revelar certos traços de rebeldia que, todavia, conserva. Sempre foi do contra, por natureza, vocação e gosto.

### O ilustrador
Philip Cheaney é um artista visual que mora e trabalha no Brooklyn, Nova York. Graduou-se em design pela Missouri State University e fez mestrado em ilustração na School of Visual Arts de Nova York.

Título original: *A Portrait of the Artist as a Young Man*

EDITORA RESPONSÁVEL
*Rejane Dias*

EDITORA ASSISTENTE
*Cecília Martins*

ASSISTENTE EDITORIAL
*Rafaela Lamas*

REVISÃO
*Cecília Martins*

CAPA
*Diogo Droschi*

FOTOGRAFIAS DE GUARDA
*© Lee Miller Archives, Inglaterra 2017.*
*Todos os direitos reservados.*
*Site: leemiller.co.uk.*
*(Eccles Street e igreja de St. Georges,*
*Dublin, Irlanda, 1946 [831-86].*
*Crianças no cais de Portobello, Dublin,*
*Irlanda, 1946 [824-520])*

DIAGRAMAÇÃO
*Waldênia Alvarenga*

**Dados Internacionais de Catalogação na Publicação (CIP)**
**(Câmara Brasileira do Livro, SP, Brasil)**

Joyce, James, 1882-1941
    Um retrato do artista quando jovem / James Joyce ; tradução e
notas Tomaz Tadeu. -- 1. ed. Belo Horizonte : Autêntica Editora, 2018.
-- (Coleção Mimo)

    Título original: A Portrait of the Artist as a Young Man.
    ISBN 978-85-513-0327-6

    1. Ficção irlandesa I. Tadeu, Tomaz. II. Título. III. Série.

17-11282                                                    CDD-ir823.9

Índices para catálogo sistemático:
1. Ficção : Literatura irlandesa ir823.9

@ GRUPO **AUTÊNTICA**

**Belo Horizonte**
Rua Carlos Turner, 420
Silveira . 31140-520
Belo Horizonte . MG
Tel.: (55 31) 3465 4500

www.grupoautentica.com.br

**Rio de Janeiro**
Rua Debret, 23, sala 401
Centro . 20030-080
Rio de Janeiro . RJ
Tel.: (55 21) 3179 1975

**São Paulo**
Av. Paulista, 2.073,
Conjunto Nacional, Horsa I
23º andar . Conj. 2310-2312 .
Cerqueira César . 01311-940
São Paulo . SP
Tel.: (55 11) 3034 4468

# Mapas

ACESSE AQUI os mapas
do Google com os
locais mais importantes
mencionados no romance.

CAPÍTULO I

goo.gl/dsPJF7

CAPÍTULO II

goo.gl/FfLw5q

CAPÍTULO III

gco.gl/U4Qmnf

CAPÍTULO IV

goo.gl/Q5s9EF

CAPÍTULO V

goo.gl/zbPCBo

Este livro foi composto com tipografia Bembo
e impresso em papel Pólen Soft 80 g/m² na RR Donnelley